MA RAISON DE RESPIRER

DU MÊME AUTEUR
DANS LA MÊME COLLECTION

Ma raison de vivre
Ma raison d'espérer
Et si... à paraître en octobre 2016

REBECCA DONOVAN

MA RAISON DE RESPIRER

Traduit de l'anglais (États-Unis)
par Catherine Nabokov

POCKET JEUNESSE
PKJ·

Titre original : *Out of breath*

Collection « Territoires » dirigée
par Pauline Mardoc

Loi n° 49956 du 16 juillet 1949 sur les publications
destinées à la jeunesse : mai 2016

ISBN : 978-2-266-24615-6

Pour mon amie aimante et sœur de cœur, Emily,
tu es ma joie, et le choix que je n'ai jamais eu à faire.

Prologue

— Je me demande pourquoi j'ai décroché… Je te reparlerai quand tu seras moins con.

J'ai entendu Sara pousser un soupir exaspéré. J'étais sur le palier, près de la chambre, une pile de cahiers dans les bras. J'ai supposé qu'elle avait raccroché. Pour lui signaler ma présence, j'ai fait un peu de bruit devant la porte.

Elle m'avait fait part de sa décision de mettre fin à sa relation avec Jared. Je l'avais écoutée, même si je me sentais incapable de l'aider. Ces derniers temps, Sara se confiait peu à moi. Elle craignait de me perturber davantage.

— C'est bon ? a-t-elle demandé avec un sourire en me voyant entrer.

Malgré ses efforts, elle ne parvenait pas à masquer la lueur de tristesse dans ses yeux.

— Tu peux m'en parler, tu sais, ai-je tenté d'un air peu convaincu.

— Non, ça va.

Puis, contemplant les nombreux cartons qui l'entouraient, elle a ajouté :

— Comment on va ranger tout ça… Cette pièce est minuscule.

Visiblement, elle préférait changer de sujet. J'ai respecté son choix.

— Je n'ai besoin de rien, je t'assure, ai-je insisté.

— Tu me l'as déjà dit. C'est pour ça que je n'ai apporté qu'une chose pour décorer ta chambre.

Elle a attrapé son sac à main – presque aussi grand qu'un sac de voyage – et en a sorti un cadre. C'était une photo de nous deux, devant la grande baie vitrée qui donnait sur le jardin de sa maison. Anna, sa mère, l'avait prise durant l'été où j'habitais chez eux. Nous avions les yeux brillants et rieurs.

— Non, j'y crois pas ! s'est-elle exclamée. Je rêve ou tu as souri ? Je me demandais si je reverrais ça un jour.

Ignorant sa remarque, je me suis tournée vers l'espace bureau aménagé dans un coin de la chambre.

— Parfait ! a-t-elle commenté en admirant la photo après l'avoir posée sur la commode.

— Bon, on va déballer tes affaires, maintenant. C'est cool que tu n'habites plus le dortoir du campus. En plus, j'adore Meg. Et Serena, même si elle refuse de suivre mes conseils vestimentaires. Cela dit, je ne désespère pas… Et Peyton, qu'est-ce qui se passe avec elle ?

— Juste une embrouille. Mais elle n'est pas méchante.

— Il y a toujours un psychodrame, dans une maison, a-t-elle conclu en rangeant une pile de chemises dans un tiroir. Et tant que ça ne concerne que Peyton, ça me va.

— C'est aussi ce que je pense, ai-je confirmé en accrochant des vêtements dans le placard.

Sara a posé une grande boîte à chaussures noire sur le lit.

— Est-ce qu'on laisse les bottes dedans ? a-t-elle questionné en soulevant le couvercle.

D'un geste rapide, je l'ai refermé. Elle m'a dévisagée d'un air perplexe.

— Ce ne sont pas des bottes, ai-je glissé d'une voix sourde.

— OK, pas de problème, a-t-elle conclu devant mon air sombre. Où veux-tu que je la mette ?

— Je m'en fiche. Ça m'arrangerait même de ne pas savoir. Je vais aller chercher un truc à boire. Tu veux quelque chose ?

— De l'eau, s'il te plaît.

Lorsque je suis revenue, Sara était en train de faire le lit et la boîte avait disparu. Je me suis assise sur la chaise à roulettes tandis qu'elle s'allongeait sur le matelas.

— J'ai rompu parce que je n'arrivais pas à gérer la relation à distance, a-t-elle lancé.

J'ai haussé les sourcils d'un air surpris. Je ne m'attendais pas à ce qu'elle aborde le sujet.

— Tu as toujours eu du mal avec ça.

Elle avait connu la même situation lorsque nous étions au lycée, dans le Connecticut, et que Jared était à l'université, à New York. Elle avait tenu le coup en lui rendant visite presque chaque week-end durant la fin de notre année de terminale.

— Mais quand je serai en France, ça va être pire. Je ne peux pas l'obliger à m'attendre.

— Et ça ne te pose pas de problème s'il voit une autre fille quand tu seras à Paris ? Parce que, en rompant, tu lui donnes la permission de le faire. Mais qu'est-ce qui se passera à ton retour ?

Le menton entre les mains, Sara a laissé flotter son regard. Elle semblait calme.

— S'il sort avec une autre, je préfère ne pas le savoir. De la même manière, si je rencontre quelqu'un à Paris, il n'a pas besoin d'être au courant. En fin de compte, je sais que nous sommes faits l'un pour l'autre. Mais je ne sais pas si nous sommes prêts à l'admettre, lui comme moi.

J'avais un peu de mal à suivre sa logique, mais ça n'était pas le moment de poser des questions. Elle s'est avancée au bord du lit et a lâché, d'une voix hésitante :

— Est-ce que tu crois que… comme je m'en vais… je pourrais dire quelques trucs sur toi à Meg ? Pas tout, juste assez pour que je puisse compter sur elle pendant mon absence. Je déteste l'idée d'être si loin avec personne pour…

— S'occuper de moi, ai-je achevé.

— Ouais…, a-t-elle acquiescé avec un sourire. Parfois tu te fermes comme une huître pendant des semaines, et je n'aime pas ça. Évidemment, je t'appellerai tous les jours, mais ça m'angoisse de te laisser seule… au cas où…

Elle a baissé les yeux, incapable de finir sa phrase.

— Ne t'inquiète pas pour moi, Sara, ça va aller, ai-je promis d'une voix faible.

— Facile à dire…

1

La boîte de Pandore

— *Bonne année !* a hurlé Sara au téléphone.

Derrière elle résonnait un brouhaha de cris et de musique qui couvrait sa voix. Ou alors était-ce dû à la mauvaise qualité de la communication entre Paris et la Californie.

— Bonne année à toi aussi ! ai-je répondu en criant à mon tour. Mais ici, on a encore neuf heures à attendre.

— Je peux déjà te dire que la nouvelle année est carrément géniale, là où je suis ! C'est une fête de dingues. Les designers, ils picolent sévère !

Elle a éclaté d'un rire qui montrait qu'elle n'était pas en reste, côté alcool.

— Et figure-toi que c'est moi qui ai dessiné ma robe de soirée !

— Elle doit être magnifique. J'adorerais être là pour la voir.

Nous n'étions peut-être pas obligées de continuer à hurler de la sorte, mais Sara n'avait pas l'air d'avoir envie de baisser le ton. J'ai laissé filer – j'avais trop envie de l'entendre, même si elle gloussait comme une bécasse. Depuis qu'elle était partie à l'automne pour son programme d'échange, elle me manquait trop.

Pendant notre première année d'université, elle était venue me rejoindre en Californie lors des vacances scolaires et nous avions passé l'été ensemble. Le fait de la voir régulièrement rendait ma vie plus supportable. En revanche, la seconde année avait été horrible. S'il n'y avait pas eu mes colocataires, je ne serais sortie que pour me rendre en cours et à l'entraînement de foot.

— Tu ne vas pas t'enfermer à clé dans ta chambre comme l'année dernière, hein ?

— La porte ne sera pas verrouillée, mais je serai quand même à l'intérieur, ai-je répondu. Et Jean-Luc, il est où ?

— Il est parti nous chercher une bouteille de champagne. Dès qu'on aura raccroché, je t'envoie une photo de ma robe.

— Hé Em…, a lancé Meg en passant la tête par la porte entrouverte, avant de remarquer que j'étais au téléphone. Oups, désolée. C'est Sara ?

J'ai hoché la tête.

— Salut, Sara ! a-t-elle crié.

— Salut, Meg ! a hurlé Sara dans le téléphone.

— C'est bon, je crois qu'elle t'a entendue, ai-je dit en me bouchant l'oreille. Mais tu m'as rendue sourde…

Meg a souri.

— Je dois y aller, là ! s'est exclamée mon amie au milieu des rires assourdissants. Mon homme et le champagne sont arrivés. Je t'appelle demain. Je t'aime !

— Bisous, Sara, ai-je répondu.

J'ai raccroché et un grand vide m'a envahie. Je n'avais pas osé lui avouer combien c'était difficile de la savoir si loin.

— J'ai l'impression qu'elle passe un super nouvel an, a commenté Meg en s'asseyant sur mon lit. J'entendais les bruits de la fête depuis le couloir.

— Oui, je crois aussi. Tu pars quand ?

Elle devait retrouver des amis à San Francisco pour le réveillon.

— Dans une heure. On dîne tous ensemble avant d'aller à la soirée.

Mon portable a vibré et la photo de Sara s'est affichée sur l'écran. Elle était sublime dans sa robe d'un vert chatoyant qui épousait ses courbes et laissait apparaître ses épaules. Ses cheveux roux étaient relevés en un chignon sobre, soulignant son cou gracile. Elle affichait un sourire rayonnant tandis que Jean-Luc l'embrassait sur la joue en brandissant une bouteille de champagne.

J'ai montré la photo à Meg.

— Sexy. C'est elle qui a fait la robe ? Incroyable !

J'ai posé le portable sur le bureau, à côté de mon ordinateur.

— Je peux t'emprunter tes bottes noires ? a interrogé Meg.

— Pas de problème, prend-les.

J'ai ouvert l'ordinateur pour continuer à télécharger les lectures au programme du prochain semestre.

— Elles sont dans la boîte, sous le lit, ai-je ajouté.

— Tu peux encore changer d'avis et venir avec moi, tu sais.

— Merci, mais je préfère rester ici. Je ne suis pas fan des fêtes du nouvel an.

J'ai pris un ton dégagé, pour masquer les vraies raisons de cette aversion. La dernière fois que j'avais célébré l'année à venir, le futur était un rêve dans lequel j'avais ma place. Désormais, c'était une date comme une autre.

— Em, pour la dernière fois : s'il te plaît, viens avec moi, a lancé Peyton en entrant dans la chambre. Je n'ai vraiment pas envie d'y aller avec Brook. Je sais que tu ne veux jamais sortir mais ce soir, c'est le nouvel an. Je t'en supplie, fais une exception !

J'ai pivoté sur ma chaise, prête à refuser pour la millième fois. Mais je n'ai pas eu le temps d'ouvrir la bouche. Peyton regardait Meg, les yeux brillants.

— Waouh ! C'est quoi ?

J'ai suivi son regard tandis qu'elle s'avançait dans la pièce. Meg avait soulevé le couvercle de la boîte qu'elle avait trouvée sous le lit. La *mauvaise* boîte. Les souvenirs ont aussitôt étreint mon cœur, j'avais du mal à respirer.

D'un geste vif, Meg a repris le tee-shirt blanc avec les traces de mains bleues que Peyton avait déplié.

— Arrête, Peyton ! s'est-elle énervée.

Le passé m'avait assommée. J'étais tétanisée.

Disparaître n'est pas une solution. Sa voix résonnait dans ma tête, j'en avais la chair de poule.

— J'adore ! s'est exclamée Peyton en brandissant mon pull rose. Je peux l'avoir ?

— Non et dégage de là ! a lancé Meg en arrachant le pull de ses mains pour le remettre dans la boîte.

Une tempête douloureuse m'a dévastée, brisant la carapace que j'avais réussi à me forger depuis un an et demi. Le moindre bruit, le moindre souffle, m'étaient soudain devenus insoutenables. J'avais les nerfs à vif, comme si on venait de pulvériser de l'acide sur ma peau.

Avant que Meg n'ait eu le temps de refermer le couvercle, Peyton a sorti une petite boîte en velours bleu.

Ne le prenez pas. Je vais vous payer. S'il vous plaît, ne le prenez pas…

Un éclair de désespoir m'a traversé le corps et le souvenir des yeux froids et durs a déclenché en moi un accès de panique qui a agi comme un électrochoc. J'ai bondi de ma chaise pour prendre l'écrin des mains de Peyton. Devant ma réaction brutale, elle a reculé. Je l'ai jeté dans la boîte et refermé le couvercle d'un coup sec. Mon cœur battait si vite que mes mains tremblaient. J'ai attendu que la souffrance se dissipe. Trop tard. Le mal était fait. La boîte, en s'ouvrant, avait fait remonter la culpabilité et la douleur tapies au plus profond de moi. La refermer n'avait pas suffi à éteindre le feu.

— Désolée, Em, a murmuré Peyton.

Sans même me retourner, j'ai glissé la boîte sous le lit et me suis forcée à respirer profondément pour neutraliser l'émotion qui me submergeait. Dans ma poitrine, mon cœur brûlait et je sentais les braises gagner du terrain. J'ai fermé les yeux. Rien à faire : je ne pouvais pas dompter la bête qui s'était réveillée en moi.

— Je vais aller courir, ai-je lâché d'une voix à peine audible.

— OK, a répondu Meg avec douceur.

Je l'ai laissée entraîner Peyton hors de la chambre sans croiser son regard. J'avais trop peur de ce qu'elle pourrait lire dans mes yeux.

— On se voit à ton retour, a-t-elle ajouté.

J'ai mis mes écouteurs et suis sortie. La seconde d'après j'étais dehors et, la musique à fond, j'ai commencé à courir. J'allais si vite que les muscles de mes cuisses me brûlaient. J'ai longé les rues en direction du parc. Une fois arrivée, je me suis effondrée sur un banc, incapable de lutter davantage. Serrant les poings, j'ai laissé échapper un cri désespéré. Puis, sans même prêter attention aux gens autour de moi, je me suis relevée et ai repris ma course.

Lorsque je suis rentrée à la maison, mon visage était couvert de larmes et de sueur. L'effort m'avait aidée à atténuer le feu qui me consumait, mais seulement en partie. J'ai réfléchi à la manière dont je pouvais renvoyer cette souffrance là où j'avais réussi à la maintenir, et retrouver mon état d'insensibilité. Mais je n'étais pas capable de gagner seule cette bataille. J'étais trop mal. J'avais besoin d'aide.

— Peyton ! ai-je crié, au pied de l'escalier.

Elle a baissé la musique dans sa chambre et a sorti sa tête.

— Oui, Em ? Qu'est-ce qu'il y a ?

— Je vais venir avec toi, ai-je lâché, le souffle court.

— Comment ??

— Je viens avec toi à la fête, ai-je répété d'une voix plus claire.

— Cool ! s'est-elle exclamée. J'ai un haut qui t'ira super bien !

— Génial, ai-je marmonné en me dirigeant vers la cuisine pour boire un verre d'eau.

— Tu ne peux pas imaginer à quel point je suis heureuse que tu aies changé d'avis, a lancé Peyton tandis que nous sortions de sa Ford Mustang rouge après s'être garées au bout d'une longue file de voitures. À plus de cent mètres de la maison, nous entendions déjà la musique.

— Tant mieux, ai-je répondu d'un air absent.

L'idée était surtout de trouver un moyen de me distraire, de fuir ces voix qui tournaient à l'infini dans ma tête, comme un refrain diabolique. Je devais me ressaisir à tout prix, redevenir insensible, anesthésiée.

— Tu ne peux pas garder ce sweat-shirt pourri, a-t-elle dit avant que je n'ai claqué la portière.

— Mais il fait froid !

— Pas là où on va, et c'est à trois minutes. Allez, Em, fais un effort.

À contrecœur, j'ai enlevé le sweat. Bras nus dans mon haut en lamé argent, j'ai frissonné.

— Eh ben voilà ! s'est-elle exclamée avec un sourire radieux. C'est beaucoup mieux comme ça !

Elle m'a rejointe sur le trottoir et m'a prise par le bras en s'écriant d'un air joyeux :

— On va s'éclater !

Tandis qu'elle marchait à grands pas dans sa robe bustier rouge, ses yeux gris-vert brillaient d'excitation. Le son était si fort que j'étais surprise que la police n'ait pas encore débarqué. Jusqu'à ce que je me rende compte que les bâtiments voisins étaient principalement des résidences étudiantes. La plupart des habitants devaient donc être en vacances. Ou à la fête.

Nous sommes arrivées près d'une maison élégante. Une grande tente blanche était dressée dans la cour arrière. Lorsque nous avons franchi le seuil, des types nous ont proposé des accessoires. Peyton a glissé un diadème dans ses cheveux tandis que je posais un chapeau sur ma tête. Ensuite, un autre gars a plongé une louche dans une grande bassine qui contenait un breuvage rouge et a rempli deux gobelets qu'il a posés devant nous.

Quand j'ai pris le gobelet, Peyton m'a regardée en écarquillant les yeux.

— Tu es au courant que c'est de l'alcool ?

— Bah oui, ai-je répondu d'un air dégagé en avalant une gorgée.

C'était très doux, un genre de punch hyper sucré. Peut-être que la soirée ne serait pas aussi compliquée que je le craignais ? Pourquoi ma mère buvait-elle cette horrible vodka qui brûlait la gorge, plutôt que des boissons comme celles-ci ?

— Mais tu ne bois jamais…, a remarqué Peyton, choquée.

— C'est la nouvelle année, je tente des trucs inédits, ai-je expliqué en levant mon gobelet.

— Aux trucs inédits, alors ! a-t-elle lancé avec un grand sourire

Tandis qu'elle avalait une gorgée, j'ai bu mon verre d'un trait. J'avais besoin de ressentir rapidement les effets de l'alcool. J'étais venue pour ça.

— Em ! s'est écriée Peyton. Fais gaffe ! Ça n'a pas l'air, comme ça, mais c'est hyper fort.

J'ai haussé les épaules et attrapé un autre gobelet avant d'entrer dans la tente bondée. Nous nous sommes frayé un chemin à travers la foule pour parvenir à la scène. Un groupe jouait un rock endiablé, rendant impossible toute conversation. Cela me convenait parfaitement.

— Salut ! a lancé Peyton à un grand type brun qui portait une veste écossaise.

— Ah, te voilà ! a crié le garçon.

— Je t'avais dit que je viendrais, a-t-elle riposté d'un ton joueur.

Puis elle s'est tournée vers moi et a ajouté :

— Tom, je te présente Emma, ma coloc.

— Waouh ! s'est exclamé Tom-l'Écossais. *La* Emma ? J'y crois pas !

J'ai fait un vague sourire, en me demandant ce que Peyton avait bien pu lui raconter sur moi.

— Et voilà Cole, a dit Tom en me présentant un blond baraqué qui se tenait à côté de lui.

— Salut, a dit celui-ci en souriant.

Peyton m'a donné un coup de coude. Je l'ai ignorée et ai répondu à Cole d'un signe de tête en plongeant mon nez dans mon gobelet pour boire une gorgée. Mais elle ne s'est pas décontenancée et, prenant Tom par le bras, elle lui a dit :

— Tu viens ? J'ai envie d'un autre verre.

Il a contemplé son gobelet presque plein d'un air étonné avant de la suivre. Elle m'a adressé une grimace rapide à laquelle j'ai répondu par un regard noir.

— Tu t'amuses bien ? a lancé Cole en criant pour couvrir le bruit.

La situation ne semblait pas le gêner le moins du monde. J'ai levé les mains pour lui indiquer que je n'avais pas compris sa question. Au lieu de répéter plus fort, il s'est penché vers moi et m'a soufflé à l'oreille :

— Je commençais à me demander si tu existais vraiment. J'ai beaucoup entendu parler de toi mais je ne t'ai jamais vue à une fête.

J'ai reculé pour maintenir une distance et ai jeté un coup d'œil autour de nous.

— Pas très bavarde, hein ?

J'ai secoué la tête et avalé une grosse gorgée pour tenter d'apaiser l'incendie qui continuait de brûler en moi. Comment avais-je pu imaginer une seconde que venir à cette fête me ferait du bien ?

Tu es incroyable.

Qu'est-ce que j'ai fait ?

Rien. C'est juste toi, ce que tu es. Tu es incroyable.

Je me suis raidie. La voix était claire et résonnait dans ma tête. Les images de cette dernière soirée du nouvel an ont défilé devant mes yeux. J'ai bu trois gorgées de suite pour les chasser.

— Tu as fait le pari de ne pas prononcer un mot de toute la soirée ?

La voix de Cole m'a tirée de mes pensées. J'étais plongée dans le souvenir douloureux du moment où, blottie dans les bras d'Evan, je regardais le feu d'artifice illuminer le ciel.

— Hein ? ai-je lâché en posant les yeux sur lui. Qu'est-ce que tu veux que je dise ?

— C'est déjà un début, a-t-il répondu sans se laisser démonter. Tu es à Stanford ?

J'ai acquiescé d'un signe de tête. Puis, en le voyant froncer les sourcils, j'ai fait un effort pour me montrer plus polie.

— Oui, je suis à Stanford. Et toi ?

— Aussi. En première année.

— Deuxième, ai-je annoncé en me montrant du doigt.

Anticipant la question suivante, j'ai ajouté :

— Prépa médecine.

Il a eu l'air impressionné.

— Gestion.

À mon tour, j'ai hoché la tête.

— Tu fais du foot avec Peyton ?

J'ai poussé un soupir avant de boire une nouvelle gorgée. Cette conversation mondaine ne me plaisait guère.

— Ouais. Et toi ? Tu es dans une équipe ?

— Non, je jouais, au lycée, mais j'ai arrêté.

Je n'étais pas venue à cette fête pour discuter de la pluie et du beau temps ou rencontrer de nouvelles personnes. Il était temps de prendre le large. Peu importe ce que ce type penserait de moi. Et mon verre était vide.

— Je vais m'en chercher un autre, ai-je lancé. À plus.

Sans même attendre sa réponse, j'ai tourné les talons et suis partie dans la foule en direction du bar. Au même moment, le groupe s'est arrêté de jouer et le DJ a mis une musique qui a fait monter les danseurs sur scène.

Les émotions qui me traversaient étaient toujours aussi vives, la douleur aussi intense. J'avais rarement bu plus d'une ou deux gorgées. Je n'avais donc pas la moindre idée des effets de l'alcool, ni dans quels délais ils se manifesteraient. Ma mère était devenue alcoolique pour noyer son chagrin et je m'étais juré de ne jamais boire. Mais aujourd'hui, endurer une telle souffrance était au-dessus de mes forces.

Je me suis frayé un chemin jusqu'à l'autre bout de la tente, où j'apercevais des rangées de verres pleins sur une table.

— Tu as soif ? a glissé une voix à mon oreille.

Je me suis retournée. Un grand type mince et musclé se tenait derrière moi. Il avait une tignasse brune impressionnante, une fine ligne de poils sur le menton et un tatouage dans le cou. Il portait les mêmes jeans et tee-shirts déchirés que les types à côté de lui. Les musiciens du groupe de rock.

— C'est à moi que tu parles ?

— Ouais, a-t-il répondu avec un petit sourire. Moi c'est Gev. J'ai vu que ton verre était vide et je me suis dit que tu avais peut-être besoin d'aide.

— Et toi tu n'as carrément pas de verre du tout, donc c'est plutôt moi qui suis en position de t'aider.

Il a éclaté de rire. J'ai aussitôt pris deux gobelets sur la table et lui en ai tendu un.

— J'aime bien ton nom, ai-je dit. Ça change.

— Merci, moi aussi je l'aime bien, a-t-il répondu.

— Vous allez rejouer ? ai-je demandé en indiquant la scène.

Après tout, quitte à être dans cette fête, autant parler avec quelqu'un. Et ce type avait l'air plutôt intriguant.

— Non, c'est fini pour ce soir. Maintenant, je dois rattraper mon retard.

Joignant le geste à la parole, il a vidé son verre d'un trait. Je l'ai regardé faire, amusée, puis lui ai tendu un autre gobelet.

— Et toi, tu t'appelles comment ? a-t-il questionné en s'éloignant de la foule amassée devant la table.

— Emma.

— Alors, Emma, comment tu te sens ?

Deux minutes plus tôt, j'aurais dit : *carbonisée.* Sauf que, entre-temps, le feu était parti. Il avait cédé la place à un bourdonnement sourd. Je me sentais paisible, comme anesthésiée.

— Calme, ai-je répondu en respirant un bon coup, soulagée de voir que j'avais repris du poil de la bête.

Ma réponse l'a fait rire.

— Ça je ne l'avais encore jamais entendu.

— Tu ne m'avais pas encore rencontrée, non plus.

— C'est vrai. Mais j'aime bien que tu dises ce que tu penses, au lieu de raconter un truc bateau. C'est cool.

J'ai haussé les épaules.

— À la franchise, alors ! a-t-il lancé en levant son verre.

J'ai trinqué avec lui puis nous avons tous les deux bu une grande rasade.

— Tu vas à...

— Attention, pas de question bateau ! ai-je coupé.

— OK, a-t-il réagi aussitôt. De quelle couleur est ta culotte ?

Son audace m'a prise de court.

— J'ai oublié.

Puis, après avoir vérifié en écartant mon jean à la hauteur de la taille, j'ai ajouté :

— Violette.

— Bon choix, a-t-il approuvé.

— Et toi ? ai-je enchaîné, de plus en plus amusée.

Cette discussion était autrement plus intéressante que celles sur les équipes de foot ou l'université.

Sans hésiter, il a déboutonné son jean pour montrer le haut de son caleçon.

— Noir.

— C'est ce que je vois, ai-je commenté en pinçant les lèvres pour ne pas sourire.

J'ai fini le contenu de mon gobelet. Le léger brouillard qui gagnait mon cerveau n'était pas désagréable.

Gev a posé sa main sur mon dos et m'a murmuré à l'oreille :

— Qui embrasses-tu, à minuit ?

— Il me reste combien de temps pour me décider ?

Il a regardé sa montre puis a répondu :

— Une heure.

— Dans ce cas, celui qui sera le plus près de moi.

— J'ai intérêt à rester dans les parages, alors, a-t-il observé avec un clin d'œil malicieux.

— Emma ! a crié Peyton.

Je me suis retournée et l'ai aperçue qui venait vers moi.

— Où est Cole ?

— Aucune idée, ai-je lâché.

Elle nous a dévisagés l'un après l'autre en fronçant les sourcils.

— Viens ! a-t-elle dit en me prenant par le bras pour m'attirer à l'écart.

J'ai trébuché, surprise par son geste autoritaire.

— C'est qui, lui ? a-t-elle interrogé.

— Gev, un des musiciens, ai-je répondu en adressant un petit signe de la main au garçon.

Il m'a répondu en levant son gobelet.

— Qu'est-ce qui s'est passé avec Cole ? a poursuivi Peyton. Il est chaud.

— Il est surtout ennuyeux, ai-je riposté. Gev est beaucoup plus intéressant.

— Tu as bu combien de verres ?

— Trois, ai-je déclaré fièrement.

— Déjà ! Mais ça fait à peine une heure qu'on est là, Em ! Pas question que tu boives une goutte de plus, sinon, tu vas t'écrouler avant minuit. Et je ne pense pas que Gev soit un type pour toi.

— Je ne cherchais pas un *type pour moi*...

Je n'avais pas le courage de lui expliquer que j'avais juste envie de trouver quelqu'un d'intéressant avec qui parler ou boire.

— Mais tu es complètement soûle ! s'est-elle exclamée.

Je l'ai regardée avec un large sourire. Mises à part mes lèvres qui me picotaient, j'avais l'impression d'être dans du coton. Je m'en fichais, d'être soûle. Au fond, ça n'était pas plus mal.

— Peut-être bien, ai-je avoué. Et maintenant, je vais retrouver Gev.

Elle me cassait les pieds, avec sa morale et ses reproches. J'ai tourné les talons. Un léger vertige m'a saisie, et j'ai attendu quelques instants pour que le monde autour de moi redevienne stable. Puis j'ai cherché du regard la tignasse brune de Gev.

— OK, on se retrouve à minuit, a-t-elle lancé derrière moi.

J'ai senti une main m'attraper par le bras. J'ai tourné la tête et vu ses grands yeux bleus.

— Je suis toujours là, à côté de toi, a-t-il dit en me prenant la main.

— Raconte-moi quelque chose d'intéressant, ai-je suggéré en prenant le gobelet qu'il me tendait.

— C'est toi qui es la personne la plus intéressante que j'ai rencontrée depuis longtemps.

Il m'a prise par la taille et s'est penché pour ajouter :

— Viens danser.

Je n'ai même pas eu le temps d'ouvrir la bouche pour expliquer que je ne dansais pas : je me suis retrouvée au milieu d'un groupe de garçons et de filles en sueur. Gev avait posé sa main dans le creux de mon dos et me tenait contre lui. J'ai passé les bras autour de son cou pour garder l'équilibre et l'ai laissé mener. Ses hanches collées aux miennes, il m'entraînait dans un mouvement doux et sensuel.

Le temps est passé à la vitesse de l'éclair. J'ai eu l'impression qu'une minute seulement s'était écoulée, quand les douze coups ont sonné et qu'une effervescence s'est emparée des invités.

— Bonne année ! avons-nous tous crié d'un ton joyeux.

Puis Gev m'a enlacée et a posé ses lèvres sur les miennes. Je l'ai laissé faire. J'ai fermé les yeux tandis qu'un bourdonnement envahissait ma tête. Il a resserré son étreinte et m'a embrassée avec plus d'audace. J'éprouvais une sensation curieuse, comme si mes lèvres ne m'appartenaient plus. Je ne sentais pas non plus les siennes. En fin de compte, j'étais plus perturbée par le fait de ne rien ressentir que par celui d'embrasser un garçon.

— On part ? a-t-il suggéré dans un souffle. J'habite à deux rues d'ici. Et j'ai un jacuzzi, à la maison.

L'offre était tentante, d'autant plus que je tenais à peine sur mes jambes.

— OK, ai-je répondu.

Il m'a pris la main et je l'ai suivi à travers la foule. Lorsque nous sommes sortis, la nuit m'a paru plus douce qu'à l'arrivée. Même sans mon sweat-shirt, je n'avais pas froid. Nous avons marché le long des rues. Il m'avait dit que sa maison était proche, mais le chemin m'a semblé interminable. Nous sommes finalement arrivés dans le jardin, derrière chez lui. J'allais pouvoir m'asseoir, et c'est tout ce qui comptait.

Il a ôté la grande bâche qui recouvrait le jacuzzi et a allumé les jets. Je l'ai regardé faire en me demandant comment j'allais pouvoir escalader ces bords si hauts. Une fois les réglages terminés, il a enlevé son jean pour ne garder que le caleçon noir que j'avais entrevu quelques heures plus tôt. Quand je me suis déshabillée à mon tour, je me suis rendu compte que je n'avais plus de chaussures. Et pas la moindre idée de l'endroit où je les avais laissées.

— J'adore le violet, m'a-t-il murmuré dans le creux de l'oreille.

À cet instant, j'ai aperçu les marches qui permettaient d'entrer dans le jacuzzi et j'ai souri, soulagée. Je l'ai suivi dans l'eau, heureuse de pouvoir enfin me poser. J'ai fermé les yeux et laissé aller ma tête en arrière. Tout s'est mis à tourner. J'ai senti les mains de Gev sur moi, et sa bouche sur mon épaule. Quand j'ai ouvert les yeux, j'ai vu son visage tout près du mien et son regard insistant. J'ai penché la tête pour l'embrasser. Je ne sentais toujours pas ses lèvres, ni les miennes. Ni rien du tout, d'ailleurs. Mais cela m'était égal.

La chaleur de l'eau qui tournoyait autour de nous et l'ardeur du baiser m'ont emportée. Plus rien n'existait. Ma tête allait et venait au rythme des remous tandis que la vapeur me berçait. Gev se pressait contre moi. Je le laissais faire sans trouver l'énergie de coopérer, trop absorbée à lutter contre le tournis qui me gagnait. Puis, à un moment donné, j'ai senti ma gorge se crisper, et j'ai compris que je devais réagir.

Je l'ai repoussé et me suis précipitée hors du jacuzzi. Juste à temps pour me pencher par dessus les buissons et vomir ce que j'avais ingurgité. La tête m'a tourné et je me suis laissée tomber au sol en gémissant.

— Ça va ? a demandé Gev, derrière moi.

J'ai respiré profondément et, en prenant appui sur la barrière, je me suis relevée. J'ai dû m'adosser au mur pour ne pas tomber.

— J'ai besoin de m'allonger, ai-je répondu.

Il m'a prise par la main et je l'ai suivi tant bien que mal. Autour de moi, tout tanguait. Je ne quittais pas ses pieds des yeux pour ne pas tomber. J'ai vu du parquet succéder au sol en pierre. Nous étions dans la maison. Puis une porte. Qui s'est ouverte. La lumière s'est allumée. C'était la salle de bains.

— Je vais te chercher un caleçon et un tee-shirt, a-t-il dit avant de disparaître.

J'ai agrippé le bord du lavabo et fermé les yeux pour me ressaisir. Le calme s'était envolé et je sentais la tornade menacer. En plus, j'avais un horrible goût dans la bouche. J'ai ouvert l'armoire à pharmacie au-dessus du lavabo et pris un tube de dentifrice. Après en avoir mis sur mon doigt, je me suis frotté les dents et la langue, puis me suis rincé la bouche.

Il a posé des affaires propres et pliées devant moi. J'ai enlevé mon soutien-gorge et ma culotte mouillés pour les enfiler. L'odeur de lessive du tee-shirt m'a caressé le nez tandis que je passais ma tête dans l'encolure. Vêtu lui aussi d'un caleçon sec, Gev a repris ma main et m'a emmenée dans une chambre plongée dans l'obscurité. Arrivée dans la pièce, je me suis appuyée contre lui pour garder mon équilibre. Il a pris mon geste pour une invitation et s'est penché pour m'embrasser. Je l'ai laissé faire. J'étais enfin indifférente aux émotions. Plus rien ne pouvait m'atteindre. Je n'ai rien ressenti lorsqu'il s'est collé contre moi. Rien non plus lorsqu'il a glissé ses mains sous mon tee-shirt en m'embrassant de plus belle. Et rien, lorsqu'il m'a enlevé mon tee-shirt et m'a allongée sur son lit.

2

Pas de seconde chance

Quand j'ai ouvert les yeux, j'ai eu l'impression que des dizaines d'aiguilles transperçaient ma tête. Je me suis redressée avec un gémissement.

Où étais-je ?

Ça sentait le moisi. J'ai balayé la pièce du regard en essayant de me rappeler pourquoi je me trouvais là. Quelqu'un était étendu sur le lit, à côté de moi. J'ai aperçu une épaisse tignasse brune qui sortait de sous la couette. Le corps était immobile.

J'avais beau tenter de reconstituer la soirée, je n'avais que des flashes de la fête. Et des images furtives d'un type. Celui qui était à côté de moi, probablement. J'ai soulevé la couette et me suis rendu compte que j'étais nue. Le choc. J'ai eu un haut le cœur. Qu'avais-je fait ?

J'ai regardé une nouvelle fois pour observer le corps nu à ma gauche. Un tatouage compliqué courait le long de son dos jusqu'à son oreille. Qui était ce type ? Il m'avait dit son nom. J'ai fermé les yeux pour chercher dans ma mémoire défaillante. Gev. Il s'appelait Gev.

Là, tout de suite, je ne désirais qu'une chose : partir et ne plus jamais le revoir. Sauf que je ne savais pas où étaient mes vêtements. J'ai glissé hors du lit en grimaçant de douleur et en prenant garde de ne pas réveiller Gev. Il respirait bruyamment, la bouche ouverte, profondément endormi.

Par terre, j'ai trouvé un caleçon et un tee-shirt que j'ai enfilés. Avant de sortir de la pièce, j'ai jeté un coup d'œil derrière moi. Le lit occupait presque tout l'espace. Des posters de groupes de rock ornaient les murs et des vêtements roulés en boule dépassaient des tiroirs d'une commode.

J'ai ouvert doucement la porte qui donnait sur un couloir et tendu l'oreille. En dehors d'un bruit de voix provenant d'une télévision, la maison semblait silencieuse. En passant devant la salle de bains, je me suis arrêtée net : mon soutien-gorge et ma culotte étaient accrochés à la poignée de la porte. Impossible de me souvenir du moment où je les avais enlevés. Je les ai pris en soupirant avant de continuer le long du couloir.

Dans le salon, quelqu'un était vautré sur le canapé, la télécommande dans une main, un paquet de chips dans l'autre. Endormi aussi, Dieu merci. La télévision projetait sa lumière blafarde. J'ai marché sans bruit jusqu'à la porte d'entrée. Elle a grincé quand je l'ai ouverte. L'air frais du matin m'a balayé le visage. J'ai frissonné en marchant pieds nus sur l'herbe couverte de givre. Sur le sol, à côté d'un jacuzzi, j'ai aperçu mes vêtements qui formaient un tas. Après avoir sorti mon portable de la poche de mon jean, j'ai pris mes affaires et me suis dirigée vers le portail. Le téléphone contre l'oreille, j'écoutais sonner, lorsque j'ai vu mes chaussures, à l'autre bout du jardin, près du grillage. Je suis allée les récupérer, en poussant un soupir désespéré.

— Emma ? a marmonné Peyton d'une voix endormie. Où es-tu ?

— Je ne sais pas, ai-je murmuré.

Malgré mes précautions, j'ai eu l'impression que ma voix résonnait avec force dans la rue silencieuse.

— Je crois que je ne suis pas loin de la fête, ai-je ajouté en apercevant sur le trottoir quelques gobelets en plastique. Et toi, où es-tu ?

— Sur le canapé. Je mets la main sur mes chaussures et je te retrouve dehors.

Quelques instants plus tard, j'ai vu Peyton dans sa robe rouge devant une maison.

— Salut, ai-je lancé en la rejoignant.

— Salut…

Elle a posé un chapeau haut de forme sur ma tête et passé son bras autour de mes épaules. Nous nous sommes dirigées vers sa voiture d'un pas lent. Je me suis installée sur le siège passager en prenant soin de ne pas me cogner. J'avais l'impression d'être handicapée. Peyton s'est assise au volant, dans le même état. Après avoir mis ses lunettes, elle a poussé un soupir. Il faisait suffisamment jour pour ne pas mettre les phares.

Une fois à la maison, nous sommes montées chacune dans notre chambre. Dès que j'ai fermé la porte, j'ai enlevé au plus vite le short et le tee-shirt et les ai jetés à la poubelle. J'ai enfilé un legging et un débardeur, puis je me suis glissée sous la couette et endormie instantanément.

— Emma ? a chuchoté Peyton.

Tandis que j'essayais de sortir de mon coma, elle s'est assise sur le lit.

— Ça va ? a-t-elle ajouté.

— Non, ai-je grogné. J'ai envie de mourir.

J'ai rabattu la couette par-dessus ma tête et murmuré d'une voix étouffée :

— Picoler, ça craint…

Elle a éclaté de rire.

— C'est boire comme tu l'as fait qui craint ! Il est presque midi. Viens prendre un petit déjeuner, tu te sentiras mieux après.

— Ça m'étonnerait. Pour aller mieux, il faudrait me couper la tête. Je vois que ça.

— Manger quelque chose de gras est le meilleur des remèdes contre la gueule de bois, crois-moi.

J'ai sorti la tête de sous la couette. Peyton avait les cheveux hirsutes et ses yeux bouffis étaient cernés de mascara. En la voyant, j'imaginais de quoi je pouvais avoir l'air. J'avais la langue pâteuse et un goût désagréable dans la bouche.

— OK, mais laisse-moi d'abord prendre une douche, ai-je lâché.

Elle s'est levée.

— Moi aussi, je vais me laver vite fait. On se retrouve en bas.

J'ai pris des vêtements dans le tiroir et me suis dirigée à tâtons vers la salle de bains, incapable d'ouvrir les yeux. J'ai tourné le robinet et attendu que l'eau soit brûlante avant de me glisser sous le jet. Tandis que l'eau coulait sur ma peau, les événements de la nuit me sont revenus petit à petit en mémoire.

Tu me dégoûtes. La voix haineuse de Carol a résonné à mes oreilles. J'ai chassé cette musique détestable et me suis frottée la peau encore plus fort avec le gant, jusqu'à la faire rougir. J'ai essayé d'éliminer la sensation des mains de Gev sur mon corps, de ses lèvres contre les miennes. Mais quand j'ai fermé le robinet, je me répugnais toujours autant.

J'ai mis un jean, un sweat-shirt ample et une casquette, puis suis descendue rejoindre Peyton. Au moment d'ouvrir la porte pour sortir, Meg est entrée. Elle avait l'air fatiguée, mais pas aussi misérable que nous.

Elle nous a dévisagées tour à tour, avant de lancer à Peyton :

— Tu l'as fait boire.

— Elle l'a fait toute seule comme une grande, a protesté Peyton. On va prendre un petit déjeuner. Tu veux venir ?

Je n'ai pas osé affronter son regard réprobateur et ai baissé la tête, honteuse.

— OK, a répondu Meg.

— Parfait, a dit Peyton en lui tendant les clés. Alors c'est toi qui conduis.

Au café, la file d'attente était impressionnante. La salle était remplie de clients dont la pâleur et les traits tirés attestaient d'une soirée de nouvel an qui avait joué les prolongations. Heureusement, la queue avançait vite : un quart d'heure plus tard nous étions installées à une table.

Une fois assise, Meg m'a observée en secouant la tête.

— Je n'arrive pas à croire que tu as bu. Ça ne t'arrive jamais. Qu'est-ce qui s'est passé ?

J'ai haussé les épaules en murmurant :

— La boîte de Pandore.

Elle m'a lancé un sourire compatissant pendant que mon regard se perdait au loin, derrière la fenêtre.

— Je ne vois pas le rapport…, a remarqué Peyton, qui n'avait pas compris mon allusion. Tu parles du musicien avec qui tu as fini hier soir ? C'est un message codé, ou quoi ?

— Attends ! Tu as passé la nuit avec un mec ?

La voix de Meg avait fusé. Deux types qui passaient à côté de notre table se sont tournés vers nous. Je me suis enfoncée dans mon siège et cachée sous ma casquette en les entendant rire.

— Meg ! s'est exclamée Peyton. Tu ne veux pas faire une annonce publique dans la salle tant que tu y es ?

— Désolée, a-t-elle grimacé. Mais je…

— Je ne veux pas en parler, l'ai-je interrompue d'un ton ferme.

Elles m'ont toutes les deux examinée, prêtes à réagir, avant de se raviser. Nos plats sont arrivés à cet instant, ce qui nous a permis de nous concentrer sur autre chose que ma soirée arrosée.

— Et toi, Peyton, où as-tu fini la nuit ? a demandé Meg.

— Sur le canapé de Tom. *Seule*. Il a disparu, vers trois heures du matin, et je ne trouvais plus Emma, alors je me suis endormie.

Pendant que nous mangions nos œufs au plat et nos pancakes, Meg nous a raconté sa soirée. Rien d'extraordinaire.

Peyton avait raison : manger m'a fait le plus grand bien. Quand nous avons quitté le café, je me sentais un peu moins une zombie. Au moment d'entrer dans la maison, mon portable a sonné. Je savais ce qui m'attendait, et je n'étais pas prête à affronter ça. Mais, après avoir respiré un bon coup, j'ai quand même décroché.

— Coucou, Sara.

— Bonne année ! a-t-elle crié.

J'ai écarté le téléphone de mon oreille.

— Pas si fort, ai-je supplié.

— Ah, pardon… Mais, attends… Tu es sortie, hier soir ?

— Ouais. Mais je ne veux pas en parler.

Sara est restée silencieuse quelques instants.

— Meg est au courant ?

Je me suis laissée tomber sur le canapé, la tête sur les coussins.

— Oui.

— Je peux en discuter avec elle ?

J'ai hésité avant de répondre :

— Si tu me promets qu'on n'abordera jamais le sujet.

À son silence, j'ai compris qu'elle pesait le pour et le contre.

— Promis.

Elle a raccroché. Quelques secondes plus tard, le téléphone de Meg a sonné. Assise à l'autre bout du canapé, elle m'a lancé un regard interrogateur.

— Sara veut savoir ce qui m'est arrivé hier soir et je lui ai dit que je ne voulais pas en parler.

— Mais je peux lui dire ?

— Pas devant moi.

Meg s'est levée et a répondu en montant l'escalier.

— Salut, Sara.

— Je viens avec toi, a lancé Peyton en grimpant les marches quatre à quatre.

Elle avait l'air d'aller beaucoup mieux, tout à coup.

Après avoir mis deux aspirines dans un verre d'eau, je me suis allongée sur le canapé. J'y ai passé l'après-midi, à regarder des films.

En début de soirée, j'ai abandonné les filles devant un film d'horreur et me suis traînée jusqu'à ma chambre. J'avais déjà du mal à trouver le sommeil, inutile de le faire fuir davantage en m'infligeant des sueurs froides.

Quelques minutes plus tard, j'ai entendu frapper à ma porte.

— Coucou, a dit Meg en s'asseyant sur mon lit. Tu te sens toujours aussi mal ?

— Dis-moi que ça va aller mieux, ai-je supplié, les yeux fermés.

— Demain tu seras en pleine forme, a-t-elle assuré. Peyton m'a dit ce que tu as bu. Enfin, ce qu'elle en a vu, tout du moins…

Je n'ai pas réagi. Elle a fini par lâcher le morceau.

— Je sais que tu ne veux pas en parler, et je te promets que je n'évoquerai plus le sujet. Mais arrête de t'autoflageller. Tout le monde fait des erreurs. Et, pour autant que je sache, Ev…

— Stop ! me suis-je écriée avant qu'elle ne prononce son nom.

— OK, s'est-elle excusée. Je veux juste dire que ce qui s'est passé hier soir ne compte pas. C'était une erreur, un point c'est tout.

Je ne lui avais jamais raconté ma vie à Weslyn ni expliqué pourquoi je refusais de sortir, et de boire. Enfin… jusqu'à hier soir. J'avais néanmoins autorisé Sara à lui en expliquer les raisons, lorsqu'elle était venue me voir après mon emménagement, l'été dernier. Cela avait permis à Meg de comprendre pourquoi je gardais mes distances avec les gens.

J'avais confiance en elle. Nous nous étions rencontrées à l'entraînement de foot, en première année. Elle arrivait de Pennsylvanie et était, comme moi, une nouvelle venue qui avait quitté sa ville. Elle avait respecté mon attitude réservée et avait ressenti de manière instinctive le besoin de me protéger. Comme Sara. Notre lien avait été immédiat.

Au cours de l'année, Peyton s'était rapprochée de nous. Pour être franche, elle était du genre sociable et s'imposait facilement. On l'aimait ou on la détestait, mais elle ne laissait pas indifférent, et c'est ce qu'elle recherchait. J'aimais son tempérament effronté et appréciait de l'avoir dans mon entourage.

Enfin, il y avait Serena. Elle venait de Californie, comme Peyton, et passait ses vacances d'hiver en famille. Mais quand elle était avec nous, elle complétait à la perfection notre groupe hétéroclite. C'était quelqu'un de profondément gentil, ce qui ne l'empêchait pas d'être d'une franchise à toute épreuve. Son style gothique m'inspirait à la fois respect et curiosité.

J'étais reconnaissante envers Peyton et Serena de m'accepter telle que j'étais – même si, parfois, Peyton était un peu trop… Peyton, à mon goût. Mais Meg était celle en qui j'avais le plus confiance. Elle seule était au courant de mon passé. Elle veillait sur moi et m'évitait de déraper. Lorsque je marchais au bord du précipice, elle était là pour m'empêcher de tomber.

Quand elle m'a dit que je pouvais gommer cette erreur d'une nuit, je ne demandais qu'à la croire et à évacuer la honte qui m'accablait. Sauf que je savais que le problème était plus profond. Mon fragile équilibre avait vacillé dès l'instant où cette boîte en carton avait été ouverte. Ma nuit mouvementée, dont j'avais si honte, n'était rien d'autre qu'une volonté destructrice. Rien ne pourrait l'effacer.

3

Nouvelle année, nouvelles expériences

Les cours du second trimestre ont commencé la semaine suivante. J'ai démarré cette nouvelle année en me jetant à corps perdu dans les livres, les cours et le travail. En apparence, tout semblait être rentré dans l'ordre. Mais je savais, au fond de moi, que quelque chose avait changé.

Meg et moi partions ensemble le matin. Comme nous préparions toutes les deux le concours d'entrée à l'École de médecine, nous avions quelques cours en commun. La différence, c'est qu'elle avait choisi la pratique hospitalière, tandis que j'avais opté pour la recherche et ses laboratoires qui m'apparaissaient comme des refuges.

Peyton avait l'habitude de déambuler dans la maison sans prendre la peine de frapper avant d'entrer dans la salle de bains ou dans une chambre – tant pis si elle tombait mal. Elle prenait plus de précautions avec Serena – la seule d'entre nous qui avait un petit ami, mais qui supportait mal le comportement désinvolte de Peyton. Elle avait le don de la mettre hors d'elle.

— Emma, je peux te parler ?

Peyton est arrivée dans la cuisine tandis que j'étais en train de me préparer un sandwich avant de partir pour l'entraînement avec Meg.

— Je sais que la dernière fête, il y a quelques semaines, a été une catastrophe, a-t-elle poursuivi sans attendre ma réponse. Mais je crois que tu devrais faire une nouvelle tentative. Si tu m'accompagnes à une soirée, cette fois, je promets de te surveiller et de t'aider à évaluer ton degré d'ivresse.

J'ai souri.

— Je me suis cuitée une fois, Peyton. Merci, mais ça suffira.

— Ça n'est pas parce que tu as eu une mauvaise expérience que tu dois renoncer à toute vie sociale. On est à l'université, c'est la période où on tente des expériences, y compris avec l'alcool. Je te jure qu'il y a moyen de boire des coups sans pour autant finir dans le lit du premier type qu'on croise.

— Ferme-la ! ai-je riposté en lui ai envoyant un morceau de pain à la figure.

Elle a marmonné, tête basse :

— Désolée, c'était vraiment idiot de ma part. Je n'aurais pas dû dire ça.

Avant de quitter la pièce, elle s'est retournée pour ajouter :

— Dis-moi juste que tu vas y réfléchir ?

— D'accord, ai-je lâché, pressée d'en finir.

— Super ! s'est-elle exclamée. Il y a une fête, samedi, ça va être top !

— Tu vas à la soirée au lycée Green ? m'a demandé Meg en entrant dans la cuisine, un ballon de foot sous le bras.

— Je ne…

— Toi aussi, n'est-ce pas ? a lancé Peyton à Meg avant que je n'ai pu finir ma phrase.

— Je pense que oui, a répondu Meg.

Puis elle a ajouté, en me regardant :

— Tu sais, ça va être sympa.

J'ai baissé les épaules et poussé un soupir.

— OK, ai-je capitulé.

Avec un sourire triomphant, Peyton a frappé à la porte de la chambre de Serena.

— Qu'est-ce qu'il y a ? a crié celle-ci.

— Tu viens avec nous à la fête, samedi ? Emma y va.

Serena a sorti la tête de sa chambre et m'a dévisagée d'un air étonné.

— C'est vrai ?

— Il paraît.

— C'est bon, je viens aussi, a-t-elle annoncé avant de claquer sa porte au nez de Peyton.

— Ne me dis pas que tu comptes mettre ça ? a gémi Peyton en contemplant mon jean délavé et mon tee-shirt informe.

— Tu as voulu que je vienne, non ?

Avec un grognement, elle est retournée dans la salle de bains pour finir de se maquiller pendant que j'ai descendu l'escalier. Au moment où j'atteignais la dernière marche, Serena est entrée, un sac de courses à la main. Toute de noir vêtue, comme d'habitude. Elle portait des Doc Martens et ses cheveux teints en noir encadraient son visage poudré de blanc. Un épais trait de crayon soulignait ses yeux marron. Le style de Serena était plus qu'un look – une identité.

Je suis allée dans le salon. Serena est revenue de la cuisine, une bière dans chaque main, et en a tendu une à Meg. Penchée sur la table, celle-ci était en train de se mettre du vernis à ongle.

— Je conduis, a-t-elle répondu en secouant la tête.

Serena m'a lancé un coup d'œil et a levé la bouteille.

— Je peux le faire, si tu veux, ai-je proposé.

— Ça va aller, a dit Meg. Vas-y, si tu veux boire. Cette fois, on sera là pour te surveiller. Il n'y aura pas que Peyton.

— Hé ! a protesté l'intéressée depuis la salle de bains.

J'ai contemplé la bouteille que Serena tenait à la main en pesant le pour et le contre. La dernière fois, j'avais bu, certes, mais j'étais sûre d'une chose : je ne voulais plus jamais être aussi soûle de ma vie.

— OK, ai-je finalement accepté en prenant la bière.

Meg m'a jeté un regard étonné, avant de retourner à son occupation, pour ne pas donner l'impression d'être perturbée par ma décision. Serena, elle, a fait comme si nous avions toujours bu des coups ensemble. Cela lui ressemblait bien : elle acceptait tout et tout le monde sans préjugés. Je ne l'avais encore jamais vue déstabilisée.

J'ai bu une gorgée et fait la grimace. La bière, ça n'était pas mon truc.

— Ça a un goût immonde !

— Ça a le goût de bière, c'est tout, a répondu Serena en riant.

Puis elle a ajouté, avant de partir dans la cuisine :

— Je vais te préparer quelque chose, tu vas voir.

— Et moi je vais boire ta bière, a lancé Peyton en apparaissant en haut de l'escalier.

Ses longs cheveux blonds tombaient parfaitement sur ses épaules, impeccablement lissés. Elle était très soucieuse de son apparence et soignait le moindre détail, depuis son rouge à lèvres jusqu'au vernis à ongles de ses orteils. En dehors de nous, personne ne pouvait la voir un tant soit peu négligée. La seule idée du temps qu'elle passait à se préparer m'épuisait.

— Toi tu boirais n'importe quoi, a taquiné Meg en revissant le bouchon du vernis. Je crois que tu as essayé à peu près tout ce qui existe sur terre comme alcool.

— Très drôle, a riposté Peyton en buvant une gorgée à la bouteille.

— Tiens, essaye ça, a proposé Serena en me tendant un verre rempli d'une boisson rouge.

Mon estomac a aussitôt manifesté sa désapprobation. En voyant ma grimace, elle a ajouté :

— C'est de la vodka avec du jus de cranberry. Je l'ai dosé très léger en alcool.

J'ai pris le verre pour goûter. Ça avait surtout le goût de cranberry, avec un petit quelque chose en plus.

— Merci.

Meg est montée dans la salle de bains pour finir de se maquiller. Nous avons continué à boire en l'attendant. Jamais je n'aurais pensé me trouver un jour dans cette situation. Comme je ne savais pas si je devais tenir mon verre à la main ou le poser sur la table basse, j'ai observé Serena pour faire comme elle, et je l'ai gardé. J'ai avalé une petite gorgée, pour ne pas boire trop vite. Je me sentais crispée. En fait, j'avais besoin de me détendre.

— Et James, il fait quoi ce soir ? ai-je demandé à Serena pour essayer de me distraire.

— Il travaille.

Elle a fini sa bière et s'est levée.

— Peyton, tu en veux une autre ?

James était videur dans une salle de concert où se produisaient des groupes de rock locaux. Avec son crâne rasé, sa carrure de boxeur et son tatouage sur l'avant-bras, il lui correspondait parfaitement. Mais il était également un étudiant assidu à l'université de Stanford et se destinait à l'enseignement. L'idée de James donnant des cours à des adolescents me faisait sourire.

— Et comment ! a répondu Peyton.

J'avais à peine bu la moitié de mon verre et elles en étaient déjà à leur deuxième bière… Je buvais peut-être trop lentement ? Ou peut-être avais-je simplement besoin de lâcher l'affaire et d'arrêter de faire une fixette ?

— Il y a un super groupe qui va passer dans quelques semaines, m'a annoncé Serena en tendant une bière à Peyton.

Grâce à elle, j'étais au courant des meilleurs concerts de la région. J'étais heureuse d'avoir une colocataire qui partageait mon goût pour les rythmes rapides et les gros riffs de guitare. Meg et Peyton préféraient les cadences plus soft. J'avais quand même réussi à entraîner Meg dans quelques concerts qui lui avaient plu.

— Tu me diras la date précise, dès que tu le sauras ? ai-je questionné en buvant une autre gorgée. Pour m'assurer que ça ne tombe pas pendant un examen.

— Mais tu as déjà passé toutes tes vacances à préparer les devoirs pour le mois prochain ! a-t-elle observé. Tu peux bien sortir un soir. En plus, ça ne finira sûrement pas tard.

— C'est bon, on peut y aller, a lancé Meg en descendant les marches, ses longues boucles auburn dansant autour de sa tête.

Nous avons fini nos verres et nous sommes levées pour sortir.

Après avoir tourné un moment, nous avons finalement trouvé une place pour nous garer non loin de la fête. Derrière un groupe de personnes, nous avons ensuite franchi un portail et sommes entrées dans une cour.

— Il y a une piscine, m'a soufflé Meg en lançant un regard malicieux vers Peyton.

— Je ne vous conseille pas..., a menacé celle-ci.

— T'en fais pas, a riposté Meg. On ne fera pas ça *ici*.

Un magnifique bâtiment de deux étages surplombait la cour, dont les fenêtres étaient agrémentées de larges balcons. Un peu partout, des gens discutaient, faisaient connaissance. Les portes étaient ouvertes pour faciliter la circulation entre les pièces. Au rez-de-chaussée, dans une immense pièce, était installée une sono qui passait les derniers tubes de hip-hop.

— À boire ! s'est exclamée Peyton en levant les mains et en remuant ses hanches en rythme.

Nous l'avons suivie à travers la foule. Grâce à son pull vert, c'était facile. Tandis qu'elle traversait la piste, les têtes se tournaient sur son passage, sans qu'elle le remarque. Après avoir monté un escalier nous nous sommes dirigées vers la porte la plus proche.

— Attendez-moi ici, a-t-elle ordonné. Je vais nous chercher des boissons.

Même si nous avions voulu entrer, nous n'aurions pas réussi : la pièce était pleine à craquer. Quelques minutes plus tard, Peyton est revenue avec des gobelets contenant une espèce de gelée, qu'elle nous a distribués. J'ai regardé cette texture étrange d'un air perplexe.

— Il faut tout avaler, m'a conseillé Meg.

— C'est toujours mieux, a lancé Peyton en éclatant de rire.

— On parle de gelée, là, Peyton ! a riposté Meg.

Cela m'a pris un certain temps pour saisir l'allusion et, lorsque j'ai compris, j'ai eu une moue de dégoût. Peyton a aussitôt remarqué ma réaction à retardement.

— Tu es vraiment sûre d'avoir couché avec ce type, l'autre soir, Emma ? a-t-elle réagi avec un sourire taquin. Parce que tu n'as pas l'air très au courant de certaines choses…

— Je vais en chercher d'autres pour que tu essayes encore, m'a proposé Meg en entraînant Peyton avec elle.

Elles sont revenues avec de nouveaux gobelets. Cette fois, j'ai réussi à engloutir presque toute la gelée.

— Maintenant, tu attends d'avoir senti une sorte de guili dans le ventre avant de boire quoi que ce soit, a expliqué Serena.

— Un « guili » ? a répété Peyton en haussant les sourcils. Tu es vraiment trop bizarre, Serena.

— N'importe quoi, a lâché Serena en tournant les talons.

— Tom ! a soudain crié Peyton en direction du balcon d'en face.

Malgré le bruit, il l'a entendue et lui a fait un petit signe de la main. Elle m'a attrapée par le poignet et m'a traînée à travers la foule.

— On vous attend ici, a lancé Meg derrière nous.

— J'espérais que tu serais là ! s'est exclamée Peyton en rejoignant Tom.

Leur relation était particulière. J'entendais régulièrement parler de lui et de la manière dont ils se retrouvaient dans les fêtes. À l'évidence, elle était intéressée par lui et lui par elle, mais ils n'avaient même pas échangé leurs numéros. Difficile de comprendre ce qui se passait entre eux.

— Salut, a dit une voix près de moi.

J'ai levé les yeux. Cole. J'ai eu un sourire forcé et ai compris, soudain, pourquoi Peyton avait tellement insisté pour que je vienne.

— Deux fêtes, je suis carrément impressionné, a-t-il ajouté.

— Les soirées, c'est pas mon truc.

— J'imagine, en effet. Sinon, je t'aurais rencontrée plus tôt.

— Exact. Mais c'est une nouvelle année, alors j'essaie des choses.

— Et c'est quoi la prochaine sur la liste ? a-t-il demandé en me fixant de ses yeux bleu intense.

J'ai détourné le regard et contemplé la foule autour de nous.

— Un plongeon dans la foule, pendant un concert, ai-je répondu sans réfléchir.

Évidemment, je n'avais pas de liste. C'était venu comme ça. Sauf que, en le disant, cela m'a donné envie d'essayer.

— Super ! Tu me préviendras pour que j'assiste à ça.

— Peut-être, ai-je lâché d'un ton évasif.

Je ne tenais pas à lui donner une opportunité de nous revoir. Dès qu'il a tourné la tête, je me suis échappée. Peyton m'a appelée, mais j'ai fait semblant de ne pas entendre. Lorsque j'ai atteint l'endroit où nous avions laissé Serena et Meg, elles avaient disparu. J'ai jeté un coup d'œil alentour. Elles étaient près de la piscine. Je suis retournée au bar pour prendre une boisson avec des bulles qui sentait le raisin.

Meg m'a vue en haut de l'escalier et m'a fait un signe. J'ai descendu les marches pour la rejoindre mais, lorsque je suis arrivée en bas, un bras m'a attrapée par la taille et m'a attirée sur le côté.

— Salut beauté, m'a murmuré Gev à l'oreille en m'embrassant dans le cou. J'espérais bien te revoir.

— Ah, salut…, ai-je soufflé en me raidissant.

J'ai lancé un coup d'œil paniqué en direction de la piscine. Par chance, j'ai réussi à attraper le regard de Meg. Elle a immédiatement compris et s'est dirigée vers moi en traînant Serena à sa suite, sans se soucier de bousculer tout le monde sur son passage.

— Comment ça va ? ai-je demandé à Gev d'une voix fébrile.

— Sobrement. Je vais me chercher un truc à boire. Tu viens ?

— Emma ! s'est exclamée Meg au même instant, avec un enthousiasme forcé. Te voilà enfin, on croyait t'avoir perdue !

Gev l'a dévisagée, décontenancé.

— Salut, moi c'est Meg, et voilà Serena, a-t-elle poursuivi.

Serena a fait un léger signe de la tête, sans même esquisser un sourire.

— Gev, a-t-il répondu. Bon, ben je te laisse, on se retrouve plus tard…

Il m'a embrassée sur la joue avant de disparaître. J'ai fait une vague grimace pour tenter de masquer mon dégoût.

— Ça va ? a demandé Meg en me prenant par la main pour m'emmener près de la piscine.

— À peu près, ai-je lâché en avalant quelques gorgées du liquide rougeâtre qui était dans mon gobelet.

— Il est hyper beau, a observé Serena, à côté de moi. Dommage que ça soit un crétin.

— On ne le laissera plus s'approcher de toi, a promis Meg.

Peyton nous a rejointes quelques instants plus tard.

— Pourquoi tu es de nouveau partie en voyant Cole, Em ? s'est-elle exclamée. Tu pourrais au moins lui laisser une chance.

— Il n'est pas mon genre.

— C'est toujours le même type que tu veux lui coller dans les bras ? est intervenue Meg.

— Je l'ai vu juste une fois, à la soirée du nouvel an, ai-je précisé.

— Mais ça fait un temps fou que je veux te le présenter, a soupiré Peyton. Ça me permettrait de me rapprocher de Tom, lui et Cole sont inséparables. Et je pensais qu'il pourrait te plaire.

— Tu me connais mal, visiblement.

— Mais toutes les filles le trouvent sublime ! s'est exclamée Peyton.

Elle a regardé Serena pour avoir son approbation. Devant son air réservé, elle a rectifié :

— OK, peut-être pas Serena... Il n'est pas assez *spécial*.

— Ferme-la, Peyton, a-t-elle riposté.

Meg s'est mise à rire en les entendant se chamailler. Elles passaient leur temps à s'envoyer des piques, à tel point que je me demandais parfois si elles étaient vraiment amies.

— Sérieusement, Em..., a insisté Peyton. Il est magnifique, intelligent, et il fait du surf.

— Je m'en fiche complètement, qu'il fasse du surf. Laisse tomber, OK ?

Une angoisse m'a soudain noué le ventre. J'ai englouti les dernières gouttes de mon verre pour la chasser.

— Je vais chercher à boire, ai-je annoncé.

— Je viens avec toi, a proposé Serena en m'entraînant dans une autre pièce.

Une fois hors de portée de voix, elle a ajouté :

— Elle la joue égoïste, comme toujours. Ne te laisse pas faire.

— Ne t'inquiète pas.

Pendant qu'elle se rendait au bar, je l'ai attendue sur le balcon. Je surveillais la foule autour de moi, par peur de croiser de nouveau Gev. Serena m'a rejointe quelques instants plus tard.

— Whisky-Coca, a-t-elle dit en me tendant un gobelet.

J'ai bu une gorgée, qui a mis le feu à mon gosier.

— Waouh ! ai-je frissonné. C'est fort.

— Désolée, c'est pas moi qui l'ai dosé. Tu n'aimes pas ?

— C'est pas ce que je préfère, ai-je avoué. Mais c'est bon, je vais le boire.

Nous avons aperçu Peyton et Meg en train de danser près de la piscine.

— Parfait, a marmonné Serena en m'emmenant à l'écart de la foule.

Adossée au mur, j'ai siroté mon cocktail – définitivement plus whisky que Coca. À défaut de « guili » dans le ventre, je sentais une brume s'emparer lentement de mon cerveau.

— La prochaine fois, je t'emmène à une fête avec de la musique dansable, a promis Serena. Là, c'est de la daube.

J'ai éclaté de rire devant son franc-parler.

Deux types sont arrivés derrière Meg et Peyton et ont posé leurs mains sur les hanches des filles. Peyton s'est retournée, le sourire aux lèvres, et a passé ses bras autour du cou du garçon. Meg, elle, s'est écartée. L'autre type a compris le message et a disparu dans la foule. J'ai souri, amusée par la scène.

— Je vais chercher un autre verre, a déclaré Serena. Tu m'attends ou tu viens avec moi ?

J'ai hésité un instant, mais la foule compacte qui nous entourait m'a dissuadée.

— Je reste ici.

— OK, mais tu ne bouges pas de là, a insisté Serena d'un air inquiet.

J'ai acquiescé et bu une gorgée. Elle s'est retournée une ou deux fois en montant les marches.

— Je t'ai trouvée, a lancé Gev en surgissant devant moi.

Il s'est penché et a posé ses lèvres sur les miennes. Je me suis figée, incapable de répondre à son baiser. Il s'est écarté et m'a dévisagée en fronçant les sourcils.

— Tu m'en veux ?

— Euh… non, ai-je répondu, prise au dépourvu.

— C'est parce que je me suis endormi direct, la dernière fois ? Sans coucher avec toi ? Promis, ce soir, je ne vais pas boire autant !

Je l'ai dévisagé, stupéfaite. Avais-je bien entendu ? Je *n'avais pas couché* avec lui ? Nooooon ! J'ai senti ma poitrine se gonfler de joie.

— Non, ça n'est pas pour ça, ai-je avoué, soudain plus à l'aise. Mais je crois qu'il y a erreur.

— Ah…, a-t-il lâché en hochant la tête d'un air entendu. Je ne te plais pas ?

— Ça n'est pas toi, ai-je aussitôt précisé pour ne pas paraître trop dure. Simplement, c'est pas mon truc en ce moment.

— OK, pas de problème, a-t-il réagi en haussant les épaules.

Il ne semblait pas le prendre mal. À vrai dire, il avait carrément l'air de s'en fiche.

— Amuse-toi bien, alors, a-t-il ajouté. Et si jamais tu as besoin de te détendre, tu peux toujours m'appeler.

— Ça marche, ai-je répondu en le regardant s'éloigner.

— Oh non ! s'est exclamée Serena en me rejoignant. Désolée, j'avais complètement oublié l'existence de cet abruti. Qu'est-ce qui s'est passé ?

— On n'a pas couché ensemble, ai-je expliqué.

— J'espère bien ! On est quand même dans une soirée, entourées de centaines de personnes et…

Elle s'est interrompue un instant avant d'ajouter, avec un sourire radieux :

— Tu veux dire… la dernière fois ?

J'ai fait un petit signe de la tête pour confirmer. J'avais encore du mal à y croire. Cela me semblait miraculeux. J'avais soudain l'impression d'être bien plus légère. Peut-être que le whisky y était aussi pour quelque chose ? J'ai aperçu Meg en train de danser au bord de la piscine et j'ai senti mon cœur s'ouvrir.

— Regarde ! ai-je lancé à Serena avant de jeter mon gobelet vide par terre et de me diriger vers Meg en me frayant un chemin à travers la foule.

J'étais à un mètre d'elle, lorsqu'elle s'est retournée. Elle a souri en me voyant. Puis son sourire s'est figé quand elle a reconnu la lueur diabolique qui brillait dans mes yeux. Elle a juste eu le temps d'ouvrir la bouche avant que je la pousse, mais je n'ai même pas eu le temps de me réjouir : elle m'a attrapé le poignet et entraînée dans sa chute. Nous sommes tombées ensemble dans la piscine avec un énorme « plouf ».

— On est quittes ! a lancé Meg, ruisselante, en regagnant le bord.

— Pour le moment, ai-je riposté.

Tout le monde nous regardait, certains amusés, d'autres agacés.

Quand nous nous sommes hissées hors de la piscine, Peyton nous attendait, bras croisés, l'air fâché.

— On y va, a-t-elle aboyé. Ils nous mettent dehors.

— Pourquoi ? s'est exclamée Meg en riant. Parce qu'on a sauté dans la piscine ?

Sans même répondre, Peyton a poussé un soupir exaspéré et est partie vers le portail.

— Je crois que le proprio tolère les fêtes mais ne veut pas avoir à nettoyer la piscine, a expliqué Serena. On n'a pas le droit d'y aller pendant les soirées.

Les invités s'écartaient sur notre passage et nous dévisageaient en ricanant. Lorsque nous sommes arrivées dans la rue, nous avons entendu l'avertissement :

— Interdiction d'aller dans la piscine ! Si ça se produit encore une fois, la fête est terminée.

Meg et moi avons éclaté de rire.

— On peut dire que vous vous êtes fait remarquer, a commenté Serena en se joignant à nous.

— Je ne peux pas croire que vous ayez fait un truc pareil, a fulminé Peyton. Vous aviez promis de bien vous tenir !

— Meg avait promis, ai-je protesté. Ne t'en fais pas, on ne va pas mouiller les sièges de ta voiture. Tu as toujours ton sac poubelle dans ton coffre ?

— Bien sûr. Quand même, à cause de vous, on s'est fait virer. Ça craint.

Tandis que Meg et moi enlevions nos jeans et nos chaussettes trempés pour les mettre dans le sac en plastique, Serena a déclaré :

— Bonne nouvelle, les filles ! Emma n'a pas couché avec le type louche.

— Quoi ? se sont écriées Peyton et Meg d'une même voix.

— Il s'est endormi avant, ai-je précisé en détournant les yeux.

— Je ne comprends pas, est intervenue Peyton. Comment tu peux ne pas t'en être rendu compte ?

Je l'ai regardée d'un air étonné, sans saisir le sens de sa question.

— Tu n'as pas *senti* que tu n'avais pas couché ?

Devant mon regard perdu, elle a ajouté en soupirant :

— Emma, tu es vraiment à l'ouest.

— Peyton ! s'est énervée Meg, tandis que nous montions dans la voiture.

— Je n'ai couché qu'une fois dans ma vie, me suis-je défendue. Je ne savais pas qu'on avait mal chaque fois.

Toutes les trois ont éclaté de rire.

— Pas forcément *mal*, a dit Serena. Mais en tout cas, tu est censée savoir si le type t'es passé dessus ou pas.

— Serena ! s'est écriée Meg, stupéfaite. C'est horrible, la manière dont tu dis ça.

— C'est bon, j'ai compris, ai-je lancé pour couper court à la conversation.

Je ne tenais pas plus que ça à m'étendre sur le sujet. Ni à réfléchir à ce que j'avais failli faire avec Gev.

— Au fait, Em, j'ai donné ton numéro à Cole, a annoncé Peyton.

Tout le monde s'est tu.

— Peyton, tu me soûles !

4

Le grand saut

Tandis que je cherchais à tâtons ma chaussure sous le lit, une photo qui dépassait de sous la table de nuit a accroché mon regard. Je suis restée à genoux, les yeux rivés sur *son* visage.

Je me rappelais très bien du jour où j'avais pris cette photo. Nous étions dans les bois, derrière chez lui. Je lui avais piqué son appareil et commencé à le mitrailler. Il avait plus l'habitude d'être derrière le viseur que devant l'objectif et n'appréciait pas ce changement de rôle. Il me courait après pour essayer de récupérer son appareil. Sur la photo en noir et blanc, on voyait au premier plan sa main tendue qui cherchait à attraper l'appareil. Derrière ses doigts écartés, j'apercevais ses yeux. Ils étaient gris, presque transparents, avec une tache blanche là où se reflétait la lumière. Il souriait. Je n'avais pas besoin de voir le reste de son visage pour le savoir.

J'adore cette photo. Mon cœur s'est serré en entendant le murmure de sa voix dans ma tête. Il me manquait tellement.

Depuis ce jour où j'étais partie en le laissant dans cette maison, je m'étais interdit de penser à lui. D'éprouver quoi que ce soit. Mais soudain, j'ai senti une déferlante d'émotions me traverser, si puissante que je ne pouvais pas lutter. J'arrivais à peine à respirer.

— Emma, tu es prête pour…

La voix de Serena s'est interrompue.

Je me suis forcée à inspirer longuement, puis à expirer. Et à détourner mes yeux de la photo.

— Ouais, ai-je dit d'une voix à peine audible en me relevant. Je suis prête.

Je tenais à peine sur mes jambes. Quand je me suis retournée, j'ai vu le regard de Serena m'examiner attentivement, avant de se poser sur l'image, par terre. Elle n'a pas fait de commentaire. J'ai pris une autre inspiration et serré les poings pour éprouver ma force, m'assurer que j'étais en vie.

Après avoir enfilé mes chaussures, j'ai lancé, avec un sourire forcé :

— C'est bon, on y va.

Le sentiment de vide qui m'habitait ces derniers temps et créait une bulle protectrice autour de moi semblait avoir disparu. Je n'arrivais plus à trouver cette paix intérieure fragile.

Lorsque nous sommes arrivées devant la salle, il y avait déjà une longue queue de fans qui attendaient le long du trottoir.

— Salut, Guy ! a lancé Serena en s'adressant au videur avec un large sourire.

Bien campé sur ses jambes, barrant la porte, il portait un tee-shirt qui laissait deviner une musculature impressionnante. Il était payé pour ça : jouer les gros bras et se débarrasser des importuns.

— Salut, Serena, a-t-il répondu en faisant un pas de côté pour nous laisser entrer.

Un murmure désapprobateur a parcouru la queue lorsque nous avons franchi la porte. Serena aimait bien arriver en avance pour assister aux préparatifs de dernière minute des musiciens. Elle voulait aussi voir James avant le début du concert.

Il est venu nous rejoindre à notre place habituelle, sur le canapé en velours défoncé, à l'étage. Il s'est assis entre nous et a passé son bras autour des épaules de Serena après l'avoir embrassée tendrement.

— Tu pourras laisser Emma monter sur la scène, ce soir ? a demandé Serena en passant une main affectueuse sur le crâne rasé de James. Elle a envie de tenter un saut dans le public.

— Tu veux vraiment ? a-t-il insisté avec une moue sceptique. Je te préviens, quand une fille fait ça, en général, elle se fait tripoter. C'est pas terrible. Et après, je dois évacuer les crétins qui ont profité de la situation.

— Ah… Dans ce cas, je préfère pas.

Je cherchais quelque chose qui me permette de respirer à nouveau, qui me libère de ce poids qui oppressait ma poitrine. L'adrénaline était préférable à l'alcool. Si je ne pouvais plus me sentir anesthésiée, autant faire battre mon cœur le plus vite possible, pour ne plus sentir la souffrance. Mais être pelotée par des inconnus n'était pas une perspective très séduisante.

— Et si elle saute dos au public ? a suggéré Serena.

J'ai approuvé d'un signe de tête.

— Tu peux essayer. Les gens n'aiment pas ça, en général, car tu ne sais pas qui va t'attraper. C'est une question de confiance. Ce qui est sûr, c'est qu'il y aura toujours quelqu'un pour choper tes fesses…

J'ai réfléchi un moment avant de me décider.

— Tant pis, je suis prête à me faire palper les fesses. J'ai absolument besoin de sauter.

Il m'a dévisagée d'un air perplexe.

— Pourquoi ?

— Parce que je n'arrive plus à respirer, ai-je lâché.

Il a éclaté de rire.

— Je ne comprends pas… C'est pour ça que tu ne sors avec personne ? Parce que tu…

— James ! s'est exclamée Serena en lui donnant une tape à l'arrière du crâne.

— Je voulais juste dire qu'elle était… différente, a-t-il protesté. Je ne juge pas !

Puis, se tournant vers moi :

— Tu sais bien que je te trouve sympa. Mais j'ai du mal à te suivre.

Serena a froncé les sourcils en entendant James parler de manière si directe.

— Je comprends, ai-je répondu. Moi aussi, j'ai du mal à me suivre.

Ma réponse l'a fait sourire.

— Ils ne vont pas tarder à laisser entrer le public, a-t-il annoncé en tenant son oreillette avec sa main pour mieux entendre. Je dois y aller. Je vous vois après.

Après avoir embrassé Serena, il s'est dirigé vers son poste.

— Tu as vraiment l'intention de faire ça ? a questionné Serena.

— Ouais, ai-je lâché en détournant les yeux.

À cette pensée, j'ai senti mon cœur bondir dans ma poitrine. L'espace d'une seconde, la souffrance a disparu. J'avais besoin d'agir, d'éprouver une sensation forte, pour chasser cette douleur qui obscurcissait mon cœur.

— On devrait peut-être s'enfiler quelques verres, d'abord, a-t-elle proposé. Comme ça, si tu t'écrases sur le sol, tu ne le sentiras pas trop.

Elle s'est levée pour aller au bar puis est revenue avec deux petits verres pleins à ras bord, décorés d'une rondelle de citron.

Je n'avais pas prévu de boire. Mais ça me semblait nécessaire pour monter sur la scène.

— À la respiration ! a lancé Serena en levant son verre.

À ces mots, j'ai senti comme un étau autour de ma poitrine. Après avoir trinqué avec elle, j'ai avalé d'un trait le contenu de mon verre. J'ai aussitôt toussé et un frisson m'a parcourue. Le citron atténuait le goût prononcé de la vodka mais j'ai senti mon œsophage me brûler.

— Je ne peux pas dire que j'adore, ai-je reconnu en me léchant les lèvres, rendues acides par le citron.

— Ça va être plus facile, a-t-elle promis avec un sourire. On ferait mieux d'y aller maintenant pour trouver une place devant la scène.

Une fois debout, elle m'a tendu la main pour m'aider à sortir du canapé.

Pendant la première partie, elle m'a apporté quelques verres supplémentaires. J'avais l'impression de bien tenir le choc, de ne pas sentir les effets de l'alcool. Mais je n'en étais pas certaine.

Les membres du groupe sont enfin arrivés et, autour de nous, la foule est devenue compacte. Pour accompagner les musiciens, tout le monde sautait, dansait, levait les mains en criant les paroles tout en hochant la tête en rythme. Serena est revenue avec deux nouveaux verres. J'étais tellement absorbée par la musique que je n'avais même pas remarqué qu'elle était partie.

— À toi de jouer, Em ! a-t-elle hurlé en levant son verre. C'est maintenant ou jamais !

Nous avons bu cul sec – je commençais presque à aimer ça. Puis je me suis dirigée vers James, encouragée par Serena. Impassible, il m'a fait un bref signe de tête pour m'indiquer que je pouvais monter. La tête me tournait et je sentais mon corps électrisé.

— Bonne chance, a-t-il murmuré.

Après être grimpée, j'ai marché jusqu'au centre de la scène, comme un automate. Du coin de l'œil, je voyais des doigts pointés vers moi. À l'autre bout de la scène, j'ai aperçu un videur qui venait dans ma direction. Je n'avais pas beaucoup de temps. Ma respiration s'est accélérée, j'ai senti l'adrénaline monter, traverser mon corps, chasser toutes les émotions. Plus rien ne comptait, sauf le saut.

J'ai tourné le dos au public en espérant que les gens tendraient les bras pour me réceptionner. Les musiciens continuaient de jouer. J'ai croisé le regard du chanteur.

Il a froncé les sourcils et je lui ai souri… avant de me jeter en arrière.

Quelque chose s'est débloqué en moi et j'ai poussé un hurlement d'excitation. J'ai atterri en douceur, au milieu d'une forêt de bras levés, puis je suis passée de main en main, soulevée par la foule. La musique résonnait tout autour de moi tandis que les gens criaient quand je passais au-dessus de leurs têtes. Je ne distinguais plus qu'un halo de lumières colorées. Après avoir traversé la salle, portée à bout de bras par le public, j'ai été doucement reposée au sol. Il m'a fallu quelques instants avant de comprendre où j'étais et voir avec netteté les visages qui m'entouraient. La foule continuait de chanter et de bouger et l'énergie qu'elle dégageait m'enveloppait comme du coton.

Après avoir repris mes esprits, entraînée par les autres, j'ai recommencé à hurler les paroles et à scander le rythme de la musique en levant la main, happée par la puissance et l'enthousiasme qui régnaient. Serena a surgi devant moi.

— C'était complètement dingue !

Côte à côte, nous avons continué à danser jusqu'à ne plus sentir nos pieds ni nos jambes. Nous ne nous sommes arrêtées que lorsque le dernier accord de guitare a résonné, suivi par un tonnerre d'applaudissements.

Tandis que les gens quittaient la salle, nous sommes montées nous effondrer sur notre canapé préféré, épuisées et en nage. Le sourire ne quittait pas mes lèvres, j'étais euphorique, exaltée, transportée. La salle tournait autour de moi et les images défilaient devant mes yeux, comme un feu d'artifice ininterrompu. J'ai dû faire un effort pour reprendre mes esprits.

— Je vais essayer de trouver James et nous chercher un peu d'eau, a dit Serena.

J'ai probablement hoché la tête. En tout cas, j'ai voulu le faire. Quelques instants plus tard, le canapé a bougé, à côté de moi. Affalée contre le dossier, j'ai tourné la tête, et ai découvert un grand type maigre, avec des cheveux roux coupés très court et une barbe de trois jours.

J'ai souri. Je n'avais peut-être pas arrêté de sourire, en fait.

— Salut, a-t-il dit en étendant son bras le long du dossier. Je m'appelle Aiden.

— Salut, Aiden. Moi, c'est Emma.

— Tu ne devrais pas rester seule ici, Emma. Il faut que tu viennes avec moi et mes amis à une fête.

— *Il faut* ? ai-je ri.

— Exactement, a-t-il confirmé avec un sourire charmant.

— J'attends une amie. Je ne sais pas où elle est.

Pas moyen de me rappeler où elle était partie. Mon cerveau était trop embrumé pour que je me souvienne de ce qu'elle m'avait dit.

— Mais ensuite on ira… avec vous… à la fête, ai-je ajouté en souriant de plus belle.

— Tu es très jolie, a-t-il soufflé en se rapprochant de moi.

— Tu n'es pas mal non plus.

Il s'est penché et a capturé mes lèvres avec sa bouche. Je me suis laissé faire. Mais, comme avec Gev, je ne sentais pas ses lèvres. Ou bien était-ce les miennes ?

J'ai alors compris que j'étais soûle. Et que cela ne me posait pas de problème.

— Emma !

Aiden s'est écarté et j'ai ouvert les yeux. Debout devant moi, Serena me regardait d'un air furieux. Pourquoi était-elle ainsi en colère ?

— Serena ! me suis-je écriée avec enthousiasme. Te voilà ! Je te présente Aiden. Il nous emmène à une fête.

— Salut, a-t-il dit.

— Non, nous n'irons pas à une fête, a-t-elle répliqué.

Aïe ! Elle était *vraiment* fâchée.

— Et toi, tu te casses, a-t-elle ajouté en s'adressant à Aiden.

Il s'est levé.

— À plus, Emma, a-t-il lancé avant de disparaître.

— Où est-ce qu'il va ? ai-je demandé, un peu perdue.

— Peu importe, a marmonné Serena. Allez, on rentre à la maison.

Mon sourire s'est envolé.

— Tu m'en veux ?

— Non. C'est ma faute. Je t'ai trop fait boire. Tu es complètement ivre, il faut que tu ailles te coucher.

— Ouais, je suis morte.

À peine installée dans la voiture, j'ai baissé les paupières. Mais tout tournait autour de moi, j'en avais la nausée. Dès que je fermais les yeux, ça recommençait. Je me suis laissé aller contre l'appui-tête en priant pour que ça cesse. Puis, tout à coup, nous nous sommes arrêtées.

— On est arrivées, Em.

— Hein ?

J'ai essayé de soulever ma tête. Elle était si lourde… J'ai ouvert les yeux, lentement, et vu ma portière ouverte, Serena à côté de moi. Une fois debout, appuyée contre elle, j'ai marché en titubant jusqu'à la porte. À chaque pas, j'avais l'impression que j'allais m'écrouler. Dans ma tête, c'était comme si dix marteaux-piqueurs fonctionnaient en même temps.

— Qu'est-ce qui s'est passé ? a lancé Meg en nous voyant.

Elle a glissé son bras sous mes épaules pour me soutenir.

— C'est ma faute, a avoué Serena.

J'ai monté les marches qui menaient à ma chambre avec l'impression d'être perchée au sommet d'une montagne, en plein brouillard. Je sentais à peine mes jambes.

— Et voilà, a murmuré Meg tandis que ma tête se posait sur l'oreiller moelleux.

— J'ai sauté de la scène, ai-je marmonné d'une voix pâteuse.

— Quoi ?

— Elle a plongé dans la foule, a précisé Serena.

Je n'ai pas vu la réaction de Meg car j'étais incapable de garder les yeux ouverts. La tempête qui sévissait sous mon crâne ne s'apaisait pas. Tout tanguait, comme si j'étais sur un bateau au milieu d'une mer déchaînée. J'ai bougé mon bras pour couvrir mes yeux, dans l'espoir que ça atténuerait cette sensation.

— Il faut que tu dormes, a conseillé Meg en remontant la couette pour me couvrir.

5

Tout sauf ennuyeuse

Tandis que j'étais à la bibliothèque, penchée sur mon livre d'anatomie, mes écouteurs dans les oreilles, j'ai senti une présence. J'ai levé la tête et vu Cole qui me regardait, de l'autre côté de la table. Je l'ai dévisagé d'un air étonné. J'avais beau l'avoir envoyé balader à deux reprises, il persistait. J'ai enlevé mes écouteurs pour entendre ce qu'il me disait.

— Alors, cette liste des choses à découvrir, ça se passe comment ? Très impressionnant, ton plongeon dans la foule, au Grove, il y a quelques semaines.

— Tu étais là ?

Apprendre qu'il avait assisté à la scène ne me faisait pas particulièrement plaisir.

— Je ne pensais pas que c'était ton genre de musique, ai-je ajouté.

— Je suis plutôt ouvert, comme garçon. Il ne faut pas toujours se fier aux apparences.

Bien vu. Je l'avais *jugé* dès notre première rencontre.

— Je suis surprise que tu m'adresses la parole.

— Moi aussi. Peyton m'avait donné ton numéro, mais je n'avais pas l'intention de t'appeler, étant donné la manière dont tu m'avais jeté les deux fois où nous nous sommes vus.

— Et pourquoi tu me parles maintenant, alors ?

— Peut-être que mon petit doigt me dit que tu n'es pas aussi vache que ça ? a-t-il répondu, une lueur amusée dans les yeux.

— Peut-être..., ai-je répliqué en esquissant un sourire.

— Je te laisse travailler, maintenant. Je pense que mon temps est écoulé.

Il a enfilé les bretelles de son sac à dos et fait demi-tour.

— Qu'est-ce que tu entends par là ?

— En général, tu t'en vas au bout de deux minutes, a-t-il répondu avec un large sourire.

Sans un mot de plus, pas même un au revoir, il s'est éloigné. Je l'ai suivi des yeux et mon regard s'est attardé sur les muscles qui apparaissaient sous son tee-shirt blanc. Je me suis ressaisie après l'avoir vu sortir de la salle. J'ai remis mes écouteurs et me suis replongée dans l'étude du fonctionnement du ventricule droit du cœur sans plus penser à lui. Presque plus.

J'étais en train de ranger mon ordinateur pour aller à la bibliothèque finir mon devoir de sociologie, lorsque mon portable a sonné. L'écran affichait un numéro local. J'ai décroché, prête à dire qu'il s'agissait d'une erreur.

— Salut, c'est Cole.

J'ai esquissé un sourire.

— Je croyais que tu n'avais pas l'intention de m'appeler, ai-je taquiné.

— J'ai décidé de prendre le risque. Même si je ne sais pas vraiment pourquoi…

— Dans ce cas, je vais peut-être raccrocher, ai-je répondu sur un ton faussement vexé.

— Attends !

— Je ne suis pas fan du téléphone… En plus, je suis en train de partir pour la bibliothèque.

— Un samedi soir ? s'est-il étonné. Pourquoi tu ne sors pas, plutôt ?

— Je ne sors pas beaucoup. Il se trouve que tu étais là les trois fois où ça m'est arrivé cette année.

— J'ai de la chance, alors.

Sa réponse m'a troublée. Pourquoi n'avais-je pas raccroché tout de suite ?

— Retrouve-moi dehors, a-t-il ajouté.

— Comment ça ?

Son ton autoritaire m'a étonnée – c'était plus un ordre qu'une demande.

— Je viens de te dire que je vais à la bibliothèque, ai-je ajouté. Tu ne m'as pas entendue ?

— On se retrouve en chemin. Dans un quart d'heure.

Prise au dépourvu, j'ai réfléchi un dixième de seconde avant de répondre.

— OK.

— Tu ne vas pas me poser un lapin ?

— Non, promis ! ai-je lâché dans un éclat de rire.

— Je suis au café « Joe ».

Il a raccroché. Je suis restée quelques instants immobile, à contempler l'écran du portable, sur lequel était écrit : « Appel terminé », pas très sûre d'avoir compris ce qui venait de se passer. Pourquoi avais-je accepté ? J'ai jeté un coup d'œil à mon reflet dans le miroir et haussé les épaules. Pas question de faire un effort pour ce type. Tant pis s'il me voyait sans maquillage et vêtue d'un tee-shirt informe et d'un vieux jean. J'ai glissé mon portable dans mon sac, monté la fermeture Éclair de mon sweat-shirt et me suis dirigée vers l'escalier.

Peyton a passé une tête par la porte de sa chambre, des bigoudis plein les cheveux.

— Où vas-tu ?

— Au café « Joe », puis à la bibliothèque, ai-je répondu en descendant les marches.

— Qu'est-ce que tu vas faire au « Joe » ?

— Retrouver Cole, ai-je crié avant de fermer la porte derrière moi.

Quand je suis arrivée au bar, des grands écrans de télévision diffusaient des programmes sportifs. Assis au bar, sur une chaise haute, Cole suivait un match de basket. Sans un mot, les yeux rivés à l'écran, je me suis installée à côté de lui.

— Incroyable ! s'est-il exclamé en se tournant vers moi. Tu es là.

— Juste un quart d'heure, ai-je rappelé.

— Ça me va.

Il a bu une gorgée de bière. Je continuais à regarder le match, sans rien dire.

— C'est encore moi qui vais devoir faire la conversation, c'est ça ? a-t-il observé avec un sourire.

— Je peux parler aussi. Mais tu seras déçu : je n'ai pas grand chose à raconter.

— Si je m'ennuie trop, je ne te rappellerai plus, c'est tout.

Il a esquissé un sourire devant mon air offusqué.

— Je suis tout sauf ennuyeuse, ai-je riposté en fixant ses yeux bleus.

— C'est bien ce qui me semblait, a-t-il murmuré en soutenant mon regard.

J'ai tenté de reporter mon attention sur le match, mais j'avais du mal à me concentrer. En réalité, je n'avais qu'une envie : me lever et sortir de cet endroit.

— Et sinon, c'est quoi la prochaine chose sur ta liste ?

— Bah…

J'ai contemplé le plafond durant quelques secondes, avant de sortir la première chose qui m'est passée par la tête :

— Me baigner toute nue dans la mer.

Quelle mouche m'avait piquée ?! Nager toute nue ? Jamais je n'avais eu envie d'une chose pareille. J'avais lâché ça sans même en considérer la portée.

— Tu ne fais pas dans le facile, on dirait. C'est tout ou rien ?

Tout compris, c'est ça ?

Un éclair brûlant m'a transpercé le cœur tandis que ses mots faisaient écho à une voix de mon passé.

— Exactement, ai-je répondu d'un ton calme, malgré la tension qui m'avait saisie.

Il a hoché la tête avec un petit rire. Visiblement, il me trouvait très drôle.

— Tant que tu ne fais pas ça au milieu d'une fête…

— C'est pas mon genre.

— Mais sauter dans une piscine toute habillée, si ?

— Je n'étais pas censée tomber, ai-je expliqué. Comme j'avais trop bu, je n'ai pas réagi assez vite quand elle m'a attrapée par le poignet.

— Donc tu as poussé ta coloc dans l'eau ?

J'ai acquiescé, et il a éclaté de rire.

— Tu es dingue !

— Je crois, oui…

Il a continué à rire, jusqu'au moment où il a vu que je ne plaisantais pas.

— Tu es sérieuse ? a-t-il questionné en fronçant les sourcils.

Je me suis contentée de hausser les épaules en guise de réponse, puis je me suis levée. Le moment était parfaitement choisi pour partir. Il commençait à s'intéresser un peu trop à moi.

Il a regardé sa montre.

— Il nous reste encore six minutes…

— Eh non, ai-je répondu en me dirigeant vers la porte d'un pas décidé.

Il m'a semblé l'entendre pousser un soupir exaspéré. Mais peut-être était-ce le bruit de l'air qui sortait brusquement de mes poumons, d'un bloc. J'avais l'impression d'avoir retenu ma respiration pendant tout le temps où j'étais assise à côté de Cole. Je n'aurais jamais dû accepter de venir. Au moins, j'espérais qu'il avait compris que ça ne valait pas le coup de perdre son temps avec moi. Pas même quinze minutes.

— Tu m'avais dit un quart d'heure ! a-t-il protesté en me rejoignant sur le trottoir.

— Alors toi... Soit tu es la personne la plus têtue que je connaisse, soit tu es complètement maso. Parce que je me doute que ça n'est pas mon délicieux caractère qui te pousse à en redemander.

Une lueur amusée a brillé dans ses yeux.

— C'est plutôt de la curiosité malsaine, je pense.

J'ai soupiré, excédée.

— Je ne te comprends pas.

— Que veux-tu savoir ? a-t-il interrogé sur un ton sincère. Je peux tout te dire.

J'ai accéléré le pas pour rejoindre ma voiture.

— Tu ne veux pas marcher un peu avec moi ? a-t-il proposé.

Il a jeté un coup d'œil sur sa montre avant d'ajouter :

— Seulement pour quatre minutes et trente secondes.

— OK, je te donne quatre minutes, et c'est moi qui pose les questions, ai-je lâché d'une voix sèche. Dis-moi quelque chose d'intéressant sur toi.

— D'intéressant ? Waouh, grosse pression !

J'ai regardé ma montre. Il a aussitôt dit :

— Je fais du surf.

— Tu n'as pas plus prévisible ? Quelque chose que ne font pas les trois-quarts des Californiens ?

— Je ne suis pas un casse-cou comme toi. Je ne suis pas en quête permanente d'aventure et d'adrénaline. Désolé de te décevoir.

Normalement, il aurait dû être hyper énervé. Me tourner le dos et partir. Mais il ne l'a pas fait. Au lieu de ça, il a réfléchi pour de bon à ma question. Il s'est arrêté à côté d'une maison avec un jardin sinistre. Après un moment, il a ajouté :

— J'interprète les silences.

Il a repris sa marche. Je l'ai suivi des yeux, interloquée. J'ai d'abord cru qu'il avait voulu me provoquer avec une réponse mystérieuse, avant de comprendre qu'il était parfaitement sérieux. J'ai fait quelques pas pour le rattraper.

— Je suis plutôt bon pour ça, même. Probablement parce que j'ai grandi avec quatre sœurs et que je ne pouvais pas souvent en placer une. Du coup, je suis devenu expert en compréhension des non-dits. Je savais quand ma sœur aînée s'était disputée avec son amoureux, ou quand la seconde était fâchée contre ma mère, ou quand la plus jeune était vexée parce qu'elle n'avait pas couru aussi vite qu'elle voulait sur la piste d'athlétisme. J'ai compris que mes parents divorceraient bien avant leur séparation, alors que mes sœurs me juraient que ça n'arriverait jamais.

Il s'est interrompu et s'est tourné vers moi.

— Je comprends ce qui s'exprime dans les silences. Et toi, tu as beaucoup à dire. Sauf que je n'ai pas encore trouvé ce que c'était.

J'ai haussé les sourcils et l'ai regardé droit dans les yeux. Je n'avais *rien* à dire. Et je ne voulais surtout pas être un puzzle qu'il essayait de reconstituer. Ou un silence qu'il cherchait à interpréter.

— C'est l'heure ! ai-je annoncé en retournant vers ma voiture.

Au fond de moi, je sentais quelque chose s'agiter. Un sentiment qui me mettait mal à l'aise. Il a pressé le pas pour me rejoindre.

— Je pense qu'on devrait se revoir, a-t-il conclu en me suivant tandis que je descendais du trottoir.

— Ah oui ? Pourquoi ? Ça n'était pas assez catastrophique pour toi ?

Il s'est mis à rire.

— Je te propose un deal : si tu ne me jettes plus, je te promets de ne pas chercher à savoir ce qui se cache derrière ton silence.

J'aurais dû refuser. Continuer mon chemin et le laisser vivre sa vie sans m'en préoccuper. Mais je ne l'ai pas fait. Au lieu de ça, je l'ai regardé en face, et, avec un soupir agacé, j'ai lâché :

— D'accord. J'ai envie de savoir si tu es vraiment intéressant.

Il a eu un petit sourire entendu avant de répondre :

— Mais tu ne vas pas me mettre la pression pour que je fasse des trucs invraisemblables. On va juste passer un peu de temps ensemble, tranquillement, sans enjeu.

— Je vais revoir mes attentes à la baisse, alors, ai-je riposté.

Ignorant ma remarque, il a ajouté :

— De toute manière, je n'ai pas énormément de temps les prochains jours, parce que j'ai un devoir important pour la semaine prochaine. Mais après ? Qu'est-ce que tu en dis ?

— Peut-être qu'on se verra à la bibliothèque, alors. C'est ma deuxième maison.

Je me suis arrêtée. Il m'a imitée avec un regard étonné.

— Euh… c'est bon, je peux marcher toute seule jusqu'à ma voiture, ai-je bafouillé.

— C'est l'heure, j'ai compris.

Il a fait demi-tour et est parti en sens inverse, sans même dire au revoir. Une fois de plus.

Le soir suivant, tandis que j'étais en train de travailler à la bibliothèque, Cole s'est assis en face de moi. Sans un mot, il a sorti ses affaires de son sac. J'ai jeté un coup d'œil rapide par-dessus mon ordinateur, puis me suis replongée dans mon devoir. Absorbé par son travail, il ne m'a pas prêté la moindre attention.

La scène s'est répétée tous les jours de la semaine : chaque soir, je m'asseyais à la même table, et il s'installait en face de moi. J'aurais pu ne pas m'en rendre compte, sauf que mon regard était attiré par le blond éclatant de ses cheveux, chaque fois que je levais les yeux. Je le voyais, penché sur ses livres, en train de prendre des notes. Nous n'avons pas échangé un mot. Une fois son travail terminé, il fermait ses cahiers et partait sans rien dire. C'était un peu bizarre, mais je m'y étais habituée.

— Tu veux manger quelque chose ? a-t-il chuchoté, le vendredi.

J'étais en plein calcul de statistiques, écrivant et gommant beaucoup – je déteste ça. Le son de sa voix m'a fait sursauter. J'ai levé la tête et vu ses yeux bleus translucides, fixés sur moi, guettant ma réponse.

— Est-ce que tu as faim ? Je vais aller me chercher un truc à manger. Tu veux venir ?

— Je n'ai pas tout à fait fini, je dois rester encore un peu.

J'ai baissé la tête pour reprendre mes calculs, pensant qu'il partirait sans dire au revoir, comme toujours.

— Et demain ? a-t-il insisté.

Je lui ai lancé un regard méfiant.

— Je ne veux pas sortir avec toi.

— Je te parle juste de manger, a-t-il précisé en rougissant un peu. Ça doit t'arriver, non ?

— En effet, ai-je acquiescé. Mais non, je n'ai pas envie de manger avec toi demain.

— Tu es toujours cruelle comme ça, ou seulement avec moi ?

— Seulement avec toi, ai-je répondu, le nez plongé dans mon cahier de statistiques.

Il n'a rien dit. Au bout de quelques instants, j'ai lancé un coup d'œil dans sa direction. Il me regardait fixement, en fronçant les sourcils, comme s'il essayait de lire dans mes pensées. Puis il s'est levé pour partir.

J'ai poussé un soupir et marmonné :

— C'est bon, je te retrouve à « The Alley » demain à 19 heures. Pour manger.

— Juste pour manger..., a-t-il répondu.

Il a eu petit sourire mystérieux. Qu'avait-il compris ? Je l'ai suivi des yeux tandis qu'il traversait la salle. Je n'avais pas réussi à être assez forte pour le garder à distance. Pourtant, une petite voix me murmurait que j'aurais dû. J'ai secoué la tête pour chasser ces pensées et suis retournée à mes horribles statistiques.

6

Mille mots

Quand la sonnerie a retenti, j'ai tendu le bras et appuyé d'un geste automatique sur le bouton off de l'alarme de mon réveil, sur ma table de chevet. Mais le bruit a continué. J'ai ouvert un œil pour regarder l'heure. Trois heures du matin. La sonnerie s'est arrêtée. J'ai refermé mon œil et me suis tournée de l'autre côté.

Deux secondes plus tard, mon portable a recommencé à sonner. Je l'ai pris avec un grognement et regardé le nom affiché sur l'écran.

— Sara ? ai-je marmonné d'une voix ensommeillée.

— Emma..., a-t-elle lâché dans un sanglot.

Je me suis redressée vivement.

— Sara, qu'est-ce qui se passe ? ai-je demandé, paniquée, dans l'obscurité de ma chambre.

J'ai attendu sa réponse, le cœur battant. À l'autre bout du fil, je l'entendais hoqueter.

— Dis-moi ce qu'il y a, je t'en supplie.

— Il… il est fiancé, a-t-elle gémi.

J'étais pétrifiée. Ses pleurs et sa détresse étaient insoutenables.

— Qui est fiancé ? ai-je demandé, même si je connaissais la réponse.

— Jared.

Ses sanglots ont redoublé. Au bout de quelques instants, elle a réussi à articuler :

— J'ai vu ça… dans le journal… Le *Times*…

Puis un silence a suivi ses paroles.

— Sara ?

J'ai regardé mon téléphone. La communication avait été coupée. J'ai rappelé, mais ça sonnait occupé. D'un geste énervé, j'ai repoussé ma couette et allumé ma lampe de chevet. J'ai essayé de nouveau de la joindre mais je tombais chaque fois sur la même sonnerie. Après une dizaine de tentatives, j'ai fini par me lever et allumer mon ordinateur. J'ai entré « Mathews » et « Times » dans le moteur de recherche et cliqué sur le lien. La page qui s'est affichée montrait une grande photo noir et blanc de Jared avec une fille. J'ai écarquillé les yeux, stupéfaite.

À l'évidence, le photographe les avait saisis tandis qu'ils marchaient main dans la main, au milieu de gens bien habillés. Jared souriait légèrement, mais la fille, elle, riait aux éclats, les yeux brillants. Ses boucles brunes encadraient son visage étonné et joyeux. Elle cachait son rire derrière sa main gauche. À l'annulaire gauche, on apercevait… la bague. Un diamant impressionnant.

Sous le choc, je n'arrivais même pas à lire le texte annonçant leurs fiançailles. De toute façon, je me fichais de connaître la date de leur mariage. Et même le nom de la fille. Je ne pensais qu'à une chose : Sara avait le cœur brisé, à des milliers de kilomètres de là, et je n'étais pas avec elle pour la consoler. J'ai rappelé, une fois de plus. Au moment où la sonnerie résonnait, mes yeux se sont posés sur un détail de la photo noir et blanc.

Evan.

Il était à l'arrière-plan, au milieu de la foule d'invités. Même si son visage était coupé, j'ai instantanément reconnu sa mâchoire carrée et le dessin parfait de sa bouche. J'ai aussi identifié la fille qui le tenait par le bras gauche. Difficile d'oublier le sourire détestable de cette Catherine Jacobs : lors d'un dîner chez ses parents, elle avait passé la soirée pendue au cou d'Evan. Sur la photo, elle semblait tout à fait à l'aise à son bras, comme si c'était sa place naturelle.

— Emma ? a dit Sara. Tu es là ?

Je l'entendais à peine. Quelque chose en moi s'était effondré, je ne pouvais même plus émettre un son.

— Emma ?

J'ai laissé tomber le téléphone et me suis précipitée dans la salle de bains. Juste à temps. Agrippée à la lunette des toilettes, j'ai rendu le contenu de mon estomac. Je tremblais des pieds à la tête.

— Emma ? a lancé Meg, d'une voix inquiète. Ça va ?

Je l'ai ensuite entendue dire : « Elle est là, Sara. Mais elle est malade. »

— C'est bon, ai-je lâché en toussant.

Je me suis laissée aller contre le mur, la tête me tournait comme si j'étais sur un bateau au milieu d'une tempête.

— Passe-la moi, ai-je dit en tendant la main.

Meg m'a examinée un instant, puis m'a donné son téléphone. Au lieu de quitter la pièce, elle s'est assise sur le bord de la baignoire.

— Désolée, Sara, ai-je articulé péniblement, en essuyant la sueur sur mon front avec mon avant-bras.

J'étais en nage et je tremblais toujours autant. Impossible de me calmer. Comme dans un cauchemar. Sauf que c'était bien réel.

— Tu as vu la photo ? a-t-elle murmuré.

— Oui. J'aimerais tellement être avec toi…

— Et moi donc.

Ma vue s'est brouillée. Les larmes ont coulé sur mes joues.

— Mais c'est comme si j'étais là, Sara. Je suis tout à côté de toi. Ferme les yeux, tu verras. On est ensemble, main dans la main.

— Je ne comprends pas, a-t-elle pleuré. Pourquoi il ne m'a rien dit ? Pourquoi ai-je appris ça dans le journal ?

J'ai gardé le silence.

— Il savait que je le verrais. Et que ça me démolirait.

Sa voix s'est brisée et elle a éclaté en sanglots. J'ai fermé les yeux, le visage ruisselant de larmes. J'avais oublié que Meg était là. Elle m'a pris la main et j'ai posé ma tête sur son épaule. J'écoutais Sara pleurer, et la gorge me brûlait, à force de retenir mes propres sanglots. Je ne pouvais pas lui faire ça. Elle avait besoin de moi. Je devais mettre mon chagrin de côté pour m'occuper d'elle.

— Emma ? a-t-elle chuchoté.

— Je suis là, ai-je répondu. Je ne sais pas quoi te dire…

— Tu n'as pas besoin de parler. Est-ce que tu peux juste rester au téléphone avec moi ?

— Bien sûr. Aussi longtemps que tu veux.

— Emma, a appelé doucement Meg, me tirant de mon demi-sommeil.

J'ai cligné deux, trois fois des paupières avant d'ouvrir les yeux, et me suis rendue compte que j'avais encore le portable contre l'oreille. À l'autre bout, c'était silencieux. Je me suis redressée pour m'étirer. J'avais les muscles du cou et du dos endoloris.

— Désolée, ai-je marmonné.

— Pas de problème, a dit Meg en baillant à son tour. Je me suis endormie aussi.

— Quelle heure est-il ? ai-je demandé en prenant appui sur le bord de la baignoire pour me mettre debout.

— Presque 7 heures.

Je lui ai rendu son téléphone.

— Je vais me coucher, Em. OK ?

— Oui, ne t'inquiète pas, ça va aller.

En réalité, je savais que non. Une pointe acérée continuait de me transpercer le cœur. J'avais la gorge nouée. Une fois dans ma chambre, j'ai ramassé mon portable qui gisait par terre et envoyé un message à Sara pour lui dire qu'elle pouvait m'appeler n'importe quand. Puis je me suis glissée dans mon lit et j'ai rabattu la couette par-dessus ma tête, décidée à fermer les écoutilles et à m'éloigner le plus longtemps possible de cette réalité insoutenable.

Quand mon portable a vibré, quelques heures plus tard, j'ai répondu dès la première sonnerie. Je n'ai même pas eu le temps de prononcer un mot.

— Il continue à m'appeler ! a crié Sara. À quoi il joue, là ?

— Tu lui as parlé ?

— Jamais de la vie ! Qu'est-ce qu'il croit ? Que j'ai envie d'entendre ses explications sur ses fiançailles ? Alors que je viens juste de découvrir ça dans le journal ? Je suis hyper énervée…

— Je vois ça. Et je te comprends.

Sans prêter attention à ce que j'avais dit, elle a continué à parler. Je savais qu'aucune parole ne pouvait la consoler. Elle avait seulement besoin que je l'écoute, et c'est ce que j'ai fait. Même si je me sentais impuissante et inutile.

— C'est juste une mondaine de New York. Elle n'a même pas dû aller à l'université. C'est pathétique. Mais qu'est-ce qu'il peut bien lui trouver ? Elle est jolie, c'est sûr, mais quand même… Juste parce qu'elle a une collection de bijoux qui porte son nom, elle dit qu'elle est « créatrice » ! Je rêve ! J'arrive pas à croire qu'il va épouser une fille pareille. Qu'est-ce que…

Un bip sonore a entrecoupé sa voix, indiquant qu'elle avait un appel en instance.

— Tu dois répondre ? ai-je demandé.

Elle s'est interrompue un instant, avant de s'écrier :

— Mais c'est pas vrai ! C'est encore lui ! Je dois absolument bloquer ses mails et ses appels, il faut que je te laisse. Je te rappelle.

À peine eut-elle achevé sa phrase qu'elle avait raccroché. Je me suis affalée sur mon lit, épuisée par le tourbillon de paroles qui m'avait assaillie. J'espérais qu'elle se remettrait vite de cette histoire. Je ne m'inquiétais pas outre mesure, car elle était plus forte que moi, mais cela me faisait de la peine de voir souffrir celle que j'aimais tant, qui était comme ma sœur.

Quand on fait des choix, on en subit les conséquences. J'avais mérité la souffrance que causait chacun des battements de mon cœur.

Emma !

Le son de sa voix a résonné en moi. Je le revois, étendu sur le sol, dans la maison de ma mère, le visage déformé par les coups. J'étais seule responsable de mon malheur.

J'ai regardé mes mains ouvertes, les doigts écartés. Elles tremblaient encore un peu. J'ai fermé les yeux. Les larmes, en embuscade derrière mes paupières, se sont aussitôt mises à couler. J'ai serré les dents et inspiré profondément, priant pour retrouver l'insensibilité qui m'avait servi de bouclier ces derniers mois.

— Em, on va courir ! a annoncé Serena en passant la tête par la porte.

J'ai ouvert les paupières, les yeux brillants. Sans la moindre remarque sur mon air désespéré, elle m'a ordonné d'un ton calme :

— Habille-toi et viens avec nous.

Je n'ai même pas discuté. Courir me ferait plus de bien que dormir, je le savais.

Quand je suis sortie de ma chambre, Meg était dans l'entrée en train de lacer ses chaussures.

— Coucou ! s'est-elle exclamée avec un grand sourire. Tu as réussi à dormir ?

— Un peu, ai-je lâché.

Elle n'a rien dit sur la page du *Times* qui n'était plus affichée sur mon ordinateur. Je savais qu'elle l'avait fermée. Tout comme je savais qu'elle ou Serena avait pris la photo qui traînait sous ma table de nuit. Même si nous n'en avions jamais parlé, j'étais consciente de leur attitude protectrice et des petits gestes qu'elles prodiguaient pour me faciliter la vie.

— Comment va Sara ? a-t-elle demandé.

— Très remontée. Jared n'a pas intérêt à croiser son chemin.

Elle a souri, imaginant sans peine Sara animée par un grand désir de vengeance.

— Prêtes ? a lancé Peyton en jaillissant de sa chambre, sa queue-de-cheval blonde se balançant derrière elle.

— Ouais, avons-nous répondu ensemble, Meg et moi, en la suivant dehors.

Serena et Meg sont restées silencieuses pendant notre course. Je me demandais si Meg avait raconté à Serena ce qui s'était passé. Indifférente à notre silence, Peyton a raconté sa soirée de la veille, décrivant avec force détails la maison, dont chaque pièce était décorée selon le thème d'un roman, avec les boissons correspondantes.

— Je crois que j'ai bu tous les livres, a-t-elle conclu en riant.

— Je suis choquée, a commenté Serena.

Sans même relever la remarque, Peyton m'a rattrapée pour me parler.

— Quand revois-tu Cole ?

— Comment ?

Sa voix me parvenait comme dans un brouillard.

— Qu'est-ce qu'il y a entre vous ? a-t-elle enchaîné. Je ne t'ai jamais demandé ce qui s'est passé quand tu l'as retrouvé…

— Rien de spécial, ai-je lâché d'un air évasif.

— Tu vas le revoir ? a-t-elle insisté.

— Je… euh…

J'étais incapable de finir une phrase, ou de réfléchir. Ma seule préoccupation était de ne pas m'écrouler en sanglots au beau milieu du trottoir.

— Et toi, est-ce que tu vas enfin sortir avec Tom ? est intervenue Meg. Ça fait une éternité que vous vous tournez autour. Est-ce qu'il a ton numéro, au moins ?

— Oui, il l'a, a répliqué Peyton. On prend notre temps, c'est tout.

J'ai allongé ma foulée pour prendre de la vitesse. J'avais besoin de sentir l'air gonfler mes poumons, d'évacuer les flammes qui me consumaient. Serena me suivait de près, d'un air déterminé, ce qui n'a fait que m'encourager à accélérer davantage. Apercevant la maison, au bout de la rue, alors que mes jambes et mes poumons criaient grâce, j'ai piqué un dernier sprint. C'est seulement après avoir franchi le portail que je me suis arrêtée. Derrière moi, Serena était pliée en deux, les mains autour des chevilles. Son visage écarlate était en nage.

— La vache ! a-t-elle lâché, à bout de souffle. C'était intense !

J'ai continué à marcher en expirant longuement pour calmer mon rythme cardiaque et retrouver mon souffle. J'ai fermé les yeux, dans l'espoir que cette dépense d'énergie soudaine et importante ait permis d'évacuer les démons qui me hantaient. Mais non : derrière mes paupières, les images continuaient de défiler sans me laisser aucun répit.

— Serena ? ai-je soufflé d'une voix tendue.

— Ouais ?

Elle s'est assise sur les marches du perron, prenant appui sur ses mains posées derrière elle.

— Tu veux bien faire quelque chose pour moi ?

Elle s'est relevée.

— Bien sûr.

— J'aimerais que tu m'accompagnes pour me faire faire un tatouage.

— Aujourd'hui ? s'est-elle exclamée en ouvrant les yeux grands comme des soucoupes.

— Oui.

J'avais conscience de lui demander beaucoup, mais elle était la seule à pouvoir comprendre.

— Et comment ! a-t-elle dit avec un large sourire. Être avec toi pour ton premier tatouage, c'est trop top ! Peut-être que je me laisserai tenter aussi, pour augmenter ma collection.

— Merci.

Après nous être douchées et changées, Serena et moi sommes parties pour la boutique de tatouage, sans rien dire à Peyton et Meg.

— Quel genre de motif vas-tu choisir ? a-t-elle demandé, les yeux brillants d'excitation.

Son enthousiasme était exactement ce dont j'avais besoin. J'ai sorti un papier de ma poche et lui ai tendu un dessin que j'avais réalisé un an plus tôt, à l'époque où mes nuits étaient peuplées de cauchemars. Je ne l'avais pas fait dans l'idée de me le tatouer un jour, mais aujourd'hui, il me semblait tout à fait adapté.

— Waouh ! C'est toi qui l'as fait ?

J'ai hoché la tête.

— Je ne savais pas que tu dessinais. Il est incroyable ! Mais ça va prendre du temps, à cause des lettres très travaillées. À mon avis, il te faut Spider. C'est lui qui fera le meilleur boulot. À quel endroit tu le veux ?

— Ici, ai-je répondu en montrant une zone sous ma hanche gauche.

Elle a froncé les sourcils.

— Ça va faire super mal, je te préviens.

C'était justement le but.

Le soir, je ne suis pas allée rejoindre Cole à « The Alley ». J'aurais dû l'appeler pour le prévenir, mais je ne l'ai pas fait. Il ne m'a pas téléphoné non plus.

7

Deux mondes se rencontrent

— Comment tu te sens, aujourd'hui ? ai-je demandé à Sara, une semaine après la catastrophe.

Quand elle avait rompu avec Jared, l'été avant son départ pour Paris, elle ne s'attendait pas à ce qu'il passe à autre chose. Pas aussi vite, en tout cas.

— Qu'il crève ! Ils peuvent aller se faire foutre, lui et sa pouffiasse, ça m'est bien égal.

— Ah... OK.

Depuis qu'elle avait découvert l'annonce des fiançailles, je lui avais parlé chaque jour. Elle était passée par différents états. Sa colère froide, aujourd'hui, montrait qu'elle commençait à accepter la réalité. Je savais qu'elle ne voulait pas en parler, et je respectais son choix.

— Avec Jean-Luc, nous irons en Italie, la semaine prochaine, a-t-elle annoncé d'une voix excitée, changeant de sujet avec une facilité déconcertante.

— Ah… super, ai-je répondu, un peu perdue.

— Il a des amis qui ont une maison à côté de la mer, dans un petit village, au sud du pays. J'ai trop hâte ! J'ai vraiment besoin de quitter la ville pour l'instant. Et toi ? Tes cours s'arrêtent dans deux semaines, c'est ça ? Qu'est-ce que tu vas faire pendant les vacances ?

— Rien de spécial.

— Les filles vont partir ?

— Oui, je crois, ai-je répondu en m'efforçant de me rappeler ce qu'elles m'avaient dit. Serena va en Floride avec sa sœur. Meg sort avec un type depuis quelques semaines et il l'emmène à Tahoe. Quant à Peyton, je ne sais plus très bien ce qu'elle fait, mais elle part aussi.

— Donc tu vas te retrouver toute seule. Ça va aller ?

Elle s'inquiétait, comme toujours. Je savais qu'elle et Meg avaient beaucoup parlé de moi, bien plus que ce qu'elles m'avaient laissé entendre.

— Oui, ne t'en fais pas, ai-je lâché d'un ton peu convaincu.

La dernière semaine avant les vacances d'hiver, en pleine période d'examens, Peyton a débarqué un jour dans ma chambre et, après s'être affalée sur mon lit, a déclaré :

— Tu viens avec moi à Santa Barbara, pendant les vacances.

— Pardon ? ai-je réagi en me tournant vers elle. Et pourquoi je viendrais avec toi à Santa Barbara ?

— Parce que je n'ai pas envie d'être seule dans la maison de mon oncle et de ma tante. Et comme tu n'as rien prévu, tu vas m'accompagner.

— Tu ne me demandes pas mon avis ?

— Nan. On part jeudi, après ton dernier examen.

La seconde d'après, elle avait quitté ma chambre. J'ai regardé la porte ouverte, sidérée. À tous les coups, Sara avait manigancé l'opération.

— Amuse-toi bien ! a lancé Meg tandis que je montais dans la voiture.

— Et ne laisse pas Peyton te faire tourner en bourrique, a ajouté Serena avec une grimace moqueuse.

— Ferme-la, Serena ! a riposté l'intéressée d'une voix mielleuse. Et toi, essaye de ne pas terroriser les vieilles dames en Floride.

Sans même attendre la repartie de Serena, elle a remonté la vitre avec un grand sourire.

— Vous me tuez, toutes les deux ! ai-je lâché dans un éclat de rire.

J'ai sorti mon iPhone de mon sac et fait défiler la musique avant de choisir une playlist qui me semblait un bon compromis – Peyton et moi avions des goûts musicaux diamétralement opposés. Elle n'a pas protesté, j'en ai déduis que c'était un bon choix.

— C'est pas l'endroit le plus chaud au monde pendant les vacances de printemps, mais je pense qu'on arrivera quand même à trouver quelques fêtes sympas, a-t-elle expliqué en entrant sur l'autoroute. Surtout s'il fait trop froid pour passer les soirées sur la plage.

— Je ne m'inquiète pas pour ça, je suis sûre que tu trouveras de quoi t'occuper.

— De quoi *nous* occuper, tu veux dire ! Ne crois pas que tu vas t'en tirer si facilement.

J'ai soupiré. Évidemment, elle avait décidé de me traîner dans ses soirées. Le contraire m'aurait étonnée.

— Comment fais-tu ? ai-je demandé, quelques instants plus tard.

— Comment je fais quoi ?

— Pour sortir tout le temps, faire du foot et réussir tes examens. Tu veux préparer le barreau, quand même. C'est du boulot !

— C'est pas parce que tu ne me vois pas travailler que ça veut dire que je ne fiche rien ! Tu passes ton temps à la bibliothèque, de toute manière. Je n'ai pas des notes aussi exceptionnelles que toi, mais je suis certaine de réussir le concours. C'est une question d'équilibre. Tu sais ce que ça veut dire au moins ?

— J'en ai entendu parler…

— Franchement, je ne tiendrais pas le coup si je ne pouvais pas décompresser pendant le week-end. Je fais du foot pour m'aider à rester concentrée et des études pour choisir la vie que je veux. Donc quand j'ai du temps libre, c'est pour m'amuser. Pas forcément me soûler ou me donner en spectacle, juste passer un bon moment. C'est ça, l'université. Je sais que je te répète tout le temps la même chose, mais c'est la seule fois dans notre vie où on peut faire un peu n'importe quoi sans être jugé. C'est même ce qu'on attend de nous.

— Pour ce qui est de faire n'importe quoi, je crois que j'ai rempli le contrat.

Elle a éclaté de rire.

— Fais-moi confiance et je te montrerai un aspect de la vie d'étudiant que tu n'as jamais vu. Je sais qu'il y a une part en toi qui est fun.

— Super ! ai-je riposté d'un air vexé. Je me suis toujours demandé pourquoi nous étions amies…

— Parce que tu peux être marrante, quand tu sors de ta déprime.

— Tu n'y vas pas par quatre chemins. Mais merci.

Je suis restée silencieuse un moment, un peu ébranlée par sa franchise. Puis j'ai fini par capituler :

— C'est bon, je te donne une semaine.

La perspective d'être un pion dans le jeu « équilibré » de Peyton aurait dû m'angoisser : dans ce domaine, elle était encore plus forte que Sara. Mais peut-être était-il temps, en effet, de m'amuser ? J'en avais assez d'être déprimée et de passer pour la rabat-joie de service.

— Demain soir, nous allons à une fête, a déclaré Peyton le lendemain matin, avant même que je n'ai le temps de prendre mon petit déjeuner.

— Ça, c'est du rapide, ai-je lâché en ouvrant les placards à la recherche d'un bol pour mes céréales.

— C'est Tom qui m'en a parlé. Ça se passe dans sa rue, chez des gens qui sont visiblement pleins aux as et qui font des soirées d'enfer. Il y aura au moins une centaine de personnes.

— Tom ? Je ne savais pas qu'il serait là.

— Il est arrivé ce matin, a-t-elle répondu d'un air dégagé. On dîne ensemble, ce soir. C'est notre premier rendez-vous officiel.

Une inquiétude m'a noué le ventre. J'ai serré les dents pour ne pas la montrer.

Située à cent mètres de la plage, la maison de l'oncle et de la tante de Peyton se trouvait à Carpinteria, une ville au bord de la mer, à environ un quart d'heure au sud de Santa Barbara.

Maintenant que je savais que Peyton était venue ici surtout pour Tom, je ne voyais pas l'intérêt de participer à son agitation. Je n'avais aucune intention de jouer les chaperons, je préférais mille fois passer une semaine tranquille, assise dans le sable à regarder l'océan ou à la maison pour lire.

C'est ce que j'ai fait quand elle est partie pour son dîner, ce soir-là. Bravant le froid, nous avions passé l'après-midi à la plage et étions rentrées avec de bonnes joues rouges et un léger bronzage. Elle était restée allongée la plupart du temps, guettant le moindre rayon de soleil, tandis que j'avais arpenté la plage, incapable de rester en place. Dès que j'étais immobile plus de quelques minutes, les voix dans ma tête reprenaient du service. C'était la dernière chose dont j'avais besoin.

Vers minuit, j'ai reçu un message de Peyton.

Je reste chez Tom cette nuit. À demain !

Ils avaient attendu si longtemps que je n'étais pas étonnée qu'ils passent aux choses sérieuses dès le premier soir. En revanche, j'étais surprise qu'elle passe la nuit là-bas. Quelque chose me disait que je n'allais pas la revoir avant un bout de temps.

Suis à la plage avec Tom. On se voit plus tard à la fête. Prends ma voiture. METS UNE ROBE !

J'ai pas de ROBE !

J'en ai plein. Prend celle que tu veux. SI TU TE POINTES PAS, JE VIENS TE CHERCHER !!

Visiblement, je n'avais pas le choix : je devais aller à cette fête. Mais pas question de mettre une robe. Après m'avoir envoyé un dernier message avec l'adresse, Peyton n'a plus donné signe de vie du reste de la journée. J'ai fouillé dans son placard, mais n'ai rien trouvé d'autre que des robes hyper décolletées ou super moulantes. J'avais promis de m'amuser, j'ai donc pris la voiture pour faire les magasins à Santa Barbara et trouver quelque chose de décent à me mettre.

Une fois devant la glace, j'ai contemplé le pantacourt blanc et le haut orange et jaune que j'avais enfilés. L'ensemble était gai et estival et mettait en valeur ma bonne mine. Ça me convenait parfaitement.

Le trait d'eye liner le long des paupières accentuait la forme de mes yeux. J'avais mis un peu d'ombre gris vert et du gloss. J'ai souri en me voyant si féminine dans le miroir. Rien à voir avec la fille qui ne portait que des tee-shirts trop larges et des jeans et refusait de se maquiller. Satisfaite de ma transformation, j'ai attrapé mon gilet bleu, pris les clés de la Mustang et suis sortie de la maison.

J'avais passé la journée à me préparer psychologiquement. Les gens que j'allais voir ne me connaissaient pas. Je pouvais, l'espace d'une soirée, être sociable et drôle, voire excentrique. Jouer un rôle. Qu'avais-je à perdre ?

Après m'être garée le long du trottoir, je me suis regardée une dernière fois dans le miroir.

— Tu peux le faire, Em. Tu vas t'amuser. Respire un bon coup.

J'ai rangé le miroir, pris une profonde inspiration et suis descendue de la voiture. J'ai marché d'un pas décidé vers la maison d'où s'échappait la musique, les épaules redressées, m'efforçant d'avoir l'air sûre de moi. Comme si j'avais fait ça toute ma vie. Dans ma poitrine, je sentais mon cœur battre à tout rompre.

Arrivée près de la porte, j'ai aperçu un groupe de filles qui marchait devant moi. Je me suis glissée derrière elles, en affichant un grand sourire. Elles s'extasiaient devant la maison. Je n'étais pas impressionnée : elle ressemblait à celles du Connecticut, où j'avais grandi. Ces filles gloussaient un peu trop pour moi, je ne pouvais pas faire semblant à ce point. Je les ai donc laissées entrer dans la pièce principale et choisi de descendre l'escalier.

Après avoir suivi un long couloir et être passée devant plusieurs porte fermées, je suis arrivée dans la salle de jeux. Un billard, un baby-foot, un grand écran : elle comportait tout ce qu'une pièce de ce genre se doit d'avoir. J'ai ouvert la porte-fenêtre et suis sortie dans le patio, où se pressait une foule compacte. Des enceintes réparties autour de la piscine diffusaient une musique forte tandis que des dizaines de torches répandaient une lumière douce. À l'autre bout, j'ai aperçu un bar.

J'ai scruté les dizaines de filles qui étaient autour de moi, un verre à la main, légèrement vêtues pour la plupart, pour tenter de localiser Peyton et ses cheveux blonds. Tâche impossible : en Californie, les filles sont toutes blondes. J'ai pris mon portable pour lui envoyer un message mais il n'y avait pas de réseau. Plutôt que d'arpenter le patio en cherchant une zone où mon téléphone passerait, j'ai préféré aller au bar. Avec un peu de chance, Peyton y serait. Derrière le comptoir se tenait un type avec une chemise hawaïenne. Après avoir tendu une bière au type qui était devant moi, il a marqué un temps d'arrêt, comme s'il avait reconnu quelqu'un. J'ai regardé derrière moi, intriguée. Quand je me suis tournée vers lui, il a demandé, avec un grand sourire :

— Qu'est-ce que tu veux boire ?

— Quelque chose avec de la vodka.

Par prudence, j'ai opté pour la boisson de ma mère.

— Ça marche ! a-t-il lancé en prenant des glaçons dans le seau. Tu connais qui, ici ?

— Personne, ai-je répondu, mal à l'aise.

Il a continué à me dévisager, comme s'il se passait quelque chose de drôle qui m'avait échappé.

— Je dois retrouver une amie, mais je ne l'ai pas encore vue, ai-je ajouté.

— Moi c'est Brent, a-t-il déclaré. Je suis un ami du propriétaire de cette maison. Je suis venu pour le week-end, avec quelques autres copains.

Il m'a tendu mon verre.

— Emma, ai-je dit à mon tour. Maintenant, je connais quelqu'un. Si on me demande, je dirai que nous sommes amis.

— Mais nous le sommes, a-t-il précisé, comme une évidence.

J'ai haussé les sourcils, étonnée par sa remarque.

— Je vais chercher mon *autre* amie, ai-je annoncé en jetant un coup d'œil vers la piscine.

J'ai bu une gorgée de la boisson pétillante dans laquelle flottait une rondelle de citron vert. Pas mauvais.

— Qu'est-ce que c'est ? ai-je questionné en me tournant vers Brent.

— Vodka-tonic, tout simplement, a-t-il répondu en préparant un verre pour une fille, accoudée au bar. Je me suis dit que tu n'étais pas du genre à boire des cocktails de filles ultra sucrés.

— Bien vu, ai-je répliqué en riant.

— On se parle plus tard ? Je ne vais pas rester toute la soirée derrière le bar. On a sûrement des tas de choses à se raconter.

Il m'a fait un grand sourire, auquel j'ai répondu, avant de tourner les talons et de me diriger vers l'escalier.

— Emma !

Malgré le bruit, j'ai entendu mon nom, tandis que je montais les marches. J'ai voulu me retourner, mais tout le monde poussait pour entrer dans la maison. Je me suis penchée par-dessus la rampe et ai aperçu Peyton qui agitait le bras.

— Je te rejoins ! a-t-elle crié.

Une fois en haut, je me suis postée dans un coin de la terrasse en l'attendant.

— Tu es là depuis longtemps ? a-t-elle demandé.

— Pas très. C'est gigantesque, cette fête !

La foule continuait de s'amasser autour de la piscine, tandis qu'à l'intérieur, les gens dansaient, serrés les uns contre les autres.

— Ouais, c'est dingue ! Tu es magnifique !

J'ai fait un sourire gêné.

— Mais tu n'es pas en robe, a-t-elle ajouté.

— Je ne mets jamais de robe. Où est Tom ?

— Il est allé nous chercher à boire.

J'ai regardé vers le bar, mais c'était difficile de reconnaître qui que ce soit à cette distance. Peyton, visiblement, le voyait très bien : un immense sourire éclairait son visage.

— J'ai comme l'impression que ton rendez-vous s'est bien passé, ai-je taquiné.

— T'imagines même pas !

Elle a fait un petit signe de la main et j'ai aperçu Tom lui répondre, au milieu de la foule. Il nous a rejointes quelques instants plus tard. Après avoir donné son verre à Peyton, il a passé son bras autour de ses épaules. Elle s'est blottie contre lui. J'ai essayé de prendre un air dégagé, mais la sensualité qui émanait d'eux me mettait mal à l'aise.

— Et donc… il paraît que tu loges à Santa Barbara, Tom ? ai-je fini par lâcher pour dissiper mon malaise.

Il a froncé légèrement les sourcils et a regardé Peyton, qui a murmuré :

— Je ne lui ai pas dit…

Je lui ai lancé un regard interrogateur.

— Ouais, je suis près d'ici. La maison n'est pas très grande mais elle donne sur la plage. C'est très chouette.

— Super, ai-je commenté avec un sourire forcé.

Je ne quittais pas Peyton des yeux. Elle fuyait mon regard. Soudain, j'ai entendu :

— Tu te fiches vraiment de moi !

Derrière Tom, j'ai aperçu Cole qui me dévisageait d'un air incrédule.

Incapable de prononcer un mot, j'ai contemplé tour à tour Cole puis Peyton – qui continuait de regarder ailleurs. Puis j'ai englouti la dernière gorgée de ma vodka-tonic.

— Je crois que j'ai besoin d'un autre verre, ai-je annoncé avant de disparaître dans la foule.

Je me suis frayé un chemin au milieu des invités qui dansaient, jusqu'à un bar situé à l'autre bout de l'immense salon. Le type qui servait les cocktails portait, lui, une chemise hawaïenne et des dreads attachés en queue-de-cheval. Il m'a examinée rapidement et a esquissé un petit sourire. J'ai fini par me demander si j'avais quelque chose écrit sur mon front pour que les préposés au bar sourient comme ça en me voyant. Je lui ai demandé le même cocktail que m'avait servi Brent. Il s'est penché vers moi et m'a posé la question de la soirée :

— Tu connais qui, ici ?

— Brent, ai-je répondu sans réfléchir.

— Ah oui ?

Il m'a tendu mon verre.

— Ouais, on est amis, ai-je dit, amusée.

— Vous avez l'air proches, en effet, a-t-il observé en hochant la tête.

J'ai d'abord cru qu'il me taquinait, puis j'ai vu qu'il était sérieux. Ça m'a scotchée.

— Comment tu t'appelles ?

— Ren.

Il continuait de me fixer, comme s'il passait en revue les amis de Brent dans sa tête pour identifier mon visage.

— Tu me connais, n'est-ce pas ? ai-je lancé pour le perturber davantage.

— Oui, c'est vrai, a-t-il répliqué d'un air sincère.

Il n'a pas pu poursuivre : un groupe de filles hystériques est arrivé au bar et a réclamé des shots. Je me suis éloignée et j'ai traversé la foule pour rejoindre la terrasse. J'ai envisagé d'éviter Cole toute la soirée, mais je me doutais que c'était le meilleur moyen pour croiser son chemin à un moment ou à un autre. J'ai alors pensé que si je m'approchais de lui, il partirait, et je pourrais tranquillement passer ma soirée à jouer mon rôle de fille qui s'éclate. Tandis qu'il était penché par-dessus la rambarde pour observer la mer au loin, je suis venue me placer à côté de lui. Il m'a ignorée. Mais il est resté.

— Je ne suis pas encore allée nager toute nue, ai-je annoncé en m'appuyant sur la balustrade.

— Tu ferais mieux de te dépêcher, a-t-il rétorqué sans me regarder. L'année passe vite.

Ses mains se sont crispées sur son gobelet, comme s'il allait le broyer. Peut-être valait-il mieux que je parte ? J'aurais dû, mais je ne l'ai pas fait.

— On n'est même pas en avril, ai-je protesté.

Il a haussé les épaules. Nous sommes restés un moment sans rien dire. Je buvais. Et j'attendais. Tout à coup…

— Tu peux me dire pourquoi tu me parles, Emma ? Tu n'en as rien à foutre de moi. Va donc torturer un autre.

Sa colère et la violence de ses mots m'ont clouée sur place, comme si je venais d'être boxée. Mais il avait raison, et je le méritais, j'ai donc accepté ses reproches sans broncher.

— Tu veux quelque chose à boire ? ai-je proposé. Le type qui est au bar, près de la piscine, est un ami. Il fait une excellente vodka-tonic.

Il m'a regardée, stupéfait.

— Je ne te comprends pas, a-t-il lâché en secouant la tête.

Après quelques instants de silence, il a capitulé.

— OK, je vais prendre un verre. Je vais en avoir sacrément besoin, avec toi dans les parages.

— Je prends ça pour un compliment, ai-je souri avant de descendre les marches.

Il y avait un nouveau type derrière le bar situé près de la piscine. Les cheveux blonds soigneusement peignés en arrière, il portait, lui aussi, une chemise hawaïenne. Visiblement, c'était la tenue de ceux qui habitaient la maison. Quand je me suis approchée, il m'a dévisagée comme s'il me reconnaissait. Cette histoire commençait à me stresser sérieusement.

— Salut, a-t-il lancé d'un ton prudent. Tu es Emma, c'est ça ?

— Exact, ai-je lâché, en me disant que Brent avait dû lui parler de moi au moment où il le remplaçait. Et toi ?

— Nate, a-t-il répondu en haussant les sourcils.

Il avait l'air d'attendre une réaction de ma part. J'ai écarté les mains, l'air perdu.

— Attends..., vous êtes en train de vous moquer de moi, ou quoi ? ai-je accusé. Brent et Ren t'ont dit de me faire marcher, c'est ça ?

— Absolument pas, a dit Nate, tout aussi perplexe que moi. Tu ne sais pas qui je suis ? Toi, tu es bien Emma Thomas, n'est-ce pas ?

Le fait qu'il connaisse mon nom de famille m'a encore plus inquiétée.

— Oui, en effet. Pourquoi ? Je suis censée savoir qui tu es ?

Je l'ai observé plus attentivement. Puis j'ai regardé Cole, qui suivait l'échange d'un air intrigué. Nate ne semblait pas se soucier de la trentaine de personnes qui attendait derrière moi pour être servies.

— Pas question !

Un type aux cheveux blonds en bataille s'est approché. Nate lui a jeté un regard dissuasif, mais il n'a pas relevé car il avançait vers moi, bille en tête. Comme s'il me connaissait, lui aussi. Décidément, ce petit jeu ne me plaisait vraiment pas. J'étais super mal.

— Emma ! Tu es là, pour de vrai !

Pétrifiée, j'ai regardé tour à tour le type, puis Nate.

— Arrête, TJ, a supplié Nate. Ne fais pas ça, mon pote. Laisse tomber.

— Je peux savoir ce qui se passe ? ai-je demandé le plus calmement possible.

Je sentais la présence de Cole, derrière moi, mais il n'a pas pipé mot.

— C'est donc toi Emma Thomas. LA Emma d'Evan.

TJ a éclaté de rire, incrédule.

Incapable d'émettre un son, j'ai lancé un coup d'œil à Nate, qui a fait une grimace d'excuse.

— Il était là il y a une semaine, a poursuivi TJ, sans prendre conscience de ce qui se passait. Il est parti le week-end dernier, tu peux le croire ? C'est vraiment dingue !

Mais oui, bien sûr. Ces types étaient ses amis. Ses fameux amis de Californie, qu'il avait connus au collège, quand il habitait à San Francisco. Ceux avec lesquels il partait pendant les vacances, quand nous étions au lycée à Weslyn. J'ai dévisagé Nate. D'un seul coup, toutes les pièces du puzzle se sont assemblées. Nate, son *meilleur ami*. Et cette maison… C'était là qu'il avait prévu de vivre avec moi, pour notre première année à l'université. J'ai senti mes jambes se dérober sous moi et j'ai agrippé le bar pour garder mon équilibre.

— J'ai besoin d'un shot, ai-je murmuré.

TJ s'est occupé des invités qui commençaient à s'impatienter derrière moi.

— Bien sûr, a répondu aussitôt Nate en me dévisageant d'un air inquiet. Qu'est-ce que tu veux ?

— Peu importe, ai-je lâché, le souffle court.

Puis, brandissant mon gobelet vide, j'ai ajouté :

— Et si tu peux me le remplir de vodka-tonic, s'il te plaît.

— Pas de problème.

Après avoir cherché dans les bouteilles alignées sous le bar, il a lancé :

— On est à court de tonic...

— De la vodka pure, ça ira très bien, ai-je marmonné.

Il m'a tendu un petit gobelet rempli d'une boisson transparente, ainsi qu'une rondelle de citron vert dans une serviette en papier. L'odeur m'a fait saliver.

— Qu'est-ce que c'est ?

— De la tequila, a-t-il répondu, visiblement étonné que je ne le sache pas. À boire d'un coup et il faut ensuite prendre le citron.

J'ai bu cul sec et mordu dans le citron en frissonnant.

— Merci.

J'ai pris mon gobelet et me suis éloignée d'un pas incertain. Je sentais le regard de Cole et de Nate dans mon dos et la tête me tournait. Il fallait à tout prix que je me ressaisisse, que je calme cette tempête qui grondait en moi, cet ouragan qui me dévastait. Pas question de craquer ici, devant tout le monde. J'avais besoin d'un remontant. Et vite.

J'ai grimpé les marches et traversé le salon, droit vers le second bar, bousculant les danseurs sur mon passage.

— Salut, Brent, ai-je lancé.

— Emma ! s'est-il exclamé avec un large sourire. Comment ça va ?

— Super. Tu me donnes un shot, s'il te plaît ? Et si tu en prends un aussi, on pourra trinquer.

— Bien sûr ! Qu'est-ce que tu veux ?

— Tu décides pour moi, ai-je répondu avec un sourire forcé.

J'ai voulu boire une gorgée de mon gobelet pour donner l'impression d'être parfaitement détendue. Mais ma main tremblait si fort que la vodka a débordé du gobelet.

Brent a ouvert la bouteille de tequila, comme Nate, et nous a versé un shot chacun. Il a levé son gobelet et a dit, avec un sourire malicieux :

— À l'amitié.

J'ai bu d'un trait, sans la moindre hésitation, puis j'ai mordu dans le citron.

— Un autre, qu'est-ce que tu en dis ? ai-je proposé.

Il a haussé les sourcils, avant de lâcher :

— Pourquoi pas !

Cette fois, c'est moi qui ai porté le toast :

— À hier.

Il m'a lancé un regard surpris mais n'a pas posé de question. Même s'il l'avait fait, je n'aurais pas donné d'explication. Tandis que la seconde tequila coulait le long de ma gorge, j'ai réprimé un frisson.

— Merci, Brent. On se voit plus tard.

— Attends ! s'est-il écrié pour me retenir.

Mais j'ai fait semblant de ne pas l'entendre.

Cole était sur la terrasse, un verre dans chaque main. Il m'en a donné un, sans rien dire. Nous sommes restés là un moment à regarder les gens passer en dessous.

— Ça va aller ? a-t-il finalement demandé.

J'ai hoché la tête. Il a continué à contempler le spectacle des invités, sans un mot. De temps à autre, il tournait la tête vers moi et m'observait. Quant à moi, j'étais concentrée sur ma respiration. J'ai versé le contenu du gobelet qu'il m'avait donné dans le mien et j'ai bu lentement quelques gorgées. Puis j'ai attendu.

Au bout de quelques minutes, un léger vertige s'est emparé de moi et cette impression d'anesthésie que je guettais a apaisé le feu qui me consumait. J'ai fermé les yeux pour apprécier le calme qui montait moi.

— Emma !

J'ai tourné la tête en reconnaissant la voix de Peyton. Ça n'était pas une bonne idée. J'ai dû aussitôt m'agripper à la rampe pour ne pas tomber. Elle a lancé un coup d'œil à Cole avec un petit sourire entendu. Elle devait s'imaginer que nous nous parlions de nouveau. Ce qui n'était pas exactement la vérité.

— Peyton ! me suis-je exclamée à mon tour en la serrant dans mes bras.

— Tu es soûle ?

— J'espère bien, ai-je répondu en savourant le vide qui m'habitait.

— C'est toi ? a-t-elle accusé en lançant un regard noir à Cole.

— Absolument pas, a-t-il protesté en levant les mains.

— Bon, ne fais pas de bêtises, m'a-t-elle lancé en guise d'avertissement. On va se chercher à boire. Viens me retrouver.

À peine eut-elle achevé sa phrase, qu'elle avait disparu.

— Tu vas où ? a crié Cole.

Trop tard, elle avait déjà été engloutie par la foule.

— Tu n'es pas obligé de jouer au baby sitter, ai-je dit. De toute manière, je crois que j'ai besoin d'un autre verre.

J'ai baissé les yeux sur le mien, encore à moitié plein.

— Tu crois vraiment ? a-t-il lancé d'un ton ironique.

— Ouais, ai-je confirmé en vidant mon verre d'un coup. Tu vois ?

Je suis partie en direction du bar, Cole sur les talons. En voulant faire volte-face pour lui dire qu'il n'était pas obligé de me suivre, ma cheville s'est tordue. Je n'étais toujours pas habituée aux talons.

— Saloperie de chaussures !

J'ai voulu me pencher pour les retirer, mais j'ai perdu l'équilibre et failli m'étaler de tout mon long.

— Tu as besoin d'aide ? a-t-il proposé.

Sans même attendre ma réponse, il s'est baissé et a défait les boucles de mes sandales. Je les ai enlevées, soulagée d'avoir mes pieds bien à plat. Cole s'est relevé, mes chaussures à la main. Il avait l'air immense, tout à coup.

— Waouh ! Tu as grandi.

— Ou bien tu as rapetissé, a-t-il répondu avec un léger sourire. Allez, on y va.

J'ai évalué la distance et les obstacles entre la terrasse, où nous étions, et le bar, à l'autre bout du salon. Il y avait beaucoup de monde et beaucoup d'agitation – des gens qui dansaient et gesticulaient dans tous les sens. La traversée nécessiterait une grande concentration. J'ai respiré un bon coup pour m'y préparer.

Cole m'a pris la main. Je lui ai lancé un regard surpris.

— Tu as l'air d'avoir besoin d'aide.

— Carrément.

Il m'a ouvert le passage et m'a permis de traverser la zone sans encombre. Je suis arrivée saine et sauve à l'autre bout, et sur mes deux jambes. J'ai voulu lever les bras en signe de victoire, mais il tenait toujours ma main et je n'étais pas certaine qu'il ait envie de se joindre à moi.

— Emma ! s'est exclamé joyeusement TJ en m'apercevant.

— TJ ! me suis-je écriée avec le même enthousiasme.

Puis une ombre est passée sur son visage.

— Tu pars ?

Sans que je m'en rende compte, Cole nous avait conduits à l'entrée.

— À plus tard, TJ, a-t-il lancé en ouvrant la porte pour me laisser passer.

— À plus, Cole, a-t-il répondu.

— On s'en va ? ai-je demandé, un peu perdue.

Soudain, une lueur a jailli dans mon esprit embrumé.

— Attends… Tu les connais ?

— Oui, on s'en va, et oui, je les connais, a-t-il lâché tandis que nous descendions l'allée qui menait au portail. Mon père a une maison un peu plus bas dans la rue.

— Tu plaisantes, là ? ai-je répliqué, gagnée par un sentiment désagréable.

On aurait dit une mauvaise blague. Une très mauvaise blague. Pourquoi cela m'arrivait-il à moi ?

— Comme par hasard, tu les connais. Et comme par hasard, il fallait que je vienne à cette fête-là. Évidemment. Et j'imagine que tu *le* connais, aussi ?

— Tu veux dire…

Il s'apprêtait à prononcer son nom, mais je l'ai fusillé du regard et il s'est arrêté net.

— Je l'ai croisé…

— Foutu karma ! ai-je hurlé en brandissant mon poing vers le ciel.

C'était pour le moins risqué, vu mon état, de gesticuler de la sorte tout en marchant. J'ai donc baissé la tête pour me stabiliser, sous le regard amusé de Cole.

— Karma pourri, ai-je grommelé en croisant les bras sur la poitrine.

— Tu es vraiment énervée, on dirait, a-t-il ri.

— Ferme-la, Cole ! ai-je aboyé. Karma de merde.

— Tu ferais mieux d'arrêter d'insulter ton karma, tu risques de vraiment l'énerver, a-t-il lancé en éclatant de rire.

— Ah mais qu'il se gêne surtout pas ! ai-je crié en regardant les étoiles. Allez, ramène-toi, et lâche-toi un bon coup !

Cole m'a dévisagée, avant de dire doucement :

— C'est bon, calme-toi, maintenant.

Je me suis sentie vidée, soudain. Je me suis assise sur le bord du trottoir, les épaules basses.

— Qu'est-ce que tu fabriques ? a-t-il questionné en s'approchant.

— Suis fatiguée, ai-je marmonné en ramenant mes genoux contre ma poitrine et en posant ma joue dessus.

— Allez…, m'a-t-il encouragée en me tendant la main. On y est presque. Ensuite tu pourras t'écrouler.

J'ai pris sa main pour me relever. Une fois debout, j'ai vacillé et me suis accrochée à son bras pour retrouver l'équilibre. La tête me tournait. J'étais épuisée. J'ai marché en m'appuyant contre lui. Le sol bougeait sous mes pieds, j'avais du mal à me stabiliser. Je me suis mordu les lèvres, concentrée sur mes pas. Je me suis alors rendu compte que mes lèvres étaient insensibles. Ce qui m'a fait penser au baiser.

— Cole ?

— Oui ?

— Tu veux bien m'embrasser ?

— Euh… non.

— Mais j'aimerais savoir si tu sens mes lèvres.

— Même. Je ne t'embrasserai pas.

— Pourquoi ?

Silence. Puis, au bout de quelques instants, il a dit :

— Parce que je ne suis même pas sûr que tu me plaises.

— C'est une bonne raison, ai-je reconnu. Mais tu n'es pas obligé de m'apprécier. Je te demande juste de m'embrasser. Je ne sens plus mes lèvres.

— Arrête de les mordre.

J'ai fait un effort pour ouvrir grand les yeux et remarqué que nous approchions d'une maison.

— Cole ?

— Oui, Emma.

— Désolée de m'être conduite comme une connasse.

Il a sorti une clé de sa poche et l'a introduite dans la serrure. J'ai eu du mal à rester debout.

— Et désolée que tu ne m'apprécies pas.

Il a ouvert la porte.

— Il y a une…

Sans même le laisser finir sa phrase, je me suis dirigée vers le canapé – la seule chose que j'avais remarquée quand il a poussé la porte. Je me suis effondrée dessus avec un grand soupir et j'ai laissé le tourbillon m'engloutir.

8

Écouter le silence

Un violent bruit métallique résonnait dans ma tête. J'ai poussé un grognement.

— Désolé, a dit une voix masculine.

Merde !

Les yeux fermés, j'ai passé la main sur mes hanches. J'ai poussé un soupir de soulagement en sentant le tissu. Lentement, j'ai ouvert les paupières. La tête sur l'oreiller, j'ai aperçu, du coin de l'œil, une couverture bleu vif étendue sur moi. Au bout du canapé sur lequel j'étais allongée, il y avait une cuisine. Et, debout dans cette cuisine, *il* me tournait le dos. J'avais encore le goût de la tequila dans la bouche. J'avais même l'impression d'en porter l'odeur.

Je me suis redressée lentement, craignant le pire, mais la douleur n'était pas trop violente. En revanche, un vertige m'a saisie. J'ai cligné des yeux pour chasser l'étourdissement et m'habituer à la clarté de la pièce.

— Coucou, a lancé Cole. Gueule de bois ?

— Non, ai-je marmonné en me passant la main dans les cheveux pour tenter d'y mettre un peu d'ordre. Je crois que je suis encore soûle, en fait.

Il a éclaté de rire.

— Ça ne m'étonnerait pas ! Je fais des pancakes, si ça te dit.

J'ai jeté un regard autour de moi. Des rayonnages couvraient les murs, remplis de livres, de photos, de boîtes et d'équipement en tout genre pour la navigation. Un large fauteuil beige, assorti au canapé sur lequel j'avais dormi, se trouvait en face de moi. Dans un coin de la pièce, il y avait une table en bois carrée, avec des chaises autour. Un bar et des tabourets hauts délimitaient l'espace cuisine.

Je me suis levée et approchée des baies vitrées pour contempler la magnifique vue sur la mer. Puis j'ai ouvert la porte et suis sortie sur la terrasse en bois. Au-dessus de l'eau, le ciel était gris et bas. On distinguait à peine les quelques îles au loin. Les bras croisés, je me suis laissé envelopper par la brise fraîche, puis j'ai fermé les yeux et inspiré longuement pour tenter de chasser le brouillard qui encombrait mon esprit.

Quelques instants plus tard, Cole est venu me rejoindre. Il s'est appuyé sur la rambarde pour observer le ballet des mouettes au-dessus de la mer et de la plage.

— Temps sinistre, a-t-il lâché en me jetant un coup d'œil.

— Comme moi, ai-je marmonné d'un ton morne.

Il a esquissé un sourire amusé puis est retourné à l'intérieur. Je suis restée, absorbée par le spectacle de l'eau sombre, le mouvement incessant des vagues. Cela me donnait envie de m'y laisser flotter, de m'y perdre, de sentir la caresse de l'eau. J'ai jeté un regard dans la pièce et, lorsque j'ai vu que Cole était occupé à cuisiner, j'ai descendu l'escalier. Puis j'ai marché sur les rochers humides et tièdes, jusqu'à la plage de sable. Le long de la jetée, les maisons semblaient inoccupées.

Arrivée au bord de l'eau, j'ai lancé un dernier coup d'œil derrière moi. Aucun signe de vie de Cole. Avant de changer d'avis, j'ai rapidement enlevé mon pantacourt et mon haut, puis ma culotte et mon soutien-gorge et j'ai plongé dans l'eau glaciale.

Quelques secondes plus tard, j'ai sorti la tête de l'eau, le souffle court, saisie par le froid. Puis j'ai replongé sous les vagues, pour ressortir une nouvelle fois. Un épais brouillard m'entourait, les maisons n'étaient plus que des ombres fantomatiques. Je me suis mise sur le dos et j'ai nagé un moment pour m'éloigner du rivage. Je n'entendais plus que le clapotis des vagues dans mes oreilles. Dans ma tête, le bourdonnement avait cédé la place à un silence apaisant. Plus rien n'avait d'importance.

Je suis restée un moment à flotter, immobile. Ça n'était pas très raisonnable, voire dangereux, je le savais, mais je n'arrivais pas à m'arracher à ce calme. Portée par l'eau, entourée d'un brouillard cotonneux, je me demandais quel effet cela pouvait faire de couler. De s'abandonner au silence pour toujours.

Une vague m'a submergée et poussée lentement vers le rivage. J'ai plongé avant de remonter à la surface pour remplir mes poumons. Puis, de nouveau, tel un poids mort, je me suis laissé emmener par le mouvement de l'eau, jusqu'à ce que mon dos frotte le sable, m'indiquant que j'étais revenue au bord.

— Tu es folle, ou quoi ? a crié Peyton, debout sur la plage, une serviette de plage à la main. Tes lèvres sont violettes. Et tu es nue, en plus ! Mais qu'est-ce qui te passe par la tête ?

Avant de me relever, j'ai vérifié d'un rapide coup d'œil qu'il n'y avait personne d'autre que nous.

— En ce moment, rien du tout, ai-je lâché avec un petit sourire qui a mis Peyton hors d'elle.

Je lui ai pris la serviette des mains et me suis enveloppée dedans. Malgré ça, je continuais à trembler de tous mes membres. Mes muscles étaient tétanisés de froid. Elle a ramassé mes vêtements dans le sable.

— Je t'ai apporté ton sac pour que tu puisses mettre quelque chose de sec et chaud.

— Comment ça, tu m'as apporté mon sac ? ai-je questionné en la dévisageant.

Elle a détourné le regard.

— J'ai pensé que tu pourrais rester ici pour un jour ou deux, pour me laisser un peu seule avec Tom, a-t-elle répondu d'un air penaud.

J'ai haussé les sourcils.

— Cole s'en fiche, même si tu es vraiment bizarre avec lui, a-t-elle ajouté.

— Il me trouve bizarre ? ai-je demandé, curieuse.

— Non. Mais moi, oui. Il a juste dit que tu « essayais un truc nouveau » et m'a donné une serviette.

J'ai éclaté de rire.

Avant d'entrer dans la maison, Peyton a voulu vérifier que j'étais bien couverte, car Tom était à l'intérieur. J'ai levé les yeux au ciel et l'ai écartée pour me glisser à l'intérieur.

— Ton sac est dans la chambre de droite, m'a-t-elle indiqué.

— Alors, comment était l'eau ? a interrogé Tom tandis que je passais devant le canapé.

— La ferme, Tom, a lancé Peyton.

Appuyé contre le bar, Cole me regardait. Je suis entrée dans la chambre avec un léger sourire et j'ai fermé la porte derrière moi. Je suis restée longtemps sous le jet chaud de la douche. La mer glaciale avait dissipé le brouillard qui régnait dans ma tête et j'avais retrouvé une énergie inespérée. Lorsque je suis arrivée dans la cuisine, quelques instants plus tard, séchée et habillée, j'avais l'impression que ma peau diffusait une chaleur intense.

— Tu as faim ? a demandé Cole tandis que je m'asseyais sur un tabouret haut.

— Je suis affamée !

Il a posé une énorme assiette de pancakes devant moi. J'ai balayé la pièce du regard, et me suis rendu compte que nous étions tout seuls.

— Où sont Peyton et Tom ?

— Ils sont retournés chez elle, a-t-il répondu en lavant un bol dans l'évier. Ça s'est passé comme tu le voulais ?

Il m'a lancé un regard amusé. J'ai avalé une bouchée avant de répondre :

— Quoi ?

— Ton bain toute nue...

J'ai baissé la tête, gênée.

— Encore mieux que ça, ai-je lâché doucement.

Je l'ai entendu rire. Puis il a mis de la musique avant de disparaître dans sa chambre pour prendre sa douche. Dehors, le brouillard était encore plus épais. J'ai soudain pris conscience que j'allais passer la journée dans cette maison, seule avec Cole. J'ai regardé derrière moi – pas de télévision. La meilleure solution serait probablement de m'enfermer dans la chambre pour lire. Au même instant, mes yeux sont tombés sur des boîtes de puzzle empilées sur un rayon de la bibliothèque. Je n'avais jamais fait de puzzle et l'idée me tentait bien. Un de mille pièces devrait pouvoir m'occuper un moment. Je n'aurais pas besoin de penser à autre chose qu'assembler les morceaux.

J'ai choisi un paysage de montagne et me suis assise sur le canapé. Après avoir approché la table basse, j'ai commencé à fouiller dans la boîte et à sortir les pièces en les étalant devant moi. Cole est sorti de sa chambre. Il dégageait un parfum frais et léger. Il m'a surprise en train de le contempler et j'ai aussitôt baissé les yeux.

— Ça fait des années que je n'ai pas fait de puzzle, a-t-il dit en prenant le couvercle de la boîte pour observer l'image.

— Moi, je n'en ai jamais fait.

— Sérieux ? Tu veux un coup de main ? Ou tu préfères réussir à assembler mille pièces toute seule ?

— Tu peux m'aider, si tu veux.

Il s'est installé à côté de moi et a commencé à trier les morceaux – les bords d'un côté, le milieu de l'autre. Quand il s'est penché, son genou a effleuré ma cuisse.

Un frisson m'a traversée. Était-ce vraiment une bonne idée, de le laisser m'aider ?

— Ça va ? a-t-il demandé en voyant mes traits crispés.

— Euh… ouais.

J'ai toussé pour m'éclaircir la gorge.

— Tu veux boire quelque chose ?

Il s'est levé et est passé par-dessus le dossier du canapé pour ne pas risquer de bouger la table basse.

— Avec plaisir, ai-je répondu.

J'ai profité de l'occasion pour m'écarter un peu de la place où il était assis.

— Un Coca ? a-t-il proposé.

Je me suis contentée de hocher la tête pour rester concentrée sur le tri des pièces.

Tandis que le brouillard flottait sur la mer, nous avons passé l'après-midi absorbés par notre occupation, sans parler. Seule la musique résonnait dans la pièce. Nous glissions les pièces d'un bout à l'autre de la table, reconstituant l'image dans une complicité silencieuse. J'étais consciente de chacun de ses gestes. Lorsqu'il tendait le bras devant moi pour attraper un morceau, j'avais l'impression de sentir la chaleur de son corps. Parfois, il posait une pièce sur sa bouche, tandis que ses yeux parcouraient la table à la recherche de l'emplacement qui lui correspondait. Quand sa main touchait la mienne lorsque nous fouillions dans la boîte, j'avais l'impression de sentir comme une décharge électrique.

— Tu as faim ?

Brisant soudain le silence, le son de sa voix m'a fait sursauter.

— Euh… Oui, un peu.

J'ai allongé mes bras au-dessus de ma tête pour m'étirer. Mon dos était douloureux, à force d'être restée penchée pendant des heures. Cole s'est levé et s'est étiré, lui aussi. En remontant, son tee-shirt a laissé apparaître ses abdominaux. J'ai aussitôt tourné la tête. Après tous mes efforts pour éviter ce type et me convaincre qu'il ne m'intéressait pas, je me retrouvais coincée avec lui, et sur une pente dangereuse. Prête à céder.

Il fallait à tout prix que j'appelle Peyton pour qu'elle me sorte de ce traquenard.

— OK ? a lancé Cole, me tirant de mon projet d'évasion.

— Comment ? ai-je lâché en levant la tête.

Perdue dans mes pensées, je n'avais pas prêté attention ce qu'il m'avait dit.

— Je t'ai demandé si tu étais tentée par de la cuisine mexicaine.

Il m'a dévisagée d'un air attentif avant d'ajouter :

— Tu es sûre que ça va ? Tu as toujours la gueule de bois ?

— Non, juste un peu abrutie à force d'avoir fixé ce puzzle. Mexicain, c'est parfait.

Je suis allée dans la salle bains de la chambre pour me passer de l'eau froide sur le visage et me laisser le temps de me ressaisir. Puis j'ai pris mon portable et j'ai envoyé un message à Peyton.

Peux pas rester ici. Viens me chercher.

Quelques instants plus tard, elle a répondu :

Pourquoi ? Vous vous disputez ?

Non

Allez, Em. Une nuit. STP !!!!

J'ai regardé sa réponse en serrant les dents, énervée.

Une nuit. Pas plus. Viens me chercher demain matin.

Merci !!

Je me suis assise sur mon lit. Peut-être avais-je intérêt à me coucher tôt ? Directement en revenant du restaurant. Soudain, la perspective de cette soirée m'a fait frémir. De quoi allions-nous parler pendant le dîner ?

— Tu es prête ? a lancé Cole depuis le salon.

J'ai soupiré longuement avant de répondre :

— Oui, j'arrive.

— Donc, tu as quatre sœurs, c'est ça ? ai-je demandé après avoir commandé nos plats.

Pas question de passer la soirée à manger assis en chien de faïence.

— Yep, a-t-il confirmé.

Puis il s'est tu, jusqu'au moment où il a compris que j'attendais qu'il poursuive.

— Missy est l'aînée. Elle a vingt-sept ans. Puis il y a Kara, vingt-cinq ans, Liv, vingt ans, et Zoe, seize ans. Cinq filles, plus mon père et moi, c'était… intense. Mais maintenant, nous sommes tous éparpillés. Zoe est à Seattle avec ma mère. Liv va aller en Floride. Kara est à Oakland, Missy à Washington et mon père à San Diego.

— Carrément éparpillés, en effet.

Il a hoché la tête. Je me suis préparée à subir un interrogatoire sur ma famille.

— Qui est ton amie la plus proche ?

Je ne m'attendais pas à ça.

— Sara. En ce moment elle est à Paris, dans le cadre d'un échange avec son école, Parsons, à New York. Elle est comme ma sœur. Ma colonne vertébrale, en quelque sorte.

— Waouh, ça c'est vraiment proche, a-t-il observé en haussant les sourcils. Est-ce qu'elle vient parfois en Californie ?

— À chaque fois pour les vacances. Sauf maintenant, parce qu'elle est trop loin. Mais elle revient en mai pour les vacances d'été.

Il a continué à évoquer sa famille, décrivant les caractères de ses sœurs d'une manière si réaliste que j'avais l'impression de les connaître. Et je lui ai parlé de Sara avec tant de détails que je pouvais entendre sa voix. Elle me manquait.

— Et donc, un jour, Liv a décidé d'être végétarienne, a-t-il raconté tandis que nous étions en voiture, sur le trajet du retour. Sauf quand on allait dans ses restaurants préférés. Et comme mon père ne cuisine pas, nous prenions tous nos repas dehors, et chaque restaurant devenait le préféré de Liv. Autant dire qu'elle n'est pas vraiment végétarienne… Mais si tu la rencontres un jour, elle t'affirmera qu'elle l'est, et elle m'en voudrait à mort si je ne t'en avais pas parlé.

Sa remarque m'a fait rire, et je me suis dit que cette fille me plairait bien. Nous avions passé deux heures au restaurant, à discuter à bâtons rompus.

En arrivant devant la maison, je me sentais tendue. Parce que, contre toute attente, j'aimais parler avec

Cole. Pire que ça, même : j'appréciais ce type. C'était une très mauvaise nouvelle.

Je me suis demandé pourquoi il ne m'avait posé aucune question sur ma famille. Ni sur la manière dont je m'étais conduite à la fête, la veille. Dans la mesure où il m'avait prise en charge et raccompagnée à la maison alors que j'étais complètement ivre, je lui devais des explications.

— Je suis désolée pour hier soir, ai-je lâché tandis qu'il posait les clés sur la table de la cuisine. J'ai...

— Improvisé, a-t-il dit, finissant ma phrase à ma place.

Le choix du verbe m'a fait rire.

— Tu n'as pas besoin de t'expliquer. Je peux parfaitement comprendre.

— Donc tu m'as *interprétée*, l'ai-je taquiné, en me rappelant ce qu'il m'avait dit sur sa capacité d'écoute.

— En effet, a-t-il confirmé très naturellement. Et ouais, j'ai compris, ne t'inquiète pas.

— Je devrais améliorer mes compétences en gestion de situation de crise plutôt que d'avoir recours au shots.

— Ça serait sûrement meilleur pour toi, a-t-il acquiescé dans un éclat de rire.

— En tout cas, merci encore de m'avoir supportée, ai-je dit d'un ton sérieux, en plongeant dans ses yeux bleu.

— Tu n'étais pas si insupportable, a-t-il répondu en soutenant mon regard.

Un peu trop longtemps.

— Bon, ai-je interrompu brutalement en m'étirant. Les journées de mauvais temps m'épuisent. Je vais aller me coucher et lire un peu avant de m'écrouler.

— OK.

Tandis que j'ouvrais la porte de ma chambre, j'ai entendu :

— Emma ?

Je me suis retournée lentement.

— Finalement, tu es cool, comme fille.

J'ai esquissé un sourire en décelant la pointe d'ironie dans son ton.

— Donc tu ne me considères plus comme une connasse ?

— Je n'ai jamais dit ça ! a-t-il protesté.

— Tant mieux.

— Bonne nuit, Emma.

— Bonne nuit, Cole, ai-je répondu en réprimant un trop large sourire.

9

Sentir de nouveau

Le lendemain matin, je me suis réveillée tard. J'avais eu un mal fou à trouver le sommeil car je n'arrivais pas à penser à autre chose qu'à la présence de Cole de l'autre côté du mur. J'ai pris mon temps pour me doucher et me préparer, en priant pour que Peyton ne tarde pas trop à arriver. J'ai même bouclé mon sac. Prête à partir.

Quand je me suis finalement décidée à sortir de ma chambre, Cole était sur le canapé, absorbé par le puzzle. La moitié des pièces seulement étaient assemblées.

— Coucou, a-t-il lancé sans même tourner la tête. Je suis complètement accro à ce truc stupide ! Tu as faim ?

— Je vais me débrouiller, ne t'inquiète pas, tu peux continuer. Est-ce que tu as des céréales ?

— Oui. Mais il y a aussi des œufs et des muffins, si tu préfères.

— Je ne sais pas cuisiner.

J'ai ouvert les placards pour trouver quelque chose qui était dans mes cordes.

Cole était silencieux. Anormalement silencieux. J'ai lancé un coup d'œil dans sa direction et l'ai vu qui me regardait d'un air bizarre.

— Vraiment ?

— Oui.

— Ah… Je ne m'attendais pas à ça.

Puis il est retourné à son puzzle. Pourquoi ce fait anodin surprenait-il tant ceux qui me connaissaient ? J'ai versé des céréales dans un bol et ajouté du lait. Puis je suis allée m'installer sur l'accoudoir du canapé pour étudier les pièces tout en mangeant. De temps à autre, j'en trouvais une qui convenait et me penchais pour la mettre à sa place.

— Tu peux t'asseoir vraiment, tu sais, a conseillé Cole.

— C'est bon, merci, mais je pense que Peyton ne va pas tarder à arriver, ai-je dit en me levant, un peu gênée, pour ranger le bol dans le lave-vaisselle.

— Je ne crois pas, a lâché Cole.

— Comment ça ?

— Elle est partie pour la journée avec Tom à Catalina.

Un vent de panique s'est levé en moi : cela voulait dire que je restais ici, avec Cole. Encore.

— Viens m'aider, s'il te plaît, a-t-il insisté.

Remarquant ma pâleur soudaine, il a froncé les sourcils :

— Elle ne te l'avait pas dit ?

J'ai fait non de la tête.

— Si tu ne veux pas rester avec moi, il n'y a pas de problème, a-t-il ajouté d'une voix précipitée. De toute manière, j'avais prévu d'aller faire du surf.

— Désolée, ai-je dit aussitôt, honteuse de ma réaction. C'est juste que je m'attendais à… quelque chose.

— Je ne suis pas certain de comprendre ce que tu entends par là, mais je ne me vexe pas, a-t-il lâché avec un sourire avant de se concentrer de nouveau sur le puzzle.

J'ai respiré un bon coup pour tenter de me détendre et me suis postée devant la porte fenêtre en me demandant ce que j'allais faire. Le ciel gris indiquait qu'il faisait trop froid pour s'installer dehors. En tout cas, pas tant que les nuages cachaient le soleil.

Je suis retournée m'asseoir sur l'accoudoir du canapé, en prenant soin d'être le plus loin possible de Cole.

— Quel est le prochain défi sur ta liste ? a-t-il demandé en pressant une pièce du puzzle contre ses lèvres tandis que ses yeux cherchaient le bon emplacement.

J'étais hypnotisée par son geste, incapable de penser à autre chose. Il a tourné la tête et j'ai levé les yeux pour croiser son regard. Il a haussé les sourcils, attendant ma réponse.

— Je n'ai pas… Je ne sais pas. Pourquoi tu ne me trouverais pas une idée, toi ?

Je me suis aussitôt mordu les lèvres. C'était tout sauf malin, comme proposition.

— Comment ça ? Je croyais que tu avais une liste déjà prête.

— Pas vraiment, ai-je avoué. Quand tu m'as demandé, j'ai juste sorti ce qui me passait par la tête.

Je n'avais absolument pas l'intention de faire ces trucs avant de t'en parler. Mais ça m'a donné envie. Donc à toi, maintenant, de trouver la prochaine idée. C'est ta faute si je suis embarquée là-dedans. Et comme j'ai l'impression que tu es toujours là pour voir mes exploits…

Il m'a examinée attentivement pour savoir si j'étais sérieuse ou pas. Puis il s'est mis à rire. De plus en plus fort.

— Stop ! me suis-je exclamée en le tapant sur l'épaule, feignant d'être en colère.

Mais il a ri de plus belle. Et, plus il riait, plus j'avais du mal à paraître fâchée. J'ai eu du mal, même, à réprimer un sourire.

— Très bien ! Ne propose rien. De toute manière, j'en ai rien à faire de cette fichue liste.

— Quels sont les critères ? a-t-il demandé après avoir finalement réussi à se calmer.

— De quoi ?

— Pour la liste, quels sont les critères ?

— Ah…, j'ai réfléchi quelques instants avant de répondre. Il faut que ça soit quelque chose qui me donne un coup de fouet, une montée d'adrénaline.

— Mais encore ?

— Ça doit être puissant au point de me faire oublier tout, de neutraliser la pensée et chasser la souffrance.

— La souffrance ?

— Oui, enfin… Je veux dire…

J'avais encore perdu une occasion de me taire. J'ai essayé de rattraper le coup :

— Un truc capable de me changer les idées, quoi. Comme quand on a eu une journée pourrie et qu'on veut tout oublier. Voilà, c'est ça : un truc qui évacue les mauvaises ondes. Tu vois ce que je veux dire ?

— Oui, c'est bon.

Il m'a regardée comme s'il voulait me poser une question, puis s'est ravisé.

— Je pense que je peux trouver, a-t-il ajouté. Laisse-moi le temps d'y réfléchir, OK ?

— Pas de problème, ai-je répondu d'un air dégagé.

Mais en moi, c'était tout l'inverse : une tornade balayait tout sur son passage.

Nous avons continué à faire le puzzle pendant une bonne heure. Mais, cette fois, nous avons parlé musique. Et je me suis rendu compte que nous avions bien plus en commun que je ne m'étais imaginé.

— Tu ne devais pas aller faire du surf ? ai-je questionné en voyant le soleil pointer derrière les nuages.

— J'irai demain, a-t-il répondu. Aujourd'hui, je passe la journée avec toi.

J'ai regardé fixement le puzzle, sans broncher. Tétanisée. Je ne voulais pas qu'il reste avec moi. Parce que j'en mourais d'envie.

— Pourquoi tu es si pâle ? a-t-il dit. On dirait que tu vas être malade.

— Je… euh…, ai-je bafouillé.

J'aurais aimé pouvoir disparaître. Sortir de la pièce, prendre la voiture et partir. Mais je ne pouvais pas, car je n'avais ni voiture ni endroit où aller.

— Je… euh…, ai-je répété.

— C'est bon, a-t-il lâché avec un sourire amusé. Si tu préfères rester seule, tu peux me le dire. Ça m'embêtait de te laisser. Mais je peux aller voir des amis.

— Excuse-moi, je suis vraiment idiote. Je crois que je ne sais pas encore très bien comment me comporter avec toi.

— Tu dis vraiment des choses bizarres ! a-t-il dit en éclatant de rire. Sois toi-même, Emma, c'est tout. Ne t'inquiète pas, je ne vais te faire de mal.

Mais moi, je peux te faire du mal.

Peyton allait revenir ce soir. Que pouvait-il se passer de grave en un jour ? Il me supportait tout juste, donc je n'avais qu'à lutter contre mon attirance pour lui. Juste une journée.

— OK, on passe la journée ensemble, ai-je finalement accepté. Qu'est-ce qu'on peut faire ?

Il s'est levé d'un bond.

— Allons au zoo !

— Au zoo ?

— Je ne suis pas le genre de type à faire du saut en parachute ou de la voiture de course, Emma. Je te l'ai déjà dit. Allez, on va au zoo.

Quelques heures plus tard, nous sommes rentrés à la maison, le ventre plein de frites et de glaces.

— C'était pas si mal, non ? a lancé Cole en posant les clés sur la table.

— C'était même super ! ai-je répondu d'une voix enjouée. Je n'aurais jamais imaginé donner un jour à manger à une girafe ! Merci.

Il y a eu un silence. Cole m'a dévisagée avec son petit sourire en coin. Et ses lèvres qui…

— Je crois que je vais aller courir un peu.

J'avais besoin de prendre l'air, de me désintoxiquer de Cole. Je sentais encore le contact de sa peau sur la mienne, lorsqu'il m'avait touché le bras sans le vouloir, des dizaines de fois, pendant que nous marchions. Pour couronner le tout, c'était un zoo extraordinaire, ce qui m'avait donné encore plus envie de prendre sa main pour partager avec lui ces instants intenses. La tête me tournait, grisée par toutes ces émotions. Je devais à tout prix m'éloigner de lui pour un moment.

— Je lance le barbecue, a-t-il déclaré. On dînera à ton retour.

Je suis descendue sur la plage et l'ai laissé s'occuper du feu. C'était la première fois que je laissais quelqu'un s'approcher autant de moi depuis que j'étais en Californie. Même mes colocataires ne savaient pas grand-chose de ma vie. J'avais passé la première année presque comme une recluse, gardant tout le monde à distance, et neutralisant mes émotions. Mais depuis la rentrée, j'avais eu plus de mal à garder le contrôle. Ce qui correspondait au moment où Cole était entré dans ma vie. Et maintenant, je ressentais de nouveau des émotions. Beaucoup trop, même. Et ça me faisait peur.

Avec nos mensonges permanents, nous sommes aussi destructeurs qu'eux. On fout en l'air la vie des autres.

J'ai accéléré le rythme, m'enfonçant davantage dans le sable à chaque pas, pour tenter d'éteindre les voix dans ma tête qui me rappelaient pourquoi je ne méritais pas de laisser quelqu'un entrer dans ma vie. À chaque foulée, j'essayais de reprendre le contrôle. Mais je savais, au fond, que je resterais toujours ce que j'étais.

— Tu repousses toujours tes limites, a observé Cole en me voyant sous la terrasse, à bout de souffle. J'ai fait griller des morceaux de poulet, en me disant qu'on pourrait préparer des sandwichs. Ça te va ?

— Bien sûr, ai-je réussi à répondre.

J'ai monté lentement les marches et enlevé mes baskets pleines de sable. J'ai marché ensuite jusqu'à la douche, avec l'espoir que l'eau parviendrait à éliminer les émotions qui tourbillonnaient en moi.

Nous nous sommes installés sur la terrasse, face à la mer. Sans parler. Je me suis alors rendu compte que nous avions passé beaucoup de temps comme ça. Silencieux. Cole ne m'avait posé aucune question sur moi. Il s'était contenté d'écouter ce que je voulais bien lui confier. Le silence lui convenait. Pas à moi.

Être assise à côté de lui sans être distraite par une conversation me troublait. Le calme avec lequel il contemplait la mer. Sa posture tranquille, détendue – confortablement calé dans son fauteuil, les pieds posés sur la rambarde. La force que son corps dégageait. Je sentais une énergie entre nous, une façon de communiquer dans le silence que je n'avais jamais éprouvée auparavant.

Après avoir mangé, nous sommes retournés sur le canapé pour continuer le puzzle. On commençait à voir se dessiner le paysage montagneux de la photo qui était sur la boîte, avec le ciel bleu strié de blanc.

— C'est très addictif, ai-je commenté en assemblant deux morceaux de ciel. Je ne sais pas pourquoi, mais je n'arrive pas à m'arrêter. Peut-être que c'est le côté défi ? Le besoin d'aller au bout du truc, même si c'est fastidieux.

— Mais c'est peut-être parce qu'une fois que tu as mis toutes les pièces, tu obtiens quelque chose de beau ?

Quand j'ai vu son regard posé sur moi, j'ai senti un frémissement parcourir mon dos.

— Je crois que j'ai trouvé ton prochain challenge, a-t-il ajouté à voix basse sans me quitter des yeux.

— Ah oui ? ai-je murmuré.

— Ça va faire battre ton cœur à 100 à l'heure. Te faire oublier tout ce qui t'entoure. Je me trompe peut-être, mais je crois savoir ce qu'il te faut.

— Vraiment ? ai-je soufflé, tandis que le rythme de mon pouls augmentait à la vitesse grand V.

L'air entre nous s'était comme figé. Il n'était qu'à quelques centimètres de moi et j'étais engloutie par son regard, incapable de bouger d'un millimètre. J'ai senti son souffle sur mon visage. J'ai fermé les yeux et il a posé ses lèvres sur les miennes avec une délicatesse infinie. J'ai plongé dans son baiser. Plus rien ne comptait d'autre que la chaleur de sa bouche, la douceur de ses lèvres. Je ne respirais plus. Je ne pensais plus. Un délicieux frisson traversait mon corps. Quand il s'est écarté, j'ai gardé un instant les yeux fermés, comme ensorcelée. Puis, lentement, j'ai soulevé les paupières. Il m'observait avec un léger sourire. J'ai poussé un soupir et me suis laissée aller contre le canapé.

— C'était digne de figurer sur la liste, ai-je lâché d'une voix faible. Je vais avoir du mal à trouver autre chose, après ça.

Il a éclaté d'un rire joyeux.

Ce soir-là, après m'être couchée, je suis restée éveillée un long moment. *Je ne peux pas faire ça* – les mots tournaient en boucle dans ma tête et la panique gagnait du terrain. J'ai fini par me redresser dans mon lit, les yeux rivés sur la porte. Je devais m'en aller. Partir loin, et m'éloigner du souvenir de ce baiser qui avait allumé en moi une envie que je ne parvenais plus à maîtriser. Un besoin de remplir ce vide abyssal qui m'habitait depuis que j'avais quitté Weslyn. C'était si bon d'éprouver quelque chose. Mais je ne pouvais pas me le permettre.

Je suis sortie de mon lit, décidée à demander à Cole de m'emmener chez Peyton. Même si elle était revenue tard de Catalina, elle devait maintenant être chez elle. Tant pis si on était en pleine nuit, sa maison n'était qu'à un quart d'heure de route.

Après m'être habillée, j'ai déposé mon sac dans l'entrée puis je me suis approchée de la porte de sa chambre. Je suis restée quelques instants immobile, le cœur battant, cherchant mon courage. Enfin, j'ai levé la main et frappé doucement.

— Cole ? ai-je appelé, en me disant que s'il ne répondait pas, je retournerais dans ma chambre.

J'attendais, tendue à l'extrême. Quelle idée absurde !

— Oui ? a-t-il répondu. Tu peux entrer.

J'ai respiré un bon coup et tourné la poignée.

— Tu es réveillé ?

Question stupide : il venait de me parler, donc, oui, il était réveillé.

— Qu'est-ce qui se passe ? a-t-il demandé.

Je distinguais difficilement sa silhouette dans l'obscurité. Il semblait à moitié redressé dans son lit. Je n'ai pas fait un pas de plus.

— Je n'arrive pas à dormir, ai-je expliqué d'une petite voix en tirant sur le bas de mon tee-shirt. Et… euh…

Je dois partir – cette satanée phrase que j'avais répété des dizaines de fois dans ma tête se refusait à franchir mes lèvres.

Il m'a observée un moment sans rien dire.

— Viens t'allonger, Emma.

J'ai écarquillé les yeux, stupéfaite.

— Tu peux rester au-dessus de la couette, a-t-il suggéré. On va parler, comme ça, peut-être que tu arriveras à t'endormir.

— OK, ai-je glissé en m'approchant lentement du lit.

Je sentais son odeur, fraîche et piquante. Il s'est poussé pour me faire de la place. J'ai ignoré la petite voix qui s'insurgeait en moi et me suis allongée sur la couette. Quand il s'est tourné sur le côté pour me faire face, j'ai aperçu son torse musclé. J'ai préféré rester sur le dos pour regarder le plafond et me concentrer sur ce que je disais. Sinon, je ne garantissais plus rien…

Nous sommes restés silencieux un moment. Il a fini par murmurer :

— Nous ne sommes pas non plus obligés de parler.

C'était à moi de démarrer la discussion : j'étais venue frapper à sa porte, et non l'inverse.

— Désolée, je suis un peu perdue…

— Comment ça ?

— Je ne veux pas que tu t'attaches à moi, Cole, ai-je lâché d'une traite.

Il n'a rien dit. Je me suis tournée vers lui et j'ai vu qu'il attendait une explication. Il y avait une telle intensité dans son regard que j'ai détourné les yeux.

— Je… j'ai peur, ai-je avoué.

— Que je te fasse du mal ? a-t-il questionné à voix basse.

— Non, j'ai peur de te faire du mal, *moi*. Je ne tourne pas rond. Vraiment pas. Je ne peux pas… je ne peux pas sortir avec toi. Te laisser entrer dans ma vie. Je ne peux pas devenir proche. Et…

— Emma, a-t-il coupé. Tout va bien.

Je l'ai dévisagé, le corps tremblant d'émotion.

— Tu ne comprends pas ce que je veux dire, ai-je poursuivi, le souffle court, les bras serrés autour de la poitrine. Je ne devrais pas être là. Depuis le jour où je t'ai rencontré, j'ai su que je devais te laisser tranquille. Parce que… Parce que c'est comme ça.

La douleur dans ma poitrine devenait plus forte, presque insoutenable.

— Parce que je suis quelqu'un de mauvais, ai-je achevé tout bas.

— Je ne le pense pas, a-t-il murmuré à son tour. Mais si tu as besoin de prendre le large, fais-le. Je ne te demande rien, Emma. J'aime que ça soit comme ça, sans attente particulière. Alors si tu t'en sens capable, j'aimerais bien que tu ne prennes pas le large, juste pour cette semaine.

J'avais envie de le toucher, de laisser courir mes doigts le long de son épaule, d'enfouir mon visage dans son cou et de respirer son odeur jusqu'à l'ivresse. Envie qu'il me serre contre lui, pour sentir sa peau sur la mienne et d'éprouver ce frémissement délicieux que je ressentais chaque fois qu'il m'effleurait. Mais je n'ai pas bougé. Je suis restée pétrifiée. Et incapable de détacher mes yeux de son visage.

— Qu'est-ce que tu en dis ? a-t-il chuchoté. Tu restes ?

Il a approché sa main de ma joue et l'a caressée doucement. J'ai fermé les yeux, le corps vibrant.

— Je reste, ai-je répondu d'une voix à peine audible.

Allongée à ses côtés, je me suis laissé envahir par sa force.

10

Prévisible

Derrière mes paupières fermées, je percevais la clarté du jour. J'aurais dû ouvrir les yeux. Je le savais. Mais j'étais si bien, au chaud sous la couverture, à côté de lui. Quand j'ai soulevé mes paupières, je l'ai vu, allongé, qui me regardait avec un petit sourire. Ses joues rouges me donnaient envie d'y poser la paume de mes mains pour capter la chaleur. Mais j'ai tenu bon.

J'étais toujours au-dessus de la couette, mais la couverture bleue du canapé était étendue sur moi. Lui était *sous* la couette, toujours torse nu.

— Je peux te demander quelque chose ? a-t-il dit.

— Vas-y, ai-je lâché en calant l'oreiller sous ma tête.

— Pourquoi m'as-tu posé un lapin, l'autre soir ?

J'ai réfléchi avant de répondre, cela me semblait déjà loin.

— Je suis allée me faire tatouer.

Au plus proche de la vérité.

— Et ça ne pouvait pas attendre le lendemain ?

— Non.

Il m'a dévisagée un moment, comme pour lire dans mes pensées et a hoché la tête, convaincu par mon explication.

— Je peux le voir ?

J'ai soulevé mon tee-shirt. Il l'a examiné avec attention, suivant avec son doigt les contours des yeux clos et du profil masculin. Ma peau a frémi à son contact et mon cœur s'est mis à battre plus vite.

— Qu'es-ce que ça veut dire ?

— Ça me rappelle une époque dont j'avais besoin de me souvenir.

— Ça a dû faire mal, a-t-il poursuivi, sans quitter le tatouage des yeux.

Il s'efforçait visiblement de déchiffrer les lettres qui cernaient le motif.

— Pas assez, ai-je lâché dans un souffle.

— Tu dis vraiment des choses étranges, a-t-il observé d'un ton où perçait l'admiration.

J'ai haussé les épaules d'un air timide.

— Est-ce que tu es partante pour faire quelque chose de prévisible avec moi, aujourd'hui ?

Sa main sur ma peau nue était chaude, presque brûlante. *Tout ce que tu veux.* Mais ça n'était pas la bonne réponse.

— Oui, du surf !

Il a éclaté de rire et s'est redressé dans le lit. Sa main a quitté ma taille, et je me suis sentie de nouveau sombre et vide.

Je suis à peine allée dans l'eau, ce jour-là. Avant de me laisser monter sur une planche, Cole m'a montré les gestes techniques sur le sable. Et quand nous sommes finalement entrés dans la mer, j'ai passé mon temps assise ou allongée sur la planche pendant qu'il m'expliquait comment pagayer au bon moment pour prendre la vague. Il ne m'a même pas autorisé à *essayer* de me mettre debout ! Mais l'exercice « prévisible » m'a suffisamment plu pour que j'accepte de recommencer le jour suivant.

Le soir, quand Peyton m'a appelée pour savoir à quelle heure elle devait passer me prendre, je me suis enfermée dans ma chambre pour lui dire qu'elle pouvait passer la semaine avec Tom. Je l'ai joué en mode « pour te faire plaisir » et j'ai pris une voix morne et désabusée quand elle m'a demandé comment ça se passait entre Cole et moi. Je savais que j'avais tort, mais j'étais incapable de partir. Pour l'instant.

Le matin, il m'apprenait à faire de la planche dans les endroits où les vagues étaient petites. J'insistais pour qu'il aille ensuite là où il aimait surfer pour qu'il s'amuse. Dès le troisième jour, j'étais capable de me lever et de garder mon équilibre… pendant quelques secondes.

L'après-midi, nous terminions le puzzle ou nous lisions. Parfois, je partais courir. Le soir, je m'allongeais à côté de lui, sur la couette. Avant de fermer les yeux, il posait sa main sur mon tatouage, comme s'il voulait retenir les mots prisonniers. De temps à autre, il en suivait les contours du doigt, et ce geste déclenchait à travers mon corps un feu d'artifice de sensations. Une fois sa main partie, je luttais pour garder en moi son empreinte.

Quand il était endormi, je me glissais hors du lit pour rejoindre ma chambre. Après la première nuit, je ne me suis plus jamais réveillée à côté de lui. C'était une tentative vaine pour déjouer ma culpabilité. J'aurais dû m'en aller. Je le savais.

Il ne m'a jamais demandé pourquoi je le laissais chaque nuit. Et il n'a plus essayé de m'embrasser.

— Tu t'es bien débrouillée, aujourd'hui.

Nous étions en train d'arriver à la maison, après avoir passé la journée dans l'eau.

— C'est avec de la pratique qu'on progresse, a-t-il ajouté.

— Quand je te regarde faire, avec les autres, je vois à quel point ça peut être fort. Et je voudrais déjà en être là.

— Un peu de patience ! Tu connais ce mot ?

Après l'avoir foudroyé du regard, je suis descendue de la voiture et Peyton a crié mon nom. Je me suis retournée et l'ai vue remonter l'allée avec Tom.

— Vous étiez où, tous les deux ? On est passés un peu plus tôt mais vous n'étiez pas là.

— On faisait du surf.

— Tu lui apprends ? a demandé Tom.

Cole a hoché la tête, tout en prenant les planches sur la galerie de la voiture.

— Ça vous dit de sortir avec nous ce soir, pour notre dernier jour ? a-t-elle proposé. Il y a une fête sur une plage privée, près de chez moi.

— Pourquoi pas, ai-je lâché en haussant les épaules.

Tom a regardé Cole, qui a acquiescé, puis nous sommes tous entrés dans la maison.

— Donc vous avez fait du surf… et un puzzle, a commenté Tom en s'installant sur une chaise. Sacré programme.

— Je vais prendre ma douche, ai-je annoncé.

Peyton m'a suivie dans la chambre.

— Ça a l'air de bien coller, tous les deux, a-t-elle lancé avec un sourire entendu.

— C'est pas ce que tu crois, ai-je protesté en sortant des affaires de mon sac.

— C'est quoi, alors ?

— On s'entend bien, ai-je répondu simplement.

— Je n'en doute pas, a-t-elle lâché.

J'ai levé les yeux au ciel et j'ai fermé la porte de la salle de bains au nez de Peyton.

Après la semaine paisible que j'avais passée, j'ai eu un choc en arrivant à la fête. Plein de monde et de bruit. Au bout d'un moment, alors que j'avais déjà percuté un certain nombre de personnes, Cole m'a dévisagée et a proposé :

— Tu veux qu'on aille faire un tour ?

— Oh que oui, ai-je répondu.

C'était notre dernière nuit. Et ni l'un ni l'autre n'avait le courage d'en parler. Le bras de Cole a effleuré le mien. J'ai tressailli. Au même instant, il s'est arrêté.

— Tu veux t'asseoir ?

Je me suis contentée de hocher la tête, incapable d'articuler un mot. Le silence nous a enveloppés comme un manteau de soie et j'ai réussi à me détendre.

— Ça ne t'arrive jamais d'avoir juste envie de monter dans ta voiture et de rouler, sans but ? ai-je questionné, les yeux rivés sur la mer qui brillait sous la lune.

— Et comment tu sais quand t'arrêter ? a répliqué Cole sur un ton de défi.

Il était assis à côté de moi, son bras frôlant le mien.

— Quand tu sens que ça en vaut la peine, je suppose, ai-je soufflé.

Je sentais la chaleur du contact entre nos peaux.

— Je me demande jusqu'où tu irais avant que ça ne t'arrive, a-t-il commenté.

Puis il a ajouté :

— Pourquoi tu fais tout ça ?

J'ai esquissé un sourire avant de réfléchir sérieusement à sa question.

— Pour sentir que je suis vivante.

— Tu es la personne la plus vivante que je connaisse, a-t-il murmuré.

J'ai tourné la tête et l'ai surpris en train de m'observer avec intensité. La lueur qui brillait dans ses yeux m'a fait chavirer. Le souffle court, j'ai chuchoté, pour qu'il se penche plus près de moi :

— Pourquoi tu ne m'as embrassée qu'une fois ?

— J'ai peur, a-t-il avoué. Si je t'embrasse, j'ai peur de ne plus pouvoir m'arrêter. Je sens bien comment tu réagis chaque fois qu'on se touche et je ne veux pas risquer de te faire partir. J'ai peur que tout s'arrête quand on retournera en cours. Je sais que nous évitons d'en parler, toi et moi. Tout comme je sais que nous n'arrivons même pas à finir ce puzzle que nous aurions déjà dû terminer depuis trois jours. Parce que après, ça sera fini. Tu es prête pour ça ?

J'ai essayé de respirer. Impossible. Même pas capable d'émettre le moindre son. Je ne pouvais rien faire d'autre que regarder ses yeux qui me suppliaient de parler.

— Qu'est-ce que vous faites là, tous les deux ? s'est exclamée soudain Peyton d'une voix tonitruante, qui indiquait qu'elle avait déjà dû ingurgiter un certain nombre de bières.

— Aaaah, on dirait que je dérange ? a-t-elle ajouté en mettant un doigt devant sa bouche comme pour se dire à elle-même de se taire.

Trop tard.

Le lendemain matin, un silence de mort régnait dans la voiture qui nous ramenait chez nous. Chaque kilomètre parcouru rendait la tension plus palpable. Notre semaine touchait à sa fin, mais je ne parvenais toujours pas à intégrer l'information. Je sentais le regard de Cole sur moi. Je savais ce que je devais faire, mais la tâche promettait d'être difficile.

Tandis que nous traversions la ville, la pluie s'est mise à tomber. J'ai baissé ma vitre et tendu mon bras à l'extérieur pour sentir les gouttes tièdes du printemps. J'ai inspiré profondément pour m'imprégner de cet air chargé du parfum de la terre mouillée, de l'herbe coupée et des premières fleurs. Lorsque Cole s'est arrêté à un feu rouge, à moins d'un kilomètre de chez moi, j'ai ouvert la portière pour sortir sous la pluie.

Je ne veux pas détruire aussi ta vie.

Les mots de la séparation résonnaient dans ma tête, me poussant à avancer sans me retourner. La pluie a redoublé d'intensité, en quelques secondes mon tee-shirt était trempé. J'ai enlevé mes chaussures pour marcher pieds nus dans l'eau qui dévalait la rue en minuscules cascades. Elle ruisselait le long de mes cheveux et de mon visage.

J'étais à quelques rues de chez moi lorsque j'ai entendu le bruit d'une course derrière moi, les pas qui tombaient lourdement dans les flaques. J'ai tourné la tête et aperçu Cole, tout près de moi, la respiration haletante. J'ai esquissé un imperceptible sourire en voyant son tee-shirt mouillé qui épousait la courbe de ses muscles. Il s'est approché. Dans ses yeux, j'ai lu une question muette.

Les gouttes de pluie coulaient sur ses joues, descendaient jusqu'à ses lèvres si parfaitement dessinées. Je savais ce que je *devais* faire. Mais face à lui, à son regard si intense, je sentais ma volonté vaciller. Je n'avais envie que d'une chose : le laisser ranimer le feu qui m'avait désertée depuis si longtemps et combler le vide abyssal qui m'habitait. La chaleur de sa main sur moi, la douceur de ses paroles – j'avais besoin de ça. L'évidence de notre lien était si forte. Tant pis si je le méritais ou pas. Tant pis si c'était mauvais pour moi, et pour lui. Tant pis si je me trompais et si j'allais le regretter. J'étais incapable de résister plus longtemps.

Je me suis avancée vers lui. J'ai posé mes mains sur ses joues pour en absorber la chaleur et ai pressé mes lèvres contre les siennes. À en avoir mal. Il m'a pris par la taille et m'a serrée contre lui. Pour être plus proche encore, j'ai passé mes bras autour de son cou. Tandis que nos bouches se dévoraient, un puissant séisme me traversait. Plus rien ne comptait que le plaisir inouï de cet instant. Ni la voix qui me susurrait à l'oreille que j'avais tort. Ni la culpabilité. J'ai tout balayé et me suis abandonnée à l'envie folle qui m'envahissait.

À bout de souffle, je me suis écartée, j'ai pris sa main et l'ai entraîné à ma suite pour franchir en courant les derniers mètres qui nous séparaient de chez moi. Arrivée devant la porte, je me suis retournée et l'ai embrassé avec une flamme telle que mon corps en tremblait. J'ai ouvert la porte sans quitter ses lèvres et il l'a refermée derrière lui d'un coup de pied, sans me lâcher une seconde. Nous avons dû nous séparer pour monter les marches. Quatre à quatre. J'en ai profité pour enlever mon haut. En entrant dans ma chambre, Cole a passé son tee-shirt par-dessus sa tête avant de refermer la porte en me plaquant contre elle. Sa bouche est venue se poser dans mon cou pour remonter ensuite le long de mon menton. Avec un gémissement, j'ai laissé tomber mes chaussures par terre et agrippé la peau nue de son dos. Il a glissé ses mains derrière mes omoplates pour dégrafer mon soutien-gorge, pendant que nos corps mouillés se frottaient l'un contre l'autre, nos bouches unies dans un baiser de plus en plus pressant.

D'un mouvement sec du pied, il s'est débarrassé de ses tennis. J'ai profité de cet instant pour laisser courir ma langue sur la peau de son cou. Il a attrapé mon visage entre ses mains et s'est penché pour m'embrasser de nouveau. Puis ses doigts sont descendus jusqu'à mes hanches pour se faufiler entre ma peau et mon jean. J'ai défait le bouton et baissé la fermeture Éclair pour permettre à Cole de le faire descendre le long de mes jambes. J'étais devant lui, exposée, sans plus de carapace pour me protéger. D'un geste rapide, il m'a soulevée de terre, et j'ai enroulé mes jambes autour de sa taille. Il m'a portée jusqu'au lit et m'a étendue sur le dos. Sans quitter mon corps des yeux, il a ensuite pris un préservatif dans sa poche avant d'enlever son short. Puis il s'est approché de moi et, lentement, avec une infinie délicatesse, il s'est allongé. Mes mains ont parcouru fébrilement son dos, caressant les courbes de son corps musclé, tandis que, ses yeux accrochés aux miens, en appui sur ses mains, il allait et venait en moi, explorant l'intimité de mon corps. Happée par sa sensualité et par sa puissance, j'ai perdu toute notion de ce qui m'entourait. Plus rien ne comptait que sentir son corps en moi, ses mains sur moi, son souffle contre moi. Le vide qui m'emplissait n'était plus qu'un mauvais souvenir, et j'aurais donné n'importe quoi pour qu'il ne reparaisse plus jamais.

Tandis qu'il accélérait, un feu d'artifice a traversé mon corps, mille et une sensations ont explosé dans chacune de mes cellules. Le dos arc-bouté, les jambes raidies, j'ai poussé un gémissement pendant qu'il laissait échapper un bruit sourd, le corps projeté en avant, le cou tendu au-dessus de moi, avant de retomber doucement. Nous sommes restés un moment enlacés, le souffle court, l'esprit chaviré. Puis Cole a redressé la tête et m'a regardée, les joues et le cou enflammés par l'intensité de ce qu'il venait de vivre. J'ai laissé courir mes doigts le long de sa mâchoire.

— Et donc… tu aimes la pluie ? a-t-il demandé, une lueur espiègle dans les yeux.

J'ai ri en entendant ces mots : les premiers qu'il prononçait depuis que nous avions quitté Santa Barbara. Je ne m'attendais pas à ça.

— Oui, pas toi ? ai-je répliqué en posant mes lèvres sur les siennes.

— En fait, je crois que *j'adore* la pluie, a-t-il souri en me rendant mon baiser.

Il a posé sa tête sur ma poitrine.

— Je n'ai pas du tout envie que ça se termine, Emma, a-t-il murmuré.

— Em ? a crié Peyton avant que je n'ai le temps de répondre. Tu es rentrée ?

J'ai entendu le bruit de la poignée de la porte et me suis figée. Cole a aussitôt levé la tête.

— Tu n'as pas intérêt ! a lancé Serena, au pied de l'escalier.

Nous nous sommes regardés, guettant la suite.

— Comment ça ? a répliqué Peyton d'un ton étonné.

— Elle n'est pas seule.

11

De quoi as-tu peur ?

— Tu as hâte d'être à ce week-end ? a demandé Sara.

Tandis que je discutais avec elle sur Skype, je voyais son sourire éclatant et ses yeux brillants exprimer l'excitation qui me faisait défaut.

— Tu m'as dit que cette excursion allait être géniale, non ? a-t-elle ajouté.

— Il paraît. Je crois que des étudiants d'autres universités participent. C'est seulement sur invitation, semble-t-il. Je ne sais pas comment ils font pour vérifier qui est invité, d'ailleurs. Ça va être vraiment énorme.

— Qu'est-ce qu'il y a ? a questionné Sara devant ma moue sceptique. C'est à cause du monde qu'il y aura ? Je croyais que ça allait mieux. Ou bien c'est Cole ?

Comme à son habitude, elle me bombardait de questions sans me laisser le temps d'y répondre.

— Non, tout va bien.

Au moment où je prononçais ces mots, j'ai senti ma gorge se serrer.

— Arrête, Emma. Je sais très bien quand tu mens, même quand tu crois que je ne m'en rends pas compte. C'est Cole, c'est ça ?

J'ai détourné le regard, les lèvres serrées.

— Em, depuis deux mois, tout se passe bien pour toi, a dit doucement Sara. Tu as le droit d'être heureuse. Et d'avancer. Tu n'es pas…

Je lui ai coupé la parole :

— On est censés dormir sous une tente.

J'ai levé les yeux sur l'écran pour guetter sa réaction. Elle est restée silencieuse.

— Je ne peux pas dormir sous une tente, ai-je continué, d'une voix étranglée. Cette nuit-là, avec…

J'étais incapable de finir ma phrase. Incapable, même, de repenser à ce moment où j'avais été heureuse pour la dernière fois.

— Je ne peux pas dormir sous une tente avec Cole. Impossible.

— Je sais, a-t-elle glissé avec un regard compréhensif. Dans ce cas, ne dors pas sous la tente. Tu n'as qu'à dire à Cole que tu préfères rester dans sa voiture. Il suffit de baisser la banquette arrière et de mettre un matelas gonflable. Ça marche, je l'ai déjà fait.

Elle a eu un sourire malicieux à ce souvenir.

— C'est bon, Sara, épargne-moi les détails !

— Ah parce que tu n'en profites pas aussi avec Cole, peut-être ? a-t-elle riposté sur un ton moqueur.

— Je savais bien que je n'aurais jamais dû te raconter.

— Si, parce qu'en m'en parlant, tu as rendu ça réel, a-t-elle rétorqué. C'est vraiment bien que tu sortes de nouveau avec un garçon. Et que tu passes ton temps à coucher avec lui !

— On ne sort pas ensemble, ai-je aussitôt rectifié. Et on ne passe pas notre temps à… On fait aussi du surf !

En réalité, elle n'avait pas tort. Nous passions notre temps à travailler, faire du surf… et faire l'amour comme des dingues.

J'ai soupiré.

— Peu importe, a conclu Sara. Même si tu continues à prétendre que non, c'est très bien si c'est le cas. Tu as le droit, Em. J'aime bien Cole. Ne le laisse pas tomber.

Je me suis raidie en entendant cette phrase et j'ai vu Sara se figer aussitôt.

La dernière fois qu'elle m'avait dit ça, nous étions devant chez elle, et elle essayait de me convaincre de donner une chance à Evan.

— Donc tu arrives vendredi prochain, c'est ça ? ai-je enchaîné pour tenter de passer à autre chose.

— Ouais, a-t-elle répondu en m'observant attentivement. Je retourne dans le Connecticut lundi pour voir la famille avant de passer l'été avec toi en Californie. J'ai trop hâte !

J'ai esquissé un pâle sourire.

— Moi aussi. En plus je n'aurais pas cours, donc je serai complètement dispo.

— Ça va être trop génial ! s'est-elle exclamée avec son enthousiasme habituel.

— Il faut que je te laisse, maintenant. Je dois faire mon sac.

— Ce week-end va te faire beaucoup de bien, je te garantis. Appelle-moi quand tu rentres.

— OK, ai-je répondu avec un sourire forcé. Bisous.

— Énormes bisous ! a-t-elle lancé avant que son image ne disparaisse de l'écran.

Je suis restée un moment immobile, à contempler l'écran, avant de me lever pour quitter la pièce.

Pourquoi tu ne passerais pas la nuit ici ? Il va faire doux, on pourrait dormir dehors.

— *Camper, tu veux dire ?*

— *Encore mieux, oui ! Je crois que j'ai une tente dans le garage. Si on la plante dans la clairière, loin des lumières, on aura un ciel magnifique. Qu'est-ce que tu en penses ?*

— Emma ! a crié Peyton. Cole est là !

Le son de sa voix m'a tirée de mes pensées. Des souvenirs qui me hantaient. Allongée sur le dos, le regard perdu dans le ciel, j'ai essayé de me ressaisir. J'ai respiré profondément et battu deux ou trois fois des paupières pour chasser mes larmes.

— Elle est *où* ? a-t-il demandé d'une voix incrédule.

Avant même que je n'ai le temps de bouger, il avait grimpé quatre à quatre l'escalier et était arrivé sur le toit.

— Qu'est-ce que tu fais là ?

D'un geste rapide, j'ai passé un doigt au coin de mon œil.

— À part risquer de tomber et de me tuer, tu veux dire ? ai-je lâché sur un ton faussement léger. J'allais descendre.

Il est venu près de moi.

— Maintenant que je suis là, laisse-moi le temps de reprendre mon souffle.

Il s'est approché du bord et a jeté un œil en contrebas pour évaluer la hauteur. Il s'est ensuite agenouillé, comme si de rien n'était. Mais l'inquiétude que je lisais sur son visage démentait son attitude.

— Pourquoi tu es montée ici ? a-t-il demandé.

Puis, remarquant mon air amusé, il a ajouté :

— Tu trouves ça drôle que je m'inquiète, c'est ça ?

— Oui, me suis-je moquée avec un petit rire. Viens t'allonger près de moi.

Il est venu tout contre moi et j'ai senti aussitôt mon corps réagir à son contact, les sens en éveil. Les mains sous la tête, il a scruté l'obscurité du ciel.

— C'est calme, a-t-il observé au bout d'un moment.

— Exactement.

— C'est pour le silence, alors ? Et pas parce que c'est haut ?

— Oui.

Sauf que je n'avais pas réussi, cette fois, à trouver la paix. La voix d'Evan ne cessait de résonner dans ma tête, comme une obsession.

Nous sommes restés silencieux, bercés par la brise du soir qui caressait notre peau. La présence de Cole m'a remémoré la conversation que j'avais eue avec Sara. Ces deux derniers mois, j'avais été tenaillée par l'envie de mettre fin à cette histoire. Mais chaque fois que j'avais essayé de quitter Cole, submergée par les sentiments qu'il éveillait en moi, j'avais renoncé.

— Pourquoi tu restes avec moi ? ai-je murmuré, les yeux rivés sur les lumières d'un avion qui passait au-dessus de nous.

— En dehors du fait que tu m'attires énormément, tu veux dire ?

— Je suis sérieuse, ai-je riposté en lui donnant un coup de coude dans les côtes.

— Aïe ! s'est-il exclamé en riant. Je sais que tu es sérieuse.

Il a réfléchi un instant avant d'ajouter :

— Tu me demandes pourquoi je reste avec toi alors que je sais que tu peux me quitter du jour au lendemain, c'est ça ?

— Euh… ouais, ai-je répondu, surprise par sa franchise.

— Je me réveille chaque jour en espérant que ça ne sera pas le dernier avec toi. Je ne suis pas quelqu'un qui exprime beaucoup ses émotions et tu l'acceptes. Quand on est ensemble, on n'a pas besoin de parler. C'est agréable. En général, les filles veulent tout le temps savoir ce que je pense, ce que je sens, ce que je veux… Pas toi.

— Mais je suis tellement barrée…

— Moi, je ne te vois pas comme ça. Tu peux être imprudente, c'est vrai, quand tu décides de faire des trucs… extrêmes, juste pour éprouver quelque chose. Mais même si je ne comprends pas forcément, ça me va. Tu n'attends pas de moi que je te suive ou que j'approuve. Je ne sais pas assez de choses sur toi, sur ta vie, pour dire que tu es barrée. Si un jour tu veux m'en parler, je t'écouterai. Mais j'aime être avec toi, tout simplement. Est-ce que ça répond à ta question ?

— Je ne peux pas te donner plus que ça, ai-je prévenu. On n'est pas *ensemble*. Juste, on…

— … passe du temps l'un avec l'autre, a-t-il achevé d'un ton léger.

Je me suis tournée pour lui sourire. Une lueur malicieuse dans les yeux, il a ajouté :

— Et comme tu m'attires vraiment énormément, on peut parfois passer du temps l'un avec l'autre… nus.

Sans me laisser le temps de protester, il m'a embrassée. Comme toujours, je n'ai pas su résister. Sous le feu de son baiser, les questions qui tourbillonnaient dans ma tête se sont envolées. Je me suis collée à lui, agrippant sa chemise pendant que je répondais à son étreinte. Une sensation de vie, d'énergie, de puissance, grandissait en moi à la vitesse de la lumière. Il s'est éloigné de ma bouche pour laisser ses lèvres descendre le long de ma gorge, puis suivre le contour de mon épaule. J'ai poussé un gémissement, tandis que le désir faisait vibrer mon corps. Doucement, il m'a fait basculer sur le dos. Avant de s'arrêter net.

J'ai ouvert les yeux et vu son air paniqué. Je me suis mordu les lèvres pour ne pas éclater de rire lorsque j'ai compris la cause de son effroi.

— On est sur le toit, a-t-il déclaré, comme pour mieux en prendre conscience.

Puis, remarquant la lueur amusée qui brillait dans mes yeux, il a ajouté :

— Tu aurais adoré faire l'amour ici, n'est-ce pas ? Mais on est sur un toit, Em, et sacrément haut, en plus !

Je suis partie d'un immense éclat de rire.

— Allez, viens, a-t-il insisté avec un soupir exaspéré en lançant un coup d'œil vers la fenêtre de Meg.

Je me suis levée pour le suivre, hilare.

Quand j'ai suggéré à Cole de dormir dans sa voiture plutôt que sous la tente, il n'a pas posé de question. En fin de compte, c'était plus agréable que le camping, où s'entassait une foule impressionnante. Chaque université avait sa section, la plus grande était celle de Stanford. L'événement avait été organisé pour la première fois des années auparavant et, depuis, il connaissait un succès grandissant. Désormais, il y avait des participants venus de l'université de Californie du Sud, de celles de Los Angeles et de Berkeley, chacun affichant son appartenance à grands renforts de banderoles.

Le lendemain matin, lorsque j'ai passé ma tête par la fenêtre de la voiture, j'ai vu des types avec des têtes de zombies se diriger vers les douches – les cheveux hirsutes, les yeux bouffis, la mine blafarde. Cole dormait encore. Appuyée contre la portière, j'ai remonté mon sac de couchage jusqu'au menton et regardé les arbres qui m'entouraient.

Tu es belle. À l'instant où le souvenir a jailli dans mon esprit, mon cœur a bondi dans ma poitrine. J'ai fermé les yeux pour chasser la voix qui rôdait. Pour éloigner la sensation de ses doigts sur ma joue et de son regard bleu acier qui scrutait au fond de moi.

Je t'aime.

Ma lèvre a tremblé.

Soudain, Cole a marmonné quelque chose d'une voix endormie. Puis il a roulé sur lui-même et a glissé un bras autour de ma taille pour m'attirer contre lui.

— Bonjour, a-t-il murmuré, le nez dans mes cheveux.

J'ai frémi en sentant sa peau frôler la mienne. Ce contact m'a instantanément apaisée, en même temps qu'une onde de chaleur gagnait mon corps.

— Bonjour, ai-je répondu en me blottissant contre lui pour sentir son torse ferme et musclé.

Il a descendu sa main le long de mes côtes, puis de mes hanches, pour baisser mon pyjama. Mon pouls s'est accéléré et, le souffle court, je l'ai aidé à me déshabiller. Je sentais sa bouche contre mon oreille, sa langue qui caressait ma joue avant de chercher ma bouche. J'ai poussé un gémissement, envahie par un désir de plus en plus puissant. Chaque fois que j'étais dans ses bras, des sentiments intenses occupaient le vide qui, depuis deux ans, s'était emparé de moi. J'avais besoin de lui. Mais d'une façon qui n'était pas saine, ni pour lui ni pour moi. Il était comme une drogue. Un shoot qui me permettait d'oublier mes fantômes, de peupler ma vie, de l'incarner. Mais tout cela restait superficiel. Rien n'était réparé, dans le fond. Cole ne pouvait pas me guérir.

Ses mains se sont agrippées à mes hanches tandis qu'il m'entraînait dans son mouvement de va-et-vient de plus en plus rapide. Mes ongles enfoncés dans son dos, j'ai senti son corps se contracter à l'extrême. Une onde de plaisir a irrigué chacun de mes vaisseaux. Il m'a serrée contre lui tandis que, lentement, son souffle retrouvait un rythme normal. Je sentais son cœur battre comme s'il était dans ma propre poitrine.

— La journée démarre bien, a-t-il lâché avec un sourire.

Quelques instants plus tard, nous sommes sortis de la voiture. Un air frisquet nous a accueillis… ainsi que le spectacle de dizaines de canettes de bières éparpillées par terre. Portée par la brise, une odeur de brûlé flottait dans l'air – souvenir d'un feu de joie.

Une fois revenus de la douche, lavés et habillés, nous avons retrouvé Peyton, Tom, Meg, et le type avec lequel elle sortait, Luke.

— Vous êtes prêts ? a demandé Peyton, tandis que Tom versait des glaçons dans une glacière pleine de canettes de bières. La navette passe dans dix minutes.

Cole a fermé le sac qui contenait nos serviettes de plage et les affaires dont nous avions besoin pour l'expédition en canoë.

— C'est bon, a-t-il répondu.

Il m'a prise par la main. Je me suis aussitôt raidie. Il l'a relâchée et a commencé à marcher devant moi sans manifester d'autre réaction. Un sentiment de culpabilité m'a submergée. Nous n'avions pas l'habitude des démonstrations d'affection en public – se prendre par la main, s'embrasser… tous ces trucs de *couple*. Je ne cessais de répéter que nous n'étions pas *ensemble*. Je craignais que les choses se compliquent, malgré la conversation que nous avions eue sur le toit.

J'ai accéléré le pas pour le rattraper et me suis collée contre lui, de manière à ce que nos bras se touchent.

— Tu voudras que je dirige le canoë ? ai-je proposé pour le taquiner.

— Pour qu'on finisse dans les rochers ? Non merci, je préfère m'en occuper. Toi, tu t'assiéras devant et… Je ne sais pas. Tu essaieras de ne pas tomber, par exemple.

— Très drôle. Si je tombe, c'est que tu nous auras fait basculer.

Il a éclaté de rire et m'a donné un petit coup de coude complice qui m'a soulagée.

Tandis que nous descendions le long de la rivière, le bruit des rires, des cris et de la musique qui s'échappait des canoës contrastait avec les paysages splendides et silencieux que nous traversions. J'ai levé la tête vers le soleil pour sentir la chaleur caresser ma peau. Malgré l'excitation qui régnait autour de moi, je me sentais calme. J'ai été surprise par une giclée d'eau fraîche qui a atterri sur ma joue. J'ai ouvert les yeux et vu qu'une bataille d'eau avait démarré entre deux embarcations.

— Tu veux une bière ? a proposé Cole en soulevant le couvercle de la glacière.

— Je n'aime toujours pas ça, ai-je rappelé. De l'eau, ça m'ira.

Il a sorti une bouteille et me l'a tendue.

Il commençait à faire chaud. J'ai enlevé mon tee-shirt, sous lequel je portais un haut de maillot de bain. J'ai entendu Cole faire un drôle de bruit derrière moi.

— Qu'est-ce qu'il y a ? ai-je demandé en me tournant vers lui.

L'espace d'un instant, j'ai eu peur qu'il n'ait remarqué mes cicatrices. Même si elles étaient suffisamment fines pour qu'on les prenne pour des égratignures, j'étais toujours sur le qui-vive.

— Je…, a-t-il bredouillé. Je ne me souvenais pas de ce maillot de bain.

— Tu l'aimes bien ?

— J'aimerais surtout être dans la voiture, là tout de suite, plutôt que sur ce canoë.

Au même instant, Tom a crié :

— Cole, et si on retournait à l'endroit qu'on avait découvert l'an dernier, pour pique-niquer ?

Nous avons suivi un couloir étroit au-dessus duquel les branches d'arbres entremêlées formaient une voûte naturelle. Puis, après avoir traversé plusieurs courbes sinueuses, nous sommes arrivés au milieu d'un immense bassin entouré de rochers abrupts de couleur rouille. On avait l'impression d'être entrés dans une caverne dont on avait enlevé le toit. Les murs de pierre s'élevaient autour de l'eau cristalline dans laquelle naviguaient quelques étudiants, pendant que d'autres, assis sur des rochers, mangeaient et buvaient.

Nous sommes sortis des canoës pour entrer dans une eau glaciale qui m'a donné la chair de poule. Un cri a retenti. J'ai tourné la tête pile au moment où un type atterrissait dans l'eau, éclaboussant les filles tout autour. J'ai levé les yeux et aperçu, bien au-dessus de moi, une file de gens, perchés sur un rocher, qui attendaient pour plonger à leur tour. L'idée de sauter de si haut m'a fait battre le cœur.

— Tu viens ? m'a lancé Cole.

J'ai quitté le rocher des yeux.

— Oui, j'arrive.

Il a continué à avancer dans l'eau en portant la glacière à bout de bras. J'ai lancé un dernier regard vers le rocher et ressenti une décharge électrique.

Qu'est-ce qui t'empêche de dormir la nuit ? D'où viennent tes cauchemars ? Qu'est-ce qui t'inquiète ?

J'entendais la voix de Jonathan comme s'il était à côté de moi. Les yeux rivés sur le rocher, j'ai serré les poings pour chasser ce souvenir.

— Emma !

J'ai tourné vivement la tête. Debout sur une large pierre plate, Meg et Peyton m'appelaient :

— Qu'est-ce que tu fabriques ? Viens manger !

J'ai escaladé les rochers pour les rejoindre. Les garçons ouvraient des canettes de bière pendant que Meg nous tendait nos sandwichs. Peyton, elle, choisissait la musique sur son iPhone, branché sur une enceinte portable. Une conversation a démarré sur ce que nous avions vu sur le chemin. Le bruit des voix me parvenait comme un faible bourdonnement, tandis que mon attention était de nouveau happée par le rocher, en haut.

Saute, Emma.

Mon cœur a fait un bond dans ma poitrine.

Saute, sinon je vais te pousser.

— Je reviens, ai-je murmuré.

Sans même vérifier s'ils m'avaient entendue, j'ai escaladé les pierres qui menaient au rocher-plongeoir. Tandis que les cris et les rires se rapprochaient, j'ai vu que le sentier tournait et se prolongeait plus haut. De là où j'étais, je ne pouvais pas distinguer le point d'arrivée, mais ça grimpait, alors j'ai continué à monter. La terre s'effritait parfois sous mes pieds, me faisant trébucher, tandis que le chemin devenait de plus en plus étroit. Quand j'ai finalement aperçu le rocher, je me suis approchée avec précaution. J'ai marché jusqu'au bord et me suis penchée. Un léger vertige m'a saisie quand j'ai regardé. En contrebas, on ne voyait que l'eau scintillante.

La surface était lisse, aussi brillante qu'un miroir, dans lequel le soleil se reflétait. Mon cœur s'est mis à battre à toute allure et c'est en tremblant que j'ai franchi les derniers centimètres, cherchant au plus profond de moi le courage de faire ce dernier pas.

De quoi as-tu peur, Emma ?

12

Par-dessus bord

Si je me retournais, je craignais de voir Jonathan, debout, attendant ma réponse. J'ai fermé les yeux et respiré lentement, profondément, pour calmer le rythme de mon cœur. Quand je les ai rouverts, les palpitations et le vertige avaient disparu. J'ai regardé devant moi la pierre aux tons cuivrés.

Je me suis penchée une nouvelle fois par-dessus bord.

— De quoi as-tu peur, Emma ? ai-je murmuré, répétant les mots de Jonathan, ce jour-là, en haut du rocher.

De rien.

Je savais que je n'avais pas peur. J'étais nettoyée, récurée. Il ne restait plus que le squelette de mon ancien moi, un souvenir qui me hantait. Pour avoir peur, il aurait fallu que j'aie quelque chose à perdre. Or je n'avais plus rien.

Je me sentais calme, apaisée. J'ai scruté l'eau au loin, qui m'invitait à franchir le dernier pas.

— Emma ?

La voix de Cole a retenti derrière moi, ricochant sur les rochers qui nous entouraient. Je n'avais plus le temps d'hésiter. J'ai lancé un rapide coup d'œil par-dessus mon épaule et l'ai aperçu. Il me regardait, les yeux écarquillés.

— Qu'est-ce que tu fais ? s'est-il écrié d'un ton paniqué. Tu ne vas pas sauter, Emma ? Tu peux te tuer, à cette hauteur !

Sans un mot, j'ai fait un pas en avant et disparu dans le vide. Le vent tourbillonnant m'a aussitôt enveloppée tandis que je descendais vers l'eau. Une décharge d'adrénaline s'est répandue à travers mon corps. J'ai senti mon estomac remonter dans ma poitrine tandis que, la respiration bloquée, mes poumons étaient pris dans un étau. Durant quelques secondes, plus rien n'avait d'importance. Ni Jonathan. Ni Evan. Ni Cole. Ni moi. Tout s'était volatilisé, je m'étais abandonnée corps et âme au sentiment de rien qui me pénétrait.

Dès l'instant où mes pieds ont touché l'eau, la réalité du monde m'a rattrapée. La secousse a été violente, j'ai cru que mes jambes remontaient dans ma poitrine, pulvérisant tout sur leur passage. Puis il y a eu le choc, lorsque mes talons ont heurté les rochers, dans le fond. Une violente douleur a traversé ma jambe, si puissante que j'ai failli hurler. Poussant sur mes pieds, je me suis propulsée vers la surface, vers la tache de lumière que je discernais au-dessus de moi. Mes poumons me brûlaient, prêts à exploser. Je battais l'eau avec mes pieds, avec mes mains, pour monter plus vite.

Soudain, une petite voix m'a murmuré d'arrêter. De ne plus me battre. De renoncer. De simplement…

J'ai jailli en toussant, étranglée par l'eau que j'avais avalée. Pendant quelques instants, j'étais déboussolée, perdue, ne sachant plus où j'étais. Je cherchais surtout à retrouver mon souffle, à respirer normalement pour oxygéner mon cerveau. Quand j'ai retrouvé mes esprits, j'ai regardé en haut, vers le rocher d'où j'avais sauté. Et cherché la mort. Cole était là, debout, mais je ne distinguais pas son expression.

Un picotement sous mon genou, là où la pierre avait cogné, m'a fait baisser les yeux. Je redoutais la gravité de la blessure. Quand j'ai relevé la tête, Cole avait disparu. J'entendais au loin les cris et les rires. Les dents serrées, je me suis dirigée vers les bateaux. J'ai aperçu quelques têtes. Meg et Peyton, allongées, continuaient à prendre le soleil. Quand j'ai atteint notre canoë, j'ai entendu Cole s'approcher de moi à la nage.

— La vache, Emma, je ne pensais vraiment pas que tu allais sauter ! Tout va bien ?

Quand il a vu ma tête, il a compris.

— Tu t'es fait mal ? Où ça ?

— Je me suis éraflé la jambe, ai-je murmuré en m'agrippant au bord de l'embarcation. Mais ça va aller. On peut retourner au camping ?

Il a attendu un instant avant de répondre.

— D'accord.

Puis, se tournant vers les autres, il a crié :

— On part ! On se retrouve au camping.

J'ai vu Meg froncer les sourcils, mais elle n'a pas eu le temps de réagir, car Peyton a aussitôt répondu :

— OK, à tout à l'heure !

Je me suis hissée à bord avec difficulté. J'avais mal partout. Je me suis enveloppée dans une serviette avant que Cole ne voit l'entaille dans ma jambe. Mais le sang coulait si fort que je n'arrivais pas à empêcher les gouttes de tomber sur le plastique du canoë.

— Laisse-moi regarder ça, a-t-il lâché avec fermeté Je veux voir si c'est grave.

Après une seconde d'hésitation, j'ai écarté la serviette. Il a froncé les sourcils et pincé les lèvres en laissant échapper un léger sifflement.

— Aïe… Tu ne t'es pas ratée.

J'ai aussitôt rabattu la serviette sur ma jambe. L'air qui avait soufflé sur la blessure avait ravivé la douleur. Sans un mot, Cole a navigué au milieu des canoës remplis de gens soûls qui criaient et s'amusaient. Quand nous sommes arrivés au ponton de débarquement, la douleur sourde pulsait dans ma jambe et la serviette était maculée de sang. Cole m'a aidée à sortir puis m'a portée jusqu'au minibus, où il m'a étendue sur la banquette.

— Il y a une infirmerie, au camping, a indiqué le chauffeur en apercevant la serviette rouge de sang. Je peux vous déposer en passant, si vous voulez.

— Volontiers, merci, a répondu Cole.

Il n'a pas décroché un mot jusqu'à ce que nous revenions à la voiture, une fois ma jambe nettoyée et bandée. La douleur était toujours forte.

— Emma…, a-t-il lâché d'une voix tendue.

J'ai levé la tête, surprise par son ton. Son visage exprimait une émotion inhabituelle.

— Est-ce que tu te rends compte à quel point tu as déconné ? Tu aurais pu te blesser grièvement, et même mourir. J'arrive pas à croire que…

Il s'est passé la main dans les cheveux avec un grand soupir. Puis il a secoué la tête, la mine sombre, en proie à une colère sourde.

— Je ne te comprends pas.

Je n'ai rien dit.

Les mâchoires serrées, il a passé de nouveau sa main dans les cheveux.

— Je vais faire un tour. J'ai besoin de me changer les idées.

Il a tourné les talons et est parti sur la route. Je l'ai suivi des yeux. Il avait besoin de comprendre, et je compatissais. Mais je n'avais pas d'explication satisfaisante à lui donner. Moi-même, j'étais incapable d'interpréter mon geste. J'ai fermé les yeux et me suis laissée aller contre le dossier de la chaise.

Dans mon dos, j'entendais quelques types discuter d'une voix pâteuse. Ils semblaient bien alcoolisés.

— Merci de m'avoir rancardé pour hier, mec, disait l'un d'eux. C'était une fête de dingue !

— Tu étais à celle de Reeves, le week-end dernier ? a questionné un autre.

— Celle de Jonathan ?

J'ai ouvert les yeux.

— Ouais. C'était la fête la plus géniale de ma vie ! Il vient de quelle université, déjà, ce type ?

— Il a fait archi, je crois. Mais il me semble qu'il a fini…

Mon cœur s'est mis à battre la chamade. Je me suis retournée pour voir qui parlait. Quelques gars étaient assis autour de la table en train de manger des hamburgers.

— … ou autre chose, je sais pas, mais ce qui est sûr c'est qu'il a dû trouver un job de malade à New York, a commenté un type qui portait un tee-shirt gris. Parce qu'une fête comme ça, ça coûte une blinde.

Les coudes appuyés sur les cuisses, je me suis penchée en avant pour tenter de calmer les battements désordonnés de mon cœur. Ça ne pouvait pas être *lui*. Impossible.

Mais quand j'ai tourné la tête et que j'ai aperçu la casquette avec le sigle de l'université de Californie du Sud, j'ai compris…

Ne m'attends pas. Je n'ai pas besoin de toi. Je ne veux pas de toi et ça ne changera jamais. Sors de ma vie.

Les mots cinglants que j'avais prononcés m'ont retourné l'estomac. Depuis cette nuit où je l'avais sorti de ma vie, je n'avais plus repensé à lui. Jusqu'à tout à l'heure. Et maintenant, le seul fait d'entendre son nom avait fait rejaillir tous les souvenirs que j'avais réussi à enfouir.

Nous avons une telle confiance l'un en l'autre que nous nous livrons des secrets que nous n'avions jamais révélés avant.

J'ai enfoui mon visage dans mes mains tremblantes. En dépit de leur poids sur ma conscience, j'avais gardé ses secrets. Je n'ai jamais répété à quiconque ce qu'il m'avait raconté cette nuit-là. J'avais essayé de l'évacuer de ma conscience, d'oublier l'horreur qu'il avait semée autour de lui. Mais c'était impossible.

— Il a dit qu'il partait quand, déjà ?

Pétrifiée, j'ai tendu l'oreille.

— Je ne sais plus. Aujourd'hui ou demain, je pense.

— Il retourne à New York ?

— Ouais. Je crois qu'il vient de là-bas.

Sans même réfléchir, je me suis levée et me suis approchée de la table.

— Salut, ai-je lancé. Vous parliez de Jonathan Reeves, c'est ça ?

Le type au tee-shirt gris a eu un petit sourire avant de répondre :

— Ouais. Tu le connais ?

— Oui. Je n'ai pas pu aller à sa fête le week-end dernier, mais je voulais lui dire au revoir avant qu'il ne parte. Sauf que j'arrive plus à mettre la main sur le mail qu'il avait envoyé. Est-ce que l'un de vous l'a encore ?

Le gars avec la casquette a sorti son portable.

— J'ai ça. Tu veux que je te le transfère ?

— Ça serait super, ai-je remercié en me forçant à sourire.

Il m'a tendu son téléphone, j'ai entré mon adresse mail et l'ai envoyé.

— Merci.

— Je pourrais t'écrire, aussi ? a-t-il demandé avec un clin d'œil.

— Euh… je ne suis pas venue seule, ai-je bafouillé en haussant les épaules d'un air désolé avant de tourner les talons. Merci pour le mail.

J'ai traversé la section de Stanford et suis allée m'asseoir à l'autre bout, loin du petit groupe. Puis j'ai pris mon téléphone pour lire l'invitation que m'avait transférée le type. Il fêtait son diplôme et son départ. Il y avait peu de choses – la date, l'heure, le lieu… et un numéro de portable.

Depuis que cette boîte s'était ouverte, dans ma chambre, cinq mois plus tôt, j'avais l'impression que mon monde s'écroulait chaque jour un peu plus. Personne ne pouvait comprendre cette obscurité qui me consumait et que je n'avais pas la force de combattre. Ni ce sentiment de désespoir vertigineux qui grignotait mon âme à chaque seconde. Personne, sauf Jonathan. Il était le seul à l'avoir compris, à avoir saisi l'ampleur de ma souffrance. C'était précisément la raison pour laquelle je n'avais jamais raconté ce qu'il avait fait – parce que je le comprenais. Nous avions l'un et l'autre commis des choses terribles dans nos vies et cette aptitude à la destruction nous unissait pour toujours.

J'ai l'impression que je peux te raconter beaucoup de choses. Ce que je garde pour moi, normalement. Souvent, les gens ne comprennent pas.

Sa voix a résonné dans ma tête, la phrase se répétait en boucle. J'ai inspiré longuement, l'air me brûlait les poumons. J'avais trahi sa confiance. Je savais pourquoi il n'avait jamais cherché à me voir depuis que nous vivions tous les deux en Californie. J'avais tout fait pour ça.

Personne ne t'aimera jamais.

Mes propres mots m'ont fait frémir de dégoût. Cette nuit-là, j'avais opté pour le malheur en les trahissant tous les deux. À présent, j'avais la possibilité de réparer le mal que j'avais fait. Si Jonathan refusait de me pardonner, alors personne ne pourrait le faire.

Je regardais le portable dans ma main, rongée par l'angoisse. Chaque fois que je parvenais à composer son numéro, je voyais son visage défait, roué de coups, et j'effaçais les chiffres. Il devait certainement me haïr, à cause de mes paroles violentes. Mais je devais tenter le coup, saisir cette chance qui se présentait à moi.

Salut. C'est Emma. Je me demandais comment tu allais ?

Après avoir appuyé sur « Envoyer », j'ai cru que j'allais m'évanouir. Quelques secondes plus tard – une éternité –, mon portable a vibré.

Emma ? Waouh. Je m'attendais pas à avoir de tes nouvelles un jour.

J'ai inspiré longuement. En lisant son message, je me suis sentie à la fois soulagée et angoissée.

C'était pas facile de t'écrire. Mais je pensais à toi.

Je me suis mordu la lèvre en attendant sa réponse.

Je pense à toi tout le temps. J'ai pensé chercher ta trace, mais l'ai pas fait. Je croyais que tu voulais plus jamais me voir.

Un frisson a couru le long de ma colonne. Avant même que je n'ai eu le temps de répondre, il a envoyé un autre message.

Il s'est passé tellement de choses durant ces deux années. J'ai eu le temps de réfléchir. J'ai pris des décisions.

Comme il n'écrivait plus rien, j'ai demandé :

Quel genre de décisions ?

Je dois me faire pardonner. Donc c'est important d'avoir de tes nouvelles. J'aimerais bien entendre le son de ta voix mais je ne peux pas parler maintenant.

J'ai écris :

Pourquoi tu ne peux pas parler ?

J'ai été tentée de l'appeler. La simple idée d'entendre le son de sa voix a fait bondir mon cœur.

Je suis en train de partir. Sache juste que je suis désolé. Je n'ai jamais voulu te faire du mal.

Ses mots m'ont atteint au plus profond de moi.

Où tu vas ?

J'ai eu peur, soudain, que ce départ pour New York ne soit pas dû à des raisons professionnelles.

Régler des trucs. Je le dois à ma famille. Il est temps. J'arrête de détruire la vie des gens.

J'ai scruté l'écran, paniquée. Était-il sur le point de faire quelque chose qui démolirait sa vie… et la mienne ? J'ai appuyé sur la touche « Appeler ». En attendant qu'il décroche, j'ai essayé de retrouver une respiration normale. Au bout de quelques sonneries, je suis tombée sur sa messagerie.

Réponds STP. Qu'est-ce que tu vas faire ?

Désolé Emma. C'est trop tard. Je dois y aller. Pardonne-moi.

J'ai rappelé. Cette fois, je suis tombée directement sur la boîte vocale.

Jonathan ! Qu'est-ce que tu vas faire ?

Incapable de rester en place, je me suis levée pour faire les cent pas, guettant sa réponse. Les yeux rivés sur l'écran, je retenais ma respiration. Elle n'est jamais venue.

J'ai marché jusqu'à la voiture. Cole cherchait quelque chose dans son sac, sur la banquette arrière. Il n'a même pas levé la tête quand je me suis approchée de lui.

— Je dois partir, ai-je dit. Et je dois t'emprunter ta voiture. S'il te plaît.

Je n'ai pas même tenté de cacher ma panique.

— Qu'est-ce qui se passe ? a-t-il demandé en voyant mon air défait.

J'ai baissé les yeux et attendu quelques instants avant de répondre.

— Je te la ramènerai, je te le promets. Je dois faire quelque chose, c'est important. Je… S'il te plaît, Cole, fais-moi confiance.

Il s'est redressé et m'a regardée droit dans les yeux, pendant que le désespoir me gagnait.

— Prends-la.

Il a sorti les clés de sa poche et les a mises dans ma main. J'ai ouvert la bouche pour le remercier, mais il a tourné les talons, fermé son sac et claqué la portière.

— Merci, ai-je murmuré, même s'il était déjà trop loin pour m'entendre.

Sans perdre une seconde, je suis montée et j'ai démarré, les doigts crispés sur le volant pour faire cesser le tremblement qui agitait mes mains. J'ai jeté un coup d'œil dans le rétroviseur et aperçu Cole qui me regardait m'éloigner, les mains derrière la tête. Une vague de culpabilité m'a submergée et j'ai détourné les yeux.

J'ai traversé le camping à toute allure, laissant derrière moi un nuage de poussière. J'étais déterminée à trouver Jonathan.

13

Trop tard

« Mais tu es où, Emma ? Je monte dans l'avion, là, et je suis hyper inquiète. J'espère avoir un message de toi quand j'atterrirai, sinon je vais péter un câble. » La voix de Meg était presque hystérique.

J'ai senti mon ventre se serrer en pensant à ce que j'aurais *dû*, normalement, raconter à Sara. Quand je l'ai appelée, je m'étais contentée de dire : « Tout va bien. Je suis à la maison. J'espère que tu as fait bon voyage. Appelle-moi quand tu peux. » Simple et factuel. Pas exactement un mensonge, mais pas non plus la vérité.

Je suis sortie de la voiture et me suis dirigée vers la porte d'un pas lourd. Je n'avais pas dormi de la nuit et je ne me sentais pas le courage de sortir mes affaires du coffre. En arrivant près du portail, j'ai vu Cole, assis sur les marches du perron, qui m'attendait. Il avait visiblement reçu mon texto où je lui disais qu'il pouvait venir récupérer sa voiture chez moi quand il voulait après 11 heures. J'ai continué à avancer, les yeux baissés. Je n'étais pas pressée de croiser son regard. Une fois devant lui, j'ai levé lentement la tête.

Il avait l'air calme. Il a scruté mon visage sans montrer d'émotion.

— Je te dois un bidon d'huile, ai-je indiqué en posant les clés dans sa main tendue.

— Où es-tu allée ? a-t-il demandé d'un ton neutre.

— Je devais régler un truc avec un ami.

— Tu as réussi ?

— Non, ai-je murmuré, la gorge nouée. Je suis arrivée trop tard.

Ma lèvre a tremblé. J'ai battu des paupières pour essayer de chasser mes larmes, mais elles ont coulé le long de mes joues. Ma tristesse était infinie. Bien plus profonde que ces quelques larmes pouvaient le laisser croire.

— Je suis désolé, a-t-il dit avec sincérité.

Il s'est levé et m'a prise dans ses bras. J'ai posé ma tête sur son épaule, en m'efforçant de ne pas craquer. J'étais détruite. Au fond du trou. Je n'avais pas réussi à trouver Jonathan pour lui parler. Arranger les choses avant son départ, comme je l'avais espéré. Je lui avais envoyé et laissé des dizaines de messages en le suppliant de me rappeler. Sans succès. Celui que je lui avais laissé à 5 heures du matin, avant de faire demi-tour, résonnait dans ma tête : « C'est encore moi. C'est la dernière fois que je t'appelle. J'ai conduit toute la nuit, en repensant à ce qui s'était passé, ce fameux soir. J'aurais aimé pouvoir effacer tout ce que j'ai dit. Chacun de mes mots. Parce que j'avais tort. J'aurais aimé te le dire en face, mais je ne sais pas où tu es. S'il te plaît, ne pars pas. Appelle-moi. »

Quand je suis arrivée à l'adresse indiquée sur le mail et que j'ai vu, par la fenêtre, son appartement vidé, j'ai eu un choc terrible. Bien plus que je ne m'y étais attendue. Il me manquait. J'avais envie de le voir. Une grande nostalgie m'a étreinte, les souvenirs m'ont submergée. Nos longues conversations. La manière dont il savait me faire rire quand j'étais mal. Les nuits d'insomnie où nous nous retrouvions sur le canapé du salon à regarder les publicités à la télévision. Tout cela me manquait. J'avais tellement envie d'entendre de nouveau le son de sa voix, de savoir qu'il était là, à attendre mon appel, quelle que soit l'heure. Mais c'était fini tout ça. Terminé. Il était parti.

J'avais foiré. Tout fichu en l'air. À chaque kilomètre parcouru, la culpabilité me rongeait un peu plus. Mais comme toujours, j'avais compris la vérité trop tard.

Tandis que mes larmes continuaient d'inonder mes joues, Cole me caressait les cheveux.

— Je suis désolée d'être partie comme ça, hier, ai-je marmonné, le visage enfoui contre son tee-shirt. J'étais complètement paniquée, et je ne savais pas comment expliquer…

— Tout va bien, a-t-il murmuré à mon oreille. Et moi je m'en veux de m'être fâché. J'ai toujours peur qu'il t'arrive quelque chose et tu m'as fichu une telle trouille en sautant de si haut. Sans même hésiter une seconde – je n'ai pas eu le temps de dire « ouf », tu n'étais déjà plus là.

J'ai levé la tête et vu l'inquiétude qui assombrissait son regard. Du bout de l'index, j'ai suivi le dessin de sa mâchoire. Ses poils blonds ont piqué ma peau. Avec douceur, il a essuyé mes larmes.

— Je n'aime pas te voir si triste.

Ses mots m'ont serré le cœur. Il a avancé sa tête et posé doucement sa bouche sur la mienne. Un baiser tendre qui a aussitôt réveillé le désir en moi. J'ai pressé mes lèvres contre les siennes, avec tellement de force que j'en avais mal. J'avais besoin de le toucher, de sentir qu'il était là, d'avoir ses mains sur moi, pour oublier la douleur qui me tenaillait.

Il a aussitôt répondu en resserrant son étreinte. J'ai entendu les battements de son cœur contre mon oreille. Puis il m'a prise par la main, m'a emmenée dans la maison et a dévalé l'escalier. Après avoir fermé la porte de ma chambre et mis le verrou, il m'a attirée à lui, sa bouche s'est emparée de la mienne, et ses mains sont descendues le long de mon dos. La même impatience m'a saisie tandis que mes doigts glissaient sur sa peau. Il s'est écarté une seconde, le temps d'enlever son tee-shirt, puis a repris ses baisers – sur mes lèvres, dans mon cou, le long de mon épaule, comme s'il cherchait à éliminer ma souffrance. Je savais que même s'il continuait de m'embrasser jusqu'à la fin de mes jours, je resterais anéantie, mais je ne voulais pas l'interrompre, sa tendresse m'apaisait, malgré tout. Sentir son désir attisait mon appétit et m'aidait à oublier ma peine. Je me perdais en lui, je m'enivrais de son odeur, de la chaleur de sa peau, je plongeais tête baissée dans cette étreinte qui me permettait, pour un moment, de combler le gouffre qui s'était ouvert en moi.

Allongés sous la couette, tournés l'un vers l'autre, nous nous regardions en silence. Je me suis approchée pour lui donner un baiser.

— Qu'est-ce que tu fabriques avec moi ? ai-je murmuré.

— Peut-être que je suis un peu maso, a-t-il répondu d'un ton moqueur tandis que je le dévisageais, hilare.

— J'adore te faire rire, a-t-il dit. Ça n'est pas toujours facile, mais ça vaut le coup. J'aime aussi te déshabiller…

Il m'a embrassée tandis que sa main chaude caressait mon dos.

— C'était horrible, ces deux jours, a-t-il soufflé, tout contre mon visage. J'ai vraiment cru que c'était fini.

Il s'est écarté et a plongé ses yeux dans les miens.

— Est-ce que c'est ce que tu veux ? Arrêter ?

J'ai secoué la tête.

— Mais je ne peux pas te laisser t'approcher trop près, ai-je expliqué. Ça n'est pas sympa, ni juste.

— À moi d'en décider.

J'ai laissé échapper un soupir.

— Promets-moi une chose ?

— Quoi ?

— Que tu me quitteras si je vais trop loin. Je ne veux pas te faire de mal, mais je ne suis pas assez forte pour renoncer à toi.

— Je te le promets, a-t-il glissé, le regard brillant.

Puis, après un baiser, il a posé sa tête sur l'oreiller. Je l'ai observé, tandis qu'il somnolait doucement. Sans crier gare, Jonathan a ressurgi dans mes pensées. *Personne ne t'aimera jamais.* J'ai fermé les yeux, assaillie par la haine qui avait vibré quand j'avais prononcé ces mots. Il ne me rappellerait pas, évidemment. Et je ne pouvais pas lui en vouloir. C'était absurde de chercher à me faire pardonner. On n'effaçait pas les mots, et le mal qu'ils causaient était irréparable. Je le savais mieux que quiconque.

Mais ce qui m'empêchait de dormir, plus encore que ce souvenir, c'était de savoir que Jonathan s'apprêtait à faire quelque chose d'irréversible. Je devais le retrouver. Aller jusqu'à New York. S'il était là-bas, alors je devais m'y rendre à tout prix.

Le vibreur de mon portable m'a réveillée. J'ai tourné la tête pour regarder l'heure. À peine quatre heures. Alors que je m'apprêtais à me blottir contre Cole pour me rendormir, une angoisse m'a étreinte. Jonathan.

La sonnerie s'était arrêtée. Je me suis glissée hors du lit et, à quatre pattes sur le sol, j'ai cherché mes vêtements à tâtons. J'ai enfilé un tee-shirt qui sentait l'odeur de Cole et identifié mon short au moment où mon portable a recommencé à sonner. Je me suis adossée contre le lit et ai regardé l'écran. J'ai poussé un soupir de soulagement en reconnaissant le numéro des McKinley. Sara devait être rentrée chez elle, à New York, et avoir oublié le décalage horaire de trois heures avec la Californie.

Au moment de dire « Allô », j'ai eu un coup au cœur en me rendant compte que Sara ne pouvait pas être déjà arrivée.

— Emma ? a dit Anna, confirmant ce que je craignais. C'est Anna.

J'étais incapable de respirer.

— Bonjour, Anna, ai-je soufflé, tétanisée par son ton bouleversé.

— Il est arrivé quelque chose d'horrible, Emma, a poursuivi Anna d'une voix tremblante. Ta mère…

Elle s'est interrompue un instant avant de finir sa phrase.

— Ta mère s'est suicidée, hier soir.

Un froid glacial m'a enveloppée soudain, comme si j'avais sombré dans un puits sans fond. Je ne voyais plus rien. Je n'entendais plus rien. Je ne sentais plus rien, sauf ce froid pénétrant. J'ai ramené mes genoux contre ma poitrine et me suis balancée d'avant en arrière, dans l'obscurité.

— Emma ? Tu es là ?

Ses mots résonnaient comme un lointain murmure.

— Emma, ma chérie, dis quelque chose.

— Elle est morte, ai-je chuchoté d'une voix qui semblait sortir du néant, comme extérieure à moi-même.

— Oui. Je suis désolée, tellement désolée… Tu vas venir à la maison le plus vite possible, on est en train d'organiser ça. OK ?

Sa voix a disparu et, de nouveau, je me suis retrouvée dans le noir, seule. Je ne l'entendais plus. J'ai posé mon téléphone et j'ai appuyé mon front sur mes genoux, les bras serrés autour de mes jambes, engloutie par le silence et la stupeur.

Je la déteste, Sara. Tu ne peux pas imaginer à quel point je la déteste. Je m'en fous si elle meurt.

— Emma ?

La voix de Meg a surgi. J'ai cligné des yeux et entrevu son visage, mais la chambre était si lumineuse que j'avais l'impression de regarder le soleil en face.

— Emma, tu m'entends ?

Elle s'est agenouillée à côté de moi. Au bout de quelques secondes, j'ai réussi à la voir. Puis je me suis rendu compte qu'il y avait d'autres gens dans la pièce. Peyton était assise sur mon lit et Serena, debout, me tenait la main. J'ai levé les yeux et aperçu Cole, dans l'encadrement de la porte. Derrière lui, dans le couloir, Luke et James discutaient à voix basse.

J'ai regardé les uns et les autres à tour de rôle, étonnée. Avant de me rappeler. Comme un coup de poing dans le ventre. Le souffle coupé.

— Je vous ai réveillés ? ai-je soufflé à Meg, qui m'observait d'un air malheureux.

— Non, pas du tout. La mère de Sara m'a appelée. Je suis désolée, Emma…

Elle m'a prise dans ses bras pour me serrer contre elle. D'un geste mécanique, je lui ai caressé le dos pour la réconforter. Mais j'étais toujours dans mon trou noir, incapable de comprendre ce qui se passait.

— On se voit bientôt, ai-je dit à Meg et à Serena en les embrassant, sur le trottoir du dépose-minute de l'aéroport.

Puis je me suis tournée vers Cole. Il m'a observée d'un air inquiet, comme une porcelaine fragile sur le point de se briser en mille morceaux.

— On se retrouve très vite.

— J'aurais préféré t'accompagner, a-t-il répondu en me caressant la joue.

— Je sais, ai-je lâché d'un ton pressé. Mais je n'ai déjà pas envie d'y aller. Je dois le faire, c'est tout. En plus, tu dois te préparer pour la finale, et tu ne peux pas rater les cours. C'est mieux comme ça. Sara sera là, donc ça va aller.

— Tu m'appelleras ?

J'ai hoché la tête. Il s'est penché et m'a embrassée.

Après un dernier sourire, je les ai laissés. J'avais fait un grand effort pour masquer ma détresse et leur donner l'impression que je tenais bien le coup. Dès que j'ai franchi la porte vitrée, j'ai senti la panique me submerger. Tandis que je passais le contrôle, je me suis concentrée sur ma respiration. Je transpirais tellement que j'avais peur qu'on trouve mon comportement suspect.

Je me suis ensuite assise dans un fauteuil, face à la piste, en me demandant comment j'allais monter dans cet avion qui me ramenait là où je m'étais juré de ne plus jamais retourner. Depuis le jour où j'avais quitté Weslyn, deux ans plus tôt, je n'y avais pas une seule fois remis les pieds. J'étais à deux doigts de m'enfuir, quand mon portable a sonné.

— Coucou, ai-je dit d'une voix éteinte.

— Comment tu t'en sors ? a questionné Sara.

— Sérieusement ?

— Ouais, c'est une question débile, désolée. Je viens te chercher à l'aéroport et je serai avec toi tout le temps. On va traverser ça ensemble.

— Merci.

J'aurais donné cher pour avoir déjà franchi cette étape. Depuis le coup de fil d'Anna, j'avais passé mon temps à courir pour voir les professeurs, leur expliquer que je ne serai pas là de la semaine et organiser le report de mes examens. Je n'avais pas eu une seconde pour penser à quoi que ce soit. Jusqu'au moment où j'étais arrivée à l'aéroport et où la réalité m'avait rattrapée.

— Je ne vais pas rester à Weslyn, Sara.

— Comment ça ? Mes parents s'attendent à ce que tu restes à la maison.

— Je ne peux pas. Il y a un petit motel au bord de l'autoroute, juste en dehors de la ville. J'irai là-bas. Vraiment, c'est au-dessus de mes forces…

— D'accord, a dit Sara d'un ton patient. Pour l'instant, concentre-toi sur l'avion. On verra le reste après.

Une voix a annoncé que l'embarquement commençait.

— Je dois y aller, ai-je prévenu Sara. À tout à l'heure.

— OK, je serai là.

Je suis montée dans l'avion et j'ai rangé ma valise dans le compartiment à bagages avant de m'installer près de la fenêtre. À côté de moi étaient assis deux hommes d'une quarantaine d'années, visiblement en voyage d'affaires. J'ai laissé mon regard flotter au loin, par le hublot, en m'efforçant d'avoir une respiration régulière.

— Vous n'aimez pas l'avion ? a demandé mon voisin en me voyant me tenir les mains avec nervosité.

— Surtout l'atterrissage, ai-je répondu.

— Je prends l'avion tout le temps, je vous promets qu'il n'y a aucune raison de s'inquiéter.

J'ai hoché la tête en essayant de sourire, sans y parvenir. J'ai fermé les yeux et serré les poings, priant pour que j'arrive à me calmer. J'étais au bord de la crise d'angoisse.

Une main me touchait doucement l'épaule. J'ai soulevé ma tête et ai lancé un regard hagard autour de moi. Il m'a fallu quelques instants avant de comprendre où j'étais.

— Merde, ai-je lâché.

Le steward a haussé les sourcils d'un air étonné.

— Euh… merci, ai-je ajouté aussitôt.

J'ai défait ma ceinture et me suis levée prudemment pour ne pas tomber. La vodka continuait à faire son effet : autour de moi, tout tanguait comme si j'étais sur un bateau. Heureusement, l'avion était déjà presque vide, j'ai pu prendre mon temps pour récupérer ma valise. Malgré mes efforts, j'ai bien failli m'assommer en la sortant du compartiment à bagages.

J'ai suivi l'allée entre les sièges en m'efforçant de marcher droit. Une fois descendue de l'avion, j'ai longé les couloirs à travers l'aéroport. J'ai dû m'arrêter à plusieurs reprises car mes genoux se dérobaient sous moi et j'avais peur de m'étaler de tout mon long. Le bourdonnement dans ma tête s'estompait. La panique regagnait du terrain au galop. Si, par miracle, je sortais indemne de cet aéroport, j'aurais besoin d'aide.

— Vous devriez peut-être boire un verre, a suggéré mon voisin avec un petit rire.

— Je n'ai pas le droit, malheureusement. Je n'ai que dix-neuf ans.

Il m'a dévisagée comme si j'étais folle. Ce qui n'était pas loin d'être vrai.

— Si vous pensez être dans cet état pendant tout le vol, alors je vous paie un verre.

— Volontiers, ai-je accepté, prête à tout pour neutraliser la panique qui me gagnait.

Après le décollage, les deux hommes ont commandé chacun une vodka-tonic, tandis que je demandais un verre d'eau. Je les ai dévisagés d'un air surpris quand ils m'ont tous les deux offerts leur cocktail. Visiblement, ma compagnie n'était pas des plus agréables.

— Merci, ai-je dit en sortant mon porte-monnaie pour les rembourser.

Celui qui était assis juste à côté de moi a levé la main.

— Ne vous en faites pas pour ça.

J'ai vidé les verres comme si je n'avais rien bu depuis deux jours et les ai rendus à leur propriétaire. La glace n'avait même pas eu le temps de fondre. Ils ont éclaté de rire. Une heure plus tard, alors que j'étais agrippée à l'accoudoir, guettant la descente de l'avion, deux nouveaux verres sont arrivés sur ma tablette.

— Mademoiselle…

La voix s'est frayée lentement un chemin dans le brouillard de ma tête.

— Mademoiselle, nous avons atterri.

14

Comme ta mère

Dès que j'ai enlevé le mode avion, mon portable s'est mis à vibrer.

— Salut, ai-je dit, en appuyant ma tête contre le mur, les yeux fermés.

— Où es-tu ? a demandé Sara avec une pointe d'inquiétude.

— Euh...

J'ai hésité un instant, la gorge nouée.

— Je sais pas exactement... Devant un bar.

— Tu as bu ?

— Désolée, ai-je murmuré d'une voix tremblante. Je n'y arrive pas, Sara... Je... peux pas...

— Ça va aller, ne t'inquiète pas. Je suis là. Dis-moi juste où tu es pour que je vienne te chercher.

— Encore dans le... dans le terminal, ai-je bafouillé

en regardant autour de moi, sans prêter attention à la manière dont les gens m'observaient.

— OK, alors suis les panneaux « Livraison des bagages », a-t-elle indiqué d'une voix douce. Je t'attends là.

— D'accord.

Une fois debout, j'ai attendu quelque instants pour me stabiliser puis je me suis dirigée d'un pas incertain vers l'escalier mécanique en tirant ma valise derrière moi. Arrivée là, je me suis rendu compte que j'avais toujours mon portable collé contre mon oreille.

— Sara ?

— Oui, je suis là. Tu viens ?

— Ouais, ai-je murmuré en fermant les yeux.

Un vertige m'a saisie. Appuyée contre la rampe, j'ai eu peur de m'évanouir.

— Je… peux pas…

— Si, tu vas y arriver. Je vais t'aider à traverser ça.

— Zut, ai-je marmonné en trébuchant en bas de l'escalier.

Je me suis mise sur le côté pour reprendre mes esprits. Les gens passaient devant moi en me lançant des regards curieux.

Sara m'attendait un peu plus loin. Dès qu'elle m'a aperçue, elle s'est précipitée vers moi pour me serrer dans ses bras.

— Tu m'as tellement manqué, m'a-t-elle glissé à l'oreille.

Puis, après m'avoir examinée des pieds à la tête, elle a ajouté :

— Tu ressembles à rien, là !

J'ai eu un petit rire amer.

— Pire que ça, même.

— Oh, Emma…, a-t-elle soupiré en secouant la tête d'un air désolé. Je te laisse quelques mois, et voilà ce que tu deviens. Qu'est-ce que je vais faire de toi ?

Elle a pris ma valise et m'a emmenée vers la sortie.

— Ça serait bien que tu réussisses à dessoûler, ou, au moins, à ne pas paraître trop déchirée, parce qu'on va retrouver ma mère dans peu de temps.

— Sérieux ? ai-je grogné. Désolée, je ne savais pas…

— Pas grave, mais pour les prochains jours, essaye de ne pas te soigner à l'alcool, OK ?

Je n'ai rien promis. Je me suis laissé guider par Sara jusqu'à sa voiture. Grâce à sa présence et aux effets de la vodka, je me sentais un peu plus détendue. Pour l'instant.

Le trajet d'une heure n'a pas suffi à me dégriser. Ni à me préparer à mon retour à Weslyn. Nous nous sommes garées devant une belle maison victorienne. Un frisson glacial m'a traversée. Derrière cette façade accueillante et chaleureuse, je savais que la mort régnait en maître.

— On ne va pas rester longtemps, a promis Sara.

Tandis que nous passions devant le panneau « Établissement de pompes funèbres – Maison Lionel » planté dans l'herbe, elle a accéléré le pas.

— Viens, Em. Ma mère nous attend. Charles est là aussi. Il l'aide pour certaines choses.

Je ne me rappelle plus ce qui s'est passé ensuite. C'est un trou noir. Comme si je m'étais évanouie. Je me souviens simplement du moment où nous sommes retournées dans la voiture.

— Je t'avais dis que ça irait vite, a lancé Sara en bouclant sa ceinture.

J'ai inspiré profondément, comme si j'étais restée en apnée depuis le moment où nous étions arrivées devant la maison.

— Je dois juste passer chez moi prendre mon sac, a-t-elle ajouté.

— Comment ça ? me suis-je exclamée, affolée. Non, Sara !

— Pourquoi ?

— Je ne veux pas aller en ville. S'il te plaît, emmène-moi au motel.

Elle est restée un moment silencieuse.

— OK, je te dépose là-bas puis je reviendrai chercher mes affaires.

— Merci, ai-je répondu, soulagée.

La tête appuyée sur la vitre, j'ai regardé défiler les arbres le long de la route. Je me sentais épuisée.

— J'essayerai peut-être de dormir un peu.

— Bonne idée.

Deux minutes plus tard, laissant derrière nous le vrombissement des voitures qui filaient sur l'autoroute, nous sommes arrivées dans un autre monde, inondé d'enseignes lumineuses, comme si nous avions franchi une frontière invisible. Sara s'est garée sur le parking dont l'asphalte était défoncé.

— On va habiter là ? a-t-elle demandé, effrayée par le lieu.

Ça ne donnait en effet pas très envie. La peinture beige sale de la façade était largement écaillée et les numéros de chambre, sur les portes, étaient rafistolés à la va-vite et sans souci d'harmonie. Autour de la piscine étaient plantés des piquets avec une chaîne. L'eau était d'une couleur douteuse.

— Tu es sûre d'avoir envie de *ça* ? a-t-elle insisté pour essayer de me faire changer d'avis.

— Tu n'es pas obligée de rester.

— Si, c'est bon, a-t-elle lâché sur un ton résigné. Je vais à la réception, pendant ce temps, sors ton sac du coffre.

Lorsqu'elle est revenue, je l'ai suivie dans un escalier en béton avec une rampe métallique. Elle a ouvert la porte de la chambre 212, dont le bois était gonflé par l'humidité. La pièce sentait le détergent et le tabac froid. Avec sa peinture sale et sa moquette trouée, elle n'avait pas dû être rénovée depuis des lustres.

Sara a ouvert les épais rideaux bleu foncé pour laisser entrer le soleil. Malgré ça, la pièce était toujours aussi sombre et sinistre. Je m'en fichais. Pour l'instant, je préférais même cette obscurité à la lumière crue de ce mois de mai. Je me suis assise sur le lit le plus éloigné de la fenêtre et ai enlevé mes chaussures pour m'allonger. J'espérais réussir à chasser ce brouillard qui obscurcissait ma tête.

— Je reviens vite, a promis Sara, debout devant la porte. Je rapporterai quelque chose à manger.

Elle m'a dévisagée un instant, visiblement réticente à l'idée de me laisser seule.

— Ça va aller, ne t'en fais pas, ai-je dit d'un ton rassurant.

Après un dernier sourire, elle a quitté la chambre. Je suis restée un moment à contempler la porte fermée.

Emma, ma chérie, je suis tellement désolée pour toi.

J'ai évacué le souvenir des bras d'Anna autour de moi et de ses yeux rougis.

Tu as l'air tellement maigre.

J'ai fermé les yeux pour chasser ces voix. Maintenant que je laissais couler mes larmes, des bribes du moment que j'avais passé dans le funérarium me revenaient. Je me suis frotté les yeux et me suis levée. Puis je me suis approchée de la fenêtre et ai examiné la piscine, avec ses sièges en plastique vert disposés autour.

Nous avons choisi des photos à projeter demain. Veux-tu les regarder pour nous dire ce que tu en penses ?

Ta mère a demandé à être incinérée. Quelle urne préfères-tu ?

J'ai frissonné. Croisant les bras sur ma poitrine, j'ai secoué la tête. Je ne voulais plus entendre ces voix, ni voir toutes ces boîtes et ces urnes funéraires.

À ton avis, ta mère aurait aimé avoir une pierre tombale à quel endroit ?

— Stop ! ai-je hurlé en plaquant mes mains sur mes oreilles. Fermez-la !

J'ai frappé la fenêtre avec mes paumes et j'ai senti le verre trembler. De l'autre côté de la rue, une petite échoppe a attiré mon attention. Derrière les vitrines sales, on distinguait des publicités pour de la bière et pour d'autres alcools. Les yeux fermés et les mâchoires crispées, j'ai inspiré longuement pour me ressaisir. Mais je savais que c'était peine perdue. Je craquerais, c'était sûr. J'ai de nouveau regardé la boutique. Dans un endroit pareil, il y avait peu de risque qu'ils me demandent ma carte d'identité pour vérifier mon âge.

Quand même, je préférais trouver un moyen d'assurer mon coup. J'ai jeté un œil sur le parking et aperçu une silhouette près de la piscine. Un type vêtu d'un polo et d'un jean était assis sur une chaise. Il avait un casque sur les oreilles et fumait une cigarette. Il avait clairement plus de vingt et un ans. J'ai respiré un bon coup, prête à tout pour faire taire les voix qui résonnaient dans ma tête.

J'ai pris mon sac, dans lequel se trouvaient mon porte-monnaie et la clé de la chambre. Je n'ai même pas enfilé de chaussures. Ce type n'avait pas l'air d'être le genre à vous juger. Peut-être même que l'aborder pieds nus jouerait en ma faveur ? J'ai mis mes boucles d'oreilles et me suis peignée rapidement avec les doigts avant d'enlever mon sweat-shirt pour ne garder que mon haut moulant. Une fois prête, j'ai descendu les marches en béton pour rejoindre la piscine.

Il m'a remarquée presque aussitôt et, enlevant son casque, il m'a inspectée de la tête aux pieds. J'ai frémi en sentant ses yeux me déshabiller ainsi.

— Salut, ai-je lancé avec un sourire aguicheur. Qu'est-ce que tu fais ?

— Pas grand-chose, a-t-il lâché en passant sa main sale dans sa tignasse blonde. Et toi ?

— Avec mes amis, on a envie de faire une petite fête, dans la chambre, tout à l'heure, ai-je expliqué en prenant un air dégagé. Mais je ne peux pas acheter d'alcool, je n'ai pas vingt et un ans. Tu le ferais pour moi ? Tu peux venir avec des copains, si tu veux.

— Ah ouais ?

Il m'a décoché un regard qui m'a donné froid dans le dos. J'ai continué à sourire malgré l'angoisse qui me tenaillait.

— Je dois pouvoir faire ça, a-t-il confirmé. Tu veux quoi ?

— De la vodka.

La réponse avait fusé, j'ai eu peur qu'il remarque mon ton angoissé. Pour masquer ma gêne, j'ai sorti mon porte-monnaie. Charles Stanley m'avait donné une grosse somme d'argent en liquide, lorsque je l'avais vu, dans l'après-midi. Je lui ai tendu deux billets de vingt dollars.

— Pas mal..., a-t-il glissé, les yeux brillants. Tu veux de la top qualité ?

En guise de réponse, j'ai haussé les épaules. Quand il a pris les billets, ses doigts ont effleuré les miens et j'ai dû me retenir pour ne pas partir en courant.

— Quelque chose pour mélanger à la vodka ? a-t-il ajouté.

— Pas la peine.

Si je voulais tenir le coup les jours suivants, j'avais intérêt à avoir des réserves.

— Mais peut-être un ou deux citrons verts ? ai-je proposé.

— Ce que tu veux, ma jolie. Au fait, moi c'est Kevin.

— Merci beaucoup pour ton aide, Kevin, ai-je dit en battant des cils.

— Je reviens tout de suite, a-t-il promis en me donnant une petite tape sur les fesses au passage.

J'ai laissé échapper un petit cri qui l'a fait rire. En attendant son retour, je suis remontée dans la chambre pour prendre des glaçons et des gobelets. Je suis revenue à l'instant où il traversait le parking, un sac en plastique à la main.

— Et voilà le travail, a-t-il annoncé en brandissant deux bouteilles de vodka. J'en ai pris une pour moi.

— Pas de problème, ai-je répondu en dévissant le bouchon d'une main fébrile.

Après avoir mis des glaçons dans mon gobelet et l'avoir rempli à ras bord, j'ai bu la moitié d'une traite. Mon estomac s'est aussitôt enflammé et j'ai senti la salive monter dans le fond de ma gorge.

Kevin s'est installé sur la chaise longue, de l'autre côté de la table en plastique. Il a pris un gobelet et s'est servi. Puis il a commencé à parler. Sans même écouter ce qu'il racontait, je hochais la tête en buvant à intervalle régulier. Je guettais avec impatience l'effet anesthésiant tant attendu.

À côté de mon père. Elle aurait voulu être enterrée au même endroit que lui.

J'ai serré les poings. Ces fichus voix me poursuivaient encore. Leur bourdonnement me parvenait, malgré la brume qui envahissait mon esprit. J'ai vidé mon verre et me suis servi une nouvelle rasade.

Ça serait bien pour toi que tu partages avec les autres certains souvenirs que tu as de ta mère.

L'autre continuait de parler. Assise au bord de la piscine, je contemplais l'eau verdâtre. Mon corps était engourdi, mais les voix continuaient de tourbillonner dans ma tête. Elles ne s'arrêteraient donc jamais ? Je devais trouver une solution. Je me suis levée et j'ai fermé les yeux. Puis j'ai fait un pas. Dès que j'ai touché l'eau, j'ai été saisie par l'odeur de chlore. Je me suis laissée couler au fond, roulée en boule, les genoux ramenés contre la poitrine. Le silence. Enfin. Les yeux fermés, j'ai laissé le calme m'envelopper.

Quelques bulles d'air se sont échappées de mon nez. Au bout d'un moment, mes poumons ont commencé à me brûler. Mais je n'ai pas bougé. Aucun signe d'angoisse, contrairement à ce qui se passe dans mes cauchemars. Je rêve souvent que je me noie, et je suis paniquée de ne pas parvenir à respirer. Là, je me sentais tranquille, presque apaisée. Le besoin de faire entrer de l'air dans mes poumons ne me gênait pas. Le doux murmure de l'eau, autour de moi, agissait comme une berceuse. Sauf que… J'ai ouvert les yeux, et j'ai écouté. On aurait dit des cris, soudain. J'ai basculé la tête en arrière et, à travers le flou de l'eau, j'ai aperçu deux silhouettes au-dessus de moi. J'ai reconnu les cheveux roux de Sara.

D'un coup de talon, je me suis propulsée vers la surface. Une fois à l'air libre, j'ai toussé comme une forcenée pour évacuer l'eau qui était entrée dans mes poumons. Je m'étranglais, prête à vomir. En tremblant, j'ai agrippé le bord de la piscine. Finalement, j'ai réussi à respirer. Au même instant, comme si le son était revenu brutalement, j'ai entendu des hurlements.

— Nom de Dieu, Emma ! s'est exclamée Sara, pieds nus, prête à plonger. Mais qu'est-ce que tu fous là ?

— C'est une vraie psychopathe, cette fille ! a lancé Kevin, derrière elle. On aurait dit un zombie qui voulait marcher sur l'eau. Ta copine est complètement barrée.

— Ferme-la ! a crié Sara par-dessus son épaule tandis que je me hissais hors de l'eau. Et casse-toi d'ici, espèce de taré !

— Plutôt deux fois qu'une, même ! Bande de malades !

Il a continué à nous insulter en traversant le parking, son sac en plastique à la main.

— Ça va ? a demandé Sara tandis que je continuais à tousser et à cracher de l'eau.

J'ai hoché la tête. Elle a poussé un profond soupir et m'a aidée à me mettre debout, la mine sombre. Puis elle a marché jusqu'à la barrière et m'a attendue. En me voyant prendre la bouteille de vodka presque vide, elle est intervenue d'un ton ferme :

— Laisse-la.

Sans un mot, j'ai lâché la bouteille et suivi Sara jusqu'à la chambre. Je me suis dirigée vers la salle de bains. L'eau dégoulinait de mon jean trempé, laissant des petites flaques dans mon sillage. J'ai enlevé mes vêtements et suis restée sous le jet chaud de la douche jusqu'à ce qu'il devienne froid. Je ne sentais toujours rien. Aucune émotion. Aucune sensation. Aucune pensée. Et les voix avaient disparu.

J'ai enveloppé mes cheveux avec une serviette en coton rêche et me suis drapée dans une autre. Sara était assise à la table. Elle a levé la tête lorsque je suis sortie de la salle de bains. J'ai évité son regard. La pièce tanguait, j'avais du mal à garder mon équilibre. Je me suis laissée tomber sur le lit, hagarde.

— Je sais que tu préfèrerais ne pas être là, a dit Sara d'un ton calme. J'imagine à quel point ça doit être dur pour toi. Mais tu n'es pas seule, Emma. Tu dois comprendre qu'il y a des gens qui s'inquiètent pour toi, et qui veulent t'aider.

J'ai cligné des yeux et fait un effort pour la regarder.

— Tu ne peux pas passer ton temps à repousser tout le monde.

Elle s'est levée et a commencé à arpenter la pièce d'un pas nerveux.

— Si tu continues, un jour, tu n'auras plus personne, a-t-elle poursuivi d'une voix de plus en plus intense. Mais je ne te laisserai pas faire. Tu n'arriveras pas à te débarrasser de moi.

Devant mon silence, son menton s'est mis à trembler et ses yeux se sont remplis de larmes.

— Tu m'entends, Emma ? Regarde-moi.

J'ai essayé, mais ma tête retombait en avant dès que j'essayais de la redresser.

— Merde, Emma ! a-t-elle crié en serrant les poings, la mâchoire crispée. Ne compte pas sur moi pour accepter ça ! Jamais de la vie. Je ne te laisserai pas finir comme ta mère.

Je me suis figée et, lentement, j'ai levé les yeux sur elle. Elle a blêmi quand elle s'est rendu compte de ce qu'elle avait dit.

— Va-t'en.

— Emma, je suis désolée… Je ne voulais pas dire ça.

— Va-t'en ! ai-je hurlé avec tant de force qu'elle a sursauté.

Elle a essuyé une larme en hochant la tête. Puis elle a pris son sac ainsi que la clé de la chambre et s'est dirigée vers la porte. Avant de la refermer, elle m'a lancé un regard désolé.

Je me suis roulée en boule sur le lit et j'ai remonté le drap sur mon corps frissonnant. Tandis que je regardais le mur, la chambre tanguait autour de moi. Mais je me sentais calme. J'ai fermé les yeux et sombré dans un sommeil sans rêves ni cauchemars.

15

Différente

Debout dans un coin de la pièce principale du funérarium, je me tenais à l'écart de la famille. Un rayon de lumière a attiré mon regard, à l'autre bout de la salle. J'ai contemplé le ciel et les nuages, derrière la petite fenêtre. Les nuages semblaient si blancs, dans le bleu vif du ciel. On aurait dit une rivière qui charriait des boules de coton. De temps à autre, un oiseau passait par-là. J'aurais aimé être à sa place, là-haut, loin des chuchotements, des condoléances, des mains inconnues qui m'effleuraient et des bras étrangers qui m'étreignaient. Je rêvais d'échapper à ces airs désolés et à ces yeux larmoyants.

Elle s'est pendue, vous saviez ?

J'ai cligné des yeux, tirée de ma rêverie par un dur retour à la réalité. Autour de moi, des dizaines de visages qui me regardaient sans cesse.

— Emma, je suis tellement navrée pour toi.

Une femme vieille et maigre se tenait devant moi, avec une tête effrayante. J'ai esquissé un vague sourire de remerciement. Elle m'a serrée dans ses bras, je me suis raidie.

— J'ai travaillé avec Rachel. Elle était toujours si gaie… Elle va me manquer.

— Merci, ai-je marmonné en hochant la tête.

Elle a attaché la corde à la rampe et a sauté. La nuque brisée, d'un coup.

Mes yeux passaient d'un visage à l'autre tandis que je cherchais à localiser ce murmure. Chaque fois que je bougeais la tête, une douleur sourde cognait contre mes tempes – les effets collatéraux de la vodka. Ma vue s'est brouillée. J'ai porté la main à mon front. J'avais certainement entendu des voix.

— Tu as mangé quelque chose, Emma ?

— Comment ? ai-je lâché en revenant au monde qui m'entourait.

C'était la première fois de la journée que Sara s'adressait à moi. Depuis qu'elle était revenue à l'hôtel, dans la nuit, nous ne nous étions pas parlé.

— Emma ? a-t-elle répété en m'observant. Ça ne va pas ? Qu'est-ce qui t'arrive ?

— Euh… Rien…

Je me suis efforcée de respirer régulièrement.

— Je crois… Je crois que j'ai besoin de me reposer un instant.

— Tu devrais manger quelque chose, a-t-elle insisté. Ma mère est dans la cuisine en train de te préparer une assiette.

J'ai acquiescé d'un air absent tandis que mes yeux continuaient leur vagabondage. J'avais l'impression de devenir folle. Ma tête me faisait si mal, je ne comprenais plus un mot de ce que j'écoutais. J'avais dû halluciner. Certainement.

J'ai essayé de me frayer un passage au milieu des gens mais sans cesse on m'arrêtait, pour m'embrasser, m'étreindre, me dire quelque chose. Je répondais un « merci » mécanique, si bien rôdé qu'il sortait sans même que j'aie besoin de comprendre ce qu'on me disait.

Tu n'as jamais pensé qu'à toi ! Tu n'es pas une mère et tu ne l'as jamais été.

Ces personnes qui pleuraient la défunte ne savaient pas qui elle était réellement. Moi si. J'avais l'impression de marcher au bord d'un gouffre.

Arrivée au bout du couloir, j'ai pu me faufiler dans la cuisine sans me faire remarquer. J'ai pris un grand verre et l'ai rempli de glaçons avant de reprendre le couloir. Là, j'ai ouvert sans peine la porte du bureau dans lequel j'étais allée la veille. Derrière l'immense bureau se trouvait un placard, dans lequel il y avait mon sac. Et dans ce sac, était cachée la seule chose capable d'éliminer ma migraine, et de faire sortir de ma vie tous les gens qui étaient là.

J'ai dévissé le bouchon pour verser de la vodka dans le verre. J'en ai bu aussitôt deux gorgées, en frissonnant. Une boîte de Tic Tac à la menthe dans la poche, j'ai regagné mon coin, en prenant soin de poser le verre derrière moi, à portée de main. Je suis restée là, les yeux rivés sur la fenêtre, répétant « Merci » à toutes ces personnes qui défilaient devant moi pour saluer la mémoire de la femme qui n'avait jamais été une mère pour moi.

Je ne voulais pas être là. Encore moins qu'elle, probablement. Mais je n'étais pas là pour Rachel Walace. Lorsque nous sommes entrés dans le funérarium, envahi de fleurs et de photos, je me suis frayé un chemin parmi les gens. J'ai essayé de me fondre dans le décor, de rester hors de sa vue, en attendant le bon moment. Je n'étais pas encore prêt. Et je n'étais pas sûr de pouvoir l'être de sitôt.

— Elle est dans l'autre pièce.

J'ai baissé les yeux. Mme Mier se tenait devant moi, avec son air profondément sympathique.

— Bonjour. Cela me fait plaisir de vous voir.

J'ai adressé un sourire chaleureux à cette femme qui avait toujours pris le temps de comprendre les choses, souvent plus que nous ne le pensions.

— Moi aussi, ça me fait plaisir de te voir, Evan. J'aurais préféré que ça soit dans d'autres circonstances. J'espère que tout se passe bien pour toi à Yale.

Elle m'a donné une petite tape amicale sur le bras et, juste avant de me dépasser, a ajouté doucement :

— Elle est dans l'autre pièce, dans un coin. Tu devrais aller la voir.

— Merci, ai-je répondu d'un air reconnaissant.

Je voulais lui parler, bien sûr. J'attendais ça depuis deux ans. Mais je savais que ça n'était ni le lieu ni le moment.

— Evan…

Sara m'a lancé un regard dur.

— Qu'est-ce que tu…

Elle a poussé un soupir.

— Je sais que c'est normal que tu sois là. Mais il ne vaut mieux pas qu'elle te voit.

J'avais beau m'attendre à cette réaction, c'était désagréable.

— Salut, Sara. Est-ce que je peux faire quelque chose ?

— Non, je te remercie. Mais... il faut que tu saches... elle a changé. Elle n'est plus la même.

Elle avait glissé ça tout bas, avant de disparaître dans la foule. Je l'ai suivie des yeux, choqué par ses mots. Puis j'ai longé le couloir, je la cherchais. J'avais besoin de la voir, tant pis si je n'étais pas prêt.

— Emma...

Sa voix m'a coupé le souffle.

— Je suis tellement triste pour toi.

Incapable d'articuler le moindre mot, j'ai plongé mes yeux dans le regard intense de Vivian Mathews. Elle m'a caressé la joue, avec sa main douce et délicate.

— Tu es forte, Emma. Mais c'est une rude épreuve.

J'ai baissé les yeux pour ne pas qu'elle s'aperçoive que ma « force » était restreinte.

— Je suis désolé, Emma, a dit Jared de sa voix grave.

J'ai hoché la tête. J'avais envie de m'enfuir, plus que jamais.

Vivian m'a prise dans ses bras et m'a glissé à l'oreille :

— Si tu as besoin de quoi que ce soit, je serai toujours là pour toi.

Je n'ai rien dit.

La seconde d'après, ils avaient disparu. Engloutis par la foule. J'ai regardé autour de moi. S'ils étaient venus, alors *lui* aussi. Je me suis retournée pour attraper mon verre et ai bu de longues gorgées pour tenter de me calmer. Je n'étais pas prête. Je ne serais jamais prête à revoir Evan. Mais cela ne m'a pas empêchée de continuer à guetter son visage familier et ses yeux gris.

Et soudain, je l'ai vue. Elle aussi, au même instant. Ses yeux noisette se sont figés, comme prisonniers. Son léger hâle californien lui allait bien. Mais elle paraissait fatiguée et fragile, dans sa robe noire. Elle avait coupé ses cheveux au carré, avec une frange qui tombait avec grâce au-dessus de ses sourcils. Elle avait minci. Son visage s'était affiné, elle avait les pommettes saillantes et des traits dessinés. J'avais presque du mal à la reconnaître. Mais quand j'ai aperçu le rouge qui envahissait ses joues, j'ai eu un petit sourire. Elle était toujours aussi belle. D'une beauté à couper le souffle. Mis à part ce regard vide. Inhabité.

— Evan, tu es là ! Incroyable !

J'ai quitté Emma du regard.

— Salut, Jill. Comment vas-tu ?

J'ai dû lutter contre l'envie qui me tenaillait d'ignorer cette fille au cœur froid. Je lui ai souri poliment. Puis j'ai lancé un coup d'œil en direction d'Emma. Mais elle n'était plus là.

— Tu as eu des nouvelles d'Analisa, récemment ? a continué Jill avec le manque de tact qui la caractérisait.

— Non, pas depuis un moment, ai-je répondu en cherchant du regard un moyen de m'échapper.

— Si elle apprend que tu es là, elle va être folle ! a-t-elle enchaîné avec la même délicatesse. Tu as vu Emma ? Je suis prête à parier qu'elle a la gueule de bois.

— Sa mère vient de mourir, Jill, ai-je dit sèchement, en me retenant pour ne pas exploser.

— Je ne comprends toujours pas pourquoi tu es venu. Après ce qu'elle t'a fait…

Je n'ai même pas relevé l'allusion.

— C'était sympa de te voir, Jill, mais je dois m'assurer que Mme McKinley n'a pas besoin de moi.

Je lui ai tourné le dos et me suis enfoncé dans la foule pour essayer de trouver Emma. Elle s'était volatilisée.

— Je croyais que tu ne comptais pas lui parler, a dit Jared en me rejoignant.

— Je te cherchais, ai-je riposté.

— C'est ça ! a-t-il ricané avant de s'interrompre, le regard attiré par la chevelure rousse qui passait à quelques mètres.

— Et toi, tu vas lui parler ?

Il m'a fusillé du regard.

— De toute manière, ça n'est vraiment pas l'endroit pour ça.

J'étais parfaitement d'accord avec lui. Il a continué à la suivre des yeux. Comme si elle l'avait senti, Sara a tourné la tête et a croisé son regard. Il n'a pas bronché. Je lui ai donné un léger coup de coude pour l'encourager à aller la voir, mais elle est partie d'un pas décidé dans la direction opposée.

— C'est pas gagné, ai-je lancé avec ironie.

— C'est bon, ferme-la ! a-t-il marmonné. Emma te cherche. Dès qu'elle nous a aperçus, maman et moi, son regard s'est mis à parcourir la pièce. Qu'est-ce que tu vas faire ?

— Je ne sais pas encore, ai-je avoué en dévisageant les personnes autour dans l'espoir de trouver la fille qui m'avait brisé le cœur.

À la seconde où j'avais vu Vivian, j'avais compris qu'il serait là. J'ai arpenté le bureau d'un pas nerveux. Impossible de retourner à côté. Pas tant qu'Evan ne serait pas parti. Mon cœur battait si fort que j'avais l'impression que ma poitrine allait exploser. J'ai regardé la boîte en argent que j'avais coincée sous mon bras en sortant de la pièce.

— Mais qu'est-ce qu'il fait ici ? ai-je demandé à l'objet.

La panique gagnait du terrain. À toute allure. Je n'arrivais pas à me calmer. De l'autre côté de la porte, j'entendais les gens parler. J'ai reconnu la voix morne du directeur du funérarium. L'idée de devoir lui expliquer ce que je faisais dans son bureau avec les cendres de ma mère sous le bras m'a aidée à réagir. J'ai ouvert le placard dans le fond de la pièce et me suis cachée dedans.

J'ai retenu mon souffle jusqu'à ce que les voix s'éloignent. Quand la lumière s'est éteinte et que la porte s'est refermée derrière eux, j'ai poussé un long soupir, adossée contre le mur. J'ai cherché à tâtons au-dessus de ma tête. Mes doigts ont senti un cordon, j'ai tiré et une ampoule a éclairé le réduit. Des manteaux étaient suspendus à la tringle. Au bout du placard étaient empilées des chaises pliantes en métal.

— On n'est pas si mal, ici, ai-je murmuré. C'est ton enterrement, après tout.

Je me suis laissée glisser au sol et j'ai enlevé mes chaussures. Le verre que j'avais bu avait un peu calmé la tempête, mais ça n'était pas encore ça. J'ai dévissé le bouchon.

— À la tienne, maman, ai-je dit en cognant la bouteille de vodka contre l'urne en argent avant d'avaler une large rasade.

J'ai fermé les paupières quelques secondes pour apprécier le léger tournis qui m'envahissait. Puis, les yeux rivés sur l'urne rutilante, j'ai sifflé quelques gorgées supplémentaires.

— Tu t'es vraiment pendue ?

Je me suis tue un instant, comme si elle allait répondre.

— Mais pourquoi tu as fait ça ? Tu étais malheureuse à ce point ?

Après un soupir, j'ai ajouté :

— J'espère au moins que tu as eu ce que tu voulais. Que la souffrance a disparu.

— Sara…

Je l'ai interrompue alors qu'elle était en train de parler avec un membre de la famille.

— Tu as un instant ?

Elle s'est excusée auprès de son interlocuteur et s'est approchée de moi.

— Qu'est-ce qu'il y a ?

— Est-ce que tu as vu Emma ?

Elle a réfléchi un instant.

— Pas depuis un moment, en fait… Elle était censée aller dans la cuisine pour manger quelque chose, mais ça fait bien une demi-heure qu'elle a disparu.

— Où est-elle, à ton avis ?

Sara a détourné les yeux, ce qui n'a fait que renforcer mon inquiétude.

— Mais elle va bien ? ai-je insisté.

Elle a continué d'éviter mon regard en tournant la tête à droite et à gauche pour chercher autour d'elle.

— Je vais voir dans la cuisine, a-t-elle dit. Préviens-moi si tu la trouves.

Elle m'a paru soudain préoccupée, je ne m'attendais pas à ça. J'ai compris qu'il valait mieux que nous trouvions Emma avant que d'autres ne le fassent.

— Cole ! me suis-je écriée quand il a décroché.

Ma voix a résonné dans l'espace réduit dans lequel je me trouvais.

— Oups, j'ai parlé un peu fort… chut…, ai-je aussitôt murmuré en posant un doigt sur mes lèvres.

— Emma ? Qu'est-ce qui se passe ? Où est Sara ?

Il n'avait pas l'air particulièrement heureux de m'entendre. Peut-être m'en voulait-il encore ?

— Je ne sais pas trop, ai-je répondu. Dis, tu es toujours fâché contre moi ?

— Comment ça ? a-t-il réagi d'un ton perplexe. Mais non, pas du tout. Je suis inquiet, c'est tout… Où es-tu ?

— Dans un placard. Avec ma mère. On boit.

Il s'est tu un moment avant de lâcher :

— Euh… Qu'est-ce que tu viens de dire ?

J'ai éclaté de rire.

— Ça avait l'air drôle, hein ?

— Où est Sara, Emma ?

— Mais tu ne veux pas me parler ? ai-je insisté.

— Je suis en train de devenir dingue, là ! Je suis en Californie, à des milliers de kilomètres de toi, et je n'ai pas la moindre idée de ce que tu es en train de vivre. Mais le fait que tu sois enfermée dans un placard en train de boire ne me rassure pas vraiment.

— Ah zut, tu crois que la porte est fermée ? ai-je lancé.

J'ai levé la main, tourné la poignée et entrouvert.

— Ouf, ça n'est pas verrouillé ! ai-je conclu en riant.

Il a poussé un soupir.

— Je peux être là demain, Emma.

— Non ! me suis-je écriée aussitôt.

Puis j'ai ajouté :

— Je ne veux pas que tu viennes. Tu n'as rien à faire ici. Moi non plus, d'ailleurs. Je suis juste bloquée. Bloquée sur hier, et toi, tu es à demain. Et je te vois dans deux demains. OK ?

— Je ne comprends pas un mot de ce que tu me racontes.

J'ai appuyé ma tête contre le mur, le portable vissé à l'oreille, la bouteille presque vide coincée entre mes jambes.

— Cole…

— Oui ?

J'ai fermé les yeux. Puis je n'ai pas réussi à les rouvrir.

— Emma ?

— Emma ? a chuchoté Sara en entrant dans le bureau.

Un filet de lumière sortait du placard.

— Zut.

Je l'ai suivie dans la pièce, après avoir fermé la porte derrière moi. Je me suis approché du placard, de plus en plus inquiet. Sara l'a ouvert, puis a secoué la tête avec un gros soupir.

— C'est une blague…

J'étais derrière elle. Il m'a fallu un moment avant de comprendre la situation. Emma était affalée contre le mur, son portable à la main, une bouteille de vodka vide posée par terre devant elle.

— Elle est ivre ? ai-je demandé, choqué.

— Je t'avais dit qu'elle avait changé, a commenté Sara.

Elle s'est penchée pour écarter les cheveux du visage d'Emma, puis elle a pris le portable et l'a porté à son oreille. Je la regardais faire, incapable de réagir. Abasourdi par ce que je voyais. Je sentais la colère monter en moi.

— Allo ? a dit Sara.

Elle a écarquillé les yeux en entendant une voix à l'autre bout.

— Cole ? Salut… Ouais, je l'ai trouvée.

Puis, après avoir écouté un instant, elle a expliqué :

— Elle s'est évanouie. Je vais la ramener au motel et elle t'appellera demain matin.

Après avoir raccroché, elle a rangé le téléphone dans le sac bleu qui se trouvait par terre.

— Zut, a-t-elle répété en contemplant le corps inerte d'Emma. Comment je vais faire pour la sortir de là sans que ma mère ne me voit ?

— Pourquoi vous ne dormez pas chez toi ?

— Parce que Emma ne veut pas mettre les pieds à Weslyn.

Sa réponse était prévisible. Mais elle m'a quand même fait l'effet d'un coup de poing dans le ventre.

— Elle n'est quand même pas dans un de ces motels pourris sur le bord de l'autoroute ?

Sara m'a lancé un regard noir.

— Tu as un meilleur plan ? Parce qu'il ne vaudrait mieux pas que ma mère soit au courant.

— Elle peut aller chez moi, ai-je répondu sans même réfléchir. Dans la chambre d'amis.

— Pas question. C'est la pire idée du siècle.

— Tu veux que je t'aide à la sortir de là ? Alors elle vient à la maison.

— Pourquoi tu veux faire ça, Evan ?

Je n'ai rien dit. En voyant Emma dans cet état, j'avais compris que beaucoup de choses m'échappaient. Sara n'a pas insisté. Elle savait que je ne connaissais pas la réponse. Elle a réfléchi pour trouver une meilleure solution. Puis, finalement, elle a proposé :

— Dans ce cas, je viens aussi.

— OK. Tu pourras prendre l'autre chambre d'amis.

— Mais je te préviens : quand elle se réveillera, elle sera super énervée.

— À mon avis, vu l'état dans le quel elle sera, ça sera le dernier de ses soucis.

J'ai lancé un coup d'œil à la fille qui gisait sur le sol, si différente de celle que je connaissais.

— Amène ma voiture à l'arrière de la maison, ai-je ordonné. Viens me chercher quand la voie est libre. De toute manière, je pense que la plupart des gens sont partis, maintenant.

Sara m'a dévisagé d'un air contrarié.

— Une seule nuit, c'est bien clair ?

J'ai haussé les épaules.

— OK. Mais tu as intérêt à la convaincre d'aller chez toi, parce que ce motel, c'est vraiment minable.

Sara a attrapé les clés que je lui tendais et s'est dirigée vers la porte. Au bout de quelques pas, elle est revenue prendre l'urne, avant de repartir. J'ai regardé l'heure sur mon portable, puis je me suis appuyé contre le montant du placard.

— Qu'est-ce qui t'est arrivé, Emma ? ai-je murmuré en la contemplant.

Quelques minutes plus tard, Sara a réapparu :

— C'est bon, a-t-elle annoncé.

Elle a pris les chaussures et le sac. Je me suis agenouillé et j'ai glissé une main sous les genoux d'Emma, l'autre sous son dos, pour la porter. Elle a roulé sur moi, son bras pendait sur le côté. Quand je me suis relevé, elle n'a même pas cillé. Sara a tiré sur sa robe avant de me laisser sortir de la pièce.

J'ai frissonné en sentant son souffle dans mon cou. C'était difficile de l'avoir ainsi, tout contre moi. Les mâchoires crispées, j'ai rapidement traversé la cuisine pour sortir dans la douce nuit de printemps.

Je l'ai installée sur le siège avant et Sara a fermé la portière.

— Je vais passer au motel récupérer nos sacs, a-t-elle lâché. Je n'en ai pas pour longtemps.

Je me suis contenté de hocher la tête. Le message était clair : elle ne voulait pas courir le risque qu'elle se réveille pendant son absence. Une fois au volant, avant de démarrer, j'ai observé Emma. Dans l'obscurité, ses traits paraissaient plus doux. Elle ressemblait davantage à la fille d'avant. Ses paupières fermées masquaient le vide de son regard. Elle semblait presque tranquille. Devant son air paisible, j'ai senti quelque chose se réveiller en moi.

J'étais dans le pétrin.

16

Hier

— Quelqu'un peut m'aider ? ai-je hurlé devant la porte.

J'ai entendu un pas lourd descendre l'escalier.

— Evan ? a lancé Jared. Qu'est-ce que tu fous ?

— Ouvre cette satanée porte !

Il s'est exécuté et a reculé d'un pas pour me laisser entrer.

— Mais qu'est-ce qui s'est passé ? a-t-il demandé en me suivant dans la cuisine.

— Vodka, ai-je marmonné. On l'a trouvée dans un placard, évanouie.

— Ah merde ! s'est-il exclamé en montant l'escalier derrière moi. Et tu crois vraiment que c'est une bonne idée de l'amener ici ?

— C'est juste pour cette nuit.

Debout devant la porte de la chambre, j'attendais qu'il m'aide.

— Bon, tu ouvres ? ai-je lâché sur un ton énervé.

Il a hoché la tête d'un air désapprobateur.

— J'y crois pas... Tu es en train de transporter Emma, évanouie, dans notre maison.

Il a poussé la porte et m'a accompagné dans la chambre après avoir allumé la lumière.

— On croirait entendre Sara, ai-je grommelé.

Puis, j'ai ajouté, avec un petit sourire :

— Qui passe aussi la nuit ici, d'ailleurs.

— Quoi ? s'est-il exclamé en écarquillant les yeux. T'es sérieux ?

— Soulève la couette, ai-je ordonné en ricanant. Comme ça, tu auras l'occasion de lui parler.

Avec précaution, j'ai étendu Emma sur le lit.

— Je ne l'envisageais pas exactement comme ça, a-t-il riposté.

La robe d'Emma était un peu retroussée et j'ai vu que son genou droit était bandé. Des taches de sang suintaient sur le coton blanc. Penché au-dessus d'elle, le ventre noué, j'ai observé rapidement son corps pour m'assurer qu'elle n'avait pas d'autres blessures.

— Et en ce qui te concerne, kidnapper Emma n'était pas le meilleur moyen pour lui parler, a ajouté Jared.

J'ai écarté ses cheveux pour dégager son visage et ai rabattu la couette sur elle.

— Je ne l'ai pas kidnappée, ai-je protesté en me tournant vers mon frère.

Il est sorti de la chambre. Avant de le rejoindre, j'ai jeté un dernier coup d'œil sur elle, puis j'ai éteint la lumière et fermé la porte derrière moi.

— Tu as raison : si on lui avait demandé son avis, elle aurait supplié de passer la nuit ici, a ironisé Jared.

— Je ne pouvais quand même pas la laisser dormir dans ce motel horrible au bord de l'autoroute !

— À mon avis, elle aurait quand même préféré.

— Ferme-là, Jared !

— Evan, tu es là ? a lancé ma mère, au pied de l'escalier.

Elle devait probablement être dans son bureau lorsque je suis arrivé.

— Il a amené Emma à la maison, a lâché Jared.

Je l'ai fusillé du regard. Si ma mère n'avait pas été en train de nous regarder, je le lui aurais fait payer cher.

— Tu peux descendre, Evan, s'il te plaît ? a demandé ma mère d'un ton ferme qui m'a fait froncer les sourcils.

Jared m'a lancé un coup d'œil, genre « toi, tu vas avoir des problèmes ». En passant devant lui, je l'ai insulté à voix basse. J'ai rejoint ma mère dans la cuisine. Elle avait une tête de moins que moi, mais elle pouvait, d'un seul regard, me faire redevenir un petit garçon de cinq ans.

— Assieds-toi, a-t-elle ordonné, debout près du bar.

Je me suis installé sur une chaise, les mains sur les cuisses, prêt à affronter son sermon.

— Pourquoi Emma est-elle ici ? a-t-elle questionné en scrutant mon visage.

Si je voulais m'en sortir, je n'avais pas d'autre choix que d'être sincère.

— Sara et moi l'avons trouvée évanouie dans un placard. Je ne pouvais pas la laisser comme ça, et Sara ne voulait pas inquiéter sa mère. Donc je l'ai amenée ici.

Ma mère a hoché la tête d'un air songeur.

— Et que va-t-il se passer quand elle se réveillera, demain matin ?

J'ai haussé les épaules et baissé la tête.

— Tu dois prendre la mesure de ce que tu as fait, Evan. Cette décision va t'obliger à en prendre d'autres, plus difficiles.

— Je ne comprends pas…

— Quand tu l'as vue dans cet état, tu as éprouvé le besoin d'intervenir, et je le conçois. Mais que va-t-il se passer quand elle retournera en Californie ? Vas-tu supporter de la voir repartir en ne sachant pas ce qui l'attend là-bas ? Il faut que tu réfléchisses à ça.

J'ai hoché doucement la tête, laissant les paroles de ma mère cheminer en moi.

— Tu vas devoir prendre une décision. Et cette fois, je ne m'en mêlerai pas.

Au même instant, la sonnette a retenti. Ma mère a tourné la tête et j'ai sauté de la chaise.

— C'est Sara.

J'ai ouvert la porte et elle est entrée, traînant deux valises à roulettes et deux larges sacs en bandoulière. Je l'ai débarrassée et j'ai tout posé non loin.

— Bonjour, Sara, a lancé ma mère avec un sourire chaleureux. J'ai cru comprendre que vous passiez la nuit ici.

— Oui, j'espère que cela ne vous embête pas, a répondu Sara en me lançant un coup d'œil assassin.

— Pas du tout, a assuré ma mère. Vous êtes toujours les bienvenues.

Puis elle a posé sur moi un regard qui sonnait comme une mise en garde en disant :

— Evan et Jared vont vous donner ce dont vous avez besoin.

Comme par hasard, il est apparu à ce moment-là.

— Désolé, mais il est tard, je vais me coucher, a-t-il déclaré.

Ma mère s'est approchée de moi. Je me suis penché pour l'embrasser.

— Il ne s'agit pas seulement de ta vie, m'a-t-elle glissé à l'oreille.

En passant devant Jared, elle lui a donné un baiser sur la joue. Dès qu'elle a été hors de portée de voix, Sara a lancé d'un ton impatient :

— Où est-elle ? Je veux la voir.

— En haut, ai-je expliqué.

Elle s'est précipitée dans l'escalier sans même un regard pour Jared. Je l'ai suivie en soupirant.

— Prends les sacs, ai-je ordonné à Jared.

Il m'a lancé un regard noir avant de s'exécuter.

— Qu'est-ce qu'elle a à la jambe ? ai-je demandé à Sara avant qu'elle n'ouvre la porte.

Elle a hésité un instant, et j'ai compris qu'elle ne savait pas si elle devait me répondre. Elle s'est finalement contentée de hocher la tête et est entrée dans la chambre. Sans même allumer la lumière, elle s'est assise au bord du lit. Je suis resté sur le pas de la porte et l'ai regardée caresser doucement les cheveux de sa meilleure amie. À ce moment-là, Emma a bougé, puis s'est retournée. J'étais immobile. Elle a cligné des yeux.

— Coucou, ai-je murmuré en apercevant Sara.

— Coucou, a répondu Sara avec un gentil sourire. Comment tu te sens ?

— Soûle, ai-je lâché en battant des paupières pour essayer de sortir de mon brouillard.

— Je crois aussi, a-t-elle confirmé. C'est pas un bon jour, hein ?

— Pas une bonne vie, tu veux dire, ai-je marmonné avec un demi-sourire.

J'ai remonté la couette jusqu'à mon nez et respiré l'odeur de lessive du drap. J'ai froncé les sourcils : ce parfum m'était familier. Puis je me suis relevée d'un bond, paniquée.

Autour de moi, les contours de la pièce se sont peu à peu dessinés dans l'obscurité. J'ai regardé le dessus de lit blanc avec des fleurs roses.

— Non, c'est pas vrai ! ai-je gémi. Mais qu'est-ce que je fous ici, Sara ?

— Calme-toi, Em, a-t-elle dit en posant ses mains sur mes épaules pour me forcer à m'allonger. C'est juste pour cette nuit.

— Non ! ai-je protesté en secouant la tête.

La pièce s'est mise à tourner. Impossible de rester assise. Je me suis laissée tomber sur l'oreiller. C'est à ce moment-là que j'ai vu sa silhouette, près de la porte.

— Je n'ai rien à faire ici. C'est le passé.

— Je sais, a murmuré Sara en glissant mes cheveux derrière mon oreille. Mais ça va aller. Si tu as besoin de moi, je suis au bout du couloir.

J'ai essayé de garder les yeux ouverts pour la convaincre de m'emmener loin d'ici, mais j'étais incapable de réfléchir. Je ne voulais qu'une chose : que ma tête arrête de tourner. J'ai fermé les paupières.

Sara est restée un moment à côté d'Emma, pour s'assurer qu'elle dormait. Puis elle s'est levée et m'a lancé un regard noir. Je suis sorti dans le couloir. Elle m'a suivi et a fermé la porte derrière elle.

— Je t'avais bien dit que c'était une très mauvaise idée.

Elle s'est frotté le visage. Elle semblait épuisée.

— Je n'aurais jamais dû t'écouter. Elle n'avait vraiment pas besoin de ça.

— Pas besoin de ça ? ai-je riposté. Mais tu peux me dire ce qu'elle a ? Comment tu peux la laisser boire comme ça ?

— Ça suffit, Evan ! Tu ne vas pas me faire payer pour ces deux ans ! Et je te préviens : si tu l'as amenée ici avec l'intention de la récupérer, on se barre direct. Elle est suffisamment démolie comme ça, je ne te laisserai pas lui faire du mal.

— Désolé, ai-je lâché en baissant la tête. Je n'aurais pas dû dire ça.

J'ai respiré lentement pour tenter d'apaiser la colère qui me tétanisait.

— Et je ne veux surtout pas lui faire de mal, ai-je ajouté.

Sara a poussé un soupir.

— Est-ce qu'elle t'a parlé du suicide de Rachel ? ai-je demandé d'un ton prudent.

— D'après toi ? a riposté Sara d'un air excédé. De toute manière, on ne lui a pas encore raconté les détails. Elle n'était pas exactement en état de les entendre quand je l'ai récupérée à l'aéroport, hier.

— Donc cette histoire d'alcool, ça n'est pas nouveau ? ai-je questionné en scrutant les yeux bleu de Sara.

La manière dont elle évitait mon regard en disait long.

— Elle a un problème, d'après toi ? ai-je insisté.

— Avec l'alcool ? Elle a surtout un problème avec la vie.

Elle a secoué la tête et fait demi-tour.

— Il ne faut pas que je te parle de ça, de toute façon, a-t-elle grommelé.

— Et pourquoi je n'aurais pas le droit de savoir ? Je mérite au moins ça, non ? Dis-moi ce qui lui est arrivé, Sara !

Elle m'a regardé par-dessus son épaule. Les larmes brillaient dans ses yeux.

— Elle est juste… détruite. Et je ne sais pas comment l'aider.

Les épaules basses, elle s'est éloignée avant de disparaître dans la chambre d'amis. Je suis resté immobile, le regard perdu au loin, tandis que ses paroles se déposaient en moi. J'ai serré les poings pour lutter contre la douleur et la colère qui montaient. Puis je me suis appuyé contre le montant de la porte de la chambre où se trouvait Emma.

— Pourquoi es-tu partie avec lui, Emma ? ai-je chuchoté.

J'ai ensuite regagné ma chambre, à l'autre bout du couloir. Allongé sur le lit, j'ai passé la moitié de la nuit à contempler le plafond en me demandant ce que je ferais, le lendemain, quand le jour se lèverait.

J'ai ouvert les yeux. La pièce était plongée dans l'obscurité. J'ai hésité à les refermer, mais j'avais besoin d'aller dans la salle de bains. Avec un gémissement, j'ai repoussé la couette. J'étais dans la maison d'Evan. Dans la chambre d'amis et ses fleurs roses. Merde. Je me suis levée, énervée. Le contact du parquet m'a fait frémir. Je n'avais même pas besoin d'allumer la lumière pour trouver la salle de bains : je savais exactement où elle était. Mais je tenais à peine sur mes jambes, à cause de la vodka que mon organisme n'avait pas encore éliminée. Une fois debout, j'ai regardé le lit.

Pas question d'y retourner.

À pas lents, je suis sortie dans le couloir. Il faisait noir, tout était silencieux. Arrivée devant la porte d'Evan, je me suis arrêtée, le cœur battant.

— Je n'ai rien à faire ici, ai-je murmuré en continuant mon chemin pour rejoindre l'escalier.

Les marches ont craqué. Je me suis assis dans mon lit et j'ai tendu l'oreille. Elle était réveillée. Je suis sorti de mon lit tout doucement, sans faire de bruit. Il m'a semblé l'entendre parler. C'était si imperceptible que j'ai cru avoir rêvé. Quand j'ai ouvert la porte, lentement, j'ai aperçu son ombre passer sur le palier, au bout du couloir. Je l'ai suivie.

L'odeur familière de la maison m'a assaillie, les souvenirs revenaient comme un boomerang. Mon cœur a bondi dans ma poitrine. Je devais quitter cet endroit. Au plus vite.

Je suis entrée dans la cuisine et j'ai déverrouillé la porte qui donnait sur le jardin de derrière. La brise agitait les herbes hautes qui s'étendaient jusqu'à la forêt. Dès que j'ai descendu les marches, j'ai vu l'immense chêne, dressé dans la nuit. Et, accrochée à une branche, la balançoire.

J'ai senti ma gorge se serrer. Ravalant mes larmes, j'ai foulé pieds nus l'herbe humide. L'arbre m'attirait comme un aimant. J'ai caressé l'écorce rugueuse et levé la tête pour contempler les branches qui bougeaient doucement dans le vent.

— J'ai toujours aimé cet arbre, me suis-je avoué d'un air songeur, apaisée par sa présence.

« J'ai toujours aimé cet arbre », ai-je pensé en la voyant effleurer le tronc avec sa main. Elle a levé les yeux pour le contempler. Emma aussi a toujours eu un lien particulier avec lui, c'est pour ça que j'y avais accroché la balançoire que j'avais fabriquée pour elle. C'était l'emplacement idéal. J'avais espéré que cette balançoire l'aiderait à revenir ici. À revenir vers moi.

Quand je l'ai vue agripper les cordes de chaque côté et s'asseoir sur la planche, j'ai retenu mon souffle. Dans la lumière pâle que projetait la lune, j'ai cru la voir sourire. Je me suis retenu de courir vers elle pour la voir, lui parler. La lueur de joie qui éclairait son visage tandis qu'elle tendait les jambes pour prendre de l'élan ne devait pas me faire oublier qu'elle ne voulait pas être ici. Dans cette maison. Chez moi. Si elle me voyait, son expression changerait aussitôt. Je le savais. Je suis donc resté caché sur la véranda, pour la regarder monter dans les airs, de plus en plus haut, jusqu'à toucher les branches de l'arbre.

L'air frais de la nuit m'a fait du bien. Je respirais profondément en écoutant les criquets dans le champ. Portée par le rythme de la balançoire, je retrouvais de la force, de l'énergie. Je savourais mes envolées, m'approchais des branches et du ciel un peu plus à chaque poussée. Tour à tour, mes cheveux couvraient mon visage puis s'écartaient. J'ai fermé les yeux et, tendant les bras au maximum, j'ai basculé en arrière. Ma tête touchait presque le sol lorsque je passais au milieu et je sentais un frémissement dans le ventre. J'ai souri.

Elle continuait à s'élever dans l'ombre du grand chêne, si haut qu'on aurait dit qu'elle allait faire un tour complet. Tandis qu'elle tendait ses jambes pour prendre de la vitesse, le vent soulevait le bas de sa robe. J'ai souri devant ce spectacle familier et un frisson m'a traversé. Je me suis appuyé contre le montant de la porte et j'ai croisé les bras.

Voilà la fille que je connaissais. Celle que j'aimais. Je ne savais pas ce qui lui était arrivé, mais j'étais déterminé à le découvrir.

17

Plus la même

Un soleil éblouissant m'a réveillé. J'étais assis dans le fauteuil en osier et il m'a fallu quelques instants pour comprendre la situation. Je me suis alors levé d'un bond. *Emma !* J'ai poussé la porte et traversé le patio d'un pas rapide pour m'arrêter devant la porte. Elle était roulée en boule, sous le chêne. La lumière qui filtrait à travers le feuillage éclairait sa peau, la rendait d'un blanc laiteux. Sa robe étalée en corolle autour d'elle, elle avait les jambes repliées et les mains à plat sous sa joue. La voir dans cette position, presque abandonnée, m'a estomaqué. Je me suis raidi. Surtout, je ne devais pas la voir comme autrefois. Elle n'était plus la même. Et moi aussi, j'avais changé.

Pour autant, je ne pouvais pas la laisser dans l'herbe humide. Je me suis agenouillé pour la prendre dans mes bras. Elle a poussé un grognement mais n'a pas ouvert les yeux. Je l'ai portée jusqu'à la chambre d'amis et l'ai étendue sur le lit, puis je suis parti aussitôt. Je ne voulais pas rester à côté d'elle à la regarder dormir. Je devais me préparer pour le moment où elle se réveillerait pour de bon – sobre et… imprévisible.

Sans même ouvrir les paupières, j'ai compris que j'étais de nouveau dans le lit. J'avais mal partout, comme si j'avais dormi sur des cailloux. Je me suis frotté le visage pour tenter d'émerger. Au même moment, mon portable a vibré. Les yeux fermés, j'ai cherché à tâtons. Il était dans mon sac, sous le lit.

— Allô, ai-je marmonné.

— Comment tu te sens ? a demandé Cole.

— Je préfèrerais qu'on m'achève tout de suite, ai-je lâché en couvrant mes yeux avec mon avant-bras. Mais il est pas hyper tôt, chez toi ?

— Je savais que tu devais partir tôt pour l'église et je voulais t'avoir avant pour prendre de tes nouvelles. Tu te rappelles m'avoir parlé hier ?

J'étais incapable de réfléchir, comme si j'avais un marteau-piqueur dans la tête.

— J'ai dit des choses idiotes ?

Il a eu un petit rire avant de dire :

— Je viendrai vous chercher demain à l'aéroport de Santa Barbara, toi et Sara. Les filles ont préparé ta valise et elles nous retrouveront là-bas demain soir. Appelle-moi plus tard, si tu peux.

— OK, ai-je murmuré, sans chercher à tout comprendre. Demain.

J'ai lâché le portable dans mon sac sans même bouger. Tout à coup, une puissante nausée m'a saisie. Je me suis levée à toute allure et précipitée dans la salle de bains. Juste à temps. Puis je me suis affalée contre le mur, les yeux fermés pour me protéger de la lumière. Ma tête n'était pas encore prête à supporter une telle attaque.

— Emma ? a lancé Sara, depuis sa chambre.

La porte de la salle de bains s'est ouverte en grinçant.

— Oh non ! s'est-elle exclamée.

Je n'ai même pas pu lever la tête.

— Je vais t'aider à te préparer, on va devoir y aller bientôt.

— Laisse-moi là…, ai-je supplié.

À peine avais-je fini ma phrase que j'ai senti un nouveau spasme dans mon ventre, tandis qu'un frisson glacial me parcourait le corps. Je me suis penchée au-dessus des toilettes. Accroupie à côté de moi, Sara me passait sa main chaude sur le front.

La porte de la chambre d'amis était entrouverte.

— Sara ? ai-je appelé en frappant un coup.

J'entendais sa voix résonner au loin.

— La voiture qui doit vous amener à l'église est arrivée.

— On est là, a crié Sara.

Je me suis dirigé vers la salle de bains et suis entré doucement, ne sachant pas à quoi m'attendre.

— Merde, ai-je lâché en apercevant Sara accroupie à côté d'Emma, pâle comme la mort. Elle peut tenir debout ?

— Chhhhut, a supplié Emma. Pas si fort.

À voix basse, j'ai interrogé Sara :

— Qu'est-ce qu'on fait ? Vous êtes censées être à l'église dans quarante minutes…

— Je sais, a déclaré Sara d'un air désolé. Bon… je vais la mettre sous la douche. Tu peux appeler ma mère pour lui dire qu'on a besoin d'un peu plus de temps ?

— Bien sûr, ai-je répondu en lançant un dernier coup d'œil avant de sortir de la pièce.

J'ai tiré la porte derrière moi et, la main crispée sur la poignée, j'ai fermé les yeux un instant pour me ressaisir.

— Allez, tu vas te mettre debout, maintenant, m'a encouragée Sara en se levant lentement.

Je l'ai imitée, tant bien que mal, et j'ai attrapé d'une main tremblante le bord de la baignoire. Elle m'a aidée à enlever ma robe et a retiré le bandage autour de mon genou avant que je me glisse dans la baignoire, incapable d'effectuer le moindre mouvement.

— J'ai tellement mal à la tête.

— Quand est-ce que tu as mangé pour la dernière fois ? a demandé Sara en dégrafant mon soutien-gorge.

J'ai haussé les épaules. Depuis la minute où j'étais montée dans l'avion, en Californie, je ne me souvenais plus de rien. L'eau chaude m'a réveillée. Sara passait le jet sur ma tête et sur mon corps.

— Tiens, a-t-elle dit en me tendant le savon.

Je l'ai frotté entre mes mains avant de me savonner sans même regarder ce que je faisais.

— J'ai appelé ta mère, a lancé Evan, depuis la pièce voisine. Elle a dit de la prévenir quand vous serez en route. Je vous retrouve à l'église.

— Evan ! a crié Sara en m'abandonnant dans la baignoire avec le pommeau de douche qui arrosait mes jambes.

— Je sais que tu n'as aucune raison de le faire, mais j'ai besoin que tu m'aides, a expliqué Sara d'une voix précipitée.

La tristesse assombrissait son regard.

— Comment ? ai-je questionné sur un ton réservé.

— Elle doit aller à l'église mais je ne suis pas certaine qu'elle puisse y arriver toute seule, ni moi de pouvoir l'aider. Est-ce que tu peux rester pour me donner un coup de main ?

Un coup de poing dans le ventre ne m'aurait pas fait plus d'effet : je comprenais soudain que l'état d'Emma était bien pire que je ne l'avais imaginé.

— Je serai dans le couloir, ai-je finalement dit. Appelle quand tu as besoin de moi.

— Est-ce que tu pourrais trouver quelque chose pour son mal de tête ? Et aussi un truc à grignoter ? Elle n'a rien avalé depuis deux jours.

La voix de Sara était si faible, si malheureuse… J'ai hoché la tête et suis sorti de la pièce. Soudain, la colère qui montait depuis le moment où nous l'avions trouvée étendue dans le placard m'a aveuglé. Je ne savais même pas contre qui elle était dirigée. Ce dont j'étais certain, en revanche, c'est que, dès l'instant où je l'avais revue, tout était allé mal.

J'ai descendu l'escalier pour me rendre dans la cuisine. Jared était en train d'aider ma mère à mettre son manteau. Je me suis arrêtée et ai respiré un bon coup pour me calmer.

— Qu'est-ce que tu fais là, Analisa ? ai-je demandé en l'apercevant près de la porte.

Elle m'a lancé un regard penaud.

— Je suis venue pour toi, a-t-elle répondu en jetant un rapide coup d'œil vers ma mère pour m'indiquer qu'elle ne tenait pas à parler de ça devant elle.

— Tout se passe bien, là-haut ? a questionné ma mère.

Malgré son ton léger, j'ai bien saisi qu'elle s'inquiétait pour moi.

— Oui, ça va.

— Jared et moi nous devons nous arrêter en route. On se retrouve à l'église ?

— D'accord, je ne vais pas tarder, ai-je précisé.

Jared a suivi ma mère et est passé devant moi, le regard rivé au sol. J'imaginais sans mal ce qui devait lui passer par la tête.

Je me suis tourné vers Analisa.

— Je n'ai toujours pas compris pourquoi tu étais là – surtout aujourd'hui.

— Désolée de ne pas être venue à la veillée, hier soir, a-t-elle glissé doucement en s'approchant de moi.

Elle a levé la main, comme pour me toucher, mais l'a aussitôt baissée en voyant mon mouvement de recul.

— Je ne m'attendais pas à ce que tu viennes, a-t-elle ajouté.

— Ah bon ? Pour moi, ça allait de soi.

Elle a baissé les yeux, visiblement déconcertée par mes paroles.

— Mais… Je croyais que tu ne voulais plus entendre parler d'elle ?

Je n'ai pas répondu. C'était la vérité. Avant. Et Analisa le savait mieux que quiconque. Triste et en colère, je ne cessais de répéter que j'en avais fini avec

Emma ; que la revoir ne me ferait ni chaud ni froid. Sauf que…

— Qu'est-ce que tu veux, Analisa ?

Elle a levé la tête, surprise par mon ton.

— On ne s'est pas parlé depuis l'été dernier. Je ne comprends pas ce que tu fais là, mis à part le fait que tu connaissais Emma à Weslyn.

Ses yeux ont brillé et sa lèvre inférieure a tremblé légèrement.

— Je m'inquiète pour toi. Je ne veux pas que tu souffres de nouveau, et j'ai pensé… j'ai pensé que tu aurais peut-être besoin de quelqu'un de proche. Tu comptes toujours pour moi, Evan. Et j'espérais pouvoir être là pour toi, comme je l'ai été auparavant.

En l'écoutant, je me suis senti coupable de lui avoir parlé sur ce ton. Mais, si j'étais convaincu qu'elle me voulait du bien, je n'avais pas envie de sa présence ici.

— Je ne pense pas que nous puissions de nouveau être amis, Analisa. Pas après ce qui s'est passé. Désolé.

Les larmes aux yeux, elle a hoché la tête.

— Elle va te démolir, Evan.

Sur ces mots, elle a rapidement tourné les talons et est sortie de la cuisine.

Evan est apparu à la porte, une bouteille d'eau dans une main, une boîte d'aspirine et un muffin dans l'autre. Il s'est arrêté net quand il m'a vue assise sur le lit. Sara, penchée au-dessus de mes jambes, était en train de monter la fermeture Éclair de mes bottes.

Je l'ai suivi du regard tandis qu'il posait sur la table de chevet ce qu'il avait apporté. Il ne m'a pas regardée.

— Prêtes ? a-t-il demandé à Sara.

Elle s'est levée et a reculé d'un pas pour me contempler, comme si j'étais un mannequin inanimé.

— Je pense que oui. Je ne sais pas comment faire pour tes yeux, Em. Ils sont tellement rouges et gonflés.

Elle est restée quelques instants devant moi sans rien dire, puis elle a pris son sac et en a sorti une paire de lunettes de soleil.

— Tiens, mets ça.

Je me suis exécutée. Elle m'a donné deux comprimés, que j'ai avalés avec un verre d'eau. Elle m'a ensuite proposé le muffin, mais j'ai refusé en secouant la tête avec une grimace. La simple vue de ce gâteau m'a donné un haut-le-cœur.

— Il faut bien que tu manges, quand même, a-t-elle commenté d'un air sévère.

— Impossible.

— Est-ce que tu peux te lever ?

J'ai hoché la tête et me suis mise debout avec difficulté, en m'appuyant sur son bras. Evan a fait un pas vers moi quand j'ai vacillé, puis s'est arrêté quand je me suis stabilisée. Il n'avait pas changé. Juste un peu plus musclé. Mais toujours aussi beau. Dans son costume bien coupé, il ressemblait à un mannequin. Peut-être que, en vrai, j'étais dans un avion en train de feuilleter un magazine avec une photo de lui, et que tout cela n'était qu'un rêve ?

Mais la douleur vive, m'a ramenée à la réalité. J'étais bel et bien à Weslyn pour enterrer ma mère. Mes genoux se sont dérobés et je suis tombée. Sara a poussé un cri et Evan s'est précipité vers moi pour m'aider à me relever.

— Ça va ? lui a demandé Sara.

— Ouais, a-t-elle murmuré en se redressant. J'ai eu un vertige. Désolée.

— Tu me fais peur, a dit Sara. Tu es sûre que ça va aller ?

Emma a fait un signe de tête. Elle continuait à regarder vers moi mais, avec ses lunettes de soleil, je ne pouvais pas voir son expression. Sara et moi avons glissé notre bras sous le sien et nous nous sommes dirigés vers l'escalier.

Si elle n'avait ingurgité rien d'autre que de la vodka depuis deux jours, elle devait être déshydratée et en hypoglycémie. Comment pourrait-elle tenir le coup durant toute une messe sans tourner de l'œil ?

— Tu ne veux pas au moins boire un jus de fruit avant qu'on parte ?

Depuis mon arrivée, c'était la première fois qu'il m'adressait la parole. J'ai hoché la tête en essayant de respirer lentement pour calmer les battements désordonnés de mon cœur. Sentir son bras sous le mien n'arrangeait rien. J'aurais préféré ne pas être si proche de lui, ne pas le toucher, ne pas sentir son odeur familière qui me faisait tourner la tête. Mais je savais que mon corps était très atteint, à cause du régime effrayant qu'il avait enduré ces deux derniers jours, et que sans l'aide d'Evan, je m'écroulerais aussi sec.

La limousine s'est arrêtée devant l'église blanche aux vitraux colorés. Mes muscles refusaient de m'obéir, je me sentais incapable de bouger et d'entrer dans cette chapelle pour assister à la messe d'enterrement de ma mère. J'étais immobile sur la banquette arrière, submergée par la panique.

Sara est venue me rejoindre et m'a pris la main.

— Tu ne te sens pas bien ? Tu vas être malade ?

J'ai secoué la tête. Evan s'est penché pour nous voir.

— Qu'est-ce qu'il y a, alors ? a demandé Sara avec une infinie douceur.

— Elle est morte…

Ma voix s'est brisée. J'ai pressé mes doigts contre les lunettes de soleil, comme pour empêcher les larmes de couler.

— Elle est morte…, ai-je répété. Non… Ça n'est pas possible…

La gorge nouée, douloureuse, j'avais du mal à parler. J'ai fermé les yeux, en pleine lutte contre le désespoir qui m'envahissait. Sara me caressait la joue. Plusieurs fois, j'ai inspiré lentement par le nez puis expiré par la bouche. Ça a marché. Petit à petit, l'angoisse s'est calmée. J'ai repris pied.

— Ça va mieux, ai-je dit à Sara, pour lui indiquer que j'étais prête à descendre de la voiture.

— Tu vas y arriver, j'en suis sûre. Je serai tout le temps à côté de toi.

Une fois de plus, Evan m'a proposé son aide. J'ai accepté le soutien de son bras pour me sentir plus solide sur mes jambes.

Pour la première fois, je la voyais réagir à la mort de sa mère, et je me sentais impuissant face à sa tristesse. Je me suis contenté de rester à côté d'elle et de l'aider à monter les marches. M. et Mme McKinley nous attendaient en haut. Anna a serré Emma dans ses bras et lui a glissé un mot à l'oreille avant de la conduire à l'intérieur de l'église.

Tandis que nous pénétrions dans la nef, j'ai senti la main d'Emma se crisper sur mon bras et j'ai compris que la panique avait repris le dessus. Sans même réfléchir, j'ai posé ma main sur la sienne et surveillé ses pas pour pouvoir la soutenir si les forces venaient à lui manquer.

Je me suis assis à sa droite, au premier rang, pendant que Sara s'installait à sa gauche, ses parents au bout. Emma a ôté son bras du mien et s'est écartée pour poser sa tête sur l'épaule de Sara. Son geste m'a montré ce que je représentais pour elle dans ce moment difficile. Ou, plutôt, ce que je ne représentais pas. J'ai reçu ça comme une gifle.

La cérémonie a commencé et les chuchotements ont cessé. Je n'ai pas regardé une seule fois vers elle pendant le sermon du prêtre ni lorsque des personnes se sont succédé pour énumérer des hommages amicaux et gentils à propos d'une femme qui ne le méritait pas. Le prêtre est ensuite revenu à la chaire et a annoncé :

— Maintenant, j'invite la fille de Rachel, Emma, à venir dire quelques mots.

Je me suis tourné vers Sara, sidéré. Elle m'a regardé à son tour d'un air choqué.

Emma s'est levée, lentement, et s'est approchée des quelques marches qui menaient à la chaire.

— Oh, non…, a murmuré Sara, à côté de moi.

— Est-ce que tu sais ce qu'elle a l'intention de dire ?

— Je crains le pire.

Les mains tremblantes, je me suis avancée derrière la chaire, recouverte d'un drap noir. J'ai lancé un coup d'œil vers Sara et me suis rappelé son discours enflammé.

Elle t'a fait du mal, Emma. Beaucoup de mal. Tu peux la laisser partir, maintenant. Ne la laisse plus te détruire.

J'ai contemplé les visages devant moi, les regards compatissants qui attendaient que je parle. Je n'avais rien préparé. J'ai décidé, pour ce moment particulier, d'être tout simplement honnête.

— Je n'ai pas envie d'être là, ai-je commencé d'une voix faible, à peine audible. Personne ne devrait être là.

J'ai toussé pour m'éclaircir la gorge et regardé de nouveau Sara. Les yeux écarquillés, agrippée à la chaise devant elle, elle suivait chacun de mes gestes.

Elle ne peut pas continuer à se servir de toi comme d'un punching-ball émotionnel. Tu vas lui pardonner combien de fois, comme ça ? Elle va finir par te démolir complètement.

— Je suis incapable de faire la liste de ce que je dois à ma mère. Elle m'a formée, de bien des manières. Si je suis aujourd'hui ce que je suis, je le lui dois. Et, chaque jour qui passe me rappelle à quel point elle a compté dans ma vie. J'en veux…

Je me suis interrompue un instant pour tousser de nouveau, dénouer cette gorge crispée.

— … au destin impitoyable qui est la cause de ce départ prématuré. Nous avons toutes les deux côtoyé le drame de trop près. À commencer par la mort de mon père. Elle a passé une grande partie de sa vie à souffrir. Et, pendant des années, j'ai été témoin de cette souffrance, impuissante. À la fin, elle n'arrivait plus à vivre avec cette tristesse qui l'obsédait. Maintenant qu'elle est avec lui, peut-être a-t-elle enfin trouvé cette paix qu'elle a cherchée pendant toute sa vie ?

Durant toute ma vie, tu n'as jamais pensé qu'à toi ! Mais pourquoi est-ce que tu es à ce point obsédée par un homme qui ne t'a jamais aimée ?

J'ai lâché le bord glacial de la chaire. En descendant les quelques marches, je tremblais de la tête aux pieds. Les McKinley se sont levés pour me laisser passer dans le rang mais j'ai baissé la tête et continué mon chemin.

— Où va-t-elle ? a soufflé Sara, paniquée.

— Je ne sais pas, ai-je répondu en la suivant des yeux, comme tout le monde autour de moi.

Elle s'est dirigée vers la lourde porte à double battant, à l'entrée de l'église. Elle l'a ouverte et est sortie. Derrière elle, la porte s'est refermée avec un bruit sec. Un murmure a parcouru les rangs.

— Avance vers l'allée, ai-je ordonné.

J'ai marché derrière Sara sur le tapis noir qui menait à l'entrée tandis que le prêtre, remonté dans sa chaire, a réclamé l'attention d'une voix autoritaire avant de réciter les Écritures.

À notre tour, nous avons poussé le panneau de bois massif pour sortir. Après la pénombre de l'église, le soleil était éblouissant. J'ai plissé les yeux pour chercher Emma.

La limousine était partie.

18

Toujours là

J'ai ouvert la porte et l'ai refermée doucement derrière moi. Assise sur le rebord de la fenêtre, les jambes ramenées contre sa poitrine, elle regardait au loin. J'ai heurté une chaise sans faire exprès. Elle s'est tournée vers moi, les yeux assombris par une tristesse qui m'a déchiré le cœur.

— Tu n'es pas censé être là, a-t-elle lâché d'une voix éteinte

Son ton mordant m'a stoppé net.

— Mais je suis le seul à savoir que tu serais là.

Elle a fermé les yeux et j'ai vu les muscles de sa mâchoire se crisper tandis qu'elle tentait de maîtriser l'émotion qui déferlait en elle. J'aurais aimé lui dire de ne pas lutter, d'accepter cette tristesse.

— Je sais pourquoi tu as dû partir, ai-je ajouté.

Elle a secoué la tête, comme pour se débarrasser de ce qui la gênait.

— Je ne pleurerai pas pour elle. Pas question.

La gorge nouée, elle a avalé sa salive avec difficulté.

— Elle ne mérite pas mes larmes. Elle a fait ça. Elle l'a voulu. Elle ne me fera pas pleurer.

Son corps tendu était habité par la colère et la souffrance, mais elle refusait la tristesse. J'ai fait un pas vers elle, torturé par l'envie de la prendre dans mes bras, de la réconforter. Mais je me suis arrêté à une distance raisonnable, hors de portée. Je n'étais pas là pour ça.

Le visage enfoui entre les genoux, elle a fini par se calmer. Au bout d'un moment, elle a levé la tête, les yeux fermés, pour respirer les odeurs qui flottaient dans l'atelier d'arts plastiques du lycée. J'ai attendu qu'elle ouvre les paupières et qu'elle s'aperçoive que j'étais toujours là.

— Es-tu venu pour me raccompagner chez Sara ? a-t-elle demandé d'une voix calme, le regard inexpressif.

J'ai hoché la tête, soufflé par la métamorphose.

— J'ai envoyé la limousine chercher Sara à l'église, ai-je dit.

— OK.

Elle a inspiré profondément avant d'ajouter :

— On y va.

J'ai franchi la porte d'entrée sans même un regard pour les nombreuses personnes qui se trouvaient là et j'ai grimpé l'escalier à toute allure.

— Tu t'es arrêté pour acheter des hamburgers ! a lancé Sara à Evan.

— Mais elle n'a pas mangé depuis deux jours ! a-t-il rétorqué. Oui, en effet, on s'est arrêtés pour prendre des burgers.

Sa voix s'est évanouie au loin tandis que je montais les marches.

Arrivée dans la salle de jeux de Sara, je me suis écroulée sur le canapé en cuir blanc et j'ai ouvert le sac en papier que je tenais à la main pour prendre le burger et finir les quelques frites que je n'avais pas mangées dans la voiture. J'avais une faim de loup.

— Tu te sens mieux ? a demandé Sara en entrant dans la pièce.

Je me suis contentée de hocher la tête, la bouche pleine – je n'avais jamais rien mangé d'aussi bon. J'ai léché le ketchup sur mes lèvres et bu une gorgée de Coca.

— Désolée, ai-je dit à Sara quand elle s'est assise à côté de moi.

— De quoi ?

— Tu plaisantes ? Depuis deux jours je ne fais que gémir. Tu as dû te farcir mon désespoir et t'occuper de moi vingt-quatre heures sur vingt-quatre. Je suis une amie minable, et j'en suis vraiment désolée.

Elle m'a poussée doucement avec son épaule.

— Tu avais besoin de moi et j'ai été là pour toi, c'est tout. Mais bon… j'aimerais autant que tu ne boives plus jamais.

J'ai émis un petit rire.

— Je ne touche plus une bouteille de vodka de ma vie, c'est sûr !

— Moi non plus, s'est-elle esclaffée.

Puis, redevenant sérieuse, elle a ajouté :

— Et je m'excuse d'avoir…

Elle m'a lancé un regard inquiet avant de finir sa phrase :

— De t'avoir dit ce que je t'ai dit, à l'hôtel. Et de t'avoir amenée chez Evan.

— Pas besoin d'en parler, ai-je lâché en mordant dans mon hamburger.

En réalité, je n'arrêtais pas de me demander où il était. Était-il reparti chez lui ?

— Merci, pour ton aide, ai-je dit avant de raccrocher.

En me retournant, je suis tombé sur Jared.

— C'était qui ? a-t-il demandé en regardant l'assiette qu'Anna m'avait donnée et à laquelle je n'avais pas touché. Tu as l'intention de manger ça ?

— Non, vas-y, ai-je proposé.

Puis, pour éviter de répondre à sa question, j'ai ajouté :

— Je ne m'attendais pas à te voir ici.

— Et pourquoi donc ? a-t-il riposté en mangeant un morceau de cake aux olives.

— Te pointer chez Sara, c'est quand même culotté.

— C'est vrai que son père a failli me claquer la porte au nez quand il m'a ouvert ! s'est-il esclaffé.

— Tu m'étonnes. Et donc, tu pourras m'emmener à l'aéroport, demain ?

Après avoir fini de manger, je me suis laissée aller contre le dossier du canapé, la tête en arrière.

— Ah, vous voilà, ai-je entendu dire Anna, sur le palier.

J'ai tourné la tête et l'ai vue qui venait vers nous.

— Peux-tu nous laisser un instant, Sara, s'il te plaît ?

Un sentiment désagréable m'a traversée.

— Je serai en bas, m'a glissé Sara en cédant sa place à sa mère.

— Viens là, a suggéré Anna en étendant son bras pour que je puisse m'approcher.

Tandis qu'elle me serrait contre elle, j'ai senti mon cœur battre plus vite. Elle m'a caressé doucement les cheveux. J'ai fermé les yeux pour mieux absorber l'odeur fruitée et délicate de son parfum.

— Tu as passé deux jours très difficiles, a-t-elle dit tendrement.

La gorge nouée, j'étais incapable d'articuler un mot.

— On va s'occuper de toi, a-t-elle murmuré. Mais je pense que tu devrais parler à quelqu'un de ce que tu ressens. J'imagine que tu dois éprouver toutes sortes d'émotions.

Je n'ai pas répondu. L'idée d'explorer ou d'analyser les milliers de sentiments qui m'animaient en ce moment ne me tentait pas du tout.

— Je m'inquiète sans cesse pour toi, a-t-elle poursuivi. Je ne sais pas comment faire pour que tu te sentes en sécurité. En tant que mère, c'est tout ce qui m'importe pour toi et Sara. Que vous vous sentiez en sécurité et aimées.

— Quand je suis chez vous, c'est toujours le cas, ai-je chuchoté.

— J'aimerais bien que ça soit aussi le cas quand tu es ailleurs.

Nous sommes restées un moment silencieuses. Ma tête posée sur sa poitrine, j'entendais les battements de son cœur. Entourée de son bras menu mais fort, j'avais le sentiment d'être choyée et à l'abri.

— Est-ce que je peux vous demander quelque chose ? ai-je demandé d'un ton rapide.

— Bien sûr.

— Elle… Elle s'est vraiment pendue ?

J'ai fermé les yeux en attendant sa réponse.

— Oui.

— Où ça ?

— Dans la maison de Decatur Street.

— À la rampe, ai-je soufflé, d'une voix à peine audible.

— Oui.

J'ai eu l'impression de me fracasser contre un mur. Comme si un poids énorme m'était tombé sur la poitrine, vidant d'un seul coup l'air de mes poumons. Comme si l'oxygène de la pièce s'était volatilisé.

— Elle a souffert ?

— Non, a répondu Anna dans un souffle.

Je me suis écartée pour la dévisager. Les larmes coulaient sur ses joues.

— Pourquoi ? ai-je interrogé, les yeux brûlants.

Elle a hoché la tête.

— Je ne sais pas. Elle n'a pas laissé de mot. Mais même si elle l'avait fait, je ne sais pas si elle aurait su dire pourquoi elle avait choisi d'en finir.

— Merci, ai-je lâché, le menton tremblant, touchée par sa tristesse. Vous avez été si gentille avec elle, en dépit de tout. Et merci pour ce que vous avez fait pour moi ces derniers jours.

— Tu sais à quel point tu comptes pour Carl et moi. Nous t'aiderons à traverser cette épreuve.

— Merci, ai-je répété.

— Tu es obligée de repartir demain pour la Californie ?

J'ai acquiescé d'un signe de tête.

— D'accord. Mais est-ce que tu veux bien réfléchir à ce que je t'ai conseillé : parler avec quelqu'un ?

J'ai de nouveau hoché la tête. Mais je savais que je ne le ferais pas.

— Merci pour ton aide, aujourd'hui, m'a lancé Sara en s'asseyant à côté de moi dans le salon. Je sais que c'était dur pour toi aussi.

— Ouais, c'était pas facile, ai-je avoué. En échange, tu veux bien me rendre un service ?

— C'est-à-dire ?

— Laissez-nous vous accompagner à l'aéroport demain, Jared et moi.

Sara m'a observé d'un air méfiant. Elle devait se demander quel traquenard se cachait derrière cette demande. Et elle n'avait pas tort, évidemment.

— Pourquoi ? a-t-elle questionné.

— Je veux juste m'assurer qu'elle va bien.

Pour le coup, c'était sincère.

— Peut-être..., a-t-elle répondu d'un ton hésitant. Mais seulement si nous montons toutes les deux derrière. Et seules.

J'ai eu du mal à retenir un sourire.

— Ça marche.

— Qu'est-ce que vous faites là ? s'est exclamé Carl, énervé, dans l'entrée.

Je me suis dirigée rapidement vers l'escalier et j'ai descendu quelques marches avant que, soudain, Evan n'apparaisse dans mon champ de vision.

Il a posé ses yeux sur moi. L'air inquiet, d'abord. Puis, voyant que je ne m'étais pas cassé la figure en l'apercevant, il a eu ce petit sourire familier. Celui avec lequel il m'avait accueillie des centaines de fois ici-même. Dans une autre vie.

— Salut, a-t-il lâché.

— Mais qu'est-ce qui se passe ? ai-je lancé en regardant Carl qui semblait aussi stupéfait que moi de voir Evan et Jared sur le pas de sa porte.

— Nos sacs sont dans le salon, a annoncé Sara en dévalant les marches sans prêter attention à nos regards interrogateurs. Ah oui, j'ai oublié de te prévenir, papa… Pas besoin que tu nous accompagnes à l'aéroport.

— C'est ce que je vois, en effet, a-t-il commenté d'un air soupçonneux. Tu es sûre ?

— Oui, certaine, a-t-elle répondu en l'embrassant avec un sourire.

Je l'ai entendue ensuite lui glisser à l'oreille :

— On va juste à l'aéroport, c'est tout.

Tandis qu'il la serrait dans ses bras, j'ai vu le regard qu'il lançait à Jared. Un avertissement clair et net. Jared a esquissé une grimace gênée et s'est précipité pour chercher nos sacs.

— Mais c'est quoi ton délire ? ai-je murmuré à Sara pendant que nous nous penchions pour prendre nos vestes.

— C'est un trajet en voiture, Emma. Ne t'inquiète pas. Ça ne va même pas durer une heure.

Elle a eu un sourire rassurant mais cela n'a pas suffit à dissiper mon angoisse.

Son visage avait retrouvé des couleurs et, même si son regard paraissait toujours aussi fantomatique, elle était magnifique. J'ai eu du mal à ne pas sourire lorsqu'elle a failli tomber dans l'escalier en me voyant. Mais j'avais beau me convaincre que j'en avais fini avec elle, que je devais avancer, quand elle était devant moi, toutes ces belles paroles s'envolaient.

Durant le trajet, comme nous étions silencieux, j'ai mis de la musique. Quand je me tournais vers Jared, Sara surveillait Emma du coin de l'œil. Elle semblait inquiète. J'ai eu l'impression qu'elle m'avait caché quelque chose.

Mes yeux ne cessaient de se poser sur sa nuque, comme attirés par un aimant. J'observais la ligne d'implantation de ses cheveux. Il s'est tourné pour lancer un coup d'œil à Sara et j'ai vu son profil parfait – son nez droit, ses pommettes saillantes et ses sourcils dessinés. J'ai détourné aussitôt les yeux, en priant pour ne pas rougir. Pas sûr que je survive à un tel traitement pendant une heure…

Une fois garés à l'aéroport, Jared et Evan sont descendus pour nous aider à sortir nos valises. Soudain, je découvre un autre sac dans le coffre.

— Tu te moques de moi ? me suis-je écriée en regardant Sara, convaincue qu'elle était dans le coup.

Mais elle a écarté les mains d'un air stupéfait. D'un seul mouvement nous nous sommes alors tournées vers Evan, les yeux brillants de colère.

— Je t'avais bien dit que c'était une mauvaise idée, a murmuré Jared. Je sens que ça va être ta fête.

— Ferme-la ! a répliqué Evan avant de nous regarder en haussant les épaules. Qu'est-ce qu'il y a ? Je passe l'été avec Nate à Santa Barbara.

Sara l'a dévisagé, bouche bée.

— Tu plaisantes ?

— C'est quoi le problème ? a-t-il demandé.

Il n'était pas à l'aise. Il n'a jamais su mentir. Énervée, Sara a pris nos sacs.

— On y va, Emma.

— Dis-moi que c'est une mauvaise blague, ai-je supplié en lui emboîtant le pas.

— Non, mais ne t'inquiète pas. Ça va aller.

— Bien joué, s'est moqué Jared en fermant le coffre, tandis que les filles s'éloignaient. Tu n'as pas été très fin, sur ce coup-là.

— De toute façon, elles l'auraient découvert à un moment donné, non ?

— Mais est-ce que tu sais au moins dans quoi tu t'embarques ?

— Pas vraiment, ai-je reconnu, même si j'avais passé la nuit à me convaincre que je faisais le bon choix. Mais c'est toujours comme ça, quand il s'agit d'elle, donc pourquoi ça changerait ?

Il a poussé un soupir.

— Bonne chance, a-t-il conclu avec un sourire amusé en montant dans sa voiture.

Je n'ai pas cherché les filles. Je savais que nous serions dans le même avion jusqu'à Santa Barbara – je l'avais vérifié sur leurs billets. En revanche, je n'avais pas la moindre idée de l'endroit où elles habiteraient là-bas. Ni avec qui.

— La maison de Nate est à côté de chez Cole, juste au bout de la rue, ai-je expliqué à Sara, au bord de la crise de nerfs.

Je sentais la nausée revenir.

— Sérieux ? s'est-elle exclamée en regardant les passagers assis autour de nous. Pourquoi tu ne me l'as pas dit avant ? Et comment tu le sais ?

— La semaine où j'étais avec Cole, pendant les vacances de printemps, je me suis retrouvée à une fête chez Nate. Après avoir passé la soirée à boire de la tequila, je me suis rendu compte que j'étais dans la maison du meilleur ami d'Evan.

— Non, c'est pas vrai !? Et tu me racontes ça seulement maintenant ! Quel bordel... Donc Cole connaît Nate ?

— Il connaît même Evan, ai-je avoué en regardant par le hublot.

— C'est une blague ! Emma, ça...

— ... va être le pire été de ma vie, ai-je achevé en posant ma tête contre la vitre.

— Nous ne sommes pas obligées de rester, a-t-elle suggéré. On pourra peut-être aller à Palo Alto, dans deux semaines ?

J'étais déçue à l'idée de ne pas passer un été paisible, seule avec Sara, comme je l'avais imaginé.

— Peut-être...

— Ne t'en fais pas, on va se débrouiller, a-t-elle promis d'un ton rassurant.

J'avais des doutes.

Après l'atterrissage, Sara et Emma, assises quelques rangées devant, sont sorties de l'avion avant moi. J'ai attrapé mon sac à dos et suis descendu sur le tarmac pour rejoindre le tapis de livraison des valises. J'ai respiré à plein poumons l'air chaud. La Californie m'avait manqué.

Grâce à la chevelure rousse de Sara, j'ai pu rapidement repérer les filles. Tandis que je marchais vers elles, j'ai entendu : « Coucou, Emma ! » Je me suis arrêté net.

Emma s'est approchée du type et il s'est penché pour l'embrasser.

J'ai eu le souffle coupé, comme si on venait de me donner un coup dans le plexus. Puis je me suis forcé à continuer en direction des bagages. L'endroit était si petit qu'il m'était difficile de les éviter.

— Evan ?

J'ai regardé par-dessus mon épaule. Cole me dévisageait avec curiosité.

— Je ne savais pas que tu serais là aussi.

— Ah, salut, Cole, ai-je répondu en m'efforçant de prendre un ton aimable et léger. Je passe l'été chez Nate.

Je les ai dévisagés tour à tour. Elle fuyait mon regard.

— Je n'étais pas au courant que vous vous connaissiez, toi et Emma, ai-je ajouté.

Il a froncé les sourcils. Visiblement, il commençait à comprendre le pourquoi du comment.

— Eh bien si, a-t-il lâché en prenant le sac d'Emma. Tu veux qu'on t'emmène ?

— Comment ça ? s'est-elle exclamée, les joues en feu.

— Il va dans la même rue que nous ! a dit Cole avant de se tourner vers moi. Alors ?

— Ouais, avec plaisir, ai-je accepté, étonné par sa décontraction.

J'ai lancé un coup d'œil à Sara. Elle était blême. Cole a passé son bras autour de ses épaules. Elle a écarté la tête, surprise.

Ça promettait d'être le pire été de ma vie.

19

Donne-moi une raison

J'ai claqué la portière et sorti mon sac du coffre, tellement énervée que j'ai failli m'assommer. Arrivée devant la porte, j'ai tourné la poignée. C'était fermé à clé. Évidemment. Encore plus agacée, j'ai attendu Cole, qui prenait carrément son temps pour sortir de la voiture.

Je suis restée face à la porte pour ne pas le regarder. Non seulement il avait proposé à Evan de l'emmener en voiture, mais en plus, pendant le trajet, il l'avait invité à manger avec nous ! Et Evan avait accepté sans hésiter. Ils avaient discuté comme des vieux potes qui se retrouvaient. Surréaliste. Sara avait passé son temps à les observer, les yeux grands comme des soucoupes.

Quand Cole a enfin ouvert la porte, je suis passée devant lui sans un mot et j'ai filé direct apporter ma valise dans la chambre d'amis, Sara sur les talons.

— On est censées dormir toutes les deux dans cette chambre ? a-t-elle demandé d'un air perplexe en contemplant le lit à deux places.

— Euh..., ai-je bafouillé.

— Emma ? a dit Cole en passant sa tête par la porte. Tu peux mettre tes affaires dans ma chambre, si tu veux.

J'ai eu un léger vertige. Puis j'ai hoché la tête et pris ma valise pour la poser dans le salon.

— Tu veux une bière ? a proposé Cole à Evan.

— Oui, avec plaisir, a répondu Evan en s'approchant de la bibliothèque pour examiner les boîtes de puzzle.

Incapable d'assister à ce spectacle, je suis sortie sur la terrasse et me suis installée sur une chaise, face à la mer, les bras croisés.

— Dis donc, ça craint..., a glissé Sara en me rejoignant après avoir refermé derrière elle la porte vitrée.

— C'est le moins qu'on puisse dire, ai-je lâché. Pourquoi il est là ? C'est pas possible...

J'avais l'impression de me trouver au milieu de sables mouvants, craignant à chaque pas de m'enfoncer un peu plus. Sara s'est accoudée à la balustrade, devant moi.

— Pourquoi as-tu posé ton sac dans la chambre d'amis ? a-t-elle demandé.

— Parce que c'est là que j'étais la dernière fois, ai-je expliqué. Je te rappelle que nous ne sommes pas *ensemble*, Cole et moi.

— Ah, d'accord... Ça n'est pas l'impression que j'ai eue, à l'aéroport.

Je ne me rappelais même pas ce qui s'était passé – j'étais bien trop préoccupée par la présence d'Evan.

— Peut-être que tu devrais…, a-t-elle commencé, avant de s'interrompre.

— Peut-être que je devrais quoi ?

Au même instant, j'ai entendu :

— Et pourquoi tu n'es pas venu aux funérailles ?

J'ai cru m'évanouir.

— Elle ne voulait pas que j'y sois, a dit Cole, toujours aussi détendu. J'aurais aimé y aller, mais j'ai respecté sa volonté et je suis resté ici.

J'ai hoché la tête.

— Et j'imagine que tu y étais ? a-t-il ajouté.

— En effet.

Et je n'ai pas demandé son avis à Emma.

— Et elle était dans un état second, a conclu Cole, comme une évidence.

— On peut dire ça comme ça, ai-je confirmé en me demandant où cette conversation allait nous mener.

— Ils parlent de moi, ai-je murmuré, ébahie. Mais ils sont dingues, ou quoi ? Ils ne se doutent pas que je peux les entendre ?

— Chut, a ordonné Sara en écoutant attentivement.

— C'est pour ça que tu l'as accompagnée ? a demandé Cole.

Tétanisée, j'ai guetté la réponse d'Evan en retenant mon souffle.

— J'avais prévu de passer l'été ici, ai-je botté en touche. Je suis juste venu un peu plus tôt.

— Vraiment ? a riposté Cole d'un air sceptique. Écoute, je sais que tu as eu une histoire avec elle. Je comprends. Elle était démolie à l'enterrement et tu t'es inquiété. C'est logique. Et tu ne savais pas que je serais là pour elle. Mais c'est le cas, donc elle n'a pas besoin de toi.

J'ai bu une gorgée de bière. Puis j'ai lancé un coup d'œil vers la terrasse. J'ai croisé le regard de Sara mais elle a aussitôt tourné la tête. Elle semblait discuter avec Emma.

— Merde, a marmonné Sara. Evan vient juste de voir que j'écoutais.

— On est en plein délire, là ! Comment un truc comme ça a pu arriver ? Evan n'aurait jamais dû être là et ils ne devraient pas être en train de parler de moi. Quelle angoisse !

J'ai serré les poings, le cœur battant à tout rompre.

— Je n'ai pas l'intention de me mêler de tout ça, ai-je dit en me tournant vers Cole. J'espérais simplement qu'on pourrait se rapprocher. Ça ne s'est pas vraiment bien fini entre nous.

— Je m'en doutais, a réagi Cole en haussant les épaules.

— C'est ce qu'elle t'a dit ? ai-je questionné en me demandant ce qu'il connaissait de la vie d'Emma à Weslyn.

Même si leur complicité physique sautait aux yeux, je n'arrivais pas à saisir leur degré d'intimité. Je ne m'étais pas préparé à la trouver avec quelqu'un.

— Pas vraiment, a-t-il lâché avec un petit rire. Disons que je l'ai deviné.

Il s'est tu un instant avant de poursuivre :

— Et est-ce qu'elle a envie que tu sois ici ?

J'ai hésité. Le moindre faux pas pouvait rendre la situation très compliquée.

— Je ne lui ai pas posé la question. Nous n'avons pas eu l'occasion de parler.

— Dans ce cas, tu ferais peut-être bien de lui demander ?

— Emma, tu vas où ? a crié Sara sur la terrasse.

Je me suis dirigée vers la porte vitrée.

— Mais ils ne comprennent donc pas que j'entends tout ? ai-je hurlé en dégringolant les marches si vite que j'ai failli m'étaler sur les rochers.

— Emma !

À chaque foulée, mes pieds s'enfonçaient dans le sable, laissant derrière moi une empreinte profonde.

— Emma, attends !

Mon cœur cognait dans ma poitrine, de plus en plus vite. J'ai secoué la tête.

— S'il te plaît…

Sans m'arrêter, j'ai tourné la tête. Les cheveux dans la figure, j'ai lancé :

— Laisse-moi tranquille, Evan !

— Écoute-moi, je t'en supplie, a-t-il insisté en accélérant pour me rattraper.

— Tu n'aurais jamais dû être ici ! ai-je hurlé, la vue brouillée.

J'ai stoppé net. Une larme a coulé le long de sa joue. Emma était tellement tendue qu'elle en tremblait.

— Je suis désolé de ne pas t'avoir dit que je venais. J'aurais dû le faire.

— Tu devrais repartir ! Va-t'en !

Sa voix s'est brisée.

J'ai fermé les yeux. La violence de ses paroles me heurtait.

— Je ne peux pas, ai-je murmuré. Pas encore.

— Tu devrais me haïr !

Les larmes coulaient, j'étais incapable de les retenir. Ni d'empêcher le tremblement de mon corps.

— Pourquoi tu ne me hais pas, Evan ?

Mes mots l'ont fait pâlir. J'ai vu une ombre passer dans ses yeux.

— Te haïr ?

Désespérée, je me suis laissée tomber dans le sable et j'ai regardé la mer, le visage ruisselant de larmes.

— Comment tu peux imaginer que je te hais ? a-t-il demandé, si doucement que je l'ai à peine entendu.

Il s'est baissé. Je sentais son regard sur moi, mais j'étais incapable de lui faire face.

Elle a continué à fixer la mer.

— Je ne pourrai jamais te détester, Emma. Je te l'ai déjà dit, et c'est toujours vrai.

J'étais encore sous le choc qu'elle ait pu penser une chose pareille.

— En revanche, j'ai besoin de tourner la page. Pour pouvoir avancer.

Elle a tourné la tête.

— Ça serait plus simple si tu me haïssais.

La tristesse que j'ai lue dans ses yeux m'a brisé le cœur. Elle a détourné le regard, estimant probablement que j'en avais trop vu. Fidèle à son habitude, elle se fermait. Gardait ses émotions verrouillées. Mais ses yeux la trahissaient. Son regard en disait toujours plus qu'elle. J'ai serré les dents. Même si je ne la haïssais pas, je ne lui avais pas complètement pardonné la manière dont elle m'avait abandonné, cette nuit-là, avec Jonathan.

— Donne-moi une bonne raison de te détester, ai-je insisté.

Un éclat dur a brillé dans ses prunelles, et elle a dit :

— Comment s'est passé ton anniversaire, Evan ?

J'ai vu son regard se figer. Comme prévu, j'avais touché le point sensible. C'était la seule façon de lui faire comprendre qu'il devait m'en vouloir. Même si c'était douloureux pour moi de lui rappeler ces souvenirs atroces.

Mais je ne m'attendais pas à voir son expression changer subitement. Un petit sourire a éclairé son visage et il a répondu :

— Horrible. C'est vrai que tu avais bien gâché la soirée.

J'ai froncé les sourcils, perplexe. Pas de colère ? Pire encore : il a secoué la tête en riant.

— Et en plus, tu m'as dégoûté à vie du chocolat.

— Comment ça ?

Une fois de plus, il me surprenait.

— Ça sentait le chocolat dans toute la maison, ce soir-là, m'a-t-il rappelé. Je ne supporte plus cette odeur.

— Ça craint, ai-je lâché en contemplant de nouveau la mer.

— Carrément.

— Tu voudrais que je te déteste, mais j'en suis incapable. Cependant, je ne suis pas là pour te demander de revenir.

Elle s'est raidie. Je ne m'attendais pas à ce que ma remarque la gêne. Après m'avoir presque supplié de la haïr, je pensais au contraire qu'elle serait soulagée.

— Laisse-moi essayer de te pardonner, ai-je ajouté. Tu veux bien ?

— Ça serait plus simple de me détester, a-t-elle répliqué fermement.

Sa détermination me troublait. Mais j'étais venu ici pour obtenir des réponses à mes questions et je n'avais pas l'intention de repartir bredouille.

— Dans ce cas, je te propose un marché, ai-je lancé.

Elle a hoché la tête.

— Écoute-moi, au moins, ai-je insisté.

— OK, vas-y, a-t-elle soupiré en me regardant en face.

— Nate et les autres arrivent dans deux semaines. Disons que tu as quinze jours pour me convaincre de te haïr. En revanche, tu seras obligée de me parler et de répondre à mes questions. Pour que j'essaye de te pardonner.

— Toutes ? ai-je demandé, inquiète.

— Oui, a-t-il confirmé. Et honnêtement. Pour finir, soit je te détesterai, comme tu le souhaites, soit j'aurai la possibilité de tourner la page, comme je l'espérais en venant ici.

J'ai sondé le fond de son regard en me demandant s'il était sérieux. Avec son petit sourire en coin, je ne savais jamais si c'était du lard ou du cochon.

— Pourquoi est-ce que c'est tellement important pour toi ? ai-je demandé.

— Emma ?

J'ai levé la tête. Soudain, je me suis rendu compte que j'étais en train d'attendre une réponse d'Evan, en le regardant droit dans les yeux. La voix de Cole m'a libérée et j'ai respiré un grand coup pour me débarrasser du frisson qui descendait le long de ma nuque.

— Tout va bien ? s'est inquiété Cole en observant nos visages.

— Ouais, a répondu Evan à ma place.

J'ai esquissé un sourire en réponse à Cole. Evan s'est levé et a épousseté le sable sur son jean, puis il s'est tourné vers moi :

— Donc… On se voit demain ?

C'était sa manière de me demander si j'étais d'accord avec sa proposition. Sans même réfléchir, j'ai acquiescé en haussant les épaules :

— À demain.

Je l'ai suivi des yeux, jusqu'au moment où Cole s'est assis à côté de moi, m'obligeant à le regarder.

— Tu es sûre que ça va ? a-t-il répété en me prenant la main.

Son geste m'a instantanément crispée.

Difficile de partir, surtout en la laissant avec Cole. Mais elle a accepté de me dire la vérité. Je pourrai enfin savoir ce qui s'est passé. Pourquoi elle a choisi Jonathan. Pourquoi elle lui a fait confiance, plutôt qu'à moi. J'ai pris sur moi pour chasser la colère qui montait dès que je pensais à ce type. Si seulement il n'était jamais arrivé dans sa vie…

J'ai grimpé les marches jusqu'à la terrasse et ouvert la porte vitrée. Je me suis arrêté net : la pièce était pleine de filles. Je ne m'y attendais pas.

— Où est Emma ? a demandé Sara, assise dans le fauteuil.

D'un geste de la main, j'ai indiqué la plage, tout en observant les visages qui m'entouraient.

— Salut, moi c'est Serena, a lancé gaiement une fille à la peau diaphane dont les yeux étaient soulignés d'un épais trait de khôl.

Elle est descendue de son tabouret et, avec un grand sourire, m'a tendu une main toute frêle.

— Enchanté, ai-je répondu, sans avoir la moindre idée de qui elle était.

— Ce sont les colocs d'Emma, a expliqué Sara en remarquant mon air perplexe.

— Ah, d'accord, ai-je lâché.

Dieu sait pourquoi, je l'avais toujours imaginée vivant seule.

— Moi, c'est Meg, a déclaré d'un air pincé la fille qui avait des cheveux auburn et des yeux verts.

Elle a fait un petit geste de la main. Clairement, elle ne semblait pas aussi ravie de me voir que Serena. La petite blonde, elle, s'est contentée de me regarder sans rien dire.

— C'est Peyton, a murmuré Serena en se penchant vers moi. Elle ne t'apprécie pas beaucoup.

J'ai écarquillé les yeux, sidéré.

— La ferme, Serena, a aboyé Peyton, qui l'avait visiblement entendue.

— OK…, ai-je dit lentement, pas très à l'aise. Je crois que je vais y aller.

— Je te raccompagne, a proposé aussitôt Serena. Donne-moi les clés de ta voiture, Peyton.

Cette dernière a levé les yeux au ciel, avant de s'exécuter.

— On se voit plus tard, Sara, ai-je lâché, un peu inquiet à l'idée de me retrouver dans une voiture avec Serena. Elle a hoché la tête. J'ai pris mes affaires et suivi cette fille habillée de noir de la tête aux pieds.

— Donc tu étais à l'enterrement, a-t-elle dit en s'installant au volant.

Contrairement à ce que je m'attendais, sa voix était joviale et chaleureuse.

— Oui, en effet, ai-je répondu, sur mes gardes.

J'étais conscient qu'en me proposant de me raccompagner, elle avait une idée derrière la tête.

— Ça a été un désastre, n'est-ce pas ? Emma, je veux dire.

Son ton indiquait qu'elle connaissait déjà la réponse. J'ai hoché la tête en l'observant d'un air inquiet.

— On aurait dû y aller. C'est ce que j'avais dit aux filles. Même si Emma ne voulait pas, on aurait dû.

— Ça n'aurait pas forcément été très utile, si ça peut te consoler.

— Quand même, on aurait dû, a-t-elle répété, visiblement contrariée.

Quelques instants plus tard, nous étions devant la maison de Nate. Je ne m'étais pas rendu compte qu'elle était si près. J'aurais tout aussi bien pu faire le trajet à pied. Serena s'est garée le long du trottoir, et s'est tournée vers moi.

— Je suis heureuse que tu sois allé à l'enterrement. Et que tu sois ici pour elle. Merci.

D'un signe de la tête, je l'ai remerciée. Puis, après avoir pris mon sac sur la banquette arrière, je me suis dirigé vers la maison de Nate.

— Evan ! a-t-elle crié tandis que je m'apprêtais à ouvrir la porte.

Je me suis retourné.

— On va la remettre d'aplomb ! a-t-elle lancé avec un sourire lumineux, avant de faire demi-tour.

Je l'ai regardée s'éloigner, le cœur réchauffé.

20

Voyage coupable

— Bonjour, a murmuré Cole, en tournant sa tête sur l'oreiller, l'air parfaitement réveillé.

Encore à moitié endormie, j'ai marmonné quelques mots incompréhensibles.

— Je me suis conduit comme un imbécile, hier, a-t-il soufflé en me dévisageant. Excuse-moi.

Quand j'étais venue le rejoindre dans son lit, après le départ des filles, il n'avait pas bougé. Même s'il me tournait le dos, je savais qu'il ne dormait pas.

— C'est vrai que c'était plutôt désagréable.

— Je crois que j'étais jaloux, a-t-il avoué. Je voulais venir à l'enterrement, tu m'avais demandé de ne pas le faire, et lui, il y était. Je ne suis pas quelqu'un de jaloux, normalement, et j'ai vraiment honte d'avoir réagi comme ça.

Avec un sourire, j'ai posé ma main sur sa joue. Il a fermé les yeux et la chaleur qui s'est dégagée de sa peau est remontée le long de mes doigts, puis de mon bras. Mon cœur s'est mis à battre plus vite. Un délicieux frisson m'a envahie, et a chassé les idées sombres qui me tracassaient depuis quelques jours. J'avais besoin de ça, besoin de lui, pour m'aider à oublier.

Je me suis collée contre lui et il a passé sa main autour de ma taille.

— Je ne voulais pas que tu viennes là-bas, parce que j'avais envie de te retrouver ici à mon retour, ai-je chuchoté en approchant mes lèvres des siennes.

Son souffle est devenu plus rapide et il a resserré son étreinte, tandis que ma bouche se posait sur la sienne. Mes mains ont glissé le long de son torse.

— Ne sois pas jaloux, ai-je ajouté. Tu n'as aucune raison de l'être. Ne sois plus jamais comme hier soir, s'il te plaît. C'était horrible.

— Je sais, a-t-il chuchoté en embrassant mes cheveux. C'est pas mon genre.

— Non, c'est sûr, ai-je glissé, le souffle court, en sentant sa langue descendre le long de mon cou.

Il a enlevé mon tee-shirt et m'a aidée à faire glisser mon short le long de mes jambes. Ses lèvres sont ensuite remontées le long de mon épaule pour s'emparer de ma bouche avec appétit. Le désir montait en moi comme les flammes d'un incendie – pressant, dévorant. Je l'ai embrassé avec avidité, parcourant sa peau de mes caresses ardentes. Avec un gémissement de plaisir, je l'ai basculé sur le dos et me suis étendue sur lui. Ses gestes se sont fait plus rapides, tandis que, plaçant ses mains sur mes hanches, il suivait la cadence de mon mouvement.

— Emma..., a-t-il laissé échapper dans un murmure.

J'ai fermé les yeux. Mon corps s'embrasait. J'avais l'impression que chacune de mes cellules était prête à s'enflammer. Cole s'est redressé et j'ai passé mes jambes autour de sa taille. Le rythme est devenu plus lent, plus intense. Sa bouche a trouvé la mienne avant de s'écarter pour descendre le long de ma poitrine. Le corps tendu, la tête en arrière, j'ai accueilli ses baisers en vibrant au plus profond de moi. Les doigts agrippés à mon dos, il a accéléré son mouvement, avant d'enfouir son visage dans mon cou avec un long gémissement. Quand j'ai senti son corps se détendre, après quelques minutes, je me suis allongée à côté de lui, la tête posée sur son torse.

— Bonjour, ai-je murmuré avec un sourire.

Il a éclaté de rire.

— Tu passes la journée avec moi ? a-t-il demandé en laissant courir la paume de sa main sur ma peau nue.

— Qu'est-ce que tu croyais ? ai-je répliqué.

Mais je connaissais la réponse.

J'étais inquiet à l'idée de lui parler. J'ai attendu le plus longtemps possible, mais, après avoir épuisé tous les jeux de la Xbox, j'ai fini par sortir pour me rendre à la petite maison blanche. Une fois devant la porte, j'ai frappé, en priant pour que ça ne soit pas Cole qui réponde. Quelques secondes plus tard, la porte s'est ouverte.

— Salut, a dit la fille aux cheveux auburn.

J'ai rapidement passé en revue les prénoms que j'avais entendus la veille.

— Meg, c'est ça ? ai-je tenté avec un sourire pour la dérider.

Rien à faire : elle continuait de me regarder avec méfiance.

— Ouais, a-t-elle répondu, sans m'inviter à entrer. Emma n'est pas là.

— Entre, Evan ! s'est écriée Sara à l'autre bout de la pièce. On va à la plage.

Avec un sourire contraint, Meg s'est effacée pour me laisser passer.

— Emma n'est pas là, mais tu peux venir avec nous si tu veux, a proposé Sara, une serviette et un magazine dans les bras.

Tandis qu'elle quittait la pièce, j'entendais la musique sur la terrasse. Je m'apprêtais à demander où était Emma, et quand elle devait revenir, mais je me suis ravisé. Dans la mesure où toutes les filles étaient là, je savais avec qui elle se trouvait. Et je n'avais guère envie d'être là à leur retour.

— Elle est avec Cole, a annoncé une voix glaciale, derrière moi.

Je me suis retourné : Peyton me dévisageait avec un sourire ironique. Elle ne cachait pas son hostilité à mon égard. Elle devait probablement être liée à Cole et n'appréciait pas de me voir rôder dans les parages, par peur que je ne perturbe sa relation avec Emma.

— J'avais compris, ai-je répondu d'un ton dégagé. Ils sont ensemble, c'est normal.

— Ils ne sont pas ensemble, a lancé Serena, dans mon dos.

J'ai tourné la tête. Un parasol à la main, elle portait un maillot de bain noir qui ressemblait à ceux des films des années 60 qu'Emma aimait regarder. Sa peau était si blanche, qu'elle était presque transparente.

— Ferme-la, Serena, a riposté Peyton.

Serena a hoché la tête d'un air contrarié.

— Tu peux m'aider à planter le parasol ?

Sans même attendre ma réponse, elle me l'a tendu et est sortie sur la terrasse. Il m'a fallu quelques instants pour réagir.

— Tu ne devrais pas être là, a grommelé Peyton en passant devant moi pour sortir à son tour.

— Waouh, ai-je murmuré en pensant avec regret au jeu que j'avais interrompu pour venir ici.

— Tu viens, Evan ? a appelé Sara.

J'ai lancé un coup d'œil sur le canapé, où Meg faisait semblant d'être plongée dans son livre. Difficile de se sentir plus rejeté.

— J'arrive, ai-je crié en me dirigeant vers la plage, le parasol à la main.

J'ai rejoint les filles à l'emplacement qu'elles avaient choisi pour installer leurs chaises et leurs serviettes. Visiblement, elles avaient prévu de passer l'après-midi là à lézarder. Cette perspective ne me tentait guère.

— Je vais faire un jogging, ai-je déclaré, avec l'idée de ne pas revenir.

— Sérieux ? a demandé Sara en levant la tête.

Quand elle a vu mon expression, elle a compris et m'a lancé un sourire. J'avais à peine commencé à courir que j'ai entendu :

— Evan, attends !

J'ai ralenti et tourné la tête. Serena s'approchait au pas de course.

— Qu'est-ce que tu fais ce soir ?

Je me suis approché de la voiture, ma veste à la main, le sourire aux lèvres. Mais, quand j'ai vu la tête d'Emma, mon sourire s'est envolé. Manifestement, elle ne savait pas que j'étais de la partie.

— Salut, ai-je dit

Puis, après voir contemplé tour à tour le visage chaleureux de Serena, l'expression perplexe de Sara et le regard fuyant d'Emma, j'ai ajouté :

— Ah… Tu ne leur as pas dit que tu m'avais invité, Serena ?

— Oh ! s'est-elle écriée, feignant la consternation. J'ai dû oublier… Mais maintenant que tu es là, autant que tu viennes, non ? Allez, monte !

J'ai haussé les sourcils, mal à l'aise, et lancé un coup d'œil à Emma pour demander son approbation. Elle a haussé les épaules d'un air résigné. Sara est sortie de la voiture et m'a murmuré : « Fais gaffe… », avant de s'installer à l'arrière avec Emma pour me laisser le siège passager. Après une telle mise en garde, j'ai hésité. Puis je me suis décidé à m'asseoir à côté de Serena, qui écoutait une chanson punk à la radio. Dès que j'ai reconnu les paroles, j'ai regardé en direction d'Emma. Mais elle m'a ignoré.

Comme par un fait exprès, c'est ce morceau-là qui est passé à la radio – le tube du groupe qu'Evan et moi avions vu en concert. J'ai secoué la tête d'un air dépité. Il m'a lancé un coup d'œil, avec son petit sourire agaçant, mais je n'ai pas relevé. Mieux valait ne pas le regarder.

— Ça va aller ? a chuchoté Sara à mon oreille, tandis que nous prenions de la vitesse pour entrer sur l'autoroute.

— Pas de problème, ai-je lâché. Je lui ai promis deux semaines, non ?

— Mais tu n'es pas obligée, a insisté Sara. Ces derniers jours ont été suffisamment riches en émotions. Tu n'es pas forcée de le suivre dans son trip culpabilisant.

— Je sais, ai-je répondu, sensible à son ton protecteur.

Je l'ai observé : le coude appuyé sur la portière, il écoutait Serena lui parler d'un groupe qu'elle adorait et qui se produisait prochainement dans la région. Soudain, il a surpris mon regard. Avant de détourner les yeux en rougissant, j'ai eu le temps d'apercevoir son petit sourire bien à lui. Mes joues me brûlaient comme jamais, c'était aussi surprenant qu'ennuyeux.

Je n'ai pas pu m'empêcher de sourire en voyant son visage s'empourprer – d'autant plus que je savais à quel point elle détestait ça. Je me suis tourné vers Serena, et me suis rendu compte qu'elle m'avait surpris en train de regarder Emma. J'ai émis un petit rire gêné. Je ne savais pas comment elle envisageait de « remettre Emma d'aplomb » mais il était clair qu'elle comptait sur mon aide. Je craignais de la décevoir : j'avais déjà du mal à me gérer moi-même.

Après être sortis de la voiture, nous avons marché, Serena et moi, vers un restaurant en bord de mer, tandis que Sara et Emma nous suivaient, hors de portée de voix.

— Je croyais qu'on allait à Carpinteria pour voir un film dans le parc ? ai-je lâché, inquiète de nous voir nous diriger vers un restaurant.

— Euh… oui… mais les filles voulaient boire un truc, a expliqué Sara. J'ai oublié de te le dire. Mais je ne boirai pas, donc tu ne seras pas la seule.

— Sara…, ai-je déclaré en me tournant vers elle. Je n'ai pas de problème d'alcool. Je ne vais rien prendre, ce soir, mais je ne veux pas que tu t'inquiètes pour moi. J'ai été stupide, c'est sûr. Mais ça n'était pas l'alcool, c'était *moi*. Je te promets de ne plus jamais boire pour m'aider à gérer un truc merdique auquel je n'arrive pas à faire face.

Elle m'a dévisagée d'un air pensif.

— Désolée mais ça me stresse quand tu bois.

— À cause de ma mère. Je sais.

— Mais tu n'es pas ta mère, s'est-elle empressée d'ajouter. Tu m'entends, Emma ? Vous êtes différentes. Je suis désolée de t'avoir dit ça l'autre jour. J'étais en colère, et angoissée. Je ne t'avais jamais vue dans un état pareil.

Nous étions en pleine rue, au beau milieu des passants. J'ai hoché la tête en silence. Je n'avais pas très envie que tout le monde entende notre discussion. Pour être sincère, je n'avas pas envie d'avoir cette discussion tout court.

— Désolée, a lancé Sara en prenant conscience de ma gêne. On ferait mieux d'entrer.

Elle m'a pris par le bras et a ajouté :

— On est censées s'amuser.

Avec un grand sourire, elle m'a entraînée dans la salle animée du restaurant. Nous avons repéré nos amis, assis en terrasse. À en juger d'après l'air maussade de Peyton, elles n'avaient pas non plus été prévenues de la venue d'Evan. C'était Serena qui avait tout manigancé. Je l'ai regardée en me demandant quel était son plan. Elle m'a adressé un large sourire en retour. Mais je savais que, même avec les meilleures intentions, son intrusion pouvait faire dégénérer la situation.

À la fin du dîner, le serveur a posé deux jattes de mousse au chocolat au milieu de la table. Les filles ont poussé des cris de joie avant de plonger leurs cuillères dedans. J'ai éclaté de rire en les voyant s'empiffrer aussi bruyamment. Jusqu'au moment où mon regard est tombé sur Evan. Livide, il semblait sur le point d'être malade.

C'était donc vrai : à cause de moi, il ne supportait plus le chocolat. Je me suis mordu la lèvre. Au lieu de me sentir piteuse, je trouvais sa mine déconfite du plus haut comique. Il a levé les yeux sur moi au moment où j'ai explosé de rire. Les yeux écarquillés, il a repoussé sa chaise et a disparu à l'autre bout de la terrasse.

— Merde, ai-je marmonné en me précipitant derrière lui.

— Désolée, m'a dit Emma doucement en s'appuyant à la barrière, à côté de moi. C'est pas drôle, je sais, mais si tu avais vu ta tête…

— Ah oui ? Merci pour ta compassion.

— Tu vois… Encore une raison de me détester : je suis cruelle. Très cruelle.

— Ouais…, ai-je soupiré.

Nous n'avions pas échangé deux mots de la journée. C'était le moment de saisir ma chance. Je me suis tourné vers elle avec un sourire en coin. Elle a aussitôt retrouvé son sérieux et m'a lancé un regard méfiant.

— Quoi ?

— Tant qu'on y est, donne-moi une autre raison.

— Maintenant ?

D'un air paniqué, elle a jeté un coup d'œil sur la salle bondée.

— Pas besoin d'un truc horrible, ai-je encouragé. Juste une raison. Pourquoi devrais-je te haïr ?

J'observais ses yeux caramel qui brillaient dans la pénombre. Elle s'est tournée vers les filles, absorbées par leur discussion, riant aux éclats. Je me suis préparé au choc, car je savais qu'elle me révélerait quelque chose.

— Jonathan m'a embrassée, a-t-elle lâché en retenant son souffle. Deux fois.

J'ai ouvert la bouche pour répondre, mais, dans ma poitrine, mon cœur a cessé de battre durant quelques secondes et j'étais incapable d'articuler un mot. KO debout. Elle ne me quittait pas des yeux, guettant ma réaction. Comme si elle se préparait à affronter ma colère.

— Tu m'as… trompé ? ai-je murmuré d'une voix étranglée.

Son regard accroché au mien, elle a fait non de la tête

— Mais je ne t'ai jamais parlé de ce baiser, a-t-elle soufflé, avec un air de défi. Une bonne raison de me haïr, non ?

J'ai dû m'accrocher à la rambarde car un léger vertige m'a saisi à la pensée de Jonathan touchant Emma. J'ai secoué la tête pour chasser cette vision. Elle continuait de me fixer. Elle était déçue par ma réaction. Je le savais. Mais je n'avais pas l'intention de lui donner cet avantage. Même si je devais, pour cela, étouffer le tumulte qui grondait en moi.

— À mon tour, ai-je lancé en essayant de me décrisper. Es-tu partie avec lui, ce soir-là ?

Elle m'a dévisagé d'un air étrange.

— Non. Je l'ai démoli.

Je ne m'attendais pas à ça. Son regard était infiniment triste, elle a détourné les yeux.

C'était dur de parler de Jonathan, de se rappeler le mal qu'il nous avait fait. Mais si je voulais tourner cette page, je devais comprendre ce qui s'était passé entre eux.

— Emma !

J'ai reconnu la voix de Cole et me suis tournée vers lui. Il s'est arrêté net en découvrant qui était mon interlocuteur.

— Ah… et Evan…

Il s'est approché de nous en bousculant quelques chaises sur son passage, les joues écarlates. Il a toisé Evan avant de lâcher :

— Tu n'es pas une fille.

— Pas que je sache, a-t-il répliqué d'un ton léger.

— Je croyais que c'était une soirée filles, a déclaré Cole en se tournant vers moi.

Il m'a pris par les épaules et m'a attirée contre lui.

— Cole…, ai-je prévenu d'une voix tranchante, sans me soucier de sa jalousie.

— Ah oui, c'est vrai, s'est-il rappelé en enlevant son bras.

— Je vais manger un peu de mousse au chocolat, a annoncé Evan sèchement avant de s'éloigner.

— Qu'est-ce qui t'a pris ? ai-je lancé, énervée. Je croyais qu'on en avait parlé…

— En effet, a-t-il reconnu en se penchant pour m'embrasser.

Son haleine sentait le whisky à plein nez.

— Mais ça ne veut pas dire que je suis heureux de le voir ici, a-t-il ajouté.

— Tu es soûl, ai-je soupiré.

— Ça arrive à tout le monde, a-t-il souri, les yeux mi-clos.

Quand il a essayé de l'embrasser à nouveau, Emma s'est écartée et a sorti son portable de sa poche. Il a voulu s'excuser mais elle l'a ignoré – d'un air ennuyé, elle n'a pas levé le nez de son téléphone et a continué à pianoter un message.

— Tu veux un shot ? a proposé Serena en s'asseyant à côté de moi, deux verres à la main.

— Avec plaisir, ai-je répondu en prenant un des verres.

D'un coup sec, je l'ai frappé sur la table avant de le boire d'une traite. Puis j'ai regardé de nouveau Cole et Emma. Il avait cherché à lui prendre la main et elle avait reculé d'un pas. Il semblait totalement soûl. Et elle était…

— Quand tu as dit qu'ils n'étaient pas « ensemble », qu'est-ce que tu entendais par là, Serena ?

Elle a suivi mon regard et vu Emma et Cole. Avec un sourire diabolique, elle s'est penchée vers moi pour m'expliquer.

21

Douze jours

J'observais Cole se pencher par-dessus l'épaule d'Emma, pendant qu'elle scrutait l'écran. Il lui a glissé quelque chose à l'oreille, et elle lui a donné une petite tape sur le bras en riant. Rien à voir avec la veille, au restaurant.

Je suis resté à l'intérieur, une bière à la main, tandis qu'ils me tournaient le dos, sur la terrasse, appuyés contre la balustrade. J'ai continué à les regarder. Il lui a lancé un petit sourire et elle a refusé d'un signe de la tête, hilare. Ils n'étaient pas « ensemble », il ne semblait pas demander plus, et ils avaient l'air de bien s'entendre. C'était quoi, leur truc, alors ?

— Au pieu, ils s'entendent super bien, a glissé une voix sarcastique dans le creux de mon oreille.

J'ai tourné la tête. Peyton, évidemment.

— Merci pour l'invitation, Evan, a-t-elle ajouté d'un ton mielleux. C'est une super maison, même si ça n'est pas la tienne.

Je n'ai pas répondu, encore scotché par ce qu'elle avait dit.

— Tu essayes de comprendre leur relation, c'est ça ? a-t-elle poursuivi avec un sourire ironique. Je t'ai vu les observer. C'est bien simple : ils baisent tout le temps. Ils sont incapables de passer plus d'une heure l'un à côté de l'autre sans se mettre à poil. Je sais, ça fait un peu superficiel, mais c'est leur truc. Mais détrompe-toi, ça ne va pas être facile de se débarrasser de lui. Il prend soin d'elle. Et elle l'accepte. Un conseil, Evan : laisse-les tranquilles.

— C'est un ami à toi, ai-je conclu en lançant un regard assassin à cette petite blonde.

— Le meilleur ami de mon copain.

— Ah…

La situation devenait plus claire.

— Et tu ne m'aimes pas, ai-je ajouté.

— Tu lui fais du mal, a-t-elle répliqué en me fusillant du regard.

J'ai compris qu'elle m'aurait volontiers envoyé son poing dans la figure.

— Qu'est-ce que tu racontes ? Je lui ai à peine parlé depuis deux jours.

— Je parle d'avant. Et oui, en effet, je ne t'aime pas.

Elle m'a planté là et s'est dirigée vers la terrasse, après avoir attrapé une bière au passage.

— Au moins, tu es sincère, ai-je murmuré, en sachant qu'elle ne m'entendrait pas.

— Peyton est une garce, ne te laisse pas impressionner, a conseillé Serena, dans mon dos.

Je me suis retourné. Elle se tenait en haut des marches qui menaient au sous-sol.

— Je croyais que vous étiez amies, ai-je lancé en riant.

— Amie avec elle ? a-t-elle répliqué en écarquillant les yeux. Elle me rend dingue. Je suis amie avec Meg et Emma, je tolère Peyton. Tout juste. Tu fais un babyfoot avec moi ?

Elle a commencé à descendre l'escalier. Je l'ai suivie en secouant la tête, amusé par sa sortie.

— J'adore cette maison, a soupiré Sara en agitant ses pieds dans la piscine. On ne pourrait pas habiter là, plutôt ?

— Sara ! me suis-exclamée en jetant un coup d'œil autour de moi pour m'assurer que Cole n'avait pas entendu.

Heureusement, il était à l'intérieur en train de se servir à boire.

— Non, c'est sympa de la part de Cole de nous héberger, mais ici c'est tellement génial !

— C'est sûr, ai-je avoué en admirant le vaste patio où se trouvait la piscine, et dans lequel avait été construite une cuisine extérieure.

La maison se dressait sur trois étages. Au rez-de-chaussée, un immense salon donnait sur le patio, ainsi que sur une salle de jeux qui n'avait rien à envier à celle de Sara. J'avais du mal à intégrer le fait qu'il s'agissait d'une maison de vacances.

— Est-ce qu'on pourra venir souvent ici, s'il te plaît ? a supplié Sara.

— Super, ai-je répliqué. On a la plage au pied de la maison, pour faire toutes les promenades qu'on veut, mais ça ne te suffit pas ?

— Je suis une enfant gâtée, je sais, a-t-elle admis. Comment ça se passe, avec Evan ?

Elle m'a examinée avec attention.

— Salut, les filles ! a lancé Peyton, derrière nous, avant que j'aie le temps de répondre à la question.

— Viens t'asseoir, a proposé Sara.

Peyton a enlevé ses sandales et s'est installée à côté de moi avant de plonger ses pieds dans l'eau.

— Toi aussi tu reviens dans deux semaines ? lui a demandé Sara.

— Je ne peux pas. Je commence mon internat demain.

Puis elle m'a dévisagée en fronçant les sourcils avant de dire :

— Mais je n'ai pas de raison de m'inquiéter, n'est-ce pas ?

Je l'ai regardée, étonnée.

— Merde !

Nous avons tourné la tête en entendant Serena s'énerver dans la salle de jeux. Appuyée sur le chambranle de la porte, Meg contemplait la scène.

— Serena sait jouer au babyfoot ? a lancé Sara d'un air surpris.

— À en croire ses hurlements, non, ai-je répondu.

Mon cœur a fait un bond lorsque j'ai entendu le rire d'Evan, qui venait, lui aussi, de la salle de jeux. Puis j'ai reporté mon attention sur Cole qui descendait de la terrasse.

— Je suis nulle ! s'est énervée Serena en faisant vriller la poignée de babyfoot d'un geste théâtral.

— J'ai vu mieux, c'est sûr, ai-je confirmé.

— Hé, ça va !

— Bah quoi ? Tu viens juste de dire que tu étais nulle.

— Je crois que j'ai besoin d'une autre bière, a soupiré Serena. À quelle heure on part, Meg ?

— D'ici une demi-heure, je pense, a-t-elle répondu en s'appuyant contre le montant de la porte. Mais si tu veux prendre encore une bière, vas-y, je pourrai conduire.

Le visage de Serena s'est illuminé en entendant ça, et elle s'est précipitée à l'étage.

Meg est entrée dans la pièce, les bras croisés. Je m'attendais à ce qu'elle dise quelque chose, mais au lieu de ça, elle a tourné les poignées du babyfoot, sans un regard pour moi.

— Toi non plus, tu ne m'aimes pas, n'est-ce pas ? ai-je dit.

Ma franchise l'a déconcertée.

— C'est pas ça… Tu as l'air sympa, mais je m'inquiète pour Emma.

— C'est à la mode, on dirait, ai-je riposté en m'asseyant sur l'accoudoir du canapé avant d'avaler une gorgée de bière. Cela dit, c'est cool que vous vous préoccupiez tous d'elle.

— Que va-t-il se passer après ces deux semaines, Evan ? a-t-elle questionné.

À son tour d'être directe.

J'ai bu une nouvelle gorgée avant de répondre.

— Tu es au courant ?

— Sara m'en a parlé, a expliqué Meg en enfonçant ses mains dans les poches arrière de son jean.

— Vous êtes très amies, toi et Sara ?

J'essayais de comprendre quel était le lien entre les unes et les autres et qui racontait quoi à qui.

— Oui, on discute pas mal.

J'ai hoché la tête. En gros, elle remplaçait Sara quand celle-ci était à New York ou à Paris. Le seul moyen, pour Sara, de savoir comment ça se passait pour Emma, c'était d'avoir quelqu'un sur place pour lui donner des infos. Car Emma ne se livrait pas facilement, et ne donnait pas forcément les nouvelles qui intéressaient Sara. Mais pourquoi étaient-ils tous si inquiets ?

— Pourquoi Emma a-t-elle à ce point besoin d'être protégée ? ai-je demandé.

Elle m'a examiné en silence avant de recommencer à jouer avec les poignées du babyfoot.

— Je ne suis pas là pour envenimer la situation, Meg. Je veux juste comprendre ce qui s'est passé. Pourquoi elle est partie comme ça.

— Je ne te déteste absolument pas, Evan, a-t-elle lâché, sans répondre à ma question. Ce soir, nous partons retrouver nos familles respectives. Quand nous reviendrons, tes deux semaines se seront écoulées. Tout ce que je te demande, c'est qu'elle ne soit pas encore plus mal après.

Sa sortie m'a cloué sur place. Je ne m'attendais pas à trouver Emma aussi fragile. Elle avait toujours eu un problème pour trouver sa place dans le monde, à cause de cette femme qui s'était employée à la démolir. Mais elle était forte, malgré tout. Capable de déplacer des montagnes. Si seulement elle en prenait conscience...

Pour résumer : Sara assurait sa sécurité, Peyton servait de chien de garde, Meg me demandait de faire attention et Serena avait décidé de lui sauver la vie.

Emma avait été autrefois pleine de vie et de confiance en elle, même si elle en doutait beaucoup. J'avais toujours su qu'elle portait ça en elle. C'est ce qui m'avait attiré. Mais maintenant, je ne voyais plus cette force ni cette vitalité. Je commençais à me demander qui était cette fille qui avait débarqué en Californie deux ans plus tôt. Et ce qu'elle avait laissé derrière elle, à Weslyn ?

Une demi-heure plus tard, les invités ont commencé à partir. Alors que Sara, Cole et Emma étaient sur le point de rentrer chez eux, j'ai demandé à Emma :

— Tu veux bien marcher un peu avec moi ?

J'ai lancé un coup d'œil à Cole, qui guettait ma réponse. Il a regardé Evan d'un air dur.

— Viens, Cole, est intervenue Sara en le prenant par le bras. Tu me raccompagnes à la maison.

J'ai suivi Evan vers un escalier et me suis tenue fermement à la rampe pour descendre les marches qui menaient à la plage. Il les a dévalées comme un cabri et m'a attendue en bas.

— Serena t'aime bien, ai-je dit en enfonçant mes mains dans les poches de mon sweat-shirt. Si je ne connaissais pas son copain, j'aurais cru qu'elle avait un faible pour toi.

Il a ri.

— Je suis sûr que c'est un type intéressant.

— Tu n'imagines même pas.

— C'est la personne la plus optimiste que j'ai rencontrée, a-t-il observé en me lançant un rapide coup d'œil. J'aime bien sa manière d'être.

— Je sais. C'est pour ça qu'elle est super.

Nous avons continué à marcher le long de la plage vers la maison de Cole.

— Nate m'a appelé tout à l'heure. Comme je suis là, lui et les autres ont décidé de venir plus tôt. Ils arriveront vendredi et feront une fête samedi.

J'ai hoché la tête, ne comprenant pas en quoi cela me concernait. Il a ajouté :

— Mais nous aurons quand même nos deux semaines, j'espère ?

Je me suis arrêtée. Il s'est tourné vers moi.

— Tu ne me détestes toujours pas, c'est ça ? a demandé Emma d'un air fermé.

— J'ai encore douze jours pour y parvenir, ai-je répondu d'un ton léger. Tu pourrais peut-être me donner une autre raison pour m'y aider ?

— Je ne plaisante pas.

Elle semblait nerveuse. Le vent ramenait ses cheveux sur son visage, tandis qu'elle me fixait en fronçant les sourcils.

Sur un ton sérieux, j'ai répété :

— Dis-moi pourquoi je devrais te haïr, Emma.

Ma colère est aussitôt retombée quand j'ai vu son tourment. J'ai respiré profondément, le cœur serré. J'avais besoin qu'il m'écoute. Je devais réussir à lui faire comprendre que c'était mieux qu'il me laisse tranquille. Qu'il vive sa vie sans moi.

— Je t'ai quitté.

Il a tressailli.

— Je t'ai abandonné dans cette maison, blessé. Je n'ai pas répondu à tes appels. Je t'ai entendu, pourtant. Mais j'ai continué à marcher. Je t'ai laissé seul alors que tu avais besoin de moi. Je ne me suis même pas retournée.

Comme un éclair, le souvenir d'Evan, allongé sur le sol, roué de coups, à moitié inconscient, m'a transpercée.

Elle luttait pour garder un visage impassible, mais sa voix s'est brisée lorsqu'elle a prononcé les derniers mots. C'était précisément pour ça que je ne pouvais pas la haïr. Parce que je savais que son choix l'avait anéantie.

J'ai été happé par le souvenir de cette nuit-là. La fureur qui m'avait poussé à frapper Jonathan, de plus en plus grande au fil des coups. La lueur de terreur dans les yeux d'Emma quand il est tombé sur le sol avec un son mat. La douleur fulgurante qui a traversé ma tête. Puis le trou noir.

— Déteste-moi, Evan, a-t-elle supplié, le menton tremblant.

Le spectacle de son visage déformé par la culpabilité était insoutenable.

— S'il te plaît, il le faut…

— J'ai encore douze jours, ai-je dit en m'efforçant de garder mon calme face à son désespoir.

Les images du passé continuaient de résonner en moi comme autant de coups de couteau dans mon cœur. Ma haine pour Jonathan me dévorait. Je lui en voulais d'être entré dans la vie d'Emma, de l'avoir manipulée, d'avoir réussi à la convaincre de lui faire confiance. D'avoir réussi à représenter pour elle celui que j'avais toujours voulu être. D'être parvenu à percer cette carapace, là où moi j'avais échoué. Lorsque j'étais revenu à moi, seul et perclus de douleurs, ma plus grande souffrance avait été de croire qu'elle l'avait choisi, lui.

— Où es-tu partie, après m'avoir quitté ?

J'avais besoin de savoir ce qui s'était passé, même si cela ne changerait rien à la suite de l'histoire.

— C'est ta question ?

J'ai hoché la tête.

— Euh…

La gorge serrée, j'ai hésité. J'ai détourné les yeux. Il avait beau rester calme et impassible, son regard tourmenté trahissait son angoisse. Je le revoyais, tel qu'il était, dans la maison, en sang, démoli. Tel que je l'avais abandonné. J'ai fermé les yeux pour chasser la violente émotion qui m'étreignait.

— J'ai pris la voiture et j'ai conduit au hasard, pendant des heures.

Je me suis rappelé dans quel état j'étais : je conduisais à fond dans les petites rues calmes, totalement hystérique, hurlant et pleurant, furieuse de ce que je venais de faire. Les larmes me sont montées aux yeux à ce souvenir, mais j'ai cligné rapidement des paupières pour les évacuer. Je ne méritais pas de compassion.

— J'ai fini par revenir chez Sara. Elle était morte d'inquiétude, car elle pensait qu'il m'était arrivé un truc horrible.

Je me suis tue un instant, avant de reprendre, d'une voix tremblante :

— Anna était dans tous ses états. Elle ne comprenait rien de ce que je lui racontais, tellement je pleurais.

Une larme a coulé le long de ma joue. J'ai serré mes bras autour de ma poitrine pour m'empêcher de frissonner.

— Je leur ai dit que je devais partir, que je ne pouvais plus vivre à Weslyn. Que je détestais cet endroit et que je voulais prendre le premier avion. Anna a finalement réussi à me calmer et elle m'a convaincue d'attendre deux ou trois jours, pour être sûre que je ne changerais pas d'avis. Je suis restée sur ma décision et, deux jours plus tard, je m'envolais pour la Californie. Sara n'arrêtait pas de me répéter que je faisais la plus grande erreur de ma vie. Après mon départ, elle ne m'a pas parlé pendant deux mois.

J'ai vu une autre larme couler sur sa joue.

— Est-ce que j'ai répondu à ta question ?

J'ai hoché la tête, le ventre noué en voyant son visage rongé par la tristesse. J'ai détourné le regard, car le spectacle de sa souffrance était insoutenable. La voir dans cet état sans pouvoir la prendre dans mes bras, la consoler, était une torture.

J'ai empli mes poumons pour reprendre pied dans la réalité et chasser la douleur.

— Je ne sais pas pour toi, mais, en ce qui me concerne, j'ai eu ma dose de sincérité pour aujourd'hui, ai-je lâché.

J'ai esquissé un sourire, qui s'est volatilisé aussitôt, tandis qu'Evan ne me lâchait pas des yeux. Il me scrutait avec une telle intensité que j'avais du mal à soutenir son regard.

— Salut, ai-je dit en tournant les talons.

— On se voit demain, a-t-il décrété d'une voix tendue.

Je n'ai pas relevé. Tandis que je marchais le long de la plage, je sentais son regard posé sur moi.

Lorsque je suis arrivée sur la terrasse, Cole était assis, les jambes appuyées sur la balustrade.

— Salut, ai-je dit en m'installant à côté de lui.

— Salut, a-t-il répondu avec un petit sourire. Ça va ?

— Ouais…

Il m'a observée pour essayer de décrypter ce que ma réponse ne révélait pas.

— Tu veux retourner faire du surf, demain ? a-t-il proposé.

— En fait… tu te souviens de cet ami que je voulais aider ? ai-je lâché, les yeux rivés sur la mer.

J'ai sorti mon portable. Aucune réponse de Jonathan à mes appels ni à mes messages. La veille, au restaurant, le fait de parler de lui avec Evan avait remué des souvenirs et j'avais essayé de le contacter. Je me demandais sans cesse où il pouvait bien être et ce qu'il était en train de faire, et de traverser.

— Ouais, a dit Cole d'un ton hésitant.

— Je dois essayer encore, ai-je murmuré en lui lançant un coup d'œil.

Il a plongé son regard dans le mien avant de me questionner.

— Tu comptes aller où ?

— New York. Mais je ne vais pas pouvoir en parler à Sara.

— Pourquoi ? Elle n'aime pas cet ami ?

— Pas vraiment. Tu voudrais bien me couvrir ?

Je l'ai regardé d'un air coupable, avant d'ajouter :

— Je dois vraiment faire ça. Essayer, au moins.

— Combien de temps ?

— Honnêtement, je ne sais pas. Je partirai demain et j'espère être de retour dans deux jours. Mais ça va dépendre…

Il est resté silencieux un moment, avant de conclure :

— OK, je te couvrirai. Tu veux que je t'accompagne à l'aéroport ?

— Ce serait super, merci beaucoup, ai-je dit doucement.

Sans un mot, nous avons continué à contempler la mer. À l'horizon, le soleil disparaissait derrière l'eau, laissant un ciel pailleté de rose et d'orange. Les lumières des plateformes pétrolières brillaient au loin, et le bruit des vagues résonnait comme un son hypnotisant. Tandis que nous étions enveloppés par un silence confortable, je sentais en moi s'agiter la tempête qui remuait les souvenirs et les sentiments que j'avais décidé d'enterrer, deux ans auparavant. Mes yeux ont balayé la plage, jusqu'à la maison dressée au sommet de la colline.

Je savais que les choses ne feraient qu'empirer.

22

M'emmener avec elle

Le soleil se levait derrière la colline, mais il n'avait pas encore percé la couche de nuages qui planaient au-dessus de la plage. Un brouillard épais flottait sur l'eau. Je me suis enveloppée dans la couverture pour me protéger de la brise matinale.

Je manquais de sommeil. Les cris et les pleurs qui résonnaient dans ma tête m'avaient maintenue éveillée une bonne partie de la nuit. À tel point que, de guerre lasse, j'avais fini par quitter le lit pour ne plus importuner Cole à force de bouger et de me retourner.

Les yeux gonflés de fatigue, malgré la brume, j'ai repéré une silhouette qui se déplaçait sur la plage. Quelqu'un courait au bord de l'eau. Le simple fait de voir une telle débauche d'énergie m'épuisait.

En approchant de la maison, le coureur a ralenti. Après un instant d'hésitation, il a repris sa course…

dans ma direction. Paniquée, j'ai essayé de me cacher dans le brouillard, mais il avait l'air de savoir que j'étais là. Tandis qu'il arrivait vers moi, j'ai écarquillé les yeux, stupéfaite.

— Evan ?

— Salut, ai-je répondu.

J'hésitais à m'arrêter ou à continuer ma course pour la laisser tranquille. Mais je voulais savoir pourquoi elle était debout. Enveloppée dans une couverture bleue, elle a levé les yeux. J'ai souri en voyant ses cheveux en bataille : je n'étais pas encore habitué à sa nouvelle coupe.

— Je sais que tu es matinal, mais là c'est n'importe quoi, a-t-elle dit.

Sa remarque m'a fait rire.

— Une insomnie. J'ai pensé que ça m'aiderait de courir un peu. Toi, en revanche, tu n'étais pas matinale. On pouvait à peine t'adresser la parole avant midi… Qu'est-ce qui t'arrive ?

— Impossible de dormir, moi aussi.

— Un cauchemar ? ai-je demandé sans réfléchir, en pensant à ce qui m'avait réveillé et poussé à aller courir dans le brouillard.

Elle a détourné les yeux et haussé les épaules d'un air évasif. J'ai pensé que c'était peut-être ma faute si elle était dehors dans le froid, et non sous la couette, à côté de Cole. J'ai fait un effort pour me détendre. Je m'étais juré de ne pas penser à eux, surtout après les détails que Peyton m'avait donnés.

— Viens courir avec moi.

Elle m'a dévisagé comme si je lui avais proposé de se baigner tout nus dans la mer glaciale. J'ai éclaté de rire.

— Allez ! Qu'est-ce que tu as d'autre à faire ?

Je me suis surprise à réfléchir à sa proposition. Puis je me suis levée de ma chaise.

— OK, ai-je marmonné. Je vais juste prendre mes affaires.

Ignorant son petit sourire, je me suis glissée dans la maison. Mais quelle idée ? Étais-je devenue folle ?

Quand je suis revenue, quelques minutes plus tard, Evan était assis en haut des marches.

— Je te préviens, ça va pas être terrible, ai-je lâché.

Il s'est levé et s'est tourné vers moi. En me voyant dans ma tenue de course, il a eu de nouveau ce petit sourire qui faisait battre mon cœur. J'ai baissé la tête pour qu'il ne me voie pas rougir puis j'ai descendu l'escalier. Je l'ai suivi au bord de l'eau, là où le sable était ferme, à un rythme modéré qui convenait parfaitement à mes muscles endormis.

— Tu vois, ça se passe bien, a-t-il observé.

— Tu parles, j'ai mal partout !

Il a ri, amusé par mon ton grognon. Au fil de la course, mes muscles se sont assouplis et j'ai retrouvé du souffle. L'adrénaline a chassé la fatigue et j'ai accéléré l'allure sans effort.

— On dirait que tu n'es plus vraiment fatiguée, hein ?

Les battements de mon cœur résonnaient dans mes oreilles tandis que j'accélérais le rythme pour rester à sa hauteur. Plus de trace d'épuisement dans ses yeux, dans lesquels brillait maintenant une détermination à toute épreuve. Elle regardait droit devant elle, concentrée sur sa course. J'aimais ça.

— Ça fait tellement longtemps que je n'ai pas couru, a-t-elle expliqué, sans paraître le moins du monde essoufflée. Ça fait du bien.

Elle a tourné la tête vers moi, avec ce sourire joyeux que je lui connaissais et que je n'avais pas vu depuis une éternité.

— Mais je déteste toujours autant le matin, a-t-elle ajouté.

J'ai éclaté de rire. Nous avons continué jusqu'aux rochers, au bout de la plage, avant de revenir à la maison. Même si cette course était épuisante, je n'avais pas envie qu'elle s'arrête. Pour la première fois depuis mon arrivée, Emma semblait apaisée. Et je craignais que cette sérénité ne disparaisse dès l'instant où nos jambes s'arrêteraient.

Dès que la maison a été en vue, elle a allongé la foulée. Impossible de la suivre, je l'ai laissée partir devant. Elle se donnait à fond, et c'était un spectacle inouï de voir la puissance et la grâce de son corps se déployer de la sorte.

Quand je l'ai rattrapée, elle marchait de long en large, les mains sur les hanches, pour reprendre son souffle. Je suis resté là, à la regarder, tandis que la sueur coulait sur son visage, les cheveux balayés par le vent. Elle s'est arrêtée et m'a dévisagé d'un air curieux, comme si elle cherchait à lire dans mes pensées. J'aurais bien aimé pouvoir les lui confier.

— Je continue jusqu'à la maison, ai-je finalement déclaré. Merci d'avoir couru avec moi.

— OK, a-t-elle simplement lâché en hochant la tête.

Je me suis élancé, même si mes jambes demandaient grâce, et j'ai continué ma course sur le sable. J'ai jeté un œil par-dessus mon épaule et failli tomber en la voyant retirer son tee-shirt. Tout en courant, je n'ai pas quitté des yeux sa silhouette qui se dessinait dans le brouillard. Quand elle a enlevé ses tennis et fait glisser son short le long de ses jambes, je me suis arrêté. Avec la brume épaisse, elle n'était plus qu'une ombre, au loin, sur la plage. Mais les courbes de son corps élancé étaient stupéfiantes de beauté. J'étais comme hypnotisé. Pour essayer de calmer les battements fous de mon cœur, j'ai inspiré profondément puis expiré par la bouche, lentement.

Elle est entrée dans l'eau, tranquillement, sans paraître gênée par la température glaciale. Puis elle a plongé sous une vague et est ressortie quelques mètres plus loin, avant de disparaître à nouveau dans le bouillonnement gris-vert, nimbé par le brouillard. Saisi par le spectacle, je ne me suis même pas rendu compte que je m'étais approché de la mer. Jusqu'au moment où j'ai capté un mouvement, du coin de l'œil. J'ai eu un choc en apercevant Cole sortir sur la terrasse, une serviette à la main.

J'ai fait demi-tour et suis reparti en courant, en priant pour que la brume l'ai empêché de me reconnaître. J'étais encore sous le choc de ce que je venais de voir, et je savais qu'il me faudrait batailler ferme pour chasser ces images quand je la reverrais. Quand j'ai distingué l'escalier qui menait à la maison de Nate, j'ai piqué un sprint.

Je suis sortie de l'eau en courant, les bras serrés autour de mon corps tremblant.

— Bonjour, a lancé Cole en déployant une serviette.

Il m'a enveloppée dedans. Le coton épais et son étreinte chaleureuse ont aussitôt chassé le froid.

— Pas mal, comme vision matinale…, a-t-il ajouté avec un petit sourire.

— Très drôle, ai-je répliqué en me blottissant contre lui. Tu es debout tôt.

— Je dois retrouver mes potes pour surfer, a-t-il répondu en me serrant contre lui.

J'ai levé la tête et il s'est penché pour m'embrasser. Ses lèvres étaient douces et chaudes. Un frisson m'a parcourue. Mais, cette fois, ça n'était pas le froid. Tandis que sa bouche s'attardait sur la mienne et qu'il resserrait son étreinte, j'ai senti la chaleur de mon corps grimper en flèche et mon pouls s'accélérer. J'ai passé mes mains derrière sa nuque.

— Mais je peux arriver en retard, a-t-il murmuré à mon oreille.

J'ai reculé d'un pas avec un léger rire.

— Non, vas-y, on se voit plus tard.

Il a pressé sa joue contre la mienne.

— Je reviens cet après-midi pour t'emmener à l'aéroport. Tu ne te rhabilles pas, OK ? Pour que je te retrouve nue à mon retour.

Après un dernier baiser, il s'est penché pour ramasser mes vêtements et m'a prise par la main pour retourner à la maison. Je l'ai suivi en souriant. Après son départ, je suis allée dans la chambre pour prendre une douche et m'habiller avant de faire ma valise. Même s'il était encore très tôt, je savais que je n'arriverais plus à dormir. *Comment partir sans que Sara ne soit au courant ?* Je n'en avais pas la moindre idée. Pour l'instant, j'étais surtout préoccupée par le fait de réussir à trouver Jonathan à New York. Il avait quitté la Californie depuis plus d'une semaine déjà, et j'espérais qu'il ne soit pas trop tard.

Une fois douchée, je sentais une énergie nouvelle à laquelle je ne m'attendais pas. Je suis sortie de ma chambre et j'ai vu que la porte de Sara était ouverte. J'ai passé la tête, mais la pièce était vide. J'ai parcouru la terrasse et la plage du regard. Personne. Quand je suis retournée dans la cuisine, j'ai aperçu un mot sur le réfrigérateur. J'ai reconnu l'écriture de Sara.

Suis partie faire des courses. On fait un pique-nique sur la plage, aujourd'hui... Ça va être top !

Je craignais un peu sa réaction quand elle s'apercevrait que j'avais disparu sans même lui dire où j'allais. Avec un soupir, j'ai ouvert le placard pour prendre le paquet de céréales. Mais une pensée soudaine m'a interrompue dans mon élan : comment était-elle allée à l'épicerie ? Elle n'avait pas de voiture.

— Est-ce que je peux t'emprunter ta voiture ? a demandé Sara dès que je suis sorti de la pièce en essuyant mes cheveux humides avec une serviette.

— Bonjour Sara, entre, je t'en prie, ai-je répondu sur un ton ironique.

— Je sais que je n'ai pas été cool avec toi, et j'en suis désolée, a-t-elle dit, les mains sur les hanches. J'aimerais bien qu'on efface ces deux dernières années où tu t'es conduit comme un nul avec moi et je t'assure que je vais faire un effort pour être sympa. Mais seulement si tu me promets de faire marche arrière avec Emma si elle n'arrive pas à gérer ce foutu contrat de deux semaines que tu lui as proposé.

J'ai haussé les sourcils, scotché par sa franchise. Mais, venant de Sara, j'aurais dû m'y attendre.

— Qu'est-ce qui te fait peur ?

— Je ne suis pas venue parler d'Emma avec toi, Evan, mais pour faire la paix.

— Et m'emprunter ma voiture, ai-je ricané.

— C'est vrai, a-t-elle avoué.

Elle a croisé les bras sur sa poitrine d'un air impatient, guettant ma réponse. Peu m'importait, au fond, ce qu'elle me demandait. J'étais venu ici pour chercher des réponses. À moi de décider, à présent, ce que la vérité impliquait.

J'ai pris une profonde inspiration.

— OK, je ferai marche arrière si elle ne tient pas le coup. Et la voiture est dans le garage. La clé est dans le pot, sur la table de la cuisine.

— Merci.

Elle a souri, soulagée, puis s'est mise en route mais, au bout de quelques pas, elle s'est retournée.

— Je suis désolée pour ce qui s'est passé, il y a deux ans. Je veux que tu saches que je n'étais pas d'accord avec son choix. Je continue de penser que c'était la pire décision de sa vie. Et je crois qu'elle le sait, même si elle continue d'affirmer qu'elle l'a fait pour ton bien. Pour te protéger.

— Pour me protéger ? Qu'est-ce que…

— Merci pour la voiture, m'a-t-elle interrompu en faisant la grimace.

— Qu'est-ce que tu entends par là, Sara ? me suis-je exclamé.

— Merde, a-t-elle marmonné en prenant la clé sur la table. Je n'aurais pas dû dire ça. Désolée. Elle te racontera. Laisse-lui du temps.

J'ai hoché la tête en serrant les dents. Je savais, en effet, que je devais entendre cette explication de la bouche d'Emma. Mais comment pouvait-elle avoir imaginé une seconde me protéger en décidant de s'éloigner de moi ?

— C'est quoi, cette histoire ? ai-je murmuré en regardant Sara sortir la voiture du garage.

— Je n'en ai pas pour longtemps, a-t-elle crié en passant le portail.

Puis, après une courte hésitation, elle a ajouté :

— Je vais chercher de quoi faire un pique-nique parce qu'on va passer la journée sur la plage, Emma et moi. Si tu veux te joindre à nous.

Son offre de paix m'a fait rire.

— Merci. Je réfléchis et te dis ça.

— D'ailleurs, Emma est là-bas. Toute seule…

Elle a eu un petit sourire, puis a accéléré.

Je faisais le tri dans l'enveloppe de courrier qu'Anna m'avait donnée avant mon départ, pour faire de la place dans mon sac qui devait accueillir des affaires pour deux jours.

— Est-ce qu'une seule personne a vraiment besoin d'autant de cartes de crédit ? ai-je soupiré en prenant l'enveloppe suivante.

Je m'apprêtais à la jeter à son tour, lorsque j'ai vu l'écriture. Normalement, j'aurais dû jeter sa lettre, comme toutes les autres que je recevais d'elle. Mais je n'ai pas pu. Pas cette fois. J'ai sorti la feuille et l'ai dépliée. En parcourant les lignes, j'ai eu un coup au cœur. D'une rare violence.

J'ai toqué à la porte. Emma n'a pas répondu. J'ai frappé de nouveau. Toujours rien. J'ai balayé du regard l'allée vide avant de tourner la poignée. La porte n'était pas verrouillée. J'ai hésité un instant avant d'ouvrir.

— Emma ? ai-je appelé en entrant doucement pour ne pas la surprendre.

Silence.

J'ai fermé la porte et me suis dirigé vers le salon. Personne. Je m'apprêtais à aller dans la chambre quand j'ai vu son pied bouger, au bout du lit.

— Coucou, ai-je lancé en approchant. Sara m'a dit…

Je me suis arrêté net en la voyant.

— Qu'est-ce qui se passe ?

Assise au bord du lit, elle tenait à la main une feuille qu'elle fixait d'un air égaré.

— Emma ? ai-je répété en avançant d'un pas vers elle.

Elle a ouvert la bouche pour parler, mais aucun son n'est sorti.

— Je peux voir ? ai-je demandé en lui prenant la feuille des mains.

Elle a rapidement levé les yeux sur moi et j'ai frémi en lisant la souffrance infinie qui s'affichait. Les larmes coulaient le long de ses joues. On aurait dit qu'elle était en train de se noyer, sans même lutter.

J'ai baissé le regard sur la lettre. Dès le premier mot, écrit à la hâte, j'ai senti mes muscles se crisper :

« Emily. » J'ai lancé un coup d'œil à Emma. Elle était pétrifiée. Dévastée.

Emily,

Peut-être que tu te décideras enfin à lire cette lettre. Après tout, c'est la dernière.

À l'heure qu'il est, tu es probablement au courant de ce que tu m'as fait. Car c'est bien toi qui m'as fait ça. Je n'étais plus capable de supporter cette souffrance. Être seule. Détestée par sa propre fille, abandonnée par elle. La douleur d'avoir perdu, par ta faute, la seule personne qui m'ait vraiment aimée. Tu as détruit cet amour dès ton arrivée. Tu aurais mieux fait de ne jamais naître. Tu n'as apporté que de la souffrance autour de toi. Même à ces deux pauvres enfants innocents qui ont voulu t'aimer, tu leur as fait du mal. Regarde ce que tu es devenue. Comment peux-tu encore te regarder en face, après avoir détruit tellement de vies autour de toi ?

Tu m'as tuée, avec tes mots froids et pleins de haine. Avec toutes ces lettres que je t'ai envoyées et auxquelles tu n'as jamais répondu. Comment as-tu pu être si dure avec ta propre mère ? Je t'ai tant donné, et, en retour, tu ne m'as montré que de l'indifférence et du mépris. Je n'étais jamais assez bonne pour toi. À présent, tu vas devoir vivre avec cette responsabilité : c'est ta faute si j'ai voulu en finir.

Je t'embrasse,
Ta mère

Je suis resté bouche bée. Révolté. Dégoûté.

— Non ! me suis-je exclamé. Non, Emma.

Je secouais la tête, incrédule. Je me suis assis à côté d'elle, mais elle n'a même pas réagi. Hagarde, elle tremblait de tout son corps. J'ai laissé tomber la lettre par terre, comme si ces mots haïssables me brûlaient les doigts. Puis j'ai passé mon bras autour des épaules d'Emma pour la serrer contre moi. Elle s'est blottie contre ma poitrine.

— Tu ne dois pas la croire, ai-je supplié.

Les larmes m'ont brouillé la vue.

— Ne crois pas un seul mot de ce qu'elle a dit, Emma, ai-je répété.

Mais elle était incapable de m'entendre.

23

Souffrir en silence

J'avais beau la tenir contre moi, elle continuait de trembler. J'entendais son souffle fort, presque haletant. Elle n'a pas opposé de résistance quand je me suis adossé avec elle contre la tête de lit. Sa tête reposait sur ma poitrine et mes bras l'entouraient.

— Tu dois comprendre que chaque mot de cette lettre est un mensonge, ai-je murmuré en passant mes lèvres sur ses cheveux. Tu ne dois pas la laisser te blesser encore.

Rien à faire, son corps était toujours agité de frissons. Je sentais monter en moi une haine irrépressible envers cette femme égoïste et vindicative. Elle avait fait en sorte que son dernier geste torture à jamais la seule personne qui avait voulu l'aimer. Pour chasser ma colère, j'ai fermé les yeux et respiré profondément. Emma n'avait pas besoin de ma rage.

Nous sommes restés un long moment ainsi, à souffrir en silence. Jusqu'à ce que j'entende la porte d'entrée s'ouvrir.

— Emma ? a appelé Sara. Evan ?

Alors que je m'apprêtais à répondre, elle est apparue sur le seuil de la chambre. En nous voyant ainsi allongés, elle m'a lancé un regard meurtrier.

— Qu'est-ce que vous…

Elle s'est arrêtée net en remarquant l'expression d'Emma et s'est approchée doucement.

— Qu'est-ce qui se passe ?

Puis, levant les yeux sur moi, elle a lancé, d'un ton paniqué :

— Qu'est-ce qu'elle a ? Qu'est-ce que tu lui as fait ?

J'ai secoué la tête pour me défendre.

— Une lettre. Elle est par terre, quelque part.

À contrecœur, Sara a baissé les yeux. Elle s'est penchée et a ramassé la feuille. Je n'ai pas réussi à la regarder pendant qu'elle la lisait.

— Quelle salope ! s'est-elle exclamée en me dévisageant, les yeux écarquillés.

Toujours blottie contre moi, Emma n'a pas bronché.

— Comment elle peut…

D'un geste rageur, elle a froissé le papier entre ses mains et s'est ruée hors de la chambre. J'ai entendu le bruit des tiroirs qu'elle ouvrait et fermait brutalement en répétant : « Quelle ordure ! » Quelques instants plus tard, j'ai senti une odeur de brûlé et j'ai compris ce qu'elle avait fait. Puis elle est revenue dans la chambre et s'est étendue à côté de moi, de manière à voir le visage d'Emma. Elle lui caressait la joue en cherchant un signe de vie dans ses yeux.

— C'était quelqu'un de mauvais, a-t-elle murmuré. Tout ce qu'elle voulait, c'était te faire du mal. Tu ne dois pas la laisser t'atteindre, Em. Tu es bien plus forte que ça. Je le sais. S'il te plaît…

Elle s'est mordu la lèvre, les yeux brillants de larmes. Puis, plongeant son regard dans le mien, elle a lâché :

— On ne peut la laisser croire une chose pareille, Evan. Ni laisser cette femme la détruire.

— Je sais, ai-je répondu en passant ma main dans le dos d'Emma, qui a frémi à ce contact.

J'ai reculé la tête pour voir son visage.

— Emma ?

Elle s'est écartée et, roulée en boule, elle a hurlé :

— Non !

Sara l'a dévisagée, pétrifiée.

— Non ! a répété Emma en donnant des coups de poing dans le matelas.

Les yeux fermés, elle a continué de frapper et de crier, avant d'exploser en sanglots. Sara m'a lancé un regard terrifié. Je me suis penché pour attraper Emma par l'épaule.

— Ça va, ai-je soufflé en la tenant fermement.

— Non, ça va pas ! a-t-elle hurlé. Elle est morte !

Elle a enfoui sa tête dans la couette en sanglotant de plus belle. Puis, entre deux hoquets, elle a murmuré d'une voix faible :

— Ma mère est morte.

La gorge nouée, Sara s'est agenouillée au pied du lit. Elle a assisté, impuissante et le cœur déchiré, à la souffrance de son amie.

Je me suis lové contre le dos d'Emma et l'ai serrée fort entre mes bras, comme pour absorber sa tristesse.

Elle s'est blottie dans cette étreinte comme on s'accroche à une bouée de sauvetage.

Nous sommes restés silencieux. Sara et moi l'avons laissée pleurer sa mère, qui ne le méritait pas. C'était la première fois qu'elle exprimait son chagrin depuis qu'elle avait appris sa mort. Ça m'a rappelé la nuit où elle avait pleuré dans mes bras en me racontant la mort de son père. Ce jour-là, je n'avais pas pu soulager sa peine, et je savais que je ne le pouvais pas davantage maintenant. Mais, même si je devais chaque fois échouer, je continuerais d'essayer. Je ne souhaitais qu'une chose : protéger Emma.

Au bout d'un moment, ses sanglots se sont apaisés et elle s'est détendue.

— Elle s'est endormie, a chuchoté Sara en me regardant.

Elle s'est levée doucement et s'est étirée pour soulager ses muscles endoloris. Puis elle s'est dirigée vers la porte.

— Viens.

J'ai hésité. Mais Sara avait visiblement quelque chose à me dire, et à moi seulement. Avec précaution, j'ai retiré mon bras coincé sous Emma. Elle a bougé légèrement. J'ai étendu une couverture sur elle et suis sorti de la chambre à contrecœur, en fermant la porte derrière moi. J'ai rejoint Sara dans le salon.

Elle arpentait la pièce de long en large. Quand je suis entré, elle s'est arrêtée et m'a dévisagé. Son anxiété m'a terrifié.

— J'ai peur, Evan.

J'ai attendu qu'elle s'explique davantage.

— Tu ne peux pas imaginer dans quel état elle est, depuis deux ans. Elle tient à peine debout. Et j'ai peur que cette lettre ne la fasse basculer.

— Qu'est-ce que tu crains ? Qu'elle devienne alcoolique ?

L'air pensif, elle s'est laissée tomber sur le canapé.

— Je ne sais pas comment te décrire ça..., lâcha-t-elle d'une voix hésitante. Depuis qu'elle a quitté Weslyn, on dirait qu'elle survit, à peine. Son regard est éteint. Elle n'a pas de but, pas de direction. Avant, elle en voulait, elle en faisait toujours plus, elle était exigeante avec elle-même. Maintenant, elle est comme un fantôme, elle ne vit pas.

Elle s'est interrompue et, les yeux brillants de larmes, a lancé un regard vers la porte de la chambre.

— Chaque jour, j'ai l'impression de la perdre un peu plus. Elle s'éloigne, et je n'arrive pas à la retenir. J'ai peur qu'un jour elle nous rejette tous pour de bon. J'ai du mal à exprimer ce que je ressens et je sais que ça paraît délirant. Mais j'ai peur.

Je me suis assis en face d'elle.

— Qu'est-ce qui s'est passé avec Emma ?

Elle m'a dévisagé d'un air triste.

— Elle t'a quitté.

J'ai froncé les sourcils, étonné par sa réponse. Elle a ajouté :

— Je ne sais vraiment pas pourquoi elle l'a fait. Il faut que tu lui demandes.

La porte d'entrée a claqué. Nous nous sommes retournés et avons vu arriver Cole en combinaison de surf, mouillé.

— Salut, a-t-il lâché en jetant un œil autour de lui. Où est Emma ?

J'ai échangé un regard inquiet avec Sara. Elle a glissé :

— Je vais lui expliquer.

J'ai hoché la tête et me suis levé pour sortir sur la terrasse. Je ne voulais pas voir la réaction de Cole. Après m'être glissé dehors, j'ai fermé la porte-fenêtre pour ne rien entendre. Le regard perdu au loin, je me suis laissé hypnotiser par le mouvement des vagues en respirant profondément pour tenter d'évacuer le trop-plein d'émotion.

Au bout de quelque temps, Sara est venue me rejoindre.

— Il est allé la voir dans la chambre, a-t-elle précisé en s'accoudant à la balustrade, à côté de moi.

Après un silence, elle a soufflé :

— Ça doit être dur pour toi, de les voir ensemble.

— Mais ils ne sont pas vraiment en couple, ai-je protesté.

— Quand même… Elle n'est pas avec toi, donc ça ne doit pas être facile.

— Je ne suis pas venu ici pour essayer de la récupérer, Sara. Je l'ai dit clairement, et c'est la vérité. Ces deux dernières années, j'ai passé mon temps à essayer de comprendre ce qui s'était passé dans sa tête. Pourquoi elle avait agi ainsi. Pourquoi elle m'avait quitté. J'ai besoin de réponses. C'est pour ça que je suis là.

Elle s'est tournée vers moi et m'a regardé droit dans les yeux.

— Je ne te crois pas.

— Comment ça ? ai-je réagi, sidéré.

— Tu n'arrêtes pas de répéter que tu es ici pour avoir des réponses et tourner la page – et je sais que tu es sincère. Mais tu te racontes des histoires. La vérité, c'est que tu l'aimes toujours. Tu es venu parce que, après l'avoir vue, dévastée, à Weslyn, tu as eu besoin d'être à ses côtés. Tu n'es pas capable de rester loin d'elle.

Sa phrase a claqué comme une gifle. J'ai eu soudain l'impression qu'elle avait forcé mon inconscient et qu'elle me criait haut et fort ce que je m'étais refusé à admettre jusque-là. Sans un mot, j'ai contemplé la mer quelques instants avant de retourner à l'intérieur. Il me fallait voir Emma.

Cole était dans le salon, sur le canapé, les mains jointes devant la bouche, ses doigts pianotant nerveusement.

— Ça va ? ai-je demandé.

Il a hoché la tête mais sa mine sombre indiquait le contraire. Je suis passé devant lui pour aller dans la chambre. Emma dormait profondément, mais son corps tressaillait de temps à autre. Je me suis assis à côté d'elle et j'ai écarté doucement les cheveux qui recouvraient son visage.

— Je vais rester avec elle, ce soir, a chuchoté Sara, sur le seuil de la porte. Ne t'inquiète pas, je serai là.

Après un dernier regard sur Emma, je l'ai laissée à son sommeil agité.

— Est-ce que je peux rester dormir sur le canapé, cette nuit, Cole ? ai-je demandé en entrant dans le salon.

Il m'a lancé un regard troublé, avant de hausser les épaules.

— Ouais, pas de problème.

Quand je me suis réveillée, l'obscurité la plus totale régnait dans la pièce. J'entendais le bruit d'une respiration régulière à mes côtés. J'avais mal partout et la tête lourde, comme si j'étais assommée de médicaments. Soudain, tout m'est revenu. J'étais tétanisée. Les phrases de la lettre dansaient devant mes yeux – des coups de couteau en plein cœur.

Tu aurais mieux fait de ne jamais naître. Tu n'as apporté que de la souffrance autour de toi.

Ma mère m'avait plusieurs fois dit des paroles violentes, généralement quand elle était soûle. Elle avait toujours su choisir les mots les plus blessants. Mais dans cette lettre, elle avait écrit ses dernières pensées avant de se suicider, celles qui l'avaient accompagnée dans sa tombe. Non seulement elle voulait me faire du mal, mais elle souhaitait m'emmener avec elle.

À présent, tu vas devoir vivre avec cette responsabilité : c'est ta faute si j'ai voulu en finir.

J'ai laissé échapper un sanglot.

— Tout va bien, a-t-il murmuré en me prenant dans ses bras.

Blottie contre sa poitrine, je me suis abandonnée. Les larmes ruisselaient sur mon visage tandis que je hoquetais. J'avais si mal. J'aurais aimé pouvoir arracher mon cœur, l'empêcher, à chaque battement, de diffuser autant de souffrance dans mon cerveau et dans mon corps.

— On est là, Emma, a chuchoté Sara en me caressant le dos. On va t'aider à t'en sortir, ne t'en fais pas.

Au bout d'un moment, la fatigue a eu raison de mon désespoir et j'ai replongé dans un sommeil lourd.

Allongé dans le noir, les yeux rivés au plafond, j'étais incapable de dormir. Je percevais la présence de Sara, et sentais le souffle chaud d'Emma sur mon torse. De temps à autre, elle poussait un soupir ou un gémissement. Je n'avais pas de mal à imaginer les terribles cauchemars qui peuplaient son sommeil.

Je me suis glissé hors du lit et suis sorti de la chambre pour m'installer sur le canapé, où je n'avais finalement pas dormi. La porte de la chambre d'amis, où se trouvait Cole, était fermée. Une fois assis, j'ai laissé mon regard flotter au loin, guettant le lever du soleil.

Sara m'a rejoint quelques heures plus tard, alors qu'on commençait tout juste à apercevoir la plage à travers le brouillard. Une fois dans le salon, postée devant la fenêtre, elle s'est étirée en baillant, visiblement épuisée.

— Elle dort toujours ?

— Oui, pas la peine d'y aller maintenant, a-t-elle dit. Je propose plutôt qu'on s'occupe du petit déjeuner. J'avais entendu dire que tu cuisinais super bien, non ?

— Pas de problème, je vais préparer un truc, ai-je répondu en me levant.

Enveloppée dans la couette, j'ai levé les yeux sur Sara quand elle s'est penchée au-dessus de moi. Le moindre mouvement me faisait terriblement mal.

— Est-ce que tu as faim ? a-t-elle murmuré. Evan est en train de faire une omelette, tu en prendras ?

J'ai essayé de remuer la tête. Le regard vide, la tête encombrée par une noirceur infinie, j'étais ravagée par un mélange de haine et de culpabilité. J'étais incapable de penser, de sentir, de réfléchir. Seule la souffrance m'habitait, si violente que j'aurais préféré en finir. Comme ma mère.

— Elle est complètement ailleurs, a lâché Cole en s'asseyant dans le fauteuil, la tête entre les mains. J'ai l'impression qu'elle ne me voit même pas.

Il semblait paniqué.

— Qu'est-ce qu'on peut faire ? a-t-il ajouté.

Sara nous a dévisagés d'un air inquiet. Même si nous étions convenus de laisser Emma faire son deuil, de vivre la mort de sa mère comme elle l'entendait, la situation était préoccupante. Elle ne mangeait plus, ne parlait plus, était totalement inaccessible. Nous ne savions plus comment communiquer avec elle ou la faire réagir.

— Je vais sortir un peu, a déclaré Cole, mal à l'aise. Ça va aller ?

Sara a hoché la tête. Il m'a regardé. À mon tour, j'ai fait un bref signe de tête. Il a attrapé ses clés sur la table et est parti.

— Je me sens mal pour lui, a lâché Sara. Il ne s'attendait pas à tout ça. Ça craint.

— Comment ça, ça craint ? ai-je riposté.

Je n'avais aucune envie d'être désolé pour lui. Il paraissait complètement dépassé par les événements, en effet, mais cela me confirmait dans l'idée qu'il n'était pas fait pour elle. Il n'était pas à la hauteur.

— Peu importe, pour l'instant ça n'est pas le sujet, a-t-elle enchaîné. Le problème, c'est comment la remettre sur pieds ? Est-ce qu'on doit appeler un médecin ?

— Ça ne fait que deux jours. Attendons un jour de plus, ensuite on décidera.

— Si seulement on pouvait lui rappeler à quel point elle est forte..., a-t-elle soupiré.

Je me suis tu un instant puis, soudain, j'ai levé la tête.

— Je sais !

Une idée venait de me traverser l'esprit.

— Quoi ?

— Je reviens tout de suite, ai-je lancé en sautant sur mes pieds, revigoré par cette illumination.

Je me suis accroché à ce qui me restait : l'espoir.

24

En l'attendant

— Em, il faut que tu te lèves.

Elle a entrouvert les paupières et m'a dévisagé d'un air vague, sans esquisser le moindre geste.

— Je suis sérieux, ai-je insisté d'une voix ferme. Tu dois sortir de ce lit et venir avec moi.

Elle a continué à me fixer de son regard absent, comme si je parlais une langue étrangère.

— Si tu ne sors pas de ce lit, je vais te porter.

Elle a haussé les sourcils. Au moins, elle m'avait entendu.

— Pourquoi ? a-t-elle marmonné.

— Parce que je vais t'aider, ai-je expliqué. Mais pour ça, tu dois te lever.

Elle a posé son regard sur moi. Pour une fois, elle manifestait une réaction autre que pleurer.

— Tu ne vas pas me laisser tranquille tant que je n'ai pas fait ce que tu veux, c'est ça ?

— Exactement, ai-je répondu en réprimant un sourire. Fais-moi confiance.

Après avoir hésité quelques instants, elle a fini par repousser la couette avec un soupir. Je n'ai pas pu cacher ma satisfaction.

— Pas de quoi être fier, a-t-elle grommelé en s'asseyant au bord du lit.

J'ai éclaté de rire. Sa mauvaise humeur était plutôt bon signe.

— Tu veux prendre une douche, d'abord ?

Elle avait les cheveux hirsutes et portait les mêmes vêtements depuis deux jours. Peut-être avait-elle envie de se sentir propre ?

— Non. Je me suis levée, maintenant, c'est à prendre ou à laisser.

— OK, alors on y va.

Je me suis dirigé vers la porte.

— On sort ?

— Oui. Tu ne veux pas te passer un peu d'eau sur le visage, au moins ?

Elle m'a dévisagé d'un air méfiant. J'ai répondu par un large sourire.

— Non, c'est bon.

Elle m'a suivi. Après tout ce temps recroquevillée dans le lit, ses gestes étaient lents. Nous sommes passés devant Sara, qui lisait un magazine, installée sur le canapé. Elle s'est efforcée de paraître naturelle, mais je savais que son attitude masquait une grande angoisse.

— Amusez-vous bien, a-t-elle lancé en souriant.

Emma l'a fusillée du regard.

— Tu es dans le coup, évidemment.

J'ai vu l'inquiétude briller dans les yeux de Sara. À l'évidence, elle n'était pas aussi confiante que moi quant au succès de mon plan.

Quand je suis sortie, la lumière m'a éblouie, malgré la brume. Mon corps était engourdi, comme si j'avais été paralysée pendant des siècles et j'avais l'impression que ma tête était remplie de coton. Je me sentais tellement épuisée que j'aurais pu m'allonger sur le trottoir et m'endormir instantanément.

J'ai levé les yeux au ciel, exaspérée, en voyant le petit sourire d'Evan. Je n'aurais pas dû accepter. Pourtant, je l'avais fait. Parce qu'il m'avait demandé de lui faire confiance et que je n'avais jamais refusé.

Je me suis laissée tomber sur le siège passager pendant qu'Evan s'installait au volant. Nous avons roulé en silence jusqu'à sa maison. J'ai ensuite monté l'escalier derrière lui. Il se retournait régulièrement pour s'assurer que je le suivais. Une fois parvenu au second étage, il s'est arrêté devant une porte close.

— Ferme les yeux, a-t-il ordonné, son sourire toujours accroché aux lèvres.

— Tu es sérieux ? me suis-je exclamée, stupéfaite.

— Parfaitement. Ferme-les.

J'ai obéi en soupirant. Quelques instants plus tard, j'ai senti un tissu couvrir mon visage, qu'il a noué derrière ma tête.

— Non mais j'hallucine, là ! ai-je lancé.

— Fais-moi confiance, a-t-il répété avec un petit rire.

Mon cœur a bondi dans ma poitrine en entendant ces trois mots bien à lui. Il m'a pris la main. La sienne était chaude. Il a pressé légèrement mes doigts avant de dire :

— Maintenant, avance de quelques pas.

Je l'ai laissé me guider, débordée par l'émotion qui faisait battre mon pouls à cent à l'heure.

Nous sommes entrés et je l'ai amenée au milieu de la pièce avant de lui lâcher la main. Après avoir fermé la porte, j'ai attendu un moment avant de me pencher vers elle et de lui murmurer à l'oreille :

— Respire profondément, Em.

Elle est restée quelques instants immobile, sans comprendre. Puis j'ai vu ses narines frémir et sa poitrine se gonfler tandis qu'elle inspirait pour remplir ses poumons. Elle a eu une seconde d'hésitation, visiblement surprise. Puis elle a continué d'absorber l'air qui l'entourait, tandis qu'un large sourire illuminait son visage. Je ne pouvais rêver plus belle réaction.

Elle a ôté le foulard qui lui couvrait les yeux et a balayé la pièce du regard avant de se tourner vers moi. Pour la première fois depuis une éternité, j'ai vu une lueur briller dans ses yeux.

— Merci, a-t-elle chuchoté.

Je me suis contenté de hocher la tête, trop ému pour parler. Puis, après avoir retrouvé ma voix, j'ai dit :

— Laisse sortir tout ce que tu as en toi. Reviens parmi nous.

— OK, a-t-elle soufflé.

J'ai tourné les talons et suis sorti de la pièce.

Une larme a coulé sur ma joue. J'ai fermé les yeux pour savourer les odeurs apaisantes qui m'entouraient. Comment avait-il réussi à faire en sorte que cette pièce soit à ce point imprégnée de ces parfums ? Mystère. En tout cas, cela avait marché : la vie avait réintégré mon corps, mon cœur et mes pensées.

Assise sur la table, j'ai observé la toile blanche sur le chevalet en me répétant les paroles d'Evan : *Laisse sortir tout ce que tu as en toi.* Puis, le pinceau à la main, j'ai continué à réfléchir, tandis que ses autres mots rebondissaient dans ma tête : *Reviens parmi nous.* Soudain, une sensation de chaleur m'a envahie et j'ai su ce que j'allais peindre. J'ai pris un tube et fait couler de la peinture verte sur la palette.

En inspectant la pièce d'un coup d'œil, j'ai aperçu des bouteilles d'eau, un sandwich, un paquet de biscuits et une pomme. Sur le bureau, il y avait des vêtements propres. J'ai senti ma poitrine se gonfler de joie. Je n'avais pas éprouvé cela depuis… des siècles. Au même instant, mon estomac s'est mis à gargouiller. J'ai mangé quelques biscuits tout en continuant de disposer différentes couleurs sur ma palette. Je n'avais plus qu'une envie : me perdre dans la peinture. Pour dominer le chaos qui me consumait et reprendre le contrôle de ma vie. Trouver la sécurité qui me manquait tant.

— J'ai vu le mot de Sara, a dit Cole quand j'ai ouvert la porte.

— Entre, ai-je répondu.

Je l'ai précédé jusqu'au salon.

— Et donc… où est-elle ? a-t-il questionné en jetant un coup d'œil autour de lui, mal à l'aise.

— En train de peindre.

Il m'a lancé un regard perplexe.

— Tu ne savais pas qu'elle peignait ? ai-je ajouté.

— En tout cas, plus depuis qu'elle est partie, est intervenue Sara.

Assise sur le canapé, elle avait mis sur pause le film que nous étions en train de regarder lorsqu'on a frappé à la porte.

— Evan a pensé qu'exprimer ses émotions par la peinture l'aiderait à surmonter sa peine. Quand elle était au lycée, ça marchait.

— Ah oui ? a réagi Cole en hochant la tête. Tu as eu cette idée...

— Ça n'a pas été facile, mais j'ai réussi à la sortir de son lit.

— C'est une bonne chose, j'imagine.

Malgré la discussion que nous avions eue le premier soir, il semblait s'interroger sur mes motivations réelles. Quant à moi, je n'arrivais pas à cerner la nature de ses sentiments pour Emma.

— Elle est en haut, si tu veux la voir, a déclaré Sara.

Les mains dans les poches, Cole a lancé un regard vers l'escalier.

— Je préfère que tu m'appelles quand elle descendra, si tu veux bien.

— Pas de problème.

— Merci, a-t-il dit en tournant les talons.

Après son départ, Sara m'a dévisagé d'un air perplexe.

— Trop bizarre...

Avec un haussement d'épaules, je me suis affalé sur le canapé à côté d'elle pour reprendre le film.

— Tu peux aller te coucher, si tu veux, a soufflé Sara.

Le film était terminé, des publicités défilaient sur l'écran. Je n'avais pas beaucoup dormi, ces derniers jours, et le manque de sommeil se faisait sentir. Mes paupières étaient lourdes et je luttais pour garder les yeux ouverts.

— Non, ça va aller, ai-je répondu en changeant de position pour tenter de me réveiller.

— Il est 2 heures passées, tu serais mieux dans ton lit, a-t-elle insisté.

Emma était toujours en haut, en train de peindre. Nous ne l'avions pas revue. Nous l'avions juste entendue aller aux toilettes.

— Tu peux aussi aller te mettre dans une des chambres d'amis, ça n'est pas ce qui manque, ai-je proposé en voyant ses traits tirés et son air fatigué.

En guise de réponse, elle a hoché la tête et s'est replongée dans le livre qu'elle avait sur les genoux. Ni l'un ni l'autre, nous ne voulions quitter le canapé, le meilleur poste d'observation.

Après avoir reculé d'un pas pour contempler ce que j'avais réalisé, j'ai eu un sourire de fierté. Chaque coup de pinceau était chargé d'émotion. Maintenant, je tremblais légèrement et je voyais flou – j'avais passé la nuit debout à me concentrer sur ma toile, portée par l'adrénaline.

Quand j'ai reposé ma palette et mes pinceaux, j'étais vidée. J'ai regardé mes mains, couvertes de peinture, et j'ai éprouvé un besoin pressant de me laver. Depuis trois jours, je n'avais pas pris de douche, et je me sentais soudain dégoûtante.

J'ai pris les vêtements posés sur le bureau et suis sortie de la pièce. En bas de l'escalier, la télévision diffusait sa lumière bleutée. Evan avait dû se lever tôt, comme d'habitude. Comment pouvait-on aimer se réveiller à l'aube ? Cela restait un mystère pour moi.

J'ai bondi sur mes pieds en entendant la porte se fermer. Sara s'est aussitôt réveillée.

— Qu'est-ce qu'il y a ? s'est-elle exclamée en se redressant.

Le bruit de la douche a retenti à l'étage.

— Elle a fini, ai-je annoncé en me précipitant pour monter les marches quatre à quatre.

— Attends-moi ! a crié Sara dans mon dos.

Nous sommes entrés dans le bureau, qui offrait une vue incroyable sur la mer. J'avais pensé que ce paysage pourrait être une bonne source d'inspiration, mais quand j'ai vu la toile, j'ai compris qu'Emma n'en avait pas eu besoin.

— Ça me plaît, ai-je déclaré, subjugué par le tableau.

Les feuilles qui laissaient passer les rayons du soleil semblaient si réelles qu'on avait envie de les toucher.

— Forcément, a lâché Sara en me regardant du coin de l'œil. Elle a peint l'arbre qui est derrière ta maison et la balançoire que tu lui as fabriquée.

— En effet, ai-je répondu d'un air réjoui.

Elle a émis un rire bref.

Je suis resté un moment à admirer ce qu'Emma avait exprimé. Elle avait choisi ce lieu qui serait toujours là pour elle.

25

Un peu de sincérité

Je me sentais calme, l'esprit clair. La seule chose que j'entendais était le bruit régulier de ma respiration. Le rythme de mon cœur était soutenu, il battait à pleine puissance dans ma poitrine. Si j'arrivais à pousser encore un peu plus, peut-être réussirais-je à éliminer un peu du tourment qui m'habitait.

J'ai enfoncé mes pieds plus profondément dans le sable pour accélérer la cadence, sans prêter attention aux muscles de mes cuisses qui me brûlaient. Le soleil commençait à percer à travers la brume matinale, projetant un halo apaisant. *Encore un peu plus vite.*

Quand j'ai aperçu les marches qui montaient sur la colline, j'ai allongé la foulée pour donner tout ce que j'avais – jusqu'à l'épuisement, jusqu'au vide. J'ai repéré une pierre grise plantée dans le sable. C'était mon objectif. Pour trouver la paix, je devais tenir jusque-là.

J'ai franchi la ligne que je m'étais fixée, les poumons en feu. Après avoir ralenti doucement, j'ai continué à marcher de long en marge, les mains sur les hanches, pour tenter de calmer les battements de mon cœur.

Malgré mes efforts, la souffrance continuait de rôder. Je la savais en embuscade, prête à m'assaillir de nouveau. La paix n'était pas encore pour maintenant. Mais l'effort que j'avais fourni serait suffisant pour me procurer un certain apaisement, du moins jusqu'à la tombée de la nuit, quand les voix recommenceraient à résonner dans ma tête.

Au moment où j'ai fait demi-tour, Evan est arrivé. Il s'est arrêté et, penché en avant, les mains sur les cuisses, il essayait de retrouver son souffle.

— Je ne te croirai plus jamais quand tu prétendras que tu n'es pas matinale, a-t-il lâché entre deux halètements.

— C'est pourtant vrai, ai-je protesté.

Il a relevé la tête pour me lancer un regard dubitatif. La sueur dégoulinait le long de ses tempes.

— Je suis insomniaque, ai-je ajouté.

Il a hoché la tête pour indiquer qu'il comprenait. Mais j'en doutais. Je détestais les pensées qui tourbillonnaient dans ma tête et qui m'empêchaient de trouver le sommeil. Il ne s'agissait pas de cauchemars, mais de voix, de chuchotements qui me harcelaient dans l'obscurité et m'interdisaient de dormir et d'oublier.

— Désolé de ne pas être passé, hier, a dit Evan.

— Pas de problème, ai-je répondu d'un air dégagé.

En réalité, j'avais pensé à lui toute la journée, en me demandant où il était. Cole et Sara avaient remarqué que j'étais ailleurs. J'ai prétendu être encore perturbée par les récents événements, mais Sara n'était pas dupe.

— Tu viens à la fête, ce soir, n'est-ce pas ? a-t-il questionné en se dirigeant vers l'escalier.

J'ai rougi à l'idée de me trouver de nouveau face à ses amis.

— Oui, on passera.

— OK, a-t-il lancé au pied des marches, en marquant un temps d'hésitation avant de monter.

— Evan…, ai-je appelé.

Il s'est arrêté.

— On n'a pas vraiment pu discuter ces derniers jours. Il ne nous en reste plus que onze, théoriquement. On peut parler maintenant, si tu veux.

Depuis le début de la semaine, nous n'avions pas eu un seul de ces échanges où je devais répondre à ses questions. Je m'y étais engagée, ça faisait partie du deal. Pourtant, c'était une torture de récapituler ainsi toutes les erreurs que j'avais commises.

— Non, a dit Evan en secouant la tête. Inutile de continuer ça.

Je l'ai regardé, étonnée.

— J'aurai beau essayer, Emma, je n'arriverai jamais à te haïr. Et je ne veux pas te forcer à me raconter des choses. Bien sûr, j'ai envie de savoir pourquoi tu es partie. Mais seulement si tu souhaites me le dire.

— OK, ai-je murmuré d'une voix faible, émue par ses paroles.

— À plus tard, a-t-il ajouté en montant l'escalier.

Je suis restée un instant immobile avant de partir vers la maison de Cole. J'avais soudain l'impression que mes pieds pesaient une tonne. Au lieu d'être soulagée qu'il renonce à me cuisiner, j'étais… inquiète. Je ne le comprenais pas. Comme s'il s'était détaché. J'avais imaginé qu'il serait plus insistant, plus perspicace. Mais, après tout, c'est ce qu'il souhaitait depuis le début : tourner la page. Cette simple pensée m'a coupé le souffle. J'aurais dû être prête à ça. Mais je ne l'étais pas.

— Tu as bien couru ? a questionné Nate en buvant une gorgée de son café.

— Pas mal, ai-je répondu, avec un regard malicieux.

— C'est quoi cet air ? a-t-il relevé, car il me connaissait par cœur. Attends… Tu n'étais pas tout seul, je parie ?

— Eh non, ai-je lâché avec un petit rire. J'étais avec Emma, et c'était bien. Elle est incroyable quand elle court.

J'ai frémi en me rappelant ses longues jambes musclées foulant le sable, capables de la porter au bout du monde. C'était le seul moment où elle semblait apaisée.

J'ai sursauté en sentant quelqu'un me taper dans le dos.

— Salut, a lancé Brent d'une voix de stentor.

Quelle que soit l'heure, il était toujours ultra dynamique.

— Quel est le programme ? a-t-il ajouté.

— Bah… préparer la fête, a répliqué Nate. Les placards sont vides, il faut faire des courses. Et je n'ai pas la moindre idée où sont passées les torches de jardin, donc on va peut-être devoir en trouver d'autres.

— Quel est le thème ? a interrogé Brent en se servant une tasse de café.

— L'été, a dit Nate. Ça sera une soirée piscine.

— Et les filles viendront s'asseoir au bord de l'eau en bikini, génial ! a commenté Brent en hochant doucement la tête, le sourire aux lèvres.

— C'est le seul truc qui t'intéresse, ai-je répliqué en prenant une canette dans le réfrigérateur.

— Ben ouais, a-t-il lâché en me regardant comme si j'étais fou. Et me dis pas que tu n'y penses pas aussi.

Nate a jeté un coup d'œil vers moi avant de ricaner.

— Je peux te garantir qu'il n'y pensera même pas.

— Ferme-la, Nate, ai-je aboyé.

— C'est quoi, le truc ? est intervenu Brent.

— Emma est là, a expliqué Nate.

Brent a failli renverser son café.

— Si tu continues à bouder, je ne m'occupe plus de toi, a menacé Sara en faisant boucler mes cheveux avec le fer à friser.

— Mais je ne boude pas ! J'ai envie d'y aller.

Bizarrement, c'était vrai. Néanmoins, je pianotais nerveusement sur mes genoux, stressée à l'idée de revoir les copains d'Evan. Et Evan lui-même.

— Tu me caches quelque chose. Je le sens…

— Les deux semaines, c'est fini, ai-je lâché en guettant sa réaction dans le miroir.

— Comment ça ? a réagi Sara, perdue. Il reste au moins dix jours.

— Il m'a dit qu'il ne voulait plus continuer.

Sara s'est arrêtée net, le fer à friser à la main.

— Et pourquoi ça te contrarie à ce point ? C'est une bonne chose que tu ne sois pas obligée de lui avouer ce que tu aurais dû lui raconter depuis longtemps.

J'ai froncé les sourcils, prête à répliquer que ça m'était complètement égal. Puis je me suis ravisée : elle ne me croirait pas. Je l'ai regardée droit dans les yeux en faisant la moue. Elle n'avait pas besoin de plus.

— Ça n'est pas terminé, Em, a-t-elle souri pour me consoler.

— Ohé ! a lancé Cole dans l'entrée. On part à quelle heure ?

Nous avons sursauté en l'entendant.

— On arrive, ai-je crié en dévisageant Sara d'un air coupable.

— Tu n'es pas officiellement avec lui, a-t-elle rappelé.

— Sara !

— Quoi ? C'est toi-même qui me l'as dit.

J'ai poussé un soupir. Cette affaire devenait compliquée.

— En tout cas, tu es officiellement sublime, a-t-elle déclaré en m'admirant dans le miroir. Et maintenant, on va s'éclater ! On n'a pas encore assez ri.

Je suis descendue du tabouret et j'ai enfilé une paire d'escarpins.

— C'est parti ! ai-je enchéri.

— Tu peux m'apporter de la Corona, Evan ? a hurlé Nate, à l'autre bout de la piscine.

Je me suis frayé un passage à travers les invités en short et débardeur pour atteindre l'entrée principale. Je suis revenu quelques minutes plus tard, deux casiers de bouteilles dans les bras.

— J'adore vos fêtes, a lancé une fille à Nate, à côté du bar, pendant que je disposais les bouteilles dans le seau à glace.

— Et nous, on aime bien quand tu es là, Reese, a répondu Nate avec un sourire aguicheur.

Quelques instants plus tard, j'ai entendu :

— Merde, Evan !

— Quoi ?

Je me suis relevé, prêt à intervenir dans une bagarre si besoin. Nate avait les yeux rivés sur la terrasse. J'ai suivi son regard, et me suis figé sur place.

— T'es mal barré, mon gars, a-t-il marmonné.

J'ai pensé exactement la même chose en la voyant descendre les marches derrière Sara. Sa jupe aux fleurs roses et orange s'entrouvrait à chacun de ses pas, révélant ses jambes fines et bronzées, tandis que son bustier moulait les formes parfaites de son corps. Ses cheveux bouclés encadraient son visage, avec une fleur rose sur le côté droit. Tandis qu'elles venaient vers nous, je ne les ai pas quittées des yeux – Nate a dû me donner un coup de coude pour me sortir de ma stupeur.

Quand j'ai croisé le regard d'Emma, je l'ai accueillie avec un sourire :

— Salut Em, tu as l'air en forme !

— Merci, a-t-elle répondu en rougissant.

— Hé, Evan, a dit Sara en fronçant les sourcils, comme si j'avais dit ou fait quelque chose de mal.

Je l'ai dévisagée d'un air interrogateur, elle m'a répondu par un regard outré. Emma a intercepté notre échange et nous a observés l'un après l'autre.

— Qu'est-ce que tu veux boire, Emma ? a lancé Nate, dissipant ainsi le malaise.

— Euh…, ai-je hésité en étudiant Sara, qui essayait de faire comme si de rien n'était.

— C'est quoi, ça ? ai-je questionné en montrant du doigt la boisson rose d'une fille qui passait.

— Un cocktail qu'on a inventé aujourd'hui, a dit Nate.

— Ça me va.

J'ai vu Evan hausser les sourcils et je me suis rappelé la dernière fois qu'il m'avait vue boire.

— C'est bon, on en a parlé, l'a rassuré Sara.

Nous avions passé un contrat avant de venir : je lui avais promis que j'étais capable de boire raisonnablement. C'était le moment ou jamais de le prouver.

Nate nous a préparé un cocktail rose à l'une et à l'autre.

J'étais incapable de regarder Evan. En l'apercevant derrière le bar, torse nu, j'avais piqué un fard. Même si je savais qu'il s'agissait d'une soirée piscine, je ne m'attendais pas à ça. C'était la première fois que je revoyais son corps et, en deux ans, il avait changé de physionomie. Il avait toujours été musclé, mais il était devenu carrément athlétique. J'ai respiré un bon coup pour faire redescendre la pression. Puis j'ai jeté un coup d'œil vers la piscine.

— Waouh, il y a plein de filles, là-dedans ! me suis-je exclamée. Et elles sont presque nues.

En riant, Sara m'a prise par le bras pour chercher une place à l'ombre. Nous nous sommes allongées dans des transats, sous un parasol, pour siroter tranquillement notre cocktail au milieu des corps dénudés qui prenaient le soleil ou jouaient dans l'eau.

Cole est venu nous rejoindre après avoir bavardé avec quelques copains croisés sur son chemin. Après avoir retiré sa chemise, il s'est étendu sur un transat, à côté de moi. Quelques filles le contemplaient avec un intérêt manifeste, sans s'en cacher le moins du monde.

— Tu es déjà allé à une fête de ce genre ? ai-je lâché, choquée par l'attitude de certaines invitées.

— C'est la Californie, a-t-il commenté d'un air blasé.

— Sérieux ?

— C'est ta première soirée piscine ? s'est-il exclamé en riant.

J'ai hoché la tête.

— Ici, c'est hyper banal.

— Mais comment tu fais pour ne pas mater ? ai-je poursuivi.

Moi-même, j'avais du mal à m'en empêcher.

— Avec ce que j'ai à côté de moi, ça n'est pas trop difficile…, a-t-il souri en me déshabillant du regard.

— OK, c'est bon ! ai-je interrompu en rectifiant ma position pour cacher mes jambes nues.

Il s'est penché vers moi pour m'embrasser doucement. J'ai à peine répondu à son baiser, en vérifiant du coin de l'œil qu'Evan ne nous regardait pas. Il s'est écarté en me dévisageant d'un air étonné. D'un geste du menton, j'ai montré les gens qui nous entouraient pour lui expliquer que je n'étais pas à l'aise.

— Ah, désolé, a-t-il lâché en s'adossant à son transat.

Sara a bu une gorgée de son cocktail pour cacher son sourire. Trop tard, je l'avais vu.

C'était plus fort que moi : je ne pouvais pas m'empêcher de la chercher. Sur la terrasse, dans le salon, dans le patio, près du bar – mes yeux furetaient partout pour l'observer. Cole a surpris plus d'une fois mon regard, ce qui m'a mis mal à l'aise.

— Tu es Evan, c'est ça ?

J'ai détaché mon regard d'Emma, accoudée à la balustrade, et me suis tourné pour faire face à la grande blonde qui se tenait devant moi.

— Euh… oui. Qu'est-ce que je te sers ?

J'avais hâte que TJ vienne me remplacer au bar.

— Ça te dit de boire un verre avec moi ? a-t-elle répondu en se penchant par-dessus le bar, offrant ainsi à ma vue le spectacle de son décolleté plongeant.

Les yeux dans les yeux, et sans un regard sur sa poitrine, j'ai répliqué du tac au tac :

— Désolé, mais c'est pas mon heure. Mais je peux te servir quelque chose, si tu veux ?

Elle a eu une moue qui la rendait encore moins attirante.

— Alors une tequila, a-t-elle ajouté d'un ton boudeur.

J'ai versé l'alcool dans un gobelet en plastique et l'ai posé devant elle avec une rondelle de citron vert.

— Je m'appelle Kendra, au fait.

— Bonjour Kendra, ai-je répondu avec un sourire forcé.

— Tu as des yeux magnifiques, a-t-elle susurré.

— Merci, ai-je lâché en regardant derrière elle.

Et derrière elle… il y avait Emma, qui attendait son tour, gênée, le regard fuyant. J'ai esquissé un petit sourire.

— Coucou, Em ! m'a-t-il lancé, sans prêter attention à la fille devant lui, immense et super mince – certainement un mannequin. Tu veux un autre verre ?

— Oui s'il te plaît. Et un peu d'eau aussi.

La grande blonde s'est penchée vers lui.

— Pour plus tard, quand tu seras prêt, a-t-elle dit en posant une serviette en papier à côté de son gobelet avant de s'éloigner en roulant des hanches.

— Ah…, ai-je marmonné en apercevant son numéro de téléphone écrit dessus.

Evan s'en est servi pour ramasser la tranche de citron qu'elle avait laissée sur le bar et l'a jetée dans la poubelle avec le gobelet.

— Tu t'amuses bien ? a-t-il questionné, sans paraître le moins du monde troublé par ce qui venait de se passer.

J'ai hoché la tête d'un air embarrassé en attendant mon verre. Il a remarqué mon silence et affiché ce petit sourire qui lui est propre.

— Tu as assisté à la scène, hein ?

En pinçant les lèvres, je me suis contentée d'acquiescer.

— Je ne suis pas intéressé, a-t-il lâché avec une moue malicieuse.

Il s'est tourné pour prendre une bouteille d'eau derrière lui et préparer ma boisson. Je me suis forcée à regarder ailleurs. Il m'a tendu un gobelet entouré d'une serviette, avec une petite ombrelle en papier piquée dans la rondelle de citron.

— Merci, ai-je marmonné d'une voix à peine audible, avant de m'éloigner.

Quand je suis arrivée à mon transat, j'ai enlevé la serviette en papier pour la jeter, lorsque j'ai aperçu, écrit dessus à l'encre bleue, un numéro de téléphone suivi de : « Pour plus tard. Evan. » J'ai éclaté de rire.

— Qu'est-ce qu'il y a de si drôle ? a demandé Sara.

J'ai secoué la tête, toujours hilare, et plié la serviette en deux avant de la glisser dans la petite poche de ma jupe. Je n'avais pas mémorisé le numéro d'Evan dans mon portable, alors autant le garder. En plus, c'était drôle.

— Tu veux garder ça pour toi ? a insisté Sara, faisant mine d'être vexée.

J'ai lancé un coup d'œil vers Cole, qui était en pleine discussion avec un type à côté de lui. Sara a compris et a simplement glissé :

— Plus tard.

J'ai hoché la tête.

Lorsque le soleil s'est couché, la fête a changé de registre. Certaines filles s'étaient changées, tandis que d'autres étaient restées en maillot de bain. De nombreux garçons sont arrivés, après leur journée de surf, rétablissant la parité, au grand désespoir de Brent.

Comme prévu, le salon s'est transformé en piste de danse. Adossé au mur, j'observais la scène, une bière à la main. Je m'apprêtais à boire une gorgée, lorsque j'ai interrompu mon geste, la bouteille aux lèvres. Emma tourbillonnait en riant, menée par Sara. J'ai eu le souffle coupé en voyant son corps bouger et ses hanches se balancer au rythme de la musique. Sa jupe taille basse laissait voir son ventre plat tandis qu'elle levait les bras.

— Un conseil : tu ferais mieux de regarder ailleurs, m'a glissé Nate à l'oreille.

J'ai penché la tête vers lui.

— Pourquoi ?

— Il est sur le point de te flanquer son poing dans la gueule, mon vieux.

J'ai balayé la pièce des yeux et aperçu Cole qui me fixait.

— Merde, ai-je marmonné, en changeant de position. Je n'ai pas pu m'en empêcher. C'est la première fois que je la vois s'amuser comme ça.

— Tu devrais peut-être retourner derrière le bar.

J'ai hoché la tête, puis traversé la pièce.

— Hé, Evan ! s'est exclamé TJ en me voyant arriver. Tu me remplaces ?

— Yep.

— Tu bois un coup avec moi, d'abord ? J'ai l'impression que ça te ferait du bien.

Il nous a servi deux tequilas, puis il a levé son verre avant de le boire cul sec.

— Emma est super canon, au fait.

— Ouais, merci, TJ…, ai-je grommelé.

— C'est pour ça que tu avais besoin d'un remontant, hein ? a-t-il lancé en riant. Si tu veux vraiment ne pas la calculer, alors tu as besoin de quelques verres supplémentaires. J'en bois encore un avec toi, juste pour te donner du courage.

— J'apprécie ton sens du sacrifice.

J'ai rempli nos verres et bu le mien d'une traite. J'ai senti la chaleur de la tequila descendre le long de mon œsophage.

— Je ne suis pas sûr que ça va m'aider.

— Bah… ça fera mieux passer la pilule quand elle repartira passer la nuit chez Cole, a observé TJ avec un rire bref.

— Ferme-la, TJ ! Tu peux laisser le bar, maintenant.

— Pas de problème, a-t-il rétorqué avant de se fondre dans la foule.

— Tu veux un autre verre ? a crié Sara pour couvrir le bruit.

J'ai hésité un instant, en m'efforçant d'évaluer à quel degré d'ivresse j'étais.

— Tu en partages un avec moi ? ai-je proposé.

— Ça marche !

Elle m'a prise par la main pour m'emmener au bar. En chemin, nous avons croisé Cole, qui a attrapé mon autre main et m'a demandé :

— Tu danses avec moi ?

Je l'ai regardé d'un air surpris avant de hocher la tête – je ne l'avais jamais vu danser. Il m'a guidée jusqu'au milieu de la piste et m'a serrée contre lui. J'ai passé mes bras autour de son cou et son souffle a caressé ma joue. Ses mains sur mes hanches, nous avons bougé lentement au rythme de la musique.

— Tu comptes toujours aller à New York pour trouver ton ami ? m'a-t-il glissé à l'oreille.

— À vrai dire, je ne sais même pas où le chercher, ai-je lâché en baissant les yeux. En plus, je crois que je vais arriver trop tard… Une fois de plus.

Il a senti ma déception et resserré son étreinte en m'embrassant dans le cou. Tandis qu'il pressait ses hanches contre les miennes, j'ai posé ma main sur sa poitrine. En sentant son cœur battre à tout rompre, je me suis rendu compte que le mien était bien trop calme, compte tenu de la situation. Au contact de Cole, en général, je sentais mon pouls s'accélérer et ma peau frémir. Pas là. J'ai levé les yeux, étonnée. Il a plongé son regard dans le mien. Lui aussi, avait remarqué mon absence de réaction.

Il s'est arrêté de danser et a enlevé ses mains, sans me quitter des yeux. Il attendait que je dise quelque chose, mais je suis restée silencieuse, estomaquée par ce que je venais de découvrir. Je n'ai pas prononcé un mot. Il a immédiatement interprété mon silence.

— Vraiment ? a-t-il commenté en secouant la tête d'un air incrédule.

J'ai tendu la main vers lui, mais il a reculé d'un pas.

— Pas la peine.

Il est passé devant moi et s'est frayé un chemin à travers la foule. Je l'ai suivi des yeux, pétrifiée. Autour de moi, les gens continuaient de danser et de bouger dans tous les sens.

— Em ! a crié Sara en se faufilant entre les invités, la main en l'air pour mettre le gobelet à l'abri. Tiens, prends-le.

J'ai pris la boisson et bu une bonne gorgée.

— Où est Cole ? a-t-elle questionné en le cherchant des yeux.

— Parti.

Elle s'est tournée vers moi en fronçant les sourcils.

— Comment ça, parti ? Qu'est-ce qui s'est passé ?

— Rien. Il ne s'est rien passé.

C'était bien le problème, justement. J'ai poussé un soupir coupable.

— Viens, on danse ! s'est-elle exclamée en me prenant par les mains pour m'emmener me changer les idées.

Après quelques minutes sur la piste, un sentiment de légèreté m'a envahie. La culpabilité avait déjà disparu. Sara m'a tendu le gobelet, mais j'ai refusé. Je n'en avais pas besoin.

J'ai fermé la porte de la chambre, laissant derrière moi le bruit et la musique. J'avais abandonné la gestion du bar à ceux qui étaient encore vaillants. Brent et TJ « s'amusaient », tandis que Nate et Ren s'étaient endormis depuis un moment. J'avais l'impression de ne pas avoir vu Ren de la soirée, mais c'était souvent comme ça, avec lui.

J'ai ôté ma chemise, l'ai jetée dans un coin de la pièce et ai vidé le contenu de mes poches sur la table de nuit, à côté de mon portable. J'ai enlevé mes chaussures et suis allé dans la salle de bains pour me brosser les dents.

Quand je suis revenu dans la chambre, l'écran de mon téléphone était allumé. Je l'ai pris, et ai lu le message :

C'est maintenant, plus tard ?

Je ne reconnaissais pas l'indicatif de la Californie. J'ai poussé un soupir, craignant qu'un de mes potes n'ait donné mon numéro à quelqu'un.

Puis j'ai compris. C'était moi, qui avais donné mon numéro.

Absolument ! Où es-tu ?

J'ai attendu qu'elle réponde, impatient. J'ai haussé les sourcils en lisant sa réponse :

Devant ta chambre.

Je suis allé à la fenêtre pour écarter les rideaux et j'ai eu un petit sourire en apercevant Emma qui me faisait un signe de la main, de l'autre côté de la baie vitrée.

— Salut, ai-je dit quand il a ouvert la porte.

Mon cœur battait à une allure vertigineuse. J'avais beau me répéter depuis une heure et demie que c'était une mauvaise idée, après un long tour sur la plage, j'étais venue observer la fenêtre de sa chambre. Et, quand j'ai vu la lumière allumée, je n'ai pas pu résister à l'envie de lui envoyer un message. Je savais que s'il était avec une fille, ça risquait de me démolir, mais tant pis.

— Salut, a-t-il répondu avec sa moue irrésistible. Qu'est-ce que tu fais là ?

— Bah… rien.

— Tu t'es perdue ? a-t-il questionné en riant.

— En quelque sorte.

— Tu veux entrer ?

J'ai levé les yeux et, en découvrant son torse nu, j'ai senti mon cœur bondir et mes joues s'empourprer.

— Tu n'es pas obligée, a-t-il ajouté.

— OK, ai-je finalement lâché en détournant le regard pour ne pas me perdre dans la contemplation de ses pectoraux.

J'ai respiré un bon coup pour me donner du courage et suis entrée dans sa chambre. Evan a fermé la baie vitrée derrière moi et tiré le rideau. J'ai balayé la pièce d'un regard angoissé. Comment trouver le courage de prononcer les mots que je me répétais en boucle depuis une heure et demie, en arpentant la plage ?

Elle était tendue, c'était attendrissant à voir. Je ne savais pas pourquoi elle était venue, mais je n'avais aucune intention de la renvoyer. La fleur piquée dans ses cheveux avait disparu, et ses boucles tombaient mollement autour de son visage. J'ai remarqué ses pieds nus, couverts de sable. Clairement, elle évitait de me regarder.

— Emma ?

Elle s'est tournée vers moi et m'a dévisagé rapidement, avant de baisser les yeux. J'ai eu du mal à ne pas rire.

— Tu es soûle ?

— Un peu, a-t-elle avoué. Et toi ?

— Pareil.

— Tant mieux.

— Pourquoi ?

— Ça rend les choses plus faciles, a-t-elle répondu d'un air mystérieux.

Visiblement, j'allais devoir l'aider à cracher le morceau. J'ai pris mon courage à deux mains – pour moi non plus, la tâche n'était pas simple.

— Rendre quoi plus facile ?

— Est-ce que… on peut éteindre la lumière ? a-t-elle soudain demandé.

— Euh… oui.

J'étais pathétique. Comment lui parler sans le regarder en face ? Mais j'avais besoin qu'il enfile une chemise, d'abord. Avant que j'aie eu le temps de lui demander de le faire – ce qui aurait été encore plus pathétique –, il a ajouté :

— On peut s'asseoir sur le lit… Dans le noir… Enfin, si c'est ce que tu veux… Mais… Pourquoi es-tu venue, Emma ?

La respiration bloquée, j'ai hoché la tête en me dirigeant vers le lit. Sans répondre à sa question. Un vent de panique agitait mon esprit, j'étais incapable de réfléchir ou d'élaborer une phrase. Je me sentais sur le point de m'évanouir. Après m'être répété pendant plus d'une heure les paroles que je voulais lui dire et avoir trouvé le courage de frapper à sa fenêtre, j'allais tomber dans les pommes sans avoir prononcé un mot. Tout ça pour rien.

Je me suis laissée tomber sur le lit.

J'ai appuyé sur l'interrupteur et l'obscurité s'est emparée de la pièce. J'ai alors remarqué qu'elle était allongée, et non assise. À tâtons, je me suis étendu à côté d'elle. La tête posée sur l'oreiller, elle était immobile. Il faisait trop sombre pour que je puisse voir son visage, mais j'entendais son souffle rapide. J'imaginais qu'elle devait être tétanisée, ne sachant pas comment se comporter.

— Ça va mieux ? ai-je murmuré.

— Oui.

Au bout de quelques instants, mes yeux se sont habitués à la pénombre. La faible lumière qui filtrait par les rideaux me permettait de deviner sa silhouette. J'ai attendu. Elle est restée silencieuse. Puis, elle s'est tournée pour me faire face. Elle n'était qu'à quelques centimètres de moi. Je sentais son souffle sur mes lèvres.

— Tu es encore soûl ? a-t-elle dit tout bas.

— Un peu.

Elle s'est tue.

— Pourquoi ? ai-je questionné.

— Est-ce que tu es plus sincère quand tu es un peu ivre ?

— Euh… j'imagine, oui, ai-je lâché en me demandant où elle voulait en venir.

— Moi aussi. Dis-moi un truc que tu n'avouerais pas si tu n'étais pas soûl, pour que je sois certaine que tu l'es.

J'ai souri à sa demande.

— OK, ai-je chuchoté, perturbé par la proximité de son corps. J'ai très envie de t'embrasser.

Mon cœur cognait violemment dans ma poitrine. J'ai approché ma main de sa joue et l'ai caressée. Elle s'est arrêtée de respirer.

Au contact de ses doigts sur ma peau, j'ai fermé les yeux. Le souffle coupé.

— Je ne veux pas que tu m'embrasses, ai-je soufflé d'une voix tremblante, articulant les mots avec peine.

— D'accord, a-t-il réagi en écartant sa main.

J'ai aussitôt regretté mes paroles. Mais je devais rester concentrée.

— Parce que… je suis venue… te dire quelque chose…

Il était calme. Presque trop. J'étais à deux doigts de renoncer, lorsqu'il a murmuré :

— Je t'écoute.

J'ai pris mon courage à deux mains et me suis jetée à l'eau.

— Je suis partie pour te protéger.

Il n'a rien dit. Dans l'obscurité, je distinguais les contours de son visage, son épaule qui se soulevait au rythme de sa respiration.

— Me protéger de quoi ?

— De moi.

Ma voix s'est brisée. J'avais cru être capable de lui donner la réponse qu'il attendait sans craquer, mais je m'étais trompée.

— Je ne comprends pas, a-t-il déclaré d'un ton prudent.

— Je crois prendre les bonnes décisions, et ce n'est jamais le cas. Chaque fois que j'ai voulu protéger quelqu'un qui comptait pour moi, je lui ai fait encore plus de mal.

J'avais la gorge nouée en prononçant ces derniers mots.

Nous ne sommes bons qu'à ça. Faire du mal aux autres.

Au prix d'un grand effort, je me suis ressaisie, avant de continuer :

— Combien de temps t'aurais-je encore fait souffrir ? Combien de fois serais-tu revenu et aurai-je recommencé ?

Les larmes que je tentais de retenir ont coulé le long de mes joues.

— Je me comportais comme ma mère. Je te faisais autant de mal qu'elle m'en faisait. Je ne pouvais pas continuer à te détruire. Je n'avais pas d'autre solution que de partir.

Avouer que j'étais aussi destructrice que ma mère m'a bouleversée. Je désirais ardemment ne pas lui ressembler, mais son sang coulait dans mes veines, plus que je n'avais voulu l'admettre. Et j'avais été obligée de m'éloigner d'Evan avant de l'anéantir comme ma mère l'avait fait avec moi.

J'ai enfoui mon visage dans l'oreiller pour étouffer mes sanglots. Une douleur sourde se propageait dans mon corps, étreignait mes muscles. La sincérité est douloureuse. Tandis que je tremblais de tous mes membres, je le sentais près de moi, et son silence était une torture.

Je ne savais pas quoi dire. J'étais partagé entre l'envie de la prendre dans mes bras – la toucher, la réconforter, la protéger –, et la colère, parce qu'elle m'avait abandonnée, sans même réfléchir au mal qu'elle me faisait en agissant de la sorte.

Son corps était secoué par les sanglots, tandis que le bruit de ses pleurs était absorbé par l'oreiller. À cet instant précis, j'ai su quelle partie, en moi, allait l'emporter. Toujours la même. Je me suis approché d'elle et l'ai serrée dans mes bras. Elle s'est blottie contre ma poitrine, pleurant de plus belle, tandis que j'essayais d'apaiser sa culpabilité. Cette culpabilité qui avait brisé mon cœur, deux ans plus tôt. C'était elle que je devais combattre pour nous sauver tous les deux.

26

LAISSER ALLER

J'ai respiré son odeur familière. Emma s'était endormie, sa respiration était régulière. Derrière les rideaux, le soleil s'était levé. Elle ne tarderait pas à se réveiller. Je n'avais pas réussi à trouver le sommeil : j'avais passé la nuit à me remémorer notre vie commune pour saisir le moment où elle avait commencé à s'éloigner de moi. Et j'en revenais toujours à Jonathan.

La veille, elle était venue m'apporter sa réponse à la question qui me taraudait. Elle m'avait quitté pour me protéger. Pour ne plus me faire souffrir. Cette pensée m'obsédait.

Emma avait une perception bien à elle du monde et de la place qu'elle y occupait. Dès le début, j'avais eu conscience que la comprendre serait un enjeu de taille. Mais c'était ce qui m'avait attiré en elle. Je voulais percer son mystère.

À force de persévérance, j'avais réussi à l'approcher, à entrer dans son intimité. Une question à la fois, pas plus. Petit à petit, elle avait finalement baissé la garde. La seule chose qui avait changé, depuis, c'était la culpabilité.

J'ai observé son visage dans son sommeil. Elle semblait différente. Pas seulement à cause de ses cheveux courts et de ses traits plus fins. C'était autre chose. Elle paraissait… fragile. Et j'aurai beau être grand et fort et faire rempart de mon corps, le danger était ailleurs. Il était en elle. L'ennemi qui se tenait en embuscade, prêt à la détruire, se trouvait tapi au fond d'elle-même. J'avais senti cette destruction s'enclencher le jour de l'enterrement, quand j'avais surpris Emma en train de regarder au loin, par la fenêtre, d'un air absent. Je ne savais pas comment lui venir en aide. Je me sentais impuissant – un sentiment inhabituel, mais que j'avais si souvent éprouvé avec elle.

Le souvenir de ce qu'elle m'avait dit ne cessait de me tourmenter : combien de fois me serais-je laissé maltraiter avant de renoncer ?

J'ai resserré mon étreinte, enfoui mon visage dans ses cheveux.

— Comment pourrais-je te laisser partir, Emma ? ai-je murmuré.

Je ne connaissais toujours pas la vérité.

Prenant appui sur mon coude, j'ai écarté les mèches de son front pour mieux la contempler. Son visage doux paraissait si apaisé. Son nez fin et ses lèvres pulpeuses m'ont fait frémir. Jamais je ne pourrais me lasser de la regarder, elle était si belle.

— Je ne sais pas quoi faire, ai-je chuchoté.

Au même instant, mon portable a vibré sur la table de chevet. J'ai roulé rapidement sur le côté pour le mettre en mode silencieux. Emma n'avait pas bougé, heureusement. J'ai lu le message.

Tu as vu Emma ? Je suis réveillée et elle n'est pas là. Et elle ne répond pas.

J'ai pris le portable d'Emma, à côté d'elle, et appuyé sur le bouton d'accueil. L'écran est resté éteint.

J'ai répondu à Sara :

Elle est ici. Son portable est mort.

Puis je me suis retourné et me suis blotti contre Emma, dans l'espoir de réussir à m'endormir. Mais mon téléphone a de nouveau vibré.

Je viens la chercher.

J'ai soupiré. Connaissant Sara, si je ne l'interceptais pas, elle entrerait dans la chambre sans hésiter. Et elle en tirerait aussitôt des conclusions. Je n'avais pas envie d'entendre ça. À contrecœur, je me suis écarté d'Emma et me suis levé. Après avoir étendu une couverture sur elle, je suis sorti de la pièce et suis monté à l'étage. J'espérais pouvoir calmer Sara rapidement pour retourner auprès d'Emma avant son réveil.

J'ai entendu la porte se fermer.

Il me laissait partir.

Jamais je ne m'étais sentie à ce point brisée, anéantie. Les yeux rivés au plafond, je me suis forcée à respirer profondément pour trouver le courage de m'en aller avant son retour. J'étais incapable de l'affronter. Après avoir repoussé la couverture, je me suis glissée hors du lit. Puis, sans me retourner, je suis sortie par la baie vitrée et j'ai ramassé mes chaussures dans le patio avant de rejoindre la plage.

— Waouh, tu as une de ces têtes ! s'est exclamé Brent quand je suis entré dans la cuisine.

— Merci, ai-je riposté en passant mes doigts dans mes cheveux.

Ren était en train d'éplucher une orange.

— La nuit a été difficile ?

— Où t'étais, hier soir ? ai-je demandé, évitant de répondre à sa question. Je ne t'ai pas vu plus de cinq minutes.

— J'ai retrouvé des potes sur la plage.

Ce qui signifiait : on a parlé surf toute la nuit.

— En clair, tu as boycotté la fête ? a précisé Brent.

Ren a haussé les épaules en guise de réponse.

Nate est apparu en haut des marches, les yeux mi-clos, avec une démarche bizarre. J'aurais juré qu'il faisait une crise de somnambulisme, jusqu'au moment ou je l'ai entendu grommeler :

— Mais quel bordel, ici…

Une odeur de bière flottait dans l'air. Des gobelets traînaient par terre, ainsi que des papiers, des cigarettes écrasées, des morceaux de chips ou de saucisson. Un lendemain de fête normal. J'avais vu pire.

— On va commencer à ranger, a dit Brent d'un ton rassurant. À quelle heure viennent les types du service de nettoyage ?

— À midi, a baillé Nate en se frottant les yeux.

Des coups ont retenti à la porte d'entrée.

— Oh non, mais qui c'est ? a gémi Nate la tête entre les mains, comme si le bruit allait la faire exploser.

— J'y vais, suis-je intervenu, sachant pertinemment qui frappait.

— Où est-elle, Evan ? a lancé Sara d'un ton impatient en me poussant.

— Elle dort encore, ai-je répliqué en fermant la porte.

— Qui ? a questionné Ren.

Brent et Nate m'ont dévisagé comme si j'avais tué quelqu'un.

— Nooooon, j'y crois pas, a commenté Brent en écarquillant les yeux.

— Ne me dis pas que tu as fait ça, a enchaîné Nate.

— On se calme, ai-je protesté en levant les mains. On a juste parlé. Puis elle s'est endormie. C'est tout.

— Dans ton lit ! a accusé Sara.

Puis elle a ajouté à voix basse, de manière à ce que les autres ne puissent pas l'entendre :

— Dormir avec elle ne va pas arranger les choses.

— Mais c'est quoi le problème ? me suis-je énervé. Il ne s'est rien passé.

Sans un mot, elle a descendu les marches. Je me suis tourné vers les autres, qui continuaient à me fixer.

— Bon, on range, ou quoi ?

— Emma ! a crié Sara.

Je l'ai entendue fermer la baie vitrée et traverser le patio d'un pas rapide. Je me suis arrêtée au milieu de l'escalier pour l'attendre. Elle m'a rejointe, sans un mot.

— Tu vas bien ? a-t-elle demandé, une fois que nous étions sur la plage.

Je me suis contentée de hausser les épaules, sans savoir quoi répondre à cette question. Bien… vraiment pas. J'étais surtout perdue.

— Pourquoi es-tu allée retrouver Evan, hier soir ? a-t-elle questionné en me scrutant.

J'ai baissé les yeux et ai observé l'eau qui se retirait du sable.

— J'ai décidé de lui dire pourquoi j'étais partie. Il voulait savoir. Il a le droit de connaître la vérité. Donc je la lui ai dite.

— Mais qu'est-ce que tu lui as raconté, exactement ?

J'ai répété à Sara ce que je lui avais confié deux ans plus tôt :

— Que je suis partie pour le protéger. Je ne voulais pas le faire souffrir davantage.

À ces mots, mon cœur s'est serré.

— Et qu'est-ce qu'il a dit ?

La gorge nouée, je n'arrivais pas à parler. J'ai lutté contre les larmes, avant de répondre.

— Rien. Il n'a rien dit.

— Tu ne veux plus qu'il te haïsse, c'est ça ?

J'ai confirmé d'un signe de tête.

— Mais je ne pense pas qu'il me pardonnera pour autant, ai-je hoqueté, anéantie par cette pensée. Tu avais raison…

— À quel propos ?

— J'ai fait la pire erreur de ma vie, en le quittant.

Je me suis arrêtée et j'ai éclaté en sanglots.

— Tu as l'intention de me dire ce qui s'est passé ? a questionné Nate, debout devant la porte de ma chambre, pendant que je prenais quelques affaires dans le placard pour les mettre dans un sac.

— Non.

Je voulais garder pour moi ce qu'Emma m'avait avoué.

— Mais j'ai beaucoup de choses à penser, ai-je ajouté.

— Tu as changé d'avis ?

— À propos de ce voyage ? Non, j'avais pris ma décision avant. Ça n'a rien à voir avec Emma. Mais je ne sais pas ce qui va se passer à mon retour.

— C'est grave à ce point ?

— Non, j'ai juste besoin réfléchir.

— Je te préviens, Evan : j'ai vu à quel point elle t'a fait souffrir, et je ferai tout pour que cela ne se reproduise pas. Même si tu dois me haïr.

— Message reçu. Mais ça n'arrivera plus. Je te le promets.

Il a hoché la tête, avant de lancer :

— Mais... Ton avion ne part pas ce matin ?

— Non, cet après-midi, ai-je répondu en fourrant une veste dans le sac. Mais je dois passer voir Emma avant.

— C'est drôle, j'étais certain que tu décollais ce matin...

— Attends, je vérifie, ai-je dit en regardant mes mails sur mon portable. Merde ! Tu as raison, mon vol est dans une heure. On doit y aller.

— Il a besoin d'un peu de temps, Em, a affirmé Sara en s'asseyant à côté de moi sur la terrasse.

Les yeux dans le vague, j'ai hoché la tête.

— Il te pardonnera, a-t-elle insisté.

Je n'en étais pas si sûre. Pourquoi le ferait-il ? Je l'avais trahi. Pire encore : je nous avais trahis. Au lieu de faire confiance à Evan, je l'avais quitté. Et j'avais repoussé Jonathan, par peur qu'il ne s'approche trop de moi. Ni l'un ni l'autre ne pouvait me faire confiance, désormais. Je les avais perdus. Tous les deux.

Je me suis tournée vers Sara. Elle me dévisageait d'un air désolé. Combien de temps, avant que je ne lui fasse de nouveau du mal, à elle aussi ? Elle m'avait toujours pardonné, même quand je n'avais pas été complètement sincère avec elle. Mais un jour, j'irais trop loin, je la pousserais à bout.

— Je vais prendre une douche, a-t-elle déclaré en se levant.

Je suis restée sur la terrasse, à regarder le mouvement incessant des vagues. J'ai essuyé mes larmes et tenté de faire le vide dans ma tête pour ne plus rien éprouver. Peine perdue. La souffrance était accrochée à moi et ne me laissait pas de répit.

J'ai voulu prendre mon portable pour voir si Jonathan avait répondu à mes nombreux messages – j'avais beau savoir qu'il ne le ferait pas, je ne pouvais m'empêcher de vérifier de manière compulsive. En fouillant ma poche, je me suis rendu compte que je l'avais laissé chez Evan. Oh, non… Je me sentais incapable de retourner le chercher. Peut-être Sara pourrait-elle le faire pour moi ?

Quand je suis entrée dans la maison, j'ai remarqué que la porte de la chambre de Cole était encore fermée. Habituellement, à cette heure-là, il était levé depuis longtemps, mais, étant donné le choc qu'il avait eu hier, j'ai préféré le laisser tranquille et me suis dirigée vers la chambre de Sara.

— J'ai laissé mon…, ai-je commencé en entrant dans la pièce.

Puis, apercevant les yeux rougis de Sara, j'ai aussitôt ajouté :

— Qu'est-ce qui se passe ?

— Ma mère vient de m'appeler… Mon grand-père est mort.

— Oh, Sara, je suis désolée ! ai-je lancé en m'asseyant sur le lit à côté d'elle.

Elle a posé sa tête sur mon épaule et je lui ai pris la main pour la caresser.

— Il était vieux, a-t-elle soupiré. On savait qu'il n'en avait plus pour longtemps, il avait toujours un truc qui clochait.

Après un instant de réflexion, elle a ajouté :

— C'était quand même un bel enfoiré !

On a éclaté de rire toutes les deux.

— Mais c'était mon grand-père, et je l'aimais…

— Je sais, ai-je murmuré en embrassant ses cheveux.

Je l'avais croisé plusieurs fois et il m'avait mise mal à l'aise avec son ton cynique et son habitude de se plaindre tout le temps. Je pense qu'il n'aimait personne, en dehors de Jared – ce qui était plutôt cocasse.

Au bout de quelques minutes, Sara a redressé la tête.

— Je dois partir. Ma mère m'a envoyé une voiture pour aller à l'aéroport de Los Angeles.

Elle a poussé un soupir et s'est levée. J'aurais aimé l'aider, la soulager dans sa tristesse. Réussir à l'apaiser, ne serait-ce qu'un centième de ce qu'elle avait fait pour moi à Weslyn.

— Je viens avec toi, ai-je annoncé.

— Pas question, a-t-elle répliqué. Tu as assez de problèmes comme ça, inutile que tu te farcisses ceux de ma famille de dingues. Je serai de retour dans quelques jours.

Je l'ai dévisagée quelques secondes, perplexe, avant d'acquiescer.

Une demi-heure plus tard, elle avait fait sa valise. J'étais dans le salon avec elle, quand un bruit de klaxon a retenti dehors.

— C'est la voiture, a dit Sara. Je dois y aller.

Elle a hésité un instant, avant de lâcher :

— Va lui parler, Em. Laisse-lui le temps d'accuser le coup, puis parle-lui.

J'ai hoché doucement la tête.

— Je reviens vite, a-t-elle ajouté en m'embrassant. Je t'appelle en arrivant, OK ?

— OK, ai-je murmuré d'une voix à peine audible.

Je l'ai regardée monter dans la voiture et s'éloigner. La manière dont elle avait rejeté ma proposition m'avait ébranlée. Je n'étais même pas capable de réconforter ma meilleure amie. Elle n'avait pas besoin de moi.

Avec un soupir, j'ai lancé un coup d'œil vers la chambre de Cole. Je n'avais ni le désir ni le courage d'expliquer ce qui s'était passé la veille. Nous le savions l'un et l'autre.

Mais quelque chose ne tournait pas rond. Je me suis approchée de sa porte et j'ai frappé doucement. Pas de réponse. J'ai hésité un instant, puis j'ai ouvert. Le lit était fait, la chambre rangée. Trop bien, même. Quand je suis entrée dans la pièce, j'ai vu mes vêtements rangés dans le placard, mes chaussures alignées devant, et mon sac plié par terre. Mais il n'y avait pas ses affaires. J'ai regardé dans la salle de bains. Il ne restait plus que ma brosse à dents. Tout le reste avait disparu.

J'étais sur le point de sortir de la chambre, quand j'ai aperçu une feuille pliée en quatre sur mon oreiller. Je suis restée un moment immobile, l'estomac noué. Avais-je vraiment envie de savoir ? J'ai finalement pris le papier et l'ai déplié lentement.

Je préfère partir avant de souffrir, Emma. Je ne te laisserai pas me faire de mal.

Deux phrases aussi violentes qu'un coup de poing. Je me suis laissée tomber sur le lit, fracassée.

— Je suis vraiment désolée, Cole, ai-je murmuré.

C'était écrit entre les lignes : je l'avais blessé. Comme je savais si bien le faire. Je me suis roulée en boule sur le lit et j'ai remonté la couette jusqu'au menton pour essayer de lutter contre le froid qui m'avait soudain envahie. Rien à faire. Tandis que mon regard flottait au loin, je tremblais, ravagée par cette étreinte glaciale.

À nouveau, j'étais perdue, désemparée. Ma vie était un désert, je n'avais personne. J'étais seule, isolée. Ma famille me rejetait. Evan refusait de me pardonner. Sara n'avait pas besoin de moi. Les filles ne me connaissaient pas. Jonathan était parti. Tout comme Cole, qui avait découvert qui j'étais réellement.

Une immense fatigue s'est emparée de moi. J'ai fermé les yeux, avec l'espoir que les voix qui me hantaient chaque nuit me laisseraient enfin dormir.

J'ai regardé d'un air perplexe le portable que je tenais à la main – celui qu'Emma avait oublié sur le lit et que j'aurais dû lui rendre avant de partir pour l'aéroport. Dans la précipitation de mon départ, j'avais totalement oublié son existence. Je l'ai branché au chargeur et l'ai posé sur le bureau.

La porte de la chambre d'hôtel s'est ouverte. Jared est apparu sur le seuil, une valise à la main.

— Qu'est-ce que tu fais ici ? ai-je lancé, étonné.

— Maman m'a dit de venir. Elle m'a expliqué qu'elle était là avec toi et qu'elle devait nous voir tous les deux pour nous parler.

— Ah oui ? Au sujet de quoi ?

J'aurais dû me douter que Jared serait là, quand j'ai vu qu'elle avait réservé une chambre double. Mais j'avais l'esprit ailleurs.

— Pas la moindre idée. Elle m'a juste dit de venir, j'ai obéi. J'ai pensé que je pourrais ensuite retourner à Santa Barbara avec toi. Genre demain ?

— Ça marche.

Il s'est installé sur le lit, adossé contre les oreillers.

— Alors ? a-t-il interrogé. Tout se passe comme tu l'avais prévu ?

— Je n'avais rien prévu, ai-je riposté, agacé.

— Arrête ! Tu as toujours un plan. C'est comme ça que tu marches : tu réfléchis à tout, tu calcules et planifies chaque étape de ta vie. Et là, vu l'enjeu, tu n'as pas pu aller à Santa Barbara sans avoir élaboré une stratégie.

— Avec elle, c'est impossible, ai-je murmuré en fixant de nouveau le téléphone d'Emma.

Je me suis réveillée en sursaut et ai parcouru la pièce d'un regard affolé. J'étais seule.

Je ne veux pas être seule. S'il te plaît, ne me laisse pas seule.

Dans l'espoir de chasser la voix de ma mère qui résonnait dans ma tête, j'ai repoussé la couette et me suis levée pour aller sur la terrasse. Le soleil se couchait sur la mer et le ciel arborait sa magnifique couleur rose orangé. Même si j'avais dormi une bonne partie de l'après-midi, je me sentais encore épuisée. Je suis descendue marcher sur la plage, au milieu des gamins qui couraient dans l'eau et des gens assis dans le sable.

Quelques instants plus tard, comme par reflexe, je me suis retrouvée au pied de l'escalier qui menait à la maison de Nate. J'ai grimpé les marches sans même savoir ce que j'allais dire à Evan. Je voulais simplement ne pas être seule. Et je n'avais pas d'autre endroit où aller.

TJ m'a aperçue dès que je suis entrée dans le patio. Il sortait du garage, une planche de surf sur la tête.

— Emma ! s'est-il exclamé avec enthousiasme. Qu'est-ce que tu fais là ? Une petite visite ?

— Euh..., ai-je bredouillé, prise au dépourvu. Salut, TJ. Evan est dans le coin ?

— Non, a-t-il répondu d'un air désolé. Il est parti.

— Comment ça, parti ?

— Nate l'a accompagné à l'aéroport il y a deux heures.

— Il est parti..., ai-je répété, incrédule. Ah... OK, merci.

Sous le choc, j'ai fait demi-tour et me suis dirigée vers l'escalier.

— Tu peux rester, a lancé TJ, derrière moi.

Sans même me retourner, j'ai fait un signe de la main avant de dévaler les marches.

— Il est parti, ai-je murmuré, accablée.

Il avait décidé de me laisser.

Soudain, c'était comme si une nuit glaciale enveloppait mon cœur. Je n'ai pas lutté. J'ai attendu de ne plus entendre les pulsations dans mes veines, de ne plus rien sentir. Les paroles de Sara ont résonné dans le vide qui m'envahissait.

Tu ne peux pas passer ton temps à repousser tout le monde. Si tu continues, un jour, tu n'auras plus personne.

Je suis retournée à la maison comme un automate. Une fois dans le salon, je me suis blottie sous la couette et j'ai fermé les yeux. Le murmure des voix a aussitôt bourdonné à mes oreilles, ranimant la flamme de la culpabilité et de la tristesse. Incapable de me battre, je me suis perdue dans ce flot de souffrance, emportée par la vague sombre du désespoir.

— Quelle journée épouvantable ! a déclaré ma mère en rendant le menu au serveur qui venait de prendre notre commande.

— Je te remercie pour ta compréhension, ai-je dit.

J'étais soulagé qu'elle ait accepté ma décision, alors que je l'avais mise devant le fait accompli.

— Je comprends que tu ne veuilles pas que je m'en mêle. Je t'ai toujours dit que je ne m'opposerais pas à tes choix. J'ai confiance en toi, tu sais ce que tu fais.

À cet instant, mon portable a vibré. Je l'ai sorti, malgré le regard réprobateur de ma mère.

— Je sais, ai-je aussitôt réagi. Mais je dois absolument prendre cet appel, excuse-moi.

Avant de décrocher, je me suis levé pour me diriger vers les toilettes, à l'abri.

— Salut, ai-je lancé. Tout va bien ?

— Je comptais sur toi pour me le dire, a lâché Sara. Tu as vu Emma aujourd'hui ?

J'ai hésité un instant avant de répondre – je ne comprenais pas le sens de sa question.

— Comment ça ? Tu n'es pas avec elle ?

À son tour, Sara est restée quelques instants silencieuse.

— Mais où es-tu, Evan ?

— À San Francisco. Et toi.

— Dans le New Hampshire, à l'enterrement de mon grand-père.

— Oh, je ne savais pas... Je suis désolé, Sara.

— Merci, a-t-elle évacué rapidement. Je n'arrive pas à mettre la main sur Emma et je commence à m'inquiéter.

— C'est moi qui ai son portable. Elle l'a laissé à la maison et j'ai oublié de le lui rapporter. C'est pour ça que tu n'arrives pas à la joindre. Mais elle est avec Cole, non ? Tu peux l'appeler lui.

— J'ai essayé, mais il ne répond pas.

— Tu veux que je demande à Nate de vérifier que tout va bien ? ai-je proposé. Elle peut t'appeler depuis son portable.

— Non, c'est bon, merci. Je suis sûre que tout va bien. C'est juste que je lui avais dit que je l'appellerais et je ne lui ai pas parlé depuis que je suis partie, hier.

— Je rentre demain, je passerai la voir en arrivant, ai-je dit. Et encore toutes mes condoléances pour ton grand-père.

— Merci, Evan.

— On se tient au courant. À plus tard.

J'allais raccrocher, quand j'ai entendu :

— Evan…

— Oui ?

— Je sais que ça ne me regarde pas, mais… tout va bien entre vous ? Je veux dire… Je me doute que c'est compliqué, mais tu ne vas pas arrêter de lui parler, hein ?

— Non, ai-je lâché, troublé par sa question. Mais… euh… pourquoi tu crois ça ?

Elle a poussé un long soupir.

— Peu importe.

— Attends ! Elle t'a parlé ? Elle pense que je suis fâché contre elle ?

Elle a hésité un instant avant de répondre.

— Pas exactement… J'ai juste un drôle de sentiment. Mais je m'inquiète sûrement pour rien, comme toujours. J'ai tendance à la surprotéger. Je rentre jeudi, on se verra à ce moment-là.

Elle a raccroché avant que je n'aie le temps de l'interroger davantage. J'étais vraiment mal : j'aurais dû voir Emma avant mon départ et j'aurais dû lui parler après sa confession. Ou, au moins, réagir. L'inquiétude de Sara m'effrayait. Quelque chose clochait, je le sentais.

Avant de retourner à table, j'ai appelé Nate pour lui demander de passer la voir. Il m'a promis de le faire, sans poser de questions.

— Tout va bien ? a interrogé ma mère tandis que je m'asseyais, l'air absent – je me repassais en boucle la soirée avec Emma.

Au bout de quelques instants, je suis revenu à la réalité et j'ai reporté mon attention sur ma mère, qui m'observait d'un air soucieux.

— Pardon. C'était Sara. Son grand-père vient de mourir et elle est avec sa famille dans le New Hampshire.

— Sérieux ? a réagi Jared. Gus est mort ? Oh non, j'adorais ce type !

Il nous a lancé un rapide coup d'œil avant de se lever, blême.

— Je reviens tout de suite.

À peine s'était-il éloigné que je l'ai vu sortir son portable.

— Pourquoi est-ce que Sara t'a appelé toi ? a poursuivi ma mère.

— J'ai le téléphone d'Emma, donc elle n'a pas réussi à la joindre et elle me demandait si j'avais de ses nouvelles, ai-je expliqué. Elle ne savait pas que j'étais ici. Personne n'est au courant, en dehors des garçons.

Pour couper court, et avant le retour de Jared, j'ai enchaîné :

— Que disait la lettre ?

Ma mère a froncé légèrement les sourcils à cette question.

— De quelle lettre parles-tu ?

— Celle qu'Emma t'a donnée avant de partir. J'ai trouvé l'enveloppe. Et ce qu'il y avait dedans a eu un impact important sur ma vie. Elle racontait quoi, cette lettre ?

Elle est restée un moment silencieuse, l'air pensif.

— C'est confidentiel. Je suis désolée mais je ne peux pas te le dire.

Ma mère avait des principes. J'étais admiratif et respectueux de cette morale, mais, parfois, c'était agaçant.

— Je comprends.

Jared est revenu à la table.

— Tu as combien de temps à nous accorder ?

— Une heure, a répondu Jared, visiblement angoissé.

— Tu transmettras mes condoléances à Sara et à ses parents, a-t-elle ajouté avant de boire une gorgée de vin.

Il a hoché la tête en évitant mon regard.

— Nous avons peu de temps, je vais donc vous dire rapidement pourquoi nous sommes réunis ici, a déclaré ma mère. J'ai décidé de vendre la maison de Weslyn.

Jared n'a pas bronché. Mais il n'y avait pas beaucoup vécu, donc cela le touchait peu. Cette nouvelle me visait directement. Il n'était là que pour faire tampon.

— Tu n'as pas le droit de faire ça, ai-je aussitôt décrété.

— Cette maison est trop grande, maintenant que vous êtes tous les deux partis, a-t-elle expliqué d'une voix douce. Je suis vraiment désolée, Evan.

— Non ! ai-je insisté en montant le ton. C'est le seul endroit où je me suis senti chez moi. Tu ne peux pas la vendre.

— Evan…, a lancé Jared pour me mettre en garde.

Il remplissait son rôle à la perfection.

Un silence a suivi. J'essayais de reprendre mes esprits, pendant que ma mère m'observait sans rien dire, comme elle savait si bien le faire. Durant mon enfance, nous avions souvent déménagé. Je n'avais pas eu la possibilité de m'attacher à une maison ou de me faire des amis durables – à l'exception de Nate et de la bande.

Mes parents avaient proposé à Jared d'aller en pension, s'il le souhaitait, pour garder ses amis, et il avait choisi cette solution. Moi, j'avais préféré voyager. Et je ne voulais pas laisser ma mère seule. Mais quand nous étions arrivés à Weslyn, les choses avaient changé. L'idée de perdre ce lieu m'était insupportable. Ne plus voir l'immense chêne du jardin ni pouvoir me promener à l'ombre du petit bois – impossible. Même si Emma n'était plus avec moi et que je ne savais pas ce que l'avenir nous réservait, je ne pouvais me résoudre à laisser sortir cet endroit de ma vie. En même temps que la maison, c'était Emma qui partirait un peu. Comme si tout ce qui avait existé entre nous et qui nous reliait encore allait être effacé d'un coup de gomme.

Forcément, il y avait une autre solution.

— Est-ce que tu peux réfléchir à la possibilité que j'achète la maison ? ai-je demandé.

— Tes économies son bloquées pendant encore quatorze ans, m'a-t-elle rappelé d'un air navré. Tu n'as pas le droit d'y toucher sans l'autorisation de ton père et...

— Je sais, ai-je coupé – j'entendais d'ici ses paroles condescendantes. Mais est-ce qu'on pourrait imaginer que je te rembourse des échéances, chaque mois, ou...

Elle s'est contentée de me dévisager sans rien dire. Clairement, elle ne souhaitait pas discuter de cela. En tout cas, pas ce soir.

Après avoir regagné ma chambre, j'ai posé ma veste sur la chaise et dénoué ma cravate. Je me suis installé sur le lit, le dos calé contre les oreillers. Pas question de renoncer à la maison. Ni à ce qui se passait avec Emma. Elle commençait tout juste à s'ouvrir et j'entrevoyais la possibilité d'avoir à nouveau confiance en elle. Par un étrange raccourci, la perspective de perdre la maison de Weslyn m'avait fait comprendre que je ne pouvais pas me passer d'Emma. Je ne voulais pas la laisser s'éloigner de moi.

Son portable a vibré. Je me suis levé pour le mettre en mode silencieux, mais, quand je l'ai pris, l'écran s'est allumé et la liste des appels manqués et des messages reçus est apparue. La plupart venaient de Sara. Normal. Mais celui qui a retenu mon attention n'était pas d'elle. J'ai regardé le message, comme hypnotisé. Il disait simplement :

Emma ?

Cela ne me regardait pas, je le savais parfaitement. Je n'avais pas le droit de m'immiscer ainsi dans sa vic privée, mais je n'ai pas pu m'empêcher d'ouvrir le message. Le précédent texto est alors apparu. Il était plus long. Il provenait d'un simple numéro de téléphone, sans nom. Mais je savais qui en était l'auteur.

J'ai eu tes messages et textos. Désolé, ma vie est compliquée en ce moment. Malheureusement, on ne peut pas revenir en arrière et changer les choses. J'aurais préféré. Je te pardonne. Tu me manques. J'aimerais entendre ta voix, là tout de suite. Je ne pourrai plus te recontacter après ce soir. Mon portable va être bientôt coupé. Dis-moi que tu me pardonnes, s'il te plaît. Ça m'aiderait de le savoir. Tu mérites d'être heureuse, Emma. Et d'être aimée, aussi. J'espère que tu le crois.

Je voulais supprimer ce message. Et le supprimer lui. Mais je ne pouvais pas faire ça. J'ai maintenu le bouton appuyé pour éteindre le téléphone et suis resté prostré, la tête entre les mains.

Qu'est-ce ce qui était le plus douloureux ? Qu'elle ait demandé à Jonathan de la pardonner, ou qu'elle m'ait supplié de la détester ? Et pourquoi Jonathan avait-il besoin de son pardon ? Que s'était-il passé entre eux ?

À présent, j'avais le choix. Je pouvais sortir de sa vie, comme elle m'y incitait, pour ne plus risquer qu'elle me fasse du mal. Ou je pouvais me battre pour nous. La convaincre que ça valait le coup, que nous méritions ça. La souffrance qu'elle pouvait m'infliger ne pourrait jamais égaler celle d'une vie sans elle.

Je ne pouvais jamais renoncer à elle, à nous.

27

Parti

Un épais brouillard était tapi derrière la fenêtre. Je n'avais aucune idée de l'heure, ni de combien de temps j'étais restée allongée sur le canapé. Dans ma tête, résonnaient encore les phrases chargées de haine, affûtées comme des couteaux.

« *T'es qu'une sale pute.* »

J'ai essayé d'évacuer cette boue nauséabonde qui hantait mes pensées, sans succès. Même si les blessures avaient cicatrisé, ma chair était encore imprégnée de poison. Pour longtemps. Les mots revenaient comme un boomerang. Ils avaient marqué mon cerveau au fer rouge.

« *Tu n'es qu'une merde inutile.* »

À une certaine époque, je croyais que ma détermination et mes succès constitueraient un rempart suffisant contre la méchanceté. Mais c'était avant. Depuis, j'avais renoncé à me défendre. À quel moment exactement, j'avais oublié. Peut-être le soir où j'avais abandonné Evan, roué de coups et à peine conscient ? Mais peut-être était-ce avant ? Peu importait quand, en tout cas, les murmures, eux, m'avaient trouvée et avaient assailli ma solitude.

« *Tu te fiches des autres, il n'y a que toi qui compte.* »

J'ai laissé mon regard flotter au loin, se perdre dans le voile gris qui recouvrait le paysage. Le grondement de la mer parvenait à étouffer un peu le bruit des voix dans ma tête, qui s'étaient transformées en hurlements. Je suis descendue sur la plage à travers l'épais brouillard.

« *Tu me l'as pris.* »

Arrivée au bord de l'eau, j'ai contemplé la mer déchaînée. Les rouleaux gagnaient en puissance avant d'exploser dans un bruit assourdissant. Ils venaient mourir à mes pieds en déposant leur écume sur le sable. La crête blanche des vagues dessinait des doigts aguicheurs, comme un signe à mon intention.

« *Ne crois surtout pas qu'il tient à toi.* »

Mes yeux se sont remplis de larmes. Je n'ai pas cherché à les retenir, elles ont coulé le long de mes joues. J'étais fatiguée de me battre, de souffrir. J'en avais assez de cette culpabilité qui me torturait. Je ne voulais plus de cette existence. Combien de fois m'avait-on reproché d'exister ? À présent, j'en étais moi-même convaincue : je ne devais plus vivre.

« *Tu n'aurais jamais dû naître.* »

J'ai fait un pas, puis un autre. Le gris du ciel se confondait avec la mer. Le menton tremblant, le visage ruisselant de larmes, j'avançais dans l'eau, luttant contre les vagues furieuses qui me repoussaient vers le rivage.

J'ai plongé, la mer glaciale a saisi ma peau, pénétré mes os, jusqu'à m'anesthésier.

« *Tu n'as pas imaginé que cela pouvait me faire souffrir ?* »

J'ai nagé sous l'eau pour passer sous les vagues. Je suis ressortie de l'autre côté de la barre, là où la mer était plus calme. Étendue sur le dos, les bras en croix, je me suis laissé porter par le mouvement. Je n'entendais plus que le bruit de ma respiration. Le silence s'est emparé de mon esprit. Petit à petit, la douleur a quitté mon corps, emportant avec elle les voix qui me hantaient. Je ne sentais plus rien. J'acceptais mon sort. Résignée, j'attendais la fin. Mon dernier souffle.

Je me suis roulée en boule pour permettre à mon corps de couler, puis j'ai fermé les yeux pour mieux ressentir le silence.

Je n'avais plus qu'à me laisser aller.

« *Laisse-toi aller.* »

Le mot a ricoché contre mes tempes.

« *Respire, Emma. Laisse-toi aller et respire.* »

Mes poumons réclamaient de l'air, tandis que mon cœur voulait continuer à battre. Mon corps luttait, refusait de renoncer à la vie. Au milieu de ce calme abyssal qui m'entourait, ses mots ont résonné. Comme s'il me les chuchotait à l'oreille.

« *Accroche-toi à la vie, Emma. Tu es bien plus forte que tu ne le crois.* »

J'ai alors compris : j'étais incapable de renoncer.

Même à un souffle de la paix éternelle, je ne pouvais pas abandonner. Ça n'était pas moi. Peut-être que cette vie n'était pas pour moi, que je n'aurais jamais dû naître, mais tant que je continuerai d'exister, je lutterai pour survivre.

D'un vigoureux battement de pieds, je me suis propulsée vers la surface. Une fois hors de l'eau, j'ai inspiré l'air libérateur. La tête me tournait tandis que je tentais de retrouver mon souffle, de calmer les battements affolés de mon cœur, de permettre à mon sang de circuler à travers mon corps. Mes muscles tétanisés par le froid ont peu à peu retrouvé leur force. Lentement, j'ai nagé vers le rivage. Chaque brasse était une épreuve. Mais je gagnerais. Au prix d'un immense effort j'ai atteint le bord. À peine mes pieds ont-ils touché le sable que j'ai commencé à courir. Je devais me débarrasser des fantômes qui m'entravaient. Chasser la petite fille qui craignait, chaque soir, que sa mère ne vienne la persécuter dans son lit. Évacuer le doute qui soutenait chacun de mes gestes, chacune de mes pensées, m'empêchait d'avancer. Éliminer la culpabilité qui me faisait croire que je ne pouvais que blesser ceux que j'aimais.

Tandis que je courais, la sueur se mêlait aux larmes, coulant sur mon visage, pénétrant dans ma bouche. J'ai pleuré la petite fille qui avait perdu son père et n'avait jamais eu de mère, et celle qui ne rêvait que d'être acceptée mais n'était jamais à la hauteur. L'adolescente qui avait souffert le martyre. J'ai pleuré l'enfant qui méritait d'être aimée mais ne savait pas comment gagner cet amour.

Mon souffle devenait plus régulier, la douleur s'atténuait, la peur et la tristesse s'éloignaient. J'avais l'impression que chaque pas éteignait une partie sombre en moi. Je continuais à courir, même si mes muscles demandaient grâce. Quand j'ai atteint les rochers, mes poumons me brûlaient, ma vue se brouillait, j'arrivais à peine à soulever mes pieds. J'étais sur le point de m'évanouir. Je devais m'arrêter. À quelques dizaines de mètres, se trouvait le spot des surfers – certains entraient dans l'eau tandis que d'autres attendaient, assis sur leur planche. J'ai tracé une ligne imaginaire. Celle que je devais atteindre. Arrivée là, je pourrais arrêter de courir. Juste être.

Dès que j'eus franchi cette ligne, je me suis écroulée dans le sable, je tremblais de tous mes membres. Allongée sur le dos, j'ai fermé un instant les paupières avant de fixer le bleu intense du ciel. Soudain, un visage est apparu au-dessus de moi.

— Emma ? a dit la fille

J'ai mobilisé toute mon énergie pour me concentrer sur les cheveux blonds et les grands yeux marron qui se détachaient en contrejour.

— Nika ?

— Mais qu'est-ce que tu fais-là ? a-t-elle demandé en me tendant la main pour m'aider à me redresser. D'où tu viens, comme ça ?

Je l'ai dévisagée, incapable de bouger.

— De chez Cole, ai-je murmuré.

— Elle a dit « Cole » ? a répété une autre voix. Elle doit délirer, parce que c'est hyper loin.

— Bois ça, a insisté une autre fille en mettant une bouteille dans ma main.

De l'eau fraîche a coulé dans ma bouche. J'ai fermé les yeux, soulagée, avant de repousser la bouteille. Je ne pouvais pas avaler plus d'une gorgée à la fois.

— Tu veux qu'on te raccompagne chez Cole ? a proposé Nika.

J'ai secoué la tête.

— Où préfères-tu qu'on te dépose, alors ? a interrogé la petite brune, agenouillée à côté de moi.

— Chez Nate, ai-je marmonné en m'efforçant de reprendre mes esprits, tandis qu'autour de moi, tout tournait.

J'ai frappé à la porte. Pas de réponse. Sans la moindre hésitation, j'ai tourné la poignée. La porte n'était pas fermée à clé. Je l'ai poussée pour entrer. Quelque chose clochait. Depuis la veille au soir, je n'arrivais pas à me débarrasser de ce sentiment. D'autant plus que Nate m'avait dit que personne n'avait répondu quand il était passé…

Si seulement il était entré.

J'ai parcouru rapidement les pièces, sans trouver âme qui vive. Quand je suis arrivé devant la grande chambre, je suis resté un instant sur le seuil de la porte. Les affaires de Cole n'étaient plus là, il n'y avait que celles d'Emma. Il était parti.

— Merde, ai-je lâché en retournant dans le salon.

La baie vitrée était ouverte, je suis sorti sur la terrasse et j'ai inspecté la plage d'un coup d'œil. Alors que je m'apprêtais à descendre les marches, mon téléphone a vibré.

— Salut, Nate. Je suis rentré. Je suis chez Cole et je cherche Emma.

Tout en parlant, je continuais de scruter les gens sur la plage pour voir si elle y était.

— Elle est ici, avec nous, a-t-il dit. Juste… elle est un peu… déshydratée.

En entendant le ton de sa voix, je me suis arrêté.

— Comment ça ? Où êtes-vous ? Et pourquoi est-elle déshydratée ?

— On est à la maison, a-t-il expliqué. Nika l'a trouvée sur une plage, super loin, et l'a ramenée ici.

Puis, s'adressant à quelqu'un près de lui, il a lancé :

— Mettez la clim et empêchez-là de s'allonger.

— Mais qu'est-ce qu'elle a ? ai-je demandé, paniqué.

Le portable à l'oreille, je me suis mis à courir vers la maison de Nate.

— Elle ne vomit pas, a-t-il dit, ce qui n'a fait que renforcer mon inquiétude. Elle a juste eu un coup de chaud et elle est déshydratée.

— Mais de quoi tu me parles, Nate ? ai-je crié. Tu me fous la trouille, là. Est-ce qu'elle a besoin d'aller à l'hôpital ?

— Zut, tu as vu ses pieds ? a lancé TJ, quelque part derrière Nate.

— Mais qu'est-ce qui se passe, nom de Dieu ? ai-je hurlé. Nate, réponds-moi, est-ce qu'on doit l'amener à l'hôpital ?

— Evan veut savoir si elle doit aller à l'hôpital, a interrogé Nate à la cantonade.

— Non, pas l'hôpital ! s'est exclamée Emma.

— Elle ne veut pas, a dit Nate.

— J'ai entendu, ai-je répondu en soupirant. Je suis là dans une minute.

Dès que je suis arrivé, j'ai ouvert la porte à toute volée et me suis précipité dans le salon. Emma était allongée sur le canapé. Elle avait la peau rouge et brillante et les cheveux collés par la transpiration. Adossée aux coussins, elle avait l'air épuisée.

— Coucou, Emma, ai-je dit doucement en m'installant près d'elle.

Sans ouvrir les yeux, elle a tressailli.

— Evan ?

— Oui, je suis là.

— Tu es parti…

Au prix d'un grand effort, elle a ouvert les yeux et a tourné la tête vers moi.

— Tu es parti, a-t-elle répété dans un murmure.

— Oui, mais je suis revenu, ai-je répondu, perturbé par sa réaction. Et j'ai ton portable.

— Ah… Tu es revenu pour me rendre mon portable.

— Non, ai-je aussitôt réagi. Pour toi…

Je me suis mordu les lèvres, les mots avaient jailli sans contrôle. Je l'ai observée un instant en espérant qu'elle soit trop exténuée pour relever.

— Je ne suis parti que deux jours, ai-je poursuivi. Mais je suis là, maintenant. OK ?

— OK, a-t-elle glissé dans un souffle.

Puis, avec l'esquisse d'un sourire, elle a ajouté :

— Tu n'es pas parti.

En voyant son air soulagé, j'ai souri à mon tour.

— Non, je ne suis pas parti.

J'ai effleuré sa joue du bout des doigts. Elle avait du sel sur la peau.

— Il y a de l'eau dans le frigo, TJ, a indiqué Nate.

TJ est allé chercher la bouteille. Il l'a tendue à Emma, mais elle était si faible qu'elle n'arrivait pas à dévisser le bouchon. Je lui ai pris des mains et l'ai ouverte pour elle. Le visage appuyé contre le canapé en cuir, elle a bu quelques gorgées.

Je me suis levé pour rejoindre Nate, un peu plus loin.

— Tu crois que ça va aller ? ai-je demandé à voix basse, sans la quitter des yeux.

Avant même qu'il ait eu le temps de répondre, je me suis écrié :

— C'est quoi ça ??

Le dessous de ses pieds était rouge, la chair à vif, et elle avait une entaille dans le talon.

— J'ai appelé une copine pour avoir son avis, a dit Nate. Elle est en dernière année d'école d'infirmières. Ne t'inquiète pas, ça va aller. C'est sûr que demain, elle aura mal partout, mais j'ai vu pire que ça quand j'ai couru le marathon.

— Ça ne me rassure pas beaucoup, ai-je lâché.

Emma mangeait une glace. Elle avait pris une douche et portait des vêtements d'homme – le tee-shirt de Nate, mon short et le sweat-shirt de TJ. Son regard avait retrouvé un peu de vie.

— Montre-moi tes pieds, ai-je insisté.

J'avais étalé une serviette sur mes genoux et mis la trousse de premier secours à côté de moi.

Elle a soulevé ses pieds qui trempaient dans un seau d'eau et les a posés sur mes genoux.

— C'est quel parfum, toi ? a demandé TJ en léchant une glace jaune, à l'autre bout de la pièce.

— Cassis, a répondu Emma. Et toi ?

— Ananas. Tu veux goûter ?

— TJ ! ai-je lancé en fronçant les sourcils.

— Quoi ? a-t-il protesté. Je proposais juste de partager !

Emma a ri. Quelle douce musique. Je ne souhaitais qu'une chose : l'entendre plus souvent.

Alors que je m'apprêtais à désinfecter ses plaies, mon téléphone a vibré. J'ai fait une grimace en voyant le nom de Sara s'afficher. J'aurais dû l'appeler plus tôt.

— Salut, Sara.

— Surtout ne te sens pas trop coupable, a-t-elle aussitôt répliqué. Merci de m'avoir téléphoné. Tu as vu Emma ?

— Ouais. Elle est à côté de moi, je te la passe.

J'ai tendu mon portable à Emma avant d'imbiber le coton avec du désinfectant.

— Coucou, Sara, ai-je dit.

Avant même d'entendre le son de sa voix, j'ai crié en enlevant mon pied des mains d'Evan :

— Ça fait super mal !

— Mais qu'est-ce qu'il est en train de te faire ? a réagi Sara.

— Je dois absolument nettoyer ça, a répliqué Evan en attrapant ma cheville. Je vais y aller doucement, promis.

Il a passé le coton sur les plaies ouvertes et je n'ai pu m'empêcher de gémir.

— J'ai l'impression que tu frottes avec du papier de verre et de l'acide, c'est atroce !

— Emma ! a crié Sara pour attirer mon attention.

— Mais quelle idée aussi de courir un marathon pieds nus ! a riposté Evan.

— Attends au moins que j'ai raccroché, s'il te plaît, ai-je supplié en posant mon pied sur la serviette.

— D'accord, a-t-il soupiré en reposant son instrument de torture.

— Désolée, Sara, ai-je lâché au téléphone.

— Tu veux bien me dire ce qui se passe ? a-t-elle demandé, au bord de l'implosion.

J'ai baissé les yeux et frotté une tache invisible sur mon sweat-shirt.

— Tu étais partie, Evan et Cole aussi. Alors je suis allée courir. Très longtemps. Et maintenant, je le paie cher.

Du coin de l'œil, j'ai vu Evan tourner la tête vers moi.

— Cole est parti ? a répété Sara. Ah... Et tu ne savais pas qu'Evan allait à San Francisco pour deux jours.

— Non, ai-je murmuré.

Je n'osais pas lever les yeux sur Evan, qui attendait patiemment que j'ai terminé mon récit.

— Oh, Emma, je suis vraiment désolée. J'aurais dû t'emmener. Je sais que tu voulais venir mais je pensais que c'était une très mauvaise idée que tu te retrouves de nouveau à un enterrement. Pourtant, j'aurais mille fois préféré que tu sois avec moi, ils sont trop tarés dans ma famille...

J'ai émis un petit rire.

— Tu es sûre que ça va, Em ? a-t-elle poursuivi. Parce que, à t'écouter, c'était un peu une course de dingue, non ?

— Une course de survie, ai-je simplement commenté.

— Ah, d'accord..., a-t-elle lâché, perplexe. Donc, si j'ai bien compris, il faut qu'on trouve un autre endroit où aller, hein ?

— Ça serait mieux, oui. Nate connaît une agence immobilière, on a rendez-vous demain matin pour visiter quelques maisons.

— Super ! Tiens-moi au courant. Et Evan t'accompagnera ?

— *A priori*, oui.

— Est-ce qu'il serait d'accord pour rester avec toi jusqu'à mon retour ? Ça me rassurerait que tu ne sois pas toute seule.

Son inquiétude m'a fait sourire.

— Pas de problème pour moi, mais il faut que tu lui demandes à lui.

Evan, qui discutait avec ses potes, a posé les yeux sur moi. Je savais qu'il écoutait ma conversation.

— Passe-le-moi. On se voit jeudi. Et pense à mettre ton fichu téléphone à charger.

— Promis ! ai-je répondu en riant avant de tendre son portable à Evan.

Emma ne m'a pas quitté des yeux tandis que je portais mon téléphone à mon oreille.

— Est-ce que tu peux faire en sorte qu'elle ne reste pas seule jusqu'à mon retour ? a demandé Sara.

J'ai plongé mon regard dans celui d'Emma.

— Je peux faire ça, ai-je répondu.

J'ai vu les joues d'Emma se colorer un peu.

— Je ne sais pas ce qui s'est passé, mais ça n'était pas terrible, j'ai l'impression, a ajouté Sara.

— En effet, ai-je avoué en soutenant le regard d'Emma. Mais ne t'en fais pas, demain, on va trouver un endroit sympa et je n'en bougerai pas avant que tu me mettes dehors.

— Des chambres séparées ! a-t-elle prévenu.

— À jeudi, ai-je conclu avant de raccrocher.

J'ai rangé le portable dans ma poche. Emma continuait à me fixer.

— Prête ?

Aussitôt, elle a pâli.

— Serre-moi la main si ça peut t'aider, a proposé Brent en s'approchant.

Avec un sourire, elle a entouré la grosse paluche de Brent avec ses doigts fins.

— Si ça fait trop mal, tu peux aussi le frapper, ai-je grommelé.

Brent m'a décoché un coup d'œil assassin, tandis qu'Emma laissait échapper un léger rire.

Avec précaution, j'ai commencé à enlever le sable incrusté dans la chair.

— Aaaah…, a compati Brent quand Emma lui a écrasé la main en serrant les dents.

J'ai souri, amusé par son manège.

— Tu restes là ce soir, Emma, hein ? a demandé TJ en plongeant sa main dans le paquet de chips qui était censé être pour elle.

— Si c'est possible, a-t-elle répondu en me lançant un regard interrogateur.

Avant même que je puisse répondre, Brent a lâché :

— Ouais, bien sûr.

— On n'a qu'à dormir sur la plage, a enchaîné Ren. On fera un feu et je prendrai ma guitare.

Je n'ai même pas eu le temps d'ouvrir la bouche pour faire remarquer que ça n'était pas une bonne idée, compte tenu de l'état d'Emma, qu'elle a lancé, avec un grand sourire :

— Super ! Je n'ai encore jamais fait ça.

Je me suis tu. Le visage radieux d'Emma était si beau à voir. Et puis… l'idée de partager une nouvelle expérience avec elle était une perspective attrayante.

28

Une bonne raison

— Si tu la fais tomber, je te tue, a menacé Evan tandis que Brent descendait l'escalier en me portant sur son dos.

J'ai ri en les entendant se chamailler. Evan avait beau savoir que Brent était inoffensif, il était toujours agacé par son jeu de séduction à mon égard. Moi, je trouvais ça drôle.

Mes pieds étaient enveloppés de kilomètres de gaze, elle-même recouverte d'épaisses chaussettes de Brent. Un look ridicule, mais je m'en fichais. C'était plus qu'anecdotique, après une journée comme celle-là, la plus dense de ma vie. Mon ventre s'est serré en pensant à quel point j'avais été proche de disparaître pour de bon.

J'avais affronté mes démons et décidé de fuir mon existence passée, sur laquelle je ne voulais plus me retourner. Ma seule crainte était d'être rattrapée par ses fantômes. Mais, pour l'instant, j'étais bel et bien en vie.

— Ça va, Emma ? a demandé Evan en me fixant de ses grands yeux gris, tandis que nous marchions sur la plage.

— Oui. Juste un peu fatiguée.

Evan a étalé des cartons sur le sable avant de dérouler deux sacs de couchage. Nate a posé la glacière pour aider Ren et TJ à ouvrir les duvets et les étendre autour du trou qu'Evan avait commencé à creuser pour faire le feu.

Brent s'est accroupi pour me déposer avec précaution sur le sac de couchage. Je me suis glissée dedans. Mon marathon sur la plage, dans l'après-midi, m'avait valu des coups de soleil qui me faisaient frissonner.

Pendant qu'Evan allumait le feu, Ren accordait sa guitare. TJ a distribué des bières, et m'a donné une canette de limonade. J'avais bu tellement d'eau durant la journée que j'étais heureuse de changer. Il a levé sa flasque et m'a dit :

— Si tu veux, je peux parfumer un peu ta limonade.

— Merci, pour l'instant ça va, ai-je souri. J'ai renoncé à la vodka.

— Tu fais bien, a lâché TJ avec un frisson. La dernière fois, j'ai passé une très sale nuit…

Brent a eu un petit rire à ce souvenir, tandis qu'il étalait son duvet sur mes pieds.

— Tu t'es réveillé la tête dans le sable, tout nu, a-t-il rappelé.

— Ouais. Et je n'ai aucune idée de comment je me suis retrouvé là.

— Moi si, est intervenu Ren. On parlait d'un type qui fait du surf à poil et tu as voulu en faire autant. Sauf que ça ne t'a pas vraiment réussi.

— Je me suis vautré ? a questionné TJ.

— Tu n'as même pas atteint l'eau ! s'est esclaffé Ren. Tu es tombé la tête dans le sable en essayant d'enlever ton short et tu t'es endormi direct.

TJ a explosé de rire.

— Sérieux, j'ai vraiment fait un truc pareil ? Non mais j'y crois pas, c'est dingue !

J'ai observé Evan, hilare, lui aussi. Quand il a vu que je le regardais, il n'a pas détourné les yeux, et m'a décoché ce petit sourire qui me mettait dans tous mes états. J'ai reporté mon attention sur le feu pour essayer de neutraliser le rouge qui envahissait mes joues.

— Tu fais du surf, Emma ? a demandé TJ.

J'allais dire que nous allions devoir lui apprendre, mais elle a répondu avant moi :

— Ouais. Sûrement pas aussi bien que vous, mais ça va. Sauf que je n'ai pas de planche à moi.

Je l'ai dévisagée, interloqué.

— Tu fais du surf ?

Elle a haussé les épaules avec un petit sourire.

— Je crois que tu viens de faire d'Evan le plus heureux des hommes, a observé Ren.

Elle a souri de plus belle.

— Jusqu'à présent, aucune de nos copines ne savait faire du surf, a expliqué Brent.

J'ai froncé les sourcils en entendant les mots qu'il avait choisis. Il s'en est rendu compte et a tenté de se rattraper.

— Bon, tu vois ce que je veux dire…

— C'est parce que tu ne t'intéresses qu'à des filles qui n'ont rien dans le crâne, a lancé Nate.

— Ça fait combien de temps que tu n'es pas sorti avec quelqu'un ? ai-je enchaîné en riant. Et passer de la crème solaire dans le dos ne compte pas…

— Mais ça m'arrive tout le temps ! a protesté Brent mollement.

— Mon œil ! s'est moqué TJ. Tu crois toujours que t'es sur un coup, mais tu ne conclus jamais. Par exemple, avec qui tu as fini la nuit après la fête, le week-end dernier ?

J'ai lancé un coup d'œil à Emma qui suivait l'échange avec un sourire délicieux, ses yeux passant de l'un à l'autre. Elle reprenait du poil de la bête à vitesse grand V, et j'aurais donné cher pour que son sourire illumine son visage pour l'éternité.

J'ai posé la tête sur l'oreiller et remonté le duvet jusqu'au menton tout en continuant d'écouter les histoires des garçons. Ils savaient aussi bien se donner le beau rôle que se moquer d'eux-mêmes. En les entendant, je comprenais pourquoi Evan était resté proche d'eux.

Petit à petit, la conversation s'est tarie et Ren a pris sa guitare pour jouer et chanter des chansons douces et mélodieuses. Avec le bruit des vagues en fond, c'était juste parfait.

— Tu aurais dû prendre ton appareil photo, Evan, a remarqué TJ. C'est dingue, depuis que tu es à la fac, je ne te vois plus avec. Avant tu ne le quittais jamais.

— Je… euh…, a bafouillé Evan.

J'ai tourné la tête pour le regarder.

— Je ne sais pas trop où il est. Je n'avais pas vraiment eu de raison de m'en servir, ces derniers temps.

J'ai senti mon cœur se serrer.

— Peut-être que tu devrais te trouver une nouvelle raison de le faire ? ai-je murmuré, absorbée dans la contemplation des flammes.

J'étais le seul à l'avoir entendue. Avec un petit sourire, je l'ai observée, tandis que, blottie dans son sac de couchage, elle regardait le feu. Cela me rappelait la première photo d'elle que j'avais prise. À l'époque, j'avais une bonne raison d'utiliser mon appareil. Peut-être l'avais-je retrouvée ?

Je l'ai regardée s'endormir pendant que Ren et TJ chantaient. De l'autre côté du feu, Nate a haussé les sourcils, comme s'il avait lu dans mes pensées.

— Fais attention, a-t-il conseillé. OK ?

Il s'inquiétait pour moi. Il était le seul à savoir combien j'avais souffert après le départ d'Emma. Quand il affirmait qu'il était prêt à tout pour que cela ne se reproduise pas, je le croyais volontiers. J'espérais simplement que ça ne serait pas le cas.

Le feu s'est éteint, il ne restait que les cendres rougeoyantes. Tout le monde commençait à s'endormir. J'ai disposé mon duvet de manière à pouvoir contempler Emma, jusqu'au moment où, moi aussi, j'ai sombré dans un profond sommeil.

Je me suis réveillé en sursaut et j'ai regardé autour de moi, affolé et perdu, ne sachant plus où j'étais. Les garçons dormaient paisiblement – mis à part Ren, qui ronflait comme un sonneur. Il m'a fallu un moment pour évacuer l'angoisse de ce cauchemar – le même qui me réveillait régulièrement. Soudain, je me suis rendu compte qu'Emma était partie. La panique est revenue aussitôt. J'ai bondi sur mes pieds pour scruter l'obscurité.

J'ai poussé un soupir de soulagement lorsque je l'ai aperçue, au bord de l'eau, enveloppée dans son duvet.

— Il faut que j'arrête de stresser tout le temps, ai-je marmonné.

Je suis allé la rejoindre sans faire de bruit et me suis arrêté derrière elle pour admirer le lever de soleil sur la mer.

— J'ai vraiment du mal à croire que tu n'aimes pas le matin, ai-je lâché.

Elle a sursauté.

— Oups, désolé, ai-je souri.

— Tu parles ! a-t-elle accusé. À voir ton petit sourire, on dirait que ça t'amuse de me faire peur.

Je me suis assis à côté d'elle en souriant de plus belle. J'ai frissonné à cause de l'air frais du matin et j'ai ramené mes genoux contre ma poitrine pour m'en protéger. En voyant mon geste, Emma a écarté le bras pour que je puisse m'abriter sous son duvet. La chaleur de son corps m'a troublé. Je me suis efforcé de ne rien en laisser paraître.

Nous sommes restés un moment silencieux, perdus dans la contemplation de la mer. Des dizaines de questions me brûlaient les lèvres, je n'ai pas pu me retenir.

— Qu'est-ce qui s'est passé, hier ?

Tandis qu'il était assis à côté de moi, je le sentais absorbé par ses pensées. Je m'attendais à ce qu'il me pose des questions, j'espérais simplement qu'il ne commencerait pas par celle-là.

— J'avais besoin de m'éclaircir les idées, ai-je expliqué d'un ton évasif.

— Qu'est-ce que tu fuyais ? a-t-il insisté.

— Moi, ai-je répondu en évitant son regard.

Sans me quitter des yeux, il a attendu que je poursuive. J'ai pris une bonne inspiration avant de me jeter à l'eau.

— Je ne veux plus que mon passé guide ma vie. Ce qui m'est arrivé ou les mauvaises décisions que j'ai prises ne doivent pas m'empêcher de devenir quelqu'un de meilleur. C'est ce que je veux : être une personne bien.

Il n'a pas dit un mot. Mon cœur a bondi quand j'ai senti sa main chaude prendre la mienne. Ce simple geste m'a fait monter les larmes aux yeux. J'ai posé ma tête sur son épaule.

— Et tu as réussi à courir assez vite pour laisser tout ça derrière toi ? a-t-il questionné doucement.

— Je ne sais pas… Mais je ne veux pas me retourner pour vérifier. Je préfère avancer, regarder vers l'avenir, et me réjouir d'en avoir un.

Il a pressé ma main.

— Evan ! ont crié Brent et Nate derrière nous. On meurt de faim !

— Ouais, c'est bon ! a-t-il répondu en se mettant debout.

Je me suis levée à mon tour, les muscles endoloris. Il a pris le sac de couchage et l'a replié.

— Tu as faim ? a-t-il demandé.

J'ai hoché la tête.

— Tu as besoin d'aide pour marcher ?

J'ai fait quelques pas pour montrer que j'étais capable de me débrouiller seule. Puis j'ai lancé un regard inquiet en direction de l'escalier en me demandant comment j'allais arriver jusque-là. Evan m'a observée. Il a ouvert la bouche pour dire quelque chose, mais Brent l'a devancé :

— Waouh, Emma ! Quelle beauté, dès le matin !

— Brent ! a menacé Evan.

Il a éclaté de rire. Pour se venger, Evan a tiré le duvet sous ses pieds et Brent s'est étalé de tout son long. Il s'est relevé en un clin d'œil et a foncé sur Evan pour le faire tomber.

— Fais gaffe ! a prévenu Evan. Si tu fais ça, tu n'auras rien à manger.

Brent a hésité un instant.

— OK, pas de problème, a-t-il renoncé.

Il s'est rué vers moi et m'a attrapée dans ses bras. J'ai poussé un cri de surprise, et il m'a portée en courant jusqu'à l'escalier, en lançant un coup d'œil par-dessus son épaule pour voir la réaction d'Evan. Celui-ci a levé les yeux au ciel en continuant tranquillement de ranger les sacs de couchage sous le regard hilare de Nate.

Arrivé au pied des marches, Brent a lancé, avec un sourire rayonnant :

— Bonjour, Emma.

— Bonjour Brent, ai-je répondu en riant. Tu as vraiment l'intention de me porter jusqu'à la maison ?

— Je ferais tout pour énerver Evan ! a-t-il répliqué avec un sourire malicieux. En plus, c'est l'occasion de t'avoir contre moi.

— Il veut juste t'embêter, a lâché Nate en roulant un duvet.

— Je sais, ai-je marmonné en regardant du coin de l'œil Brent porter Emma dans ses bras.

Ren a grogné dans son sommeil puis s'est retourné, indifférent à la situation. TJ a pris la glacière et monté lentement les marches d'un air endormi.

— Tu vas faire des gaufres, Evan ? a-t-il grommelé tandis que je le suivais.

— Oui, ne t'inquiète pas, tu les auras, tes gaufres !

J'ai vu Emma rire à quelque chose qu'avait dit Brent. J'ai repensé à ce qu'elle venait de m'avouer. Même si elle avait été plus éloquente que deux ans plus tôt, j'étais un peu décontenancé par sa réponse. Mais, après tout, elle faisait des efforts, et c'était bon à prendre.

— Est-ce que vous avez une maison donnant sur la plage et qui aurait au moins trois chambres ? a demandé Emma après avoir visité un petit pavillon situé à un bon kilomètre de la mer.

Le coup d'œil rapide de la femme de l'agence immobilière sur les sandales d'Emma et ses épaisses chaussettes blanches ne m'a pas échappé. Un regard plein de jugement. Emma, elle, n'en avait rien à faire. Elle attendait la réponse.

— Eh bien..., a hésité la jeune femme en lissant sa jupe bleu marine du revers de la main. Oui, nous en avons une, mais je crains qu'elle ne soit au-dessus de votre budget.

— Ah bon ? a réagi Emma, avec un petit sourire amusé. Je souhaite quand même la visiter, si vous n'y voyez pas d'inconvénient.

Sa ténacité m'a étonné.

— Bon, d'accord, a soupiré la femme en se dirigeant vers la sortie.

— C'est quoi, cette histoire ? ai-je questionné en montant avec Emma dans la voiture de Nate.

— Comment ça ? a-t-elle riposté, en sachant pertinemment de quoi je parlais. Je veux être sur la plage, c'est tout.

J'ai ri sous cape avant de démarrer pour suivre la Mercedes gris métallisé. Quelques instants plus tard, nous nous sommes garés devant une grande maison blanche. J'ai écarquillé les yeux en voyant sa taille et me suis tourné vers Emma.

Je savais que la femme avait accepté de nous faire visiter cette maison pour me remettre à ma place. Elle nous a devancés dans l'allée, perchée sur ses hauts talons, dans son tailleur serré. Lorsqu'elle a tourné la clé dans la serrure, j'ai remarqué un petit sourire méprisant. Elle a poussé la porte et s'est écartée pour nous laisser passer.

La première chose que j'ai vue, c'était l'immense baie vitrée qui donnait sur la mer. Exactement ce qu'il me fallait.

— On la prend.

— Mais vous n'avez même pas vu l'intérieur, a-t-elle rétorqué.

— Combien de chambres ?

— Trois, a-t-elle répondu en me toisant d'un air étonné.

— Parfait, ai-je lâché en pénétrant dans la maison, sans pouvoir détacher mes yeux de la vue. Nous la louons pour un mois. Je vais vous donner ma carte pour la caution, comme ça nous pourrons emménager aujourd'hui. Le solde vous sera viré dès demain. Un certain Charles Stanley vous contactera. Il s'occupera de tout.

Je me suis retournée. Evan et la femme me regardaient comme si je venais de réciter un poème en gaélique.

— Quoi ? ai-je questionné en les dévisageant l'un après l'autre.

— Parfait, a-t-elle répondu en prenant la carte que je lui tendais. Je vais préparer le contrat pour que vous puissiez le signer cet après-midi, quand j'aurai parlé avec ce… Charles Stanley. Je vous tiens au courant.

— Merci, ai-je souri en passant devant elle pour rejoindre la voiture.

— Charles Stanley ? a lâché Evan, stupéfait. Mais tu n'as même pas visité la maison, et tu ne sais pas combien ça coûte. C'est quoi, cette histoire, Emma ?

— J'aime la vue, ai-je dit en guise d'explication tout en bouclant ma ceinture.

— Emma, ai-je lancé d'un ton sévère.

Son sourire s'est évanoui et elle s'est tournée vers moi à contrecœur.

— Tu me caches quelque chose, ai-je ajouté.

Elle a baissé les yeux et s'est mis à tripoter la fermeture Éclair de son sweat-shirt.

— J'ai hérité, a-t-elle déclaré avec un soupir.

J'ai haussé les sourcils, stupéfait.

— De beaucoup d'argent. Mon père avait économisé depuis que j'étais petite et Charles est venu me voir avant mes dix-huit ans pour m'en informer. Il gère cet argent pour moi et me donne ce dont j'ai besoin, que ce soit pour mes études ou pour autre chose.

Prudemment, elle a levé les yeux sur moi, guettant ma réaction.

— Ah… d'accord…, ai-je lâché en essayant d'intégrer l'information.

Je ne savais pas quoi dire d'autre. Peut-être que j'étais sous le choc ? Ou peut-être que ça n'avait pas d'importance ? À l'évidence, le fait d'avoir beaucoup d'argent n'avait pas changé Emma, sinon je m'en serais rendu compte plus tôt. L'arrogance de la femme de l'agence l'avait énervée, ce que je pouvais comprendre. La taille de la maison ne comptait pas pour elle. Ce qui l'avait décidée, c'était la vue sur la mer.

— Eh bien, on a trouvé la maison, ai-je conclu. Nous n'avons plus qu'à aller chercher nos affaires, maintenant.

Je m'attendais à ce qu'il m'en veuille de ne pas lui avoir parlé de l'héritage, mais il avait à peine réagi. Ce qui l'avait perturbé, en réalité, c'était d'avoir choisi cette maison sans même la visiter.

Il était imprévisible, mais j'avais toujours apprécié ce trait de caractère chez lui. Et ça n'avait pas changé.

29

Ne pas savoir

J'ai caressé la surface lisse du marbre tandis qu'un rayon de soleil éclairait le jacuzzi par la fenêtre.

— C'est beau, a dit Evan, appuyé contre le montant de la porte.

— Tu as vu la taille de cette salle de bains ? me suis-je émerveillée.

Ma voix résonnait dans la vaste pièce. On aurait dit un spa de luxe. Il y avait même un écran de télévision entre les miroirs qui surplombaient les deux lavabos.

— Sors de là et viens voir la chambre ! Il y a une cheminée et une grande terrasse.

— Sérieux ?

Je suis entrée derrière lui dans l'immense chambre. Face au lit king size recouvert de coussins, il y avait une large baie vitrée.

— Incroyable ! me suis-je exclamée en découvrant la terrasse arborée – de grandes plantes vertes et des fleurs de toutes les couleurs.

Une table basse était installée, avec deux fauteuils en teck. Dans un coin, était aménagée une douche extérieure.

— Pourquoi une douche sur une terrasse ? ai-je demandé.

— Pour se rincer après s'être baigné, a-t-il expliqué en se dirigeant vers la balustrade, dans laquelle était intégré un portillon. Il l'a ouvert : un escalier menait directement à la plage.

— C'est dingue ! ai-je lâché, éberluée.

— Tu peux le dire !

Après avoir fait le tour de la maison, nous sommes retournés dans le salon.

— Si ça te va, je vais faire un tour à l'épicerie, a proposé Evan. Pendant ce temps, tu peux t'installer dehors pour prendre un peu l'air. Je crois avoir aperçu un hamac.

— Parfait.

— Tu as besoin de quelque chose en particulier ? a-t-il demandé en prenant les clés de la voiture.

— De la glace ?

— Ça marche, a-t-il acquiescé avec un sourire.

Je l'ai regardé partir, paniquée à la perspective de me retrouver seule avec lui dans cette maison pendant vingt-quatre heures. À cette idée, j'ai commencé à trembler et mon cœur s'est mis à battre plus vite. J'ai inspiré puis expiré longuement pour calmer mon angoisse et me suis efforcée de chasser cette pensée de ma tête. Je me suis ensuite dirigée vers la bibliothèque pour choisir un livre – un bon moyen de distraction. Après avoir étudié les rayonnages, je me suis rappelé que j'avais ramené un roman de Weslyn, pensant que j'arriverais à lire dans l'avion.

Je suis allée le chercher dans la chambre. En le sortant du sac, quelques enveloppes sont tombées par terre. Je l'ai ai examinées rapidement. La première était une offre d'abonnement pour un magazine. Je l'ai posée sur le lit pour la jeter. En découvrant la seconde, j'ai frémi. Mon nom était écrit à la main, et l'adresse de l'expéditeur indiquait « Boca Raton, Floride ». J'ai laissé tomber la lettre comme si elle me brûlait les doigts. Ça n'était pas l'écriture de George. Probablement celle de ma grand-mère… J'ai eu un haut le cœur en imaginant sa prose assassine, dans laquelle elle m'accuserait d'avoir gâché la vie de ses fils et de ses petits-enfants. Désormais, plus question de permettre à qui que ce soit de me reprocher ce dont je n'étais pas responsable.

J'ai pris le livre et suis allée sur la grande terrasse devant le salon pour m'installer dans le hamac. Avant de m'étendre, j'ai enlevé les bandages qui protégeaient mes pieds pour aérer les blessures. Les yeux fixés sur la mer, le mouvement des vagues, les mouettes au-dessus de l'eau, je me suis concentrée sur ce spectacle apaisant pour retrouver mon calme et ne plus penser à cette lettre. Au bout d'un moment, j'ai ouvert le livre.

Quelque chose a glissé d'entre les pages et est tombé par terre. Je me suis penchée pour le ramasser. Une feuille de chêne. J'ai souri en me rappelant le soir où je l'avais attrapée, tandis que je faisais de la balançoire dans le jardin d'Evan. C'était la nuit où j'avais dû rester chez lui. Je ne me souvenais pas d'avoir gardé cette feuille.

Le soleil brillait dans le ciel, j'ai fermé les yeux pour sentir sa caresse. Une douce chaleur a étreint mon cœur, la même que le jour où Evan m'avait montré la balançoire qu'il m'avait fabriquée. Il l'avait faite en souvenir de mon père, mais aussi pour que je reste près de lui.

Les larmes m'ont brûlé les yeux.

Je n'étais pas restée.

— Pourquoi ? ai-je murmuré.

Après avoir glissé la feuille à la fin du livre, j'ai ouvert la première page.

— J'ai acheté…

Je me suis arrêté net en la voyant endormie dans le hamac, un livre ouvert posé sur son ventre. Le vent balayait doucement ses cheveux. Je ne pouvais détacher les yeux de son visage, éclairé par le soleil. Sa respiration régulière soulevait sa poitrine.

— Où est-ce que je mets les trucs ? a demandé Nate, dans mon dos.

— J'arrive, un instant, ai-je répondu.

Il n'a pas commenté. J'étais passé le prendre après avoir fait les courses et, durant le trajet, il m'avait clairement expliqué que, selon lui, c'était une très mauvaise idée d'habiter avec Emma pendant un mois. Le fait que Sara soit également là ne semblait guère le rassurer. Pourtant, elle était dix fois plus protectrice à l'égard d'Emma que Nate ne l'était avec moi.

Je me suis approché du hamac pour prendre le livre. Quelque chose est tombé quand je l'ai soulevé. Je me suis penché pour ramasser la feuille de chêne et je l'ai contemplée avec un sourire. Tout nous ramenait à cet arbre, et à la balançoire. Je me suis servi de la feuille comme marque-page et ai refermé le livre avant de le poser sur la table.

En revenant dans le salon, j'ai sorti mon portable et envoyé un message à ma mère.

Tu peux prendre toutes mes économies et je signe un papier pour dire que je te céderai mon épargne. S'IL TE PLAÎT, vends-la-moi.

Nate était en train de ranger les courses dans les placards. Je l'ai laissé faire, en sachant que je réorganiserais tout après son départ.

— Tu veux rester dîner ?

— Non merci, mais je prendrais bien une bière.

— OK, ai-je répondu avec un sourire forcé.

— Tu n'as vraiment pas envie que je sois là, a grommelé Nate, qui lisait en moi comme dans un livre ouvert. Est-ce que tu sais ce que tu fais, Evan ? Elle a traversé une sale période, et tu risques de la pousser à faire un truc que vous regretterez tous les deux.

— Ne t'inquiète pas, je ne vais pas aggraver les choses. De toute manière, ça peut difficilement être pire.

Il a hoché la tête d'un air dubitatif.

— Il arrivera ce qu'il arrivera, je ne veux pas aller contre ça. Elle s'est enfin décidée à me parler, ce qu'elle n'avait jamais été capable de faire. Pas à ce point, en tout cas.

Il a haussé les épaules et bu une gorgée de bière.

— Ma mère et sa sœur emmènent mes cousins à Disney pour le week-end et ils s'arrêtent chez nous demain. Ma mère a suggéré que tu dînes avec nous. Tu peux venir avec Emma, si tu veux.

— Je vais lui proposer.

— Je te préviens, mes cousins sont des vraies terreurs, a-t-il précisé avec une moue. Pas question que tu me laisses tomber sur ce coup-là. Je ne vais pas rester seul avec ces mômes.

— Il y aura TJ, Ren et Brent, de toute manière, ai-je observé en riant.

— Ils ne sauront pas faire, a-t-il commenté d'un air tragique. Un conseil : viens armé. Surtout si tu es avec Emma.

— Sara arrive demain. Elle préférera peut-être rester avec elle pour papoter.

— Et Jared l'accompagne, c'est ça ?

— Jared et Sara ? a lancé Emma, dans le salon.

— Bien dormi ? ai-je demandé en me retournant.

Puis, remarquant ses pieds nus, j'ai ajouté :

— Tu ferais mieux de les protéger, non ?

— Je vais remettre un bandage, mais ça va mieux. Et tu n'as pas répondu à ma question.

J'ai lancé un rapide coup d'œil à Nate. Il a haussé les sourcils, l'air de dire « bonne chance », avant de boire une gorgée.

— Bon, on se voit demain, je suppose, a-t-il déclaré en me donnant une tape sur l'épaule. Sacrée baraque, Emma, a-t-il commenté d'un air admiratif. Un peu plus loin dans la rue, il y a un type qui s'appelle Mick Slater. C'est un super agent immobilier, et chaque année, pour la fête nationale, il organise un feu d'artifice de dingue. Tu devrais faire une fête. Les potes et moi, on t'aiderait.

Elle s'est contentée de hocher la tête. L'idée d'Emma donnant une soirée m'a fait rire.

Ces derniers jours, je l'avais trouvé plus réservé à mon égard. Il fuyait mon regard. Je me suis demandé si j'avais dit ou fait quelque chose qui l'avait contrarié.

— On n'est pas du tout obligés de faire une fête, a dit Evan en interprétant à tort mon air inquiet. Mais c'est vrai qu'ils sont hyper bons pour ça. Je crois que j'ai vu une fois le feu d'artifice de ce type, ça déchire ! Je ne sais pas d'où il les tire, mais ça retombe sur la plage comme une pluie d'étoiles, c'est incroyable. C'est vrai que s'il habite juste à côté…

— Evan ! ai-je coupé. Réponds à ma question, s'il te plaît. Pourquoi est-ce que Jared vient avec Sara ?

Les yeux baissés, il s'est frotté le front.

— Il est allé à l'enterrement de son grand-père, a-t-il marmonné.

— Pourquoi il a fait un truc pareil ? me suis-je écriée. Vous, les Mathews, vous avez le chic pour vous trouver là où on ne veut pas de vous !

— OK…, a-t-il réagi, choqué.

— Désolée, ai-je blêmi. Excuse-moi, ça m'a échappé. Je ne le pensais pas.

— C'est pourtant vrai, a-t-il lâché. Tu ne voulais pas que je vienne à l'enterrement de ta mère. Et Sara n'avait sûrement pas envie de voir Jared à celui de son grand-père.

Fatiguée d'être debout, je me suis assise sur le canapé. J'ai étendu mes jambes pour soulager mes pieds.

— Pourquoi voulait-il y aller ?

La photo de lui et cette fille, parue dans le journal, a surgi dans mon esprit.

— Il est fiancé, non ? Il doit laisser Sara tranquille, maintenant.

— Fiancé ? s'est-il exclamé en écarquillant les yeux.

Puis il a hoché la tête et ajouté :

— Oh, non… Tu as vu ce truc ?

— Bah oui. Tu n'imagines pas le mal que cette photo nous a fait… lui a fait. À Sara. Elle était démolie.

J'ai serré les dents en espérant qu'il n'ait pas relevé mon lapsus.

— Je m'en doute, a-t-il soupiré en s'installant dans le fauteuil en face de moi. Je ne pensais pas que vous aviez vu ça. Jared a essayé de lui dire mais elle ne lui en a pas laissé la possibilité.

— De lui dire quoi ? Qu'il avait décidé de passer sa vie avec quelqu'un d'autre ? Il aurait dû la prévenir qu'il sortait avec une fille, surtout.

— Hé ! a-t-il répliqué en me fusillant du regard. N'oublie pas que c'est Sara qui a rompu. Elle passait son temps à lui répéter qu'elle voulait être avec lui mais elle cassait chaque fois qu'ils étaient séparés. Il avait le droit de sortir, quand même.

— Mais là on ne parle pas de sortir, il est fiancé ! ai-je riposté. Ça fait une sacrée différence.

— Il n'est pas fiancé.

Je l'ai dévisagé, sidérée.

— Comment ça ?

Mon cœur battait à tout rompre. J'étais de plus en plus perdue. Une seule chose occupait mon esprit : l'image d'Evan avec Catherine.

— Jared n'est pas fiancé. Il ne l'a jamais été. Il n'y a que Sara qui compte, pour lui. Crois-moi, il a essayé, mais ça n'a pas marché.

— Mais la photo…

— Mon père, a expliqué Evan d'une voix morne. Trina Macalroy était la fille d'un client potentiel. Mon père l'a mise dans les pattes de Jared et ils sont sortis ensemble un moment. Mais ça n'a jamais été vraiment sérieux. Elle aurait rêvé de se fiancer avec lui, et mon père a bien failli gagner. Mon frère n'a jamais su s'opposer à lui. Mais ma mère est intervenue, et les fiançailles n'ont jamais été célébrées. À cause de cette affaire, mes parents sont en train de divorcer.

— Tu plaisantes ? ai-je lâché avec un léger vertige.

— Eh ouais, c'est la cerise sur le gâteau. Ça craint pour ma mère, depuis ça.

— Je suis désolée pour toi.

— Ça va aller, répondit Evan sans conviction, en songeant à la maison.

Je savais que ma mère ne me disait pas tout : en réalité, mon père l'obligeait à vendre la maison.

Adossée contre le canapé, Emma semblait perdue dans ses pensées.

— Tu as faim ? ai-je questionné en me levant pour aller vers la cuisine, pressé de changer de sujet de conversation. J'ai acheté de quoi faire un barbecue, si ça te dit.

— D'accord, a-t-elle répondu d'un air absent.

Je me suis retournée.

— À quoi tu penses, Emma ?

Cette fois, elle a levé la tête et m'a regardé en face.

— Pourquoi ton père ne m'aimait-il pas ? Il ne me connaissait pas.

En entendant son ton, j'ai senti monter une puissante colère vis-à-vis de cet égoïste. Comment expliquer son fonctionnement à une fille qui était persuadée d'être nulle ? Il avait su appuyer là où ça faisait mal, et il l'avait blessée.

Je me suis dirigé vers le canapé et elle s'est écartée pour me faire de la place.

— Tu as raison, il ne te connaissait pas. Et tu ne mérites pas d'avoir été traitée de la sorte. Je ne le lui pardonnerai jamais.

Elle m'a dévisagé d'un air surpris.

— L'apparence et la réputation comptaient plus pour lui que les gens. Plus que sa propre famille, même. Contrairement à ma mère, il vient d'un milieu modeste, et il a toujours eu l'impression de devoir prouver à sa belle-famille qu'il la méritait. Ma mère avait beau lui répéter que ses parents l'aimaient car elle-même l'aimait, cela ne lui suffisait pas. Quand il a ensuite goûté au succès, c'est devenu une drogue. Il était prêt à écraser tous ceux qui se mettaient en travers de sa route.

Je me suis tu un instant avant d'ajouter :

— Tu n'as rien fait de mal. Ton seul tort était de ne pas être la fille qu'il voulait pour moi.

— Catherine ? a-t-elle murmuré d'une voix à peine audible.

En entendant son nom, je me suis crispé. Je me suis rappelé qu'Emma avait vu la photo dans le journal. Je l'ai regardée droit dans les yeux et ai répondu d'un ton calme :

— Oui. Mais ça n'est pas…

— Je ne veux pas savoir, Evan, a-t-elle coupé.

Je n'avais pas envie de parler d'elle. Pas maintenant. Ni jamais. Je préférais oublier ce qui s'était passé après mon départ. Ce que j'aurais aimé, c'était repartir de zéro, et laisser les choses se faire. Mais je savais que c'était impossible. Je ne pouvais pas éternellement fuir mes démons. Il me fallait les affronter.

30

Choix

Assise dans le fauteuil, les jambes sur l'accoudoir, je suivais le film d'un œil distrait. J'ai jeté un regard par-dessus mon épaule pour observer Evan, endormi sur le canapé.

J'en avais assez de me sentir dériver au gré du courant, incapable de reprendre pied. Je voulais avancer, m'améliorer, faire les choses bien. Mais j'avais beau essayer, je ne savais pas comment m'y prendre.

Evan a bougé et j'ai aussitôt détourné les yeux en faisant semblant d'être absorbée par le film.

— Tu es encore réveillée ? a-t-il dit d'une voix ensommeillée.

— Oui. Toi tu as dormi, en revanche.

— Mmmh… La télévision ne t'aide plus à t'endormir ?

— Si, mais je ne regardais pas vraiment, en fait, ai-je avoué en me tournant vers lui. Je viens de passer les deux semaines les plus intenses de ma vie. Ce qui n'est pas rien, compte tenu de ce qu'a été mon existence.

J'ai attrapé la télécommande et éteint la télévision.

— Je me sens un peu submergée… Et j'ai peur.

— De quoi ?

Elle a baissé les yeux et laissé ses doigts courir sur le tissu du fauteuil. Elle semblait si loin, perdue dans ses pensées. Je me demandais où l'emmenaient ses réflexions. Et comment je pouvais la ramener à la réalité.

— Il y a une lettre sur mon lit, a-t-elle lâché d'une petite voix. Je suis presque sûre qu'elle est de ma grand-mère, et je ne veux pas l'ouvrir.

Elle a fermé les yeux, visiblement bouleversée. Je suis allé m'asseoir près d'elle. Lorsqu'elle a rouvert les paupières, j'ai lu une infinie tristesse dans son regard. Je mourais d'envie de prendre sa main, mais je me suis retenu.

— Ta grand-mère ? ai-je réagi, étonné – je ne lui connaissais pas d'autre famille que George et les enfants.

— La mère de mon père. Elle l'avait déshérité à ma naissance parce qu'il n'était pas marié avec Rachel.

Une fois de plus, elle me révélait quelque chose dont elle ne m'avait jamais parlé. J'ai encaissé le coup.

— Je ne me sens pas capable de la lire, de l'entendre me reprocher d'avoir gâché la vie de ses fils. Je ne peux plus supporter d'entendre que je n'aurais jamais dû naître, ou que je ne mérite pas d'être aimée. C'est au-dessus de mes forces.

Une tempête s'est levée en moi en écoutant ses mots. J'étais au bord de l'implosion. Mais j'ai fait un effort pour apparaître serein et rassurant. Les peurs qui assaillaient Emma depuis des années étaient l'œuvre de sa mère – cette femme que je méprisais plus que tout. Emma me donnait enfin accès à ses secrets les plus sombres. Plus que jamais, j'étais décidé à ne pas laisser quelqu'un d'autre lui faire du mal.

— Si tu veux, je vais la lire, et si j'estime que tu peux la regarder, je te la donnerai. Sinon, tu l'oublies.

— OK, a-t-elle répondu, le souffle court.

Son angoisse était palpable. Je me suis levé et dirigé vers la chambre. Quand je me suis retourné, elle me suivait.

Mes mains tremblaient, impossible de me calmer. J'ai d'abord envisagé de le laisser aller dans la chambre pour découvrir seul la lettre, avant de me raviser. J'avais besoin d'être avec lui, de voir sa réaction, même s'il m'annonçait qu'il n'était pas question que je la lise.

Il a allumé la lumière et je me suis assise sur le lit. Il est resté debout, examinant l'enveloppe entre ses mains. Puis il m'a regardée. D'un léger signe de la tête, je l'ai encouragé.

Il a glissé son doigt pour décoller le rabat et a sorti la lettre. L'épaisse feuille de papier était pliée en deux. J'ai entrevu une écriture manuscrite. Tandis qu'Evan parcourait les lignes des yeux, recto puis verso, j'ai eu l'impression que mon cœur s'arrêtait de battre.

— Ça n'est pas ce que tu crois, a-t-il lâché. Mais ça te concerne, et ça peut te toucher. Tu veux que je te la lise, ou tu préfères le faire toi ?

J'ai hésité un instant avant de répondre.

— Je vais la lire moi-même. Mais j'aimerais que tu restes, s'il te plaît.

Il a hoché la tête et s'est assis à côté de moi, son épaule contre la mienne. J'ai fermé les yeux et respiré un bon coup avant de me jeter à l'eau.

Chère Emily,

J'espère que tu vas bien. Je suis désolée que notre première rencontre soit si formelle, mais, compte tenu des circonstances, je pense que c'est mieux ainsi. Je m'appelle Laura Thomas et je suis ta grand-mère paternelle.

Après ce qui s'est passé à Weslyn, George a préféré venir s'installer en Floride, près de moi. Cela m'a fait plaisir car je n'avais pas beaucoup eu l'occasion, jusqu'alors, de connaître mes petits-enfants. Les raisons de leur déménagement n'étant pas très joyeuses, j'étais décidée à les accueillir au mieux et à leur donner tout mon amour.

Dès le début, les enfants ont souvent parlé de toi, demandant régulièrement si tu allais bien et quand ils te reverraient. Comme tu l'imagines, c'est un sujet délicat et il est difficile de répondre à leurs interrogations. George a évité d'aborder toute question te concernant. Quant à moi, je ne te connais malheureusement pas assez pour leur donner des réponses.

Jack a arrêté de demander de tes nouvelles. Leyla, elle, a continué. Elle a aussi fait des dessins pour toi et a même commencé à raconter des histoires sur toi à ses professeurs et aux élèves de sa classe. Tous les deux sont suivis par un excellent psychothérapeute pour les aider à vivre sans leur mère. Et ce thérapeute s'inquiète pour eux. Je lui ai demandé si cela pourrait les aider d'entrer en contact avec toi et il m'a encouragée à le faire. George n'est pas au courant de cette initiative. Il ne serait pas favorable à cette idée. Mais Leyla compte beaucoup pour moi et elle tient à toi, Emily.

C'est pourquoi je t'écris aujourd'hui : pour savoir si tu voudrais bien renouer avec tes cousins. Cela pourrait commencer par une correspondance – lettre ou mail. Puis par des conversations au téléphone. Et enfin, si tu le veux bien, nous pourrions organiser des visites.

Je comprendrais parfaitement que tu aies des réserves quant à cette demande. Je te fais cette proposition dans l'intérêt de Leyla.

Cordialement,
Laura Thomas

J'ai replié la feuille et l'ai posée sur la table de chevet d'une main tremblante. Puis j'ai laissé les mots de ma grand-mère m'imprégner. Elle ne m'écrivait pas pour me dire qu'elle souhaitait me rencontrer ou qu'elle était désolée de ne pas avoir été là durant mon enfance. Ni envie, ni regret.

Puis le véritable message de sa lettre m'est apparu. Ça m'a déchiré le cœur.

Emma luttait pour ne pas éclater en sanglots. Je voyais son menton trembler.

— Laisse-toi aller, Em, ai-je conseillé. Ça te fera du bien.

Elle s'est appuyée contre moi et je l'ai prise dans mes bras. Les larmes ont coulé sur ses joues.

— Ils me manquent tellement, a-t-elle lâché, la voix brisée. J'aimerais qu'ils soient heureux, c'est tout ce qui compte pour moi.

— Je sais. Tu leur manques aussi. Ils t'aiment autant que tu les aimes, Em.

Elle a pleuré un moment, blottie contre moi. Puis elle s'est calmée et s'est redressée en essuyant ses joues.

— J'en ai assez de pleurer. J'ai l'impression de ne faire que ça.

— Tu ne peux pas tout garder pour toi. Tu peux même crier, si ça te fait du bien. Si seulement tu avais confiance en toi, en ta force.

Lentement, j'ai effleuré sa joue avec mes doigts.

— Merci, a-t-elle soufflé en esquissant un sourire.

Elle a levé les yeux et plongé son regard dans le mien – intense, vibrant. Mon corps a aussitôt réagi. J'ai laissé retomber ma main et détourné les yeux pour ne pas céder à l'envie dévorante de la toucher, la caresser, la prendre à nouveau dans mes bras. Elle a ôté quelques coussins et s'est étendue sur le côté, la tête posée sur l'oreiller.

Il m'a imitée – écartant les coussins avant de s'allonger en face de moi.

— Tu te sens mieux ? a-t-il demandé en me fixant de ses grands yeux gris, comme s'il cherchait à lire dans mes pensées.

J'ai soutenu son regard.

— Je ne sais pas quoi faire, ai-je répondu en glissant mes mains sous l'oreiller. Je meurs d'envie de les voir, mais j'ai peur que ça ne fasse qu'aggraver les choses. J'ai besoin d'y réfléchir, d'abord.

— Je comprends.

— Tu penses que je devrais le faire, c'est ça ?

Il a esquissé un sourire.

— Comment as-tu deviné ? Soit tu lis dans mes pensées, soit c'est ce que tu crois toi-même.

— C'est bon, tu peux te taire, maintenant, ai-je riposté en réprimant un sourire. Tout ce que je sais, c'est que je ne veux plus pleurer. C'est épuisant !

— OK. Mais je suis là, au cas où ça arrive.

— Merci. Et si toi tu as un jour besoin d'être consolé...

— Tu m'as déjà vu pleurer ? a-t-il lâché en riant, visiblement amusé par l'idée.

— Oui, une fois, ai-je répliqué sans réfléchir.

Son sourire s'est envolé et nous sommes restés un moment à nous observer en silence, perdus dans le souvenir de cette nuit, sous les étoiles, où nous nous étions pardonnés l'un l'autre. J'ai retenu mon souffle, prisonnière de son regard.

— Une fois, en effet, ai-je murmuré sans la quitter des yeux.

J'ai contemplé sa bouche, ses lèvres, et mon cœur a bondi dans ma poitrine. J'étais sur le point de me pencher vers elle, quand elle a dit :

— Tu voudras bien me rendre un service, demain ?

Sa question m'a pris au dépourvu. Je me suis écarté pour reprendre mes esprits.

— Bien sûr. Pour quoi faire ?

— M'aider à choisir une planche de surf et une combinaison.

— Avec plaisir ! me suis-je exclamé avec un sourire radieux.

Nous avons parlé surf un bon moment, jusqu'à ce que ses paupières se ferment. Après avoir éteint la lumière, alors que je m'apprêtais à me lever, Emma m'a pris le bras et l'a enroulé autour de sa taille tandis qu'elle se tournait de l'autre côté, endormie. Je ne pouvais plus partir. Je me suis allongé contre elle et suis resté éveillé quelque temps, jusqu'à ce que le sommeil me cueille à mon tour.

J'ai frissonné et tendu le bras pour remonter la couverture. Mais il n'y en avait pas. J'ai ouvert les yeux. La pièce était plongée dans le noir et j'ai senti le corps d'Evan contre mon dos, son souffle tiède sur mon épaule. Nos doigts étaient entremêlés. Avec précaution, je me suis dégagée de son étreinte et me suis glissée hors du lit pour aller boire un verre d'eau.

Je me suis dirigée à tâtons en direction de la salle de bains. Une fois à l'intérieur, j'ai allumé la lumière. Face au miroir, j'ai repensé à ces instants où Evan avait failli m'embrasser. J'avais presque cédé, mais, au dernier moment, j'avais eu peur et fait marche arrière. Les deux fois. Il y avait encore trop de douleur entre nous. Il ne fallait pas l'oublier.

« Dans ce cas, que fait-il dans ton lit, Emma ? »

Avec un soupir, j'ai vidé un grand verre d'eau. Puis j'ai ouvert la porte pour retourner dans la chambre. Evan s'est redressé d'un coup.

— Emma ? a-t-il lancé, l'air perdu.

— Oui, je suis là, ai-je dit pour le rassurer.

Un cauchemar l'avait réveillé. C'était curieux d'en être la spectatrice, pour une fois. Quand il a compris où il était, il s'est détendu, soulagé.

— Désolé, a-t-il lâché.

Je n'avais pas bougé.

— Pas de problème, ai-je répondu. Tu veux bien allumer la lampe de chevet pour que je puisse éteindre dans la salle de bains ?

J'ai remarqué que sa main tremblait tandis qu'il appuyait sur le bouton. Après avoir éteint, je me suis allongée sur le lit. Il s'est écarté légèrement et a roulé sur le dos, les bras repliés sur son front. Je l'ai observé pendant qu'il essayait de se remettre. Il respirait fort, je voyais sa poitrine se soulever rapidement.

— Qu'est-ce qu'il y avait, dans ton cauchemar ? ai-je questionné, en sachant que je ne répondais moi-même jamais à cette question.

— Toi, a-t-il murmuré.

C'est sorti tout seul. À la seconde où j'ai prononcé ce mot, je l'ai regretté. J'ai tourné la tête vers elle, elle n'a pas bougé d'un millimètre. Je n'avais pas le choix, je devais en dire plus.

— C'est toujours différent, mais chaque fois, d'une manière ou d'une autre, tu t'en vas. Et je me réveille en panique.

Elle a blêmi.

— Ça n'est pas ta faute, Em. Tu ne dois pas t'en vouloir.

— Chaque nuit tu fais un cauchemar, à cause de moi, de ce que je t'ai fait, et tu me dis que je ne dois pas m'en vouloir ?

La culpabilité s'est abattue sur elle comme un couperet et ses yeux se sont remplis de larmes. Si seulement j'avais su comment la protéger de ce terrible fléau.

— La culpabilité est ta seconde peau, Em. Résultat : tu finis par blesser ceux qui t'aiment parce que tu les repousses en croyant les protéger. Tu ne peux pas continuer comme ça. Ça n'est pas une vie.

— Je sais..., a-t-elle soufflé en essuyant ses larmes.

— Ressasser les erreurs du passé ne servira à rien d'autre qu'à gâcher ton avenir.

Ses mots pleins de bon sens ont agi comme une gifle. Il savait déceler ce que cachaient mes sourires et mes réponses évasives. Il me connaissait par cœur.

— Je suis désolée de t'avoir abandonné, ce soir-là, ai-je déclaré en plantant mes yeux dans les siens. Désolée de ne t'avoir rien dit quand je suis partie pour la Californie. Le pire choix de ma vie.

— Et moi, je suis désolé tu ne m'aies pas donné le choix. C'est pour ça que j'ai du mal à te pardonner. Tu as décidé pour moi. Comme mon père l'a fait, jusqu'au jour où je lui ai tenu tête. Mais avec toi, c'est différent. J'aurais tout accepté.

Plus il parlait et plus je sentais un poids écraser ma poitrine. Être comparée à son père m'a donné envie de disparaître sous terre.

Il avait raison : je ne lui avais pas donné la possibilité de décider par lui-même si je méritais d'être aimée ou non. Parce que je redoutais son choix.

— Alors pourquoi tu n'es pas furieux contre moi ? Crie, énerve-toi, mets-toi en colère. Réagis ! Arrête d'être si compréhensif, d'accepter que je foute tout en l'air. Si tu m'avais remise à ma place quand je faisais n'importe quoi, au lieu d'éviter l'affrontement ou de me laisser partir, alors moi aussi, j'aurais été obligée de choisir. Même si ça paraît délirant, je pensais bien faire en voulant te protéger. Ma vie avait été tellement pourrie… Je ne voulais pas que tu découvres cet aspect de ma personnalité.

— Quel aspect ?

— Celui que je hais, a-t-elle lâché d'une voix étranglée avant de me tourner le dos.

Elle avait atteint ses limites et n'était plus capable de me faire face. Je suis resté sans voix. Sa sincérité et sa fragilité résonnaient en moi comme le grondement du tonnerre. J'étais à bout. De fatigue et d'émotion.

J'ai éteint la lumière et me suis approché d'elle.

— Je te promets que je vais me fâcher, ai-je soufflé. Mais pas ce soir, je suis trop épuisé.

Elle a émis un rire nerveux en guise de réponse

— En revanche, je vais te prendre dans mes bras, ai-je ajouté. Parce que tu en as besoin, et moi aussi. OK ?

— J'ai le choix ? a-t-elle demandé avec une pointe d'ironie derrière ses larmes.

— Bien sûr, ai-je répondu en riant.

— Alors d'accord, a-t-elle glissé se collant contre moi.

J'ai passé mon bras autour de sa taille et elle a mêlé ses doigts aux miens. Ému, j'ai enfoui mon visage dans ses cheveux.

— Je ne t'empêcherai plus jamais de choisir, a-t-elle murmuré. Promis.

31

La trêve

Malgré les rideaux, la pièce était inondée de soleil. J'ai mis ma tête sous l'oreiller pour m'en protéger. Je ne me sentais pas encore d'attaque pour cette nouvelle journée.

— Coucou, Em, a chuchoté Evan.

J'ai grommelé.

— Je vois que tu as repris tes bonnes habitudes, a-t-il commenté en riant. Tu veux un petit déjeuner ?

J'ai soulevé l'oreiller, prête à lui répliquer que j'étais capable de me le préparer toute seule, mais les mots m'ont manqué. Debout dans l'entrebâillement de la porte, Evan était torse nu. J'ai détourné les yeux, m'obligeant à fixer le plafond plutôt que son corps sublime dont les muscles, en deux ans, s'étaient développés de façon spectaculaire.

Soudain, j'étais parfaitement réveillée. Mon cœur cognait dans ma poitrine et une vague de chaleur m'a envahie.

— Emma ? a-t-il répété.

— Euh… comme tu veux.

— Tout va bien ?

— Oui, je me réveille, c'est tout, ai-je marmonné, pressée de le voir quitter la pièce. Et merci de mettre un tee-shirt, aussi…

Il a éclaté de rire puis fermé la porte derrière lui. Je me suis levée pour aller dans la salle de bains. Un peu d'eau fraîche sur le visage m'aiderait peut-être à redescendre sur terre.

Quand Emma est arrivée dans le salon, j'ai versé la moitié des céréales à côté du bol.

— Tu te moques de moi ? me suis-je exclamé. Tu me demandes de m'habiller et toi, tu portes un truc…

Impossible même de le définir : elle avait enfilé le short en jean le plus court du monde, qui laissait voir ses longues jambes bronzées.

— Bah quoi ? a-t-elle répondu d'un air innocent. C'est juste un short. On est en été, non ?

— Court à ce point, c'est de la provocation !

Elle a rougi et je l'ai vue tirer discrètement sur le tissu.

Je l'ai regardé s'installer sur le canapé, en face de moi, les cheveux mouillés. *Sans* tee-shirt. Je savais qu'il le faisait exprès et j'avais décidé de jouer le jeu. Sauf que là, j'avais l'impression d'avoir exagéré en coupant mon short un peu trop court. Je sentais le tissu qui remontait. L'envie de tirer dessus me démangeait, mais je savais qu'il n'attendait que ça. Alors j'ai préféré sortir sur la terrasse.

— Emma ! a-t-il crié. OK, je vais mettre un tee-shirt.

Avec un grand sourire, je suis revenue dans le salon. En passant devant lui, tandis qu'il enfilait son tee-shirt, j'ai lâché :

— On fait une trêve ?

— OK, a-t-il grommelé. Tu veux toujours aller au magasin d'équipement de surf ?

— Et comment !

En sortant de la maison, j'ai aperçu une voiture décapotable flambant neuve. Je me suis tournée vers Evan, les yeux écarquillés :

— C'est à qui ?

— À moi, a-t-il répondu en s'installant au volant.

— Et ça vient d'où ? ai-je poursuivi en m'asseyant à mon tour.

— Le garage l'a déposée ce matin. Il y avait un délai de livraison, car elle marche au biodiesel.

Il a démarré et commencé la manœuvre dans l'allée.

— Explique-moi. Depuis le début.

— T'expliquer quoi ? a-t-il commenté avec un petit sourire. Le biodiesel ?

— Evan !

Son sourire a aussitôt disparu. Il a hésité.

— Vas-y, je t'écoute.

— J'avais besoin d'une voiture parce que je change d'université. Je serai à Stanford à partir du prochain trimestre. Je suis allé à San Francisco au début de la semaine pour retrouver ma mère. Elle voulait voir l'appartement que j'ai choisi avant que je signe le bail.

Je suis restée un moment bouche bée. Incapable d'articuler un mot. Comme paralysée. Finalement, j'ai réussi à demander :

— Pourquoi tu vas à Stanford ?

— C'était mon premier choix, souviens-toi, a-t-il répondu.

Il conduisait en regardant droit devant lui, tandis que je le dévisageais, stupéfaite.

— OK, ai-je soufflé. Ton premier choix, OK.

Je m'attendais à une autre réaction – des cris, de l'énervement… Au lieu de ça, elle ne cessait de répéter « OK », comme si elle avait du mal à intégrer l'information.

— Quelle est ta matière principale ? a-t-elle questionné après un long silence.

— Je fais un double cursus, gestion et sciences de l'éducation. Je n'ai pas encore décidé ce qui m'intéressait le plus.

— Ah…, a-t-elle commenté d'un air songeur. Éducation ? Le copain de Serena a fait ça. Je crois qu'il arrive demain. Tu pourras en parler avec lui.

J'ai légèrement souri, soudain détendu, tandis que nous arrivions en ville.

J'essayais de garder mon calme. Peut-être que poser des questions m'empêcherait d'exploser ? Pas sûr, mais ça valait le coup de le tenter.

— Et donc tu as trouvé un logement en dehors du campus ?

— Ouais. Un studio. C'est petit mais je n'aurai pas de coloc. Le type a aménagé l'espace au-dessus de son garage pour le louer.

— Super, ai-je commenté en prenant un air dégagé.

Il m'avait assuré qu'il n'était pas revenu ici pour me récupérer, et les transferts d'une université à une autre étaient organisés des mois à l'avance – donc il avait prévu ça bien avant de me voir.

D'un seul coup, tout est devenu clair dans ma tête : Stanford était en effet son premier choix, mais j'avais tout gâché avec mon départ, quand j'avais donné la lettre à Vivian. Ce choix-là aussi, je le lui avais volé.

Evan avait l'air radieux en étudiant les différents modèles de planches de surf. Son excitation m'a fait sourire. Le choix était tellement important que, dans un premier temps, je ne savais pas où donner de la tête. Jusqu'au moment où j'ai découvert une planche décorée par un artiste local. J'ai eu un coup de cœur – je voulais celle-là. Malheureusement, ils n'avaient pas la version longboard en magasin, elle ne pouvait nous être livrée que quelques jours plus tard. Evan était encore plus déçu que moi de devoir attendre.

J'ai ensuite choisi une combinaison. Evan et le vendeur ont continué à parler surf, je suis donc allée faire un tour du côté des maillots de bain pour en trouver un qui soit adapté à la pratique du surf. J'en ai sélectionné quelques-uns, lorsque je suis tombée sur un deux-pièces rose fluo. Je l'ai pris et, en tenant le bas à bout de bras, je l'ai examiné pour essayer de distinguer le devant du derrière.

— Tu es sérieuse, là ? a lancé Evan dans mon dos.

Je me suis retournée avec un petit sourire et, après avoir placé le haut et le bas sur moi, j'ai répliqué :

— Qu'est-ce que tu en penses ?

— Tu ne peux pas mettre un truc pareil pour faire du surf !

— Bien sûr que non ! Mais pour les soirées piscine.

— Ça ne me semble pas du tout une bonne idée, a-t-il protesté.

Avec un sourire encore plus grand, j'ai ajouté, d'un ton malicieux :

— Je crois que je vais l'essayer. Tu veux le voir sur moi ?

— Non, a-t-il répondu en rougissant. En fait, si tu le remettais là où tu l'as pris, ça serait parfait.

J'ai éclaté de rire et suis partie à la recherche des cabines, les maillots à la main. Je les ai tous essayés, y compris le fameux string rose qui ne cachait pas grand-chose. J'avais adoré l'embarras d'Evan quand il m'avait imaginée dedans. Après avoir fait mon choix, j'ai laissé ceux que je ne voulais pas dans la cabine – dont le rose. Puis je suis allée à la caisse.

— J'ai aussi la planche et la combinaison, ai-je rappelé au vendeur.

J'ai cherché Evan des yeux. Il était près de l'entrée, en train de regarder les lunettes de soleil.

— La planche a déjà été réglée, a indiqué le type. Nous sommes fermés dimanche, donc vous pourrez passer la prendre lundi matin. Nous ouvrons à 7 heures.

— Déjà réglée ? Ah… Merci.

J'ai pris les sacs qu'il me tendait et me suis dirigée vers la porte.

— Pourquoi tu as fait ça, Evan ? a lancé Emma en fronçant les sourcils tandis que nous sortions du magasin.

— J'en avais envie. Pour fêter tes débuts de surfeuse.

Pas question de lui dire que c'était mon cadeau d'anniversaire – elle avait toujours refusé de le fêter. De toute manière, la date « officielle » n'était que deux jours plus tard…

— Est-ce que tu voudras m'accompagner chez Nate pour dîner, quand Sara et Jared seront là ?

Elle était en train de plier un maillot de bain noir.

— Ah bon ? me suis-je exclamé. Tu n'as pas acheté le rose ?

— Très drôle. N'empêche, tu aurais vu ta tête, j'aurais bien aimé te prendre en photo.

Elle est partie dans un immense fou rire. Même si c'était à mes dépens, l'entendre si gaie me remplissait de bonheur.

— À propos…, a-t-elle dit quand elle a enfin réussi à se calmer. Tu as ton appareil photo ?

J'ai hésité avant de répondre. Je n'avais pas encore tranché la question.

— Quelque part, oui.

— Alors, pour le cas où tu décides de t'y remettre, les couchers de soleil, ici, sont incroyables. Je me suis dit que j'essaierais de peindre, en fin d'après-midi, en espérant trouver les bonnes couleurs avant qu'il ne soit couché.

— Ça peut valoir le coup de prendre une photo, en effet, ai-je lâché avec un petit sourire.

— Du coucher de soleil ?

— Non, ai-je répondu. De toi en train de peindre.

Le rouge a envahi ses joues. Ça non plus, je n'étais pas près de m'en lasser.

Il a quitté la chambre, je l'ai suivi des yeux, les joues embrasées. Je l'ai entendu monter à l'étage. Je suis sortie sur la terrasse et j'ai installé mon chevalet. Puis je me suis assise sur un tabouret et j'ai empli mes poumons d'air marin. C'était une journée magnifique.

Lorsque j'ai vu Evan descendre, son appareil photo à la main et son sac rempli d'objectifs, j'ai eu chaud au cœur. Oui, décidément, c'était un jour parfait.

Il est parti marcher sur la plage pendant que je commençais à poser des touches de couleurs sur la toile en réfléchissant au tableau que j'imaginais.

J'étais tellement concentrée que je ne l'ai même pas vu revenir. C'est seulement en entendant frapper à la porte que je suis sortie de mes pensées. J'ai pivoté sur mon tabouret.

— Emma ? a crié Sara.

— On est dehors, a répondu Evan, allongé dans le hamac, en train de lire.

Mon cœur s'est mis à cogner lorsque j'ai aperçu la feuille de chêne sur son torse et j'ai esquissé un sourire. Quand j'ai levé les yeux, je l'ai vu qui m'observait avec un regard complice. Nous avions toujours eu un lien particulier, une connexion forte – dès le premier jour. Mais là, c'était différent. Je l'avais laissé accéder à mes secrets. Et cela nous avait rapprochés. Chaque sourire, chaque regard, avait une couleur particulière, comme un message subtil.

La porte s'est ouverte et, quelques secondes plus tard, Sara a surgi sur la terrasse. Avec sa robe printanière et son grand sourire, elle était radieuse. Elle avait plutôt l'air de revenir de vacances que d'un enterrement. J'ai baissé les yeux, et là : Jared et elle se tenaient par la main.

Elle l'a lâchée pour m'embrasser tendrement :

— Oh là là, je suis tellement contente d'être ici ! Et cette maison est géniale, Em ! Dire qu'on va rester là un mois ! Il manque juste la piscine…

— Elle est sur le toit, est intervenu Evan avant que je n'aie eu le temps d'ouvrir la bouche.

— C'est vrai ?

— Eh non…, a-t-il répondu avec sourire malicieux.

— Tu es un enfoiré ! a-t-elle répliqué, ce qui a bien fait rire Jared.

Puis, après avoir reculé d'un pas pour contempler ma toile, elle a lancé :

— Waouh, c'est puissant !

— Je n'ai pas encore terminé, ai-je réagi, inquiète.

— En tout cas, ça me plaît.

— Je sais que vous venez à peine d'arriver, a annoncé Evan, mais nous allons chez Nate. Sa mère nous a invités pour dîner, si ça vous dit de venir avec nous.

— Comment ça *nous* ? ai-je lâché.

Il a fait une grimace, comme un enfant pris en faute. Nous n'avions pas exactement *discuté* de cette invitation…

— Ça marche, a déclaré Sara d'un ton joyeux. Allez, viens, Em. Je te choisis des vêtements pendant que tu enlèves toute cette peinture.

J'ai baissé les yeux et me suis rendu compte que j'étais barbouillée de la tête aux pieds. Evan a éclaté de rire devant mon air stupéfait.

— Quand tu peins, tu te donnes toujours à fond ! a-t-il commenté. Va te nettoyer, je m'occupe de ranger ton matériel.

— Merci, ai-je dit en suivant Sara à l'intérieur.

— Oh là là, c'est dingue ! s'est-elle écriée en entrant dans la chambre. Je pense que je pourrais vivre dans cette pièce jusqu'à la fin de mes jours.

— Pas mal, hein ? ai-je lâché en me dirigeant vers la salle de bains. Alors, le New Hampshire, c'était comment ?

— Va prendre ta douche, je te raconterai après.

Quand je suis sortie, quelques instants plus tard, enveloppée dans un drap de bain, elle était assise sur la chaise, en train d'écrire un texto. Dès qu'elle m'a vue, elle a posé son portable. Un short blanc et un débardeur bleu étaient étalés sur le lit tandis qu'une paire de sandales était disposée par terre.

— On va faire du shopping, toutes les deux.

— Sara, s'il te plaît…

— Je ne vais pas lâcher l'affaire, Em, je te préviens.

— Ça recommence…, ai-je soupiré. Bon, maintenant, raconte !

Elle m'a regardée, les yeux brillants.

— Il s'est pointé à l'enterrement, a-t-elle lancé avec un immense sourire.

— Ça je sais. Mais qu'est-ce qui s'est passé ? Qu'est-ce qu'il a dit ?

— Nous n'avons pas vraiment parlé à ce moment-là, parce que, quand mon père l'a aperçu à l'église, il a failli le jeter dehors. Du coup, Jared m'a envoyé un milliard de textos en me suppliant qu'on se retrouve dans une librairie. J'ai fini par accepter. À mon avis, il s'est dit que je n'oserais pas lui crier dessus au milieu d'un magasin. Bref, il m'a parlé de son père et de comment il faisait passer ses affaires avant tout, y compris sa famille. Je le savais : il n'y a qu'à voir comment il s'est comporté avec toi.

J'ai senti mes joues devenir écarlates.

— Oups, désolée, je n'aurais peut-être pas dû dire ça…

— Vas-y, continue.

Je ne tenais pas particulièrement à m'attarder sur le fait que Stuart ne m'appréciait pas.

— Il sortait avec cette fille, a-t-elle poursuivi. Celle de la photo dans le journal, qui m'avait rendue malade. Mais si tu avais vu sa tête quand je lui ai parlé de Jean-Luc, c'était énorme ! Donc il m'a raconté que son père n'avait pas arrêté de faire des allusions à propos de lui et cette fille, en disant qu'ils allaient super bien ensemble. Jared le laissait dire, sans réagir. C'était exactement ce que voulait son père, et aussi cette sale pouffiasse. J'aurai dû me méfier, quand j'ai vu qu'elle était amie avec Catherine Jacobs, la pire de toutes les pouffiasses du monde.

Elle m'a vue blêmir.

— Evan n'est pas sorti avec elle, Emma, s'est-elle empressée de préciser.

J'ai hoché la tête, rassurée. L'idée d'une quelconque intimité entre eux m'avait donné la chair de poule.

— Cette fille savait ce qu'elle voulait, a poursuivi Sara. Stuart lui en a donné l'occasion en manigançant un coup, et, pendant ce temps, il concluait une belle affaire avec son père. Lors de la soirée, elle s'est débrouillée pour porter la bague de sa grand-mère à l'annulaire de la main gauche, et Stuart a fait venir le journaliste. D'où la photo, et l'information concernant les fiançailles. Ça a pris une semaine à Vivian pour rectifier le tir. Mais c'était déjà trop tard, grâce à Stuart. Quel enfoiré, ce type…

Elle a affiché une moue de dégoût.

— Je suis bien contente que Vivian l'ait mis dehors. Tu sais, elle était hyper mal du sale coup qu'il t'avait joué. Ma mère m'a dit qu'elle avait déjeuné avec elle, l'été dernier, et qu'elles ont parlé de toi. Vivian continuait à se demander si elle avait eu raison de garder Evan près de la maison et loin de toi. Et elle accusait Stuart d'être responsable de ton départ.

Au prix d'un grand effort, j'ai réussi à ne pas montrer l'émotion qui me tordait le ventre. Mais c'est le souffle court que j'ai enchaîné :

— Et maintenant ?

— On est ensemble. Et c'est génial ! Franchement, j'ai été idiote de croire qu'on n'arriverait pas à surmonter le fait d'être de nouveau loin l'un de l'autre. Ce type me donne des ailes, comme si rien ne pouvait me résister. Avec lui, j'ai l'impression d'être la personne la plus importante au monde. Je n'ai jamais éprouvé ça avant. En fait, c'est la première fois que je suis vraiment *amoureuse*.

Elle irradiait de bonheur et cela lui allait à merveille : elle était magnifique.

— À toi, maintenant, a-t-elle poursuivi en redevenant sérieuse. Qu'est-ce qui s'est passé avec Cole ? Qu'est-ce qu'il a dit ?

— Rien, ai-je répondu en haussant les épaules. Il a juste laissé un mot.

J'ai fait demi-tour pour aller dans la salle de bains.

— Il faut que je me sèche les cheveux, les garçons nous attendent, ai-je ajouté.

— Je vais m'en occuper pendant que tu me racontes, a-t-elle insisté.

Avec un soupir, je me suis assise devant la coiffeuse pendant que Sara prenait le sèche-cheveux et la brosse.

— Il n'y a pas grand-chose à dire. Il a juste écrit deux phrases. Tu te rappelles que je lui avais dit de partir avant que je ne le fasse souffrir ? C'est ce qu'il a fait.

— Merde… Tu sais, je pense qu'il a compris que c'était fini dès qu'il a vu Evan à l'aéroport.

— Evan ? ai-je répété, étonnée.

— Je vois que tu es toujours aussi lucide… Peu importe. Il est parti. Et comment tu te sens ?

— Ça va, ai-je répondu en détournant les yeux.

— Qu'est-ce qu'il y a ? Tu es triste qu'il soit parti ?

— Je n'aime pas la façon dont ça s'est terminé, ai-je avoué. C'est un chouette type.

— C'est vrai. Je l'aimais bien aussi.

— Je me doutais que ça finirait un jour, mais j'aurais préféré que ça soit plus… simple.

— Plus simple, ah ouais ? Si tu ne veux pas de complications, alors évite les garçons.

Sa remarque m'a fait sourire.

— Et Evan ? a-t-elle poursuivi. Comment ça se passe entre vous ? Ça n'était pas bizarre de te retrouver seule avec lui, la nuit dernière ?

J'ai secoué la tête. Peine perdue : mes joues rouges ont trahi mon trouble. Sara a éteint le sèche-cheveux.

— Qu'est-ce qui s'est passé ?

Je l'ai regardée d'un air gêné. Elle a écarquillé les yeux.

— Tu as couché avec lui ?

— Bien sûr que non ! ai-je rétorqué, écarlate. On a parlé, c'est tout. Et… euh…

— Quoi ? a-t-elle demandé.

— Il est resté toute la nuit avec moi. On a discuté longtemps. Jusqu'à ce qu'on s'endorme, en fait.

— Et j'imagine que vous n'avez pas dormi chacun à un bout du lit, si ?

J'ai évité son regard, elle a aussitôt compris.

— Mais qu'est-ce qu'il y a entre vous ? a-t-elle demandé.

— Je ne sais pas trop… On parle beaucoup, c'est sûr, mais on ne fait rien d'autre. Je pense que c'est bien. En tout cas, c'est sincère. J'ai beaucoup pleuré, aussi. Je suis pathétique…

— Je crois plutôt que tu n'as pas assez pleuré dans ta vie, et tu as du retard à rattraper.

Sara est sortie de la chambre en premier, avec un immense sourire. J'ai lancé un regard rapide à Jared, qui la dévorait des yeux d'un air béat. C'était étrange de les voir de nouveau ensemble, et ça ne rendait pas la situation très confortable pour Emma et moi, qui évitions tout contact physique depuis la nuit dernière.

— Il faut qu'on parle, m'a glissé Sara sans cesser de sourire.

— Qu'est-ce que j'ai fait ? ai-je protesté.

Elle a regardé derrière-moi. Je me suis retourné et j'ai vu Emma, adossée contre le mur, qui enfilait une paire de sandales. Son short blanc révélait ses jambes longues et fines. Je n'arrivais pas à détacher mon regard, jusqu'à ce que je remarque ses joues empourprées. Elle m'a souri d'un air gêné.

— Ah… tu es prête ? ai-je lâché, en remarquant que Jared et Sara attendaient devant la porte.

Sans réfléchir, j'ai tendu ma main pour prendre la sienne mais me suis ravisé juste à temps en faisant mine de frotter mes doigts contre mon pantalon. Pourvu qu'elle n'ait pas remarqué mon geste. Peut-être que ça n'était pas une bonne idée de l'inviter, finalement ? Ça donnait l'impression d'être ensemble et, même si le lien entre nous était fort, nous n'étions pas encore prêts pour ça. Je me suis dirigé vers la porte pendant qu'elle prenait un pull dans le placard.

— Cette chemise te va super bien, a-t-elle dit en me rejoignant.

— Merci, ai-je répondu, déconcerté par sa remarque. Et toi tu es… sublime.

Elle a esquissé un sourire timide et m'a remercié du bout des lèvres en passant devant moi pour sortir. Avant de m'installer au volant, j'ai vu Sara me dévisager en fronçant les sourcils. J'avais décidé de laisser Emma l'informer de mon changement d'université. Je redoutais sa réaction et je ne savais pas à quoi attribuer son air inquiet.

Si j'avais écouté ce que m'avait dit Nate sur ses petits cousins diaboliques, je n'aurais jamais proposé à Emma et Sara de venir. Par miracle, nous avons survécu au dîner sans finir au fond de la piscine ou avec un œil crevé. Mais j'ai bien vu que Jared était à deux doigts de les jeter à l'eau. Nous nous sommes échappés dès que nous avons pu en prétextant une histoire de film à voir tandis que Nate et les autres ont filé à une fête pour sauver leur peau.

— Je crois que j'ai du ketchup dans le dos, a lâché Emma sur le chemin du retour.

Elle se contorsionnait pour s'essuyer l'omoplate, sans succès.

— Quels monstres, ces mômes ! a-t-elle lancé.

— Je n'aurai jamais d'enfants, a déclaré Jared.

J'ai lancé un coup d'œil dans le rétroviseur et aperçu Sara qui le regardait fixement. Il s'est empressé d'ajouter :

— Des comme ça, je veux dire. On aurait dit des gremlins !

J'ai tendu le bras pour effacer avec mon doigt la tache rouge dans le dos d'Emma.

— Merci, a-t-elle lâché en se tournant vers la fenêtre ouverte.

— À quelle heure arrivent Meg et Serena, demain ? a demandé Sara.

Emma a pivoté pour lui répondre, et j'ai vu que mon geste l'avait fait rougir – ses joues étaient écarlates.

— Tard ce soir, donc on ne les verra pas avant demain matin. James est censé venir aussi.

Quand elle a vu mon petit sourire, elle a froncé les sourcils.

— Qu'est-ce qu'il y a ?

Je me suis contenté de hausser les épaules d'un air innocent, sans me départir de mon sourire, ce qui a eu pour résultat de la faire rougir encore plus.

— Mais dis-moi ce que j'ai ! a-t-elle insisté, tandis que nous nous garions devant la maison. Ce sale gnome a écrit ses initiales sur mon dos, ou quoi ?

— Non, ai-je répondu en secouant la tête.

— En revanche, chaque fois qu'il faisait tomber sa fourchette, il essayait de regarder sous ton short, a commenté Jared.

— Jusqu'à ce que je lui écrase la main avec mon talon, a enchaîné Sara. Je pense que je l'ai traumatisé à vie.

— Bien joué ! s'est exclamé Jared fièrement en l'attirant à lui pour l'embrasser sur le front.

J'ai détourné les yeux du rétroviseur. Les voir ainsi roucouler me mettait mal à l'aise.

— Tu es cruelle, Sara, a accusé Emma d'un ton moqueur.

— C'est sûr, s'est-elle rengorgée, ce qui a provoqué l'hilarité de Jared.

À peine avions-nous franchi le seuil de la porte qu'elle a annoncé, en tirant Jared par la manche :

— Nous, on va se coucher ! Bonne nuit.

Emma et moi avons échangé un regard entendu – ces deux-là n'avaient sûrement pas l'intention de dormir. Pour mettre les points sur les i, Sara, du haut des marches, a crié :

— Si vous voulez mettre de la musique, ou la télé, ne vous gênez pas.

Les yeux écarquillés, j'ai regardé Jared suivre Sara en riant.

— Waouh, ça c'était…

— Gênant, a terminé Evan à ma place. Carrément.

— On sort faire un tour ? ai-je proposé.

D'un signe du menton, il a montré mes pieds bandés.

— Tu ne veux pas plutôt que je fasse un feu sur la terrasse ?

J'ai regardé l'heure – il était plus tard que je ne croyais. En réalité, je n'avais guère envie de parler et je savais que ça serait le cas si on s'installait sur la terrasse.

— En fait, je crois que je vais aller me coucher, ai-je dit. Je vais lire avant de m'endormir.

— Ah, OK…, a lâché Evan d'un air déçu. Mais…

Le rire sonore de Sara a résonné au-dessus de nos têtes. Evan a lancé un regard mortifié vers l'étage.

— Si tu veux, tu peux rester dans ma chambre, ai-je suggéré.

— Tu es sûre ? Je ne veux pas qu'on se sente comme si…

— Je sais, ai-je coupé.

Je n'avais pas envie de l'entendre nommer ce que nous n'étions pas, même si je voyais parfaitement de quoi il parlait.

— Je te rejoins dans deux minutes, alors. Je vais juste chercher mon sac.

Il a grimpé les marches quatre à quatre pendant que j'allais dans la chambre. J'étais en train de me brosser les dents quand il a frappé à la porte de la salle de bains.

— Laisse-moi le temps de me changer avant de sortir de là, a-t-il prévenu. D'accord ?

— OK, ai-je répondu, la bouche pleine de dentifrice.

La vision d'Evan en train de se changer a aussitôt occupé mes pensées. Je me suis rincé la bouche puis me suis passé de l'eau sur le visage. Je me séchais avec la serviette quand il a frappé de nouveau.

— Tu peux entrer, ai-je dit.

Il est apparu, vêtu d'un caleçon et d'un tee-shirt usé qui baillait sur son torse musclé. Je suis passée devant lui, l'air exaspéré.

— Qu'est-ce qu'il y a ? s'est-il exclamé.

Sans même répondre, je me suis glissée dans le lit et j'ai allumé la lampe de chevet. L'eau coulait dans le lavabo pendant qu'il se brossait les dents. J'ai contemplé son sac, au pied de la chaise : combien de nuits pensait-il demeurer dans cette chambre ?

Au moment où il sortait de la salle de bains, j'ai ouvert mon livre et posé la feuille de chêne à côté de moi, sur l'oreiller. Il est entré dans le lit, en prenant soin de rester tout près du bord.

— C'est un chouette roman, a-t-il commenté. Je l'ai lu un peu, tout à l'heure.

— Tu veux le lire avec moi ? ai-je proposé sans réfléchir.

— Tu as déjà fait ça, lire un livre en même temps que quelqu'un ?

— Non. Et toi ?

— Non plus.

Il a eu un petit rire. Puis il a enlevé la feuille de chêne et s'est installé au milieu du lit.

— Approche-toi, a-t-il dit.

Je lui ai lancé un regard méfiant.

— Ne t'inquiète pas, viens-là.

J'ai avancé vers lui et il a levé son bras pour m'inviter à venir contre lui.

— Allonge-toi là et je tiendrai le livre.

J'ai hésité.

— Emma, viens te mettre là.

En soupirant, j'ai posé ma tête au creux de son épaule. Il m'a tendu la feuille et m'a pris le livre des mains. J'entendais son cœur battre contre mon oreille. Ne sachant pas où mettre mon bras, je l'ai posé sur son torse. J'ai aussitôt senti son pouls s'accélérer – tout comme le mien. J'ai respiré profondément et me suis efforcée de me concentrer sur les mots, tandis qu'il tenait le livre au-dessus de nos têtes.

— Je me suis arrêté deux pages avant, ça t'ennuie si je les rattrape en vitesse ? a-t-il demandé.

— Vas-y, ai-je répondu en jouant avec la feuille entre mes doigts.

Je suis restée immobile pendant qu'il lisait. Je sentais la chaleur de son corps contre ma peau et j'entendais les battements désordonnés de son cœur. J'étais terriblement attirée par lui, cela devenait de plus en plus dur de résister. Alors que j'allais m'écarter, il a murmuré :

— Cette maison va me manquer.

Ses yeux étaient rivés sur la feuille de chêne que j'agitais sous son nez.

Il a posé le livre sur son ventre et effleuré mon bras du bout de ses doigts. Je me suis dressée sur le coude pour le regarder en face – mon visage à quelques centimètres seulement du sien. Bien trop près.

— Comment ça ? ai-je dit.

— Ma mère va la vendre, a-t-il lâché.

— Mais elle ne peut pas faire ça !

— J'essaie de l'en dissuader et de trouver une solution, mais je ne suis pas très optimiste, a-t-il soupiré.

J'ai reposé ma tête sur sa poitrine, assommée par cette mauvaise nouvelle.

— J'adore cet arbre, ai-je confié à voix basse. Et la balançoire, aussi.

Pour cacher mon trouble, je n'ai pas quitté la feuille des yeux.

— Moi aussi, a-t-il chuchoté. Et la grange. C'était un endroit génial pour être tranquille.

J'ai caressé son torse avec la feuille.

— Si ces murs pouvaient parler, hein ? ai-je ajouté.

— Je les écouterais volontiers, a-t-il avoué en riant.

J'ai souri en pensant à ce qu'ils révéleraient.

— Mais dans les bois, j'avais super peur, ai-je rappelé. Peut-être que c'était la manière dont tu conduisais ?

— Tu exagères ! Je me débrouillais bien, sur cette moto. Tu ne me faisais pas confiance ?

— Seulement quand je fermais les yeux…

— Et j'adore cette cuisine, a-t-il poursuivi. Je l'avais aménagée exactement comme je la voulais.

— La cuisine, sérieux ? ai-je ri.

— Si je me rappelle bien, toi aussi tu la trouvais cool.

— C'était plus les petits plats que la pièce elle-même, ai-je corrigé.

En pensées, j'ai arpenté les couloirs de cette maison en me souvenant de l'odeur de bois qui flottait dans l'air.

— Tu n'as jamais joué du piano pour moi, ai-je dit.

— Non. Et ça n'arrivera pas ! Mes parents m'ont obligé à prendre des leçons, mais ces doigts-là ne sont pas faits pour le piano.

Il a agité ses mains devant mes yeux.

— Tu as peut-être raison, en effet, me suis-je moquée.

— J'aurais bien aimé me baigner au moins une fois dans la piscine.

— Je continue de penser qu'il n'y a pas de piscine, mais juste un gros trou. Pourquoi elle aurait toujours été couverte, sinon ?

— On ne le saura jamais, a-t-il soupiré. Je n'arrive pas à croire qu'elle va la vendre… J'ai vécu dans cette maison les plus beaux moments de ma vie.

— Moi aussi, ai-je murmuré en me remémorant les étapes importantes de mon existence que j'avais franchies entre ces murs.

Evan était silencieux. Ce que nous étions en train d'évoquer m'a soudain frappée.

— C'est bon, tu as rattrapé ton retard ? ai-je demandé pour revenir à la réalité.

— Ouais, a-t-il répondu en prenant le livre.

Nous avons commencé à lire. Quand je finissais la page, je l'indiquais d'un hochement de tête, car j'étais la plus lente. Mais peut-être ne lisait-il pas vraiment ? À un moment donné, il a bougé et j'ai senti son souffle sur ma joue. J'avais de plus en plus de mal à me concentrer sur les mots. Je ne pensais qu'à sa tête près de la mienne, à mon corps contre le sien, et je sentais mon cœur s'affoler. Une puissante vague de chaleur m'a submergée. J'ai fermé les yeux pour mieux combattre l'envie grandissante de tourner mon visage vers le sien. Il était à quelques centimètres seulement, si proche que je sentais le parfum de son après-rasage. J'ai respiré profondément pour tenter de faire tomber la pression qui avait transformé mon corps en cocotte-minute. Quand j'ai rouvert les paupières, le livre avait disparu et Evan avait délicatement ôté la feuille de ma main.

— C'est dur, je sais, a-t-il soufflé en se mettant sur le flanc, sans enlever son bras de sous ma nuque.

Les yeux rivés au plafond, je n'ai pas bougé. J'essayais de retrouver une respiration normale. Je savais que j'aurais dû m'écarter, mais j'en étais incapable.

— Je ressens la même chose que toi, Emma. Moi aussi, j'ai du mal à résister. Mais je ne veux pas faire quoi que ce soit tant que nous ne sommes pas prêts.

Le cœur serré, j'ai baissé les paupières. En réalité, *je* n'étais pas prête, et j'en avais conscience. Mais j'étais enivrée par le contact de sa peau, par son odeur, par la douceur de son souffle. J'avais peur, si je bougeais d'un millimètre, de perdre cette sensation unique.

Il a effleuré mon ventre avec ses doigts. J'ai frémi, le souffle court.

— Oh, Emma..., a-t-il chuchoté dans le creux de mon oreille.

Un frisson a couru le long de ma peau, depuis le bout de mes orteils jusqu'au sommet de mon crâne. La tension qui m'habitait était à la limite du supportable.

Il a serré le poing et son bras s'est crispé tandis qu'il retenait ses gestes au prix d'un effort visible.

— Il vaut peut-être mieux que je monte dans ma chambre, a-t-il lâché.

Il s'est retourné pour sortir du lit.

— Ne pars pas.

Il s'est figé.

— Tu as raison, nous ne sommes pas prêts, ai-je poursuivi. Et je ne sais pas ce qui se passe entre nous. Mais est-ce que tu peux juste rester allongé près de moi ? Si tu ne peux pas, je…

— Si, je peux.

Il a inspiré profondément et j'ai compris qu'il avait besoin que je m'écarte pour se calmer. Je me suis poussée tout au bout du lit et j'ai éteint la lumière. Quelques instants plus tard, il est venu se blottir contre mon dos et j'ai cherché sa main pour mêler mes doigts aux siens.

— Bonne nuit, m'a-t-il chuchoté à l'oreille avant d'embrasser mes cheveux.

J'ai pressé sa main et, contre toute attente, je me suis endormie rapidement.

32

Impitoyable

J'ai cru entendre des voix. J'ai essayé de les ignorer mais elles étaient fortes. Ça riait beaucoup. J'ai ouvert les yeux. Dans mon dos, Evan a marmonné quelque chose.

— Evan ?

Plongé dans un profond sommeil, il n'a pas répondu.

J'ai attendu quelques instants, puis, de nouveau, le bruit d'une voix :

— Je suis tellement contente que vous soyez là ! On va passer un super week-end.

Je me suis redressée vivement. Evan s'est tourné de l'autre côté.

— Réveille-toi ! me suis-je exclamée d'un ton paniqué.

— Emma est encore dans son lit, a dit Sara. Sa chambre est juste là, si vous voulez la réveiller.

— Merde… Evan !

Je l'ai secoué et il a fini par ouvrir les yeux.

— Les filles sont arrivées, il faut que tu sortes de mon lit !

— Quoi ? a-t-il murmuré en se frottant les yeux.

— Lève-toi tout de suite, ai-je insisté en lui poussant l'épaule. Elles viennent dans ma chambre.

Au même instant, un coup a retenti à la porte. Il a enfin compris et bondi si vite qu'il a failli s'étaler. Il a disparu dans la salle de bains à la seconde où Serena passait la tête.

— Emma ?

Elle a eu un grand sourire en voyant que j'étais réveillée.

— Coucou !

— Coucou, ai-je répondu en souriant à mon tour pour cacher la panique qui affolait mon cœur.

J'ai surveillé la porte de la salle de bains du coin de l'œil. Quand j'ai remarqué qu'elle était entrouverte, j'ai cessé de respirer. Tout en gardant mon sourire, pour ne pas éveiller l'attention.

— Hello, a lancé Meg à son tour, en entrant dans la pièce. Tu as dormi tard, dis donc !

— Quelle heure est-il ? ai-je questionné tenaillée par l'envie de regarder en direction de la salle de bains.

— Dix heures et demie, a annoncé Meg en s'asseyant sur le lit.

— Comment s'est passé le trajet ?

Je sentais mon pouls battre contre mes tempes. Comment les faire sortir de la chambre sans que cela paraisse bizarre ?

— Pas mal, a dit Serena en s'installant à la place qu'occupait Evan la minute d'avant. Dis donc, cette maison est incroyable ! Bien joué.

— Merci. Je…

— Ah, quand même ! s'est exclamée Sara en déboulant dans la pièce avec son entrain habituel.

Les faire sortir d'ici était désormais mission impossible. J'ai gémi en silence.

— J'ai cru que tu ne te réveillerais jamais. Maintenant que les filles sont là, on peut reprendre la conversation qu'on a commencée hier soir.

J'ai ouvert la bouche pour protester, mais elle ne m'en a pas laissé le temps :

— N'essaie même pas. On doit parler sérieusement de ça.

— De quoi doit-on parler sérieusement ? a demandé Meg en nous regardant tour à tour, Sara et moi.

— Qu'est-ce qui se passe entre Evan et toi ? a lancé Sara pour commencer l'interrogatoire.

J'ai cru que mon cœur allait s'arrêter de battre. En même temps, avoir une crise cardiaque à cet instant aurait bien arrangé mes affaires.

— Pourquoi ? s'est écriée Serena. Il y a du nouveau ?

Je n'ai pas pu m'empêcher de lancer un coup d'œil vers la porte de la salle de bains. Même si je ne pouvais pas l'apercevoir, je savais qu'il écoutait.

— Euh… je ne sais pas trop…, ai-je lâché d'un air évasif. On parle.

— Je suis sûre qu'il y a autre chose, a insisté Sara. Je vous ai observés, tous les deux, hier soir, pendant le dîner.

J'ai senti ma gorge se serrer. J'avais de plus en plus de mal à respirer. Je ne rêvais que d'une chose : disparaître.

— Il t'a embrassée ? a questionné Serena.

— Non, ai-je répondu du tac au tac en essayant de ne pas penser au baiser qu'il m'avait donné sur les cheveux la veille.

— Tu ne serais pas en train de nous balader, là ? a accusé Sara. Tu l'as embrassé et tu ne me l'as pas dit ?

— Je te jure que non !

— Alors comment tu te sens vis-à-vis de lui ? a enchaîné Meg.

Elles se sont tues, guettant avec impatience ma réponse. Et je suis certaine d'avoir vu la porte de la salle de bains s'entrouvrir davantage.

— Difficile à dire…, ai-je déclaré en toute franchise, résignée à subir cette conversation, et à ce qu'Evan l'entende. Ça a été intense. J'essaie d'y voir clair. Je pense que nous aurions tort l'un et l'autre de démarrer quelque chose sans comprendre d'abord quelles ont été nos erreurs.

— En clair, ça veut dire quoi ? a réagi Meg.

— Que je dois regagner sa confiance si je veux qu'on essaie de nouveau.

— Et tu en as envie ? a lancé Serena d'une voix surexcitée.

— Je ne suis pas prête, ai-je confié pour ne pas répondre à cette question.

C'était la seule chose dont j'étais sûre.

— Alors, qu'est-ce qu'on fait aujourd'hui ? ai-je ajouté d'un air enjoué pour changer de sujet. Je dois vous chasser de la chambre parce que j'ai vraiment besoin d'aller dans la salle de bains. Mais avant, dites-moi quel est le programme, pour que je sache comment m'habiller.

— On va faire du shopping, a annoncé Sara. N'essaie même pas de protester. Tu as besoin de robes.

— Je ne suis pas d'accord, mais bon…

— Dépêche-toi de te préparer, a conseillé Meg en se levant. On va grignoter quelque chose avant de partir.

Serena a suivi les filles. Avant de quitter la pièce, elle s'est tournée vers moi.

— J'aime beaucoup ce type, Emma. Et je pense que tu sais ce que tu éprouves pour lui, alors arrête de te battre contre toi-même.

Je l'ai regardée partir, sidérée.

La porte de la salle de bains s'est ouverte et Evan est entré dans la chambre. Je lui ai jeté un coussin à la figure.

— Mais qu'est-ce que j'ai encore fait ? a-t-il protesté avec un petit rire.

— Tu n'avais pas le droit d'écouter ! ai-je répliqué tout bas.

— Tu parlais de moi quand même, je n'allais pas me priver !

Elle était rouge comme une pivoine.

— Elles sont impitoyables, hein ? ai-je commenté en hochant la tête. Je suis content de ne pas être une fille.

Après avoir rabattu la couette, elle s'est levée du lit.

— Je n'arrive pas à croire que tu as entendu tout ça.

Devant sa réaction, j'avais envie d'éclater de rire. Mais je ne voulais pas courir le risque de recevoir un autre coussin.

— Moi je trouve ça cool de savoir qu'elles ne me détestent pas.

— Pourquoi elles te détesteraient ? Tu n'as rien fait de mal.

— Je sais, mais elles te protègent. Si elles ne m'avaient pas apprécié, ça aurait été dur…

— Pourquoi as-tu besoin de leur approbation ? a-t-elle demandé avec un petit sourire.

J'en avais trop dit.

— Pas de raison précise.

— Menteur !

— Je vais sortir par la terrasse pour aller faire un tour sur la plage, ai-je déclaré. Ni toi ni moi ne tenons à ce qu'elles me voient sortir de ta chambre, n'est-ce pas ? Elles pourraient croire qu'on s'est embrassés, ou un autre truc du genre.

Cette fois, je n'ai pas échappé au coussin – que j'ai évité de justesse.

— Ça suffit, Evan ! a-t-elle lancé, les joues écarlates.

En riant, j'ai attrapé mon appareil photo sur la coiffeuse.

— Tu vas t'éclater pendant le shopping, ai-je ajouté pour la provoquer.

Elle m'a tiré la langue et j'ai pris la photo pile à ce moment-là. Elle s'est enfermée dans la salle de bains en claquant la porte. J'adorais la faire sortir de ses gonds, et j'y arrivais plutôt bien.

J'étais étonné que les filles n'aient pas vu mon appareil photo ni mon sac. Elles étaient sans doute trop occupées à interroger Emma. J'ai ouvert la baie vitrée et me suis avancé avec précaution au bout de la terrasse pour m'assurer que personne n'était dehors. J'ai ensuite descendu rapidement les marches. Au moment où je posais le pied sur la plage, j'ai entendu la porte-fenêtre du salon s'ouvrir.

— Evan ! a crié Sara.

Pris en flagrant délit. Avec un soupir, je me suis retourné.

— Tu sors de la chambre d'Emma ? a-t-elle lancé d'un ton accusateur, les mains sur les hanches.

J'ai haussé les épaules d'un air coupable.

— Il faut qu'on parle, a-t-elle dit en descendant les marches pour me rejoindre.

Avec un soupir, j'ai marché à côté d'elle.

— Pendant mon absence, est-ce qu'il s'est passé quelque chose entre vous ?

— Non. Rien que tu n'aies besoin de savoir.

— Je veux juste être sûre que tout va bien pour elle, a-t-elle insisté en fronçant les sourcils.

— Je sais, Sara. J'ai tout entendu.

— Pourquoi es-tu resté dans sa chambre ? Je ne saisis pas ce qui se passe entre vous…

— Moi non plus. Je peux simplement te répéter ce qu'Emma t'a déjà dit : on parle, c'est tout. Je ne sais absolument pas où cela va nous mener, mais je te demande juste de ne pas l'obliger à comprendre ce qu'elle ressent pour moi. Je ne veux pas qu'elle s'éloigne de nouveau, d'autant plus que, pour la première fois, je commence à savoir qui elle est.

Elle m'a dévisagé, perplexe.

— C'est-à-dire ?

J'ai réfléchi un instant à la meilleure manière d'expliquer ce que j'avais constaté.

— Emma n'est plus la même qu'il y a quelques semaines. Son regard n'est plus vide. Elle ne donne plus l'impression d'être sur le point de se briser en mille morceaux à chaque seconde. Je ne sais pas pourquoi, mais elle s'est enfin ouverte et…

— Elle est redevenue la Emma que nous connaissions ?

— Non, ai-je répondu en hochant la tête. Ce ne sera plus jamais le cas. Mais je crois qu'elle essaie de s'améliorer, de faire des efforts. Elle se livre plus qu'avant, également. Elle a confiance en moi, et si elle commence à s'angoisser sur ce qui va ou non se passer entre nous, j'ai peur qu'elle ne perde cette confiance. Je sais que tu t'inquiètes pour elle, et moi aussi. Je te demande seulement de t'effacer un peu et de nous laisser trouver nous-mêmes notre chemin.

— Et toi, tu lui fais confiance ?

Mon regard s'est perdu au loin.

— J'aimerais pouvoir, oui.

— Mais ça n'est pas encore le cas, a conclu Sara. Tu dois lui raconter ce que tu as traversé quand elle est partie. En lui cachant, tu te conduis comme elle. Elle doit savoir.

— Elle a du mal à affronter la culpabilité, ai-je protesté. Elle sait que mes nuits sont peuplées de cauchemars. C'est suffisant.

Elle a froncé les sourcils. J'ai craint le pire.

— Tu ne peux pas espérer qu'elle te fasse part de ses doutes et de ses sentiments si tu ne t'ouvres pas à elle.

J'étais bien obligé de reconnaître qu'elle avait raison.

Quand j'ai vu Evan et Sara revenir ensemble, j'ai stressé. C'était clair : elle savait qu'il était dans ma chambre. Je l'ai compris au regard qu'elle m'a lancé. J'ai détourné les yeux, recroquevillée dans mon fauteuil. Je n'avais aucune chance de demander à Evan de quoi ils avaient parlé avant qu'il ne parte chez Nate pour préparer la fête de ce soir.

Après avoir fait du shopping avec les filles, nous avons passé la journée sur la plage. Nous nous sommes ensuite habillées pour la soirée. J'ai enfilé un jean et un débardeur et mis mes Converse noires. Sara a examiné ma tenue d'un air désespéré.

— On vient de t'acheter des robes sublimes, et tu mets ça ? Mais qu'est-ce que je vais faire de toi ?

— M'aimer telle que je suis, ai-je répliqué avec un petit sourire.

— Ça me va, a déclaré Serena.

— Ne l'encourage pas, s'il te plaît, a rétorqué Sara. On en parle, de ta garde-robe ?

— Serena est super à la mode, je trouve, ai-je plaidé.

— Parfaitement d'accord, a ajouté Serena, blessée. Merci Emma.

— OK, désolée, Serena. C'est vrai que tu t'habilles bien, même si c'est toujours en noir. En revanche toi, Emma, tu as besoin de conseils.

— Avec quelle voiture sont partis les garçons ? est intervenue Meg, pour faire diversion. La décapotable ?

— Elle est à qui, d'ailleurs, cette voiture ? a demandé Serena.

J'ai regardé fixement le bout de mes chaussures pour ne pas répondre.

— Serena t'as posé une question, Emma, a insisté Sara d'un ton impatient.

— À Evan, ai-je marmonné en me levant.

— C'est drôle, hier soir, je me suis justement demandé pourquoi Evan avait besoin d'une voiture en Californie, a poursuivi Sara.

Je me suis tue. Mon silence en disait long. Elle a écarquillé les yeux.

— Mais non…, a-t-elle lâché. Pas possible !

— Qu'est-ce qu'il y a ? a dit Meg.

— Il reste ! Génial ! s'est exclamée Serena.

— Comment ça ? a questionné Meg en me regardant d'un air stupéfait.

— Evan a demandé son transfert pour Stanford ? a dit Sara lentement, sans me quitter des yeux. C'est ça ?

J'ai baissé la tête, attendant le moment où elle allait péter les plombs.

— Stanford, évidemment…, a-t-elle ajouté.

— Pourquoi tu dis ça ? ai-je interrogé, surprise.

— Parce que tout s'explique, a-t-elle répondu en hochant la tête. Tu te rappelles quand je t'ai parlé de la discussion où Vivian a dit à ma mère qu'elle se demandait si elle n'aurait pas dû laisser Evan aller à Stanford quand il l'avait souhaité ? Elle lui a aussi confié qu'elle ne referait pas la même erreur… Sous-entendu : il va y aller. Mais comme à la rentrée, il est resté dans son université, du coup, je n'y ai plus pensé.

— Donc il avait prévu d'y aller depuis un moment ? a conclu Meg.

— C'était son premier choix, ai-je expliqué.

— Je pense même qu'il serait venu avant, si ses parents ne l'avaient pas assigné à résidence, a poursuivi Sara.

— Qu'est-ce que tu racontes ? ai-je demandé.

— Ils ne l'ont pas autorisé à toucher à son argent. Il n'avait pas de voiture, à l'université. Ils lui ont même interdit de sortir du Connecticut.

— Il ne pouvait pas voyager ? me suis-je exclamée, abasourdie.

C'était un besoin vital, pour lui. Être confiné dans le Connecticut avait dû le rendre dingue.

— Pas pendant un moment. Jusqu'à l'été dernier, d'après ce que ma mère m'a dit.

— Waouh..., ai je murmuré.

J'avais eu un impact sur sa vie, bien plus important que je ne l'avais imaginé.

— Ça n'est pas ta faute, Emma. C'était la décision de ses parents, tu n'y es pour rien.

J'ai hoché la tête en essayant de lutter contre le sentiment de culpabilité qui grandissait en moi.

— Mais c'est à lui de te le dire, pas à moi, a soupiré Sara. Si tu veux recommencer ton histoire avec lui, il faut qu'il soit honnête avec toi.

— Tu as raison, ai-je reconnu en baissant la tête.

Comme toujours.

33

À PROPOS DE LA PISCINE

Quand nous sommes arrivées devant chez Nate, dans l'après-midi, la rue était déjà pleine de voitures.

— J'adore cette musique ! a déclaré Serena en se précipitant vers le salon, où résonnaient les accords de guitare.

Nous sommes sorties sur la terrasse. Des dizaines de filles, plus ou moins habillées, entouraient la piscine.

— Dis donc, il y en a qui ont peur de rien, a constaté Meg en observant les corps brillants d'huile solaire.

— Pourquoi elles devraient avoir peur ? a riposté Serena.

— C'est la fille qui a la peau la plus blanche du monde qui dit ça ? s'est moquée Meg.

— Mais qui passe sont temps à se balader à poil dans la maison, ai-je rappelé à Meg.

— Elle le fait juste pour embêter Peyton, a commenté Meg, hilare.

— Emma, tu es là ! a crié TJ depuis le patio, en contrebas, avec un large sourire.

— Coucou, TJ ! ai-je lancé.

— C'est un copain d'Evan ? a demandé Sara.

J'ai acquiescé d'un signe de la tête.

— Enfin une fête avec de la bonne musique ! s'est extasiée Serena en jetant un regard sur le groupe qui jouait dans le patio. Venez, on va les retrouver !

Elle m'a prise par la main pour m'emmener vers l'escalier.

— Vous voulez boire quelque chose ? a proposé Meg lorsque nous avons atteint le patio.

— Et comment ! a répondu Sara pour nous quatre en nous guidant vers le bar.

— Salut, ai-je dit à Nate et Brent quand est arrivé notre tour.

— On se demandait justement quand tu arriverais, s'est exclamé Nate.

Puis, après avoir remarqué les filles, il les ont saluées. Brent les a accueillies avec un large sourire.

— Tu es magnifique, Emma, m'a-t-il ensuite complimentée. Qu'est-ce que je peux vous offrir ?

— On te laisse décider, a suggéré Serena.

Brent a posé les verres devant nous.

— Merci, a lâché Serena en prenant un verre rempli d'une boisson bleu vif.

Avant de s'éloigner, elle a jeté un dernier regard aux garçons derrière le bar – tous les deux étaient grands et beaux.

— Coucou, ai-je dit en m'approchant d'Evan.

— Hé, content que tu sois là ! a-t-il répondu avec un sourire radieux.

— On doit absolument danser là-dessus ! s'est écriée Serena en me prenant mon verre des mains pour le donner à Evan avant de m'entraîner vers la piste.

J'ai lancé un sourire désolé à Evan. Il a haussé les épaules avec une grimace. En deux secondes, la foule nous avait englouties, Serena et moi. Elle s'est approchée du groupe et a commencé à danser comme une folle en faisant des bonds. J'ai été plus prudente, craignant pour mes blessures aux pieds.

— Allez, Emma ! m'a-t-elle encouragée.

Mes pieds tenaient très bien le coup, j'ai donc suivi son exemple, sautant en même temps qu'elle, les bras en l'air. Sara est venue nous rejoindre, agitant en rythme sa chevelure flamboyante. Meg, elle, préférait sentir le sol sous ses pieds : campée sur ses jambes, elle bougeait ses hanches en riant devant notre excitation.

— Je crois qu'on les a perdues pour la soirée, a commenté Jared en observant Sara pogoter avec passion.

— Elles vont sûrement faire une pause, ne t'en fais pas, ai-je répondu.

— Qu'est-ce qu'elles boivent ? a demandé James en levant le cocktail bleu de Serena.

— Une boisson pour filles, ai-je expliqué. À chaque fête, on concocte un nouveau truc bien sucré et plein d'alcool.

James a goûté le breuvage.

— Je vais rester à la bière, a-t-il conclu en reposant le verre.

Nous avons ri devant sa grimace dégoûtée.

— Comment ça se passe avec Emma ? a questionné Jared sans quitter Sara des yeux.

— C'est compliqué…

— Comme toujours avec elle.

— Ça n'a pas l'air de t'étonner, ai-je lancé à James en remarquant son petit sourire.

— Elle est… spéciale, a-t-il lâché. Mais je l'aime bien. Elle est imprévisible.

— Ça c'est le moins qu'on puisse dire ! ai-je répliqué.

— C'est justement ce qui plaît à Evan, a glissé Jared avec malice.

J'ai éclaté de rire. Il n'avait pas tort.

— En tout cas, je ne sais pas comment tu t'es débrouillé, mais ça a l'air de marcher, a ajouté Jared. Elle est en super forme.

J'ai hoché la tête en la regardant sauter et rire avec Serena, les joues rouges et les yeux brillants. Même en jean et débardeur, elle était belle. Certes, je n'étais pas très objectif : quand elle se réveillait le matin, les cheveux dans tous les sens, les yeux gonflés et la peau froissée par les draps, je la trouvais déjà sublime.

— Evan ! a appelé TJ de l'autre côté de la piscine. Tu peux venir ? Ren a besoin de ton aide, en haut.

— J'arrive ! ai-je crié.

Puis j'ai tendu à James le verre que je tenais à la main.

— Tu peux donner ça à Emma ?

Il l'a pris avec un signe de la tête. Je les ai abandonnés et suis retourné dans la maison pour donner un coup de main. Les invités étaient plus nombreux que d'habitude et, même si je n'habitais plus là, je m'étais encore fait embarquer pour aider pendant la fête.

Emma est passée me faire un petit coucou mais j'étais tellement débordé que j'ai à peine pu échanger deux mots avec elle. Au bout d'un moment, énervé d'être coincé derrière le bar, j'ai voulu m'échapper. Mais impossible de choper un des gars pour me remplacer.

— Salut, a lancé une grande blonde à l'autre bout du bar.

— Salut, ai-je répondu sans vraiment la regarder, trop occupé à chercher qui pourrait me relayer. Qu'est-ce que je te sers ?

— Une bière, s'il te plaît.

Je me suis penché pour en prendre une dans le seau à glace.

— Tu es Evan, c'est ça ? a-t-elle ajouté.

— Ouais, ai-je lâché en décapsulant sa bouteille avant de la lui tendre.

— Moi c'est Nika. Je fréquente le même spot de surf que toi et tes potes.

Je l'ai enfin regardée. Avec ses grands yeux marron et ses cheveux blondis par le soleil, elle me disait quelque chose. Probablement une des filles dont Brent essayait d'avoir le numéro de téléphone.

— Ah oui, en effet. Content que tu aies pu venir.

— Moi aussi, a-t-elle souri. À plus.

— OK, ai-je lâché en jetant un œil sur Ren qui arrivait, une casquette de baseball vissée sur la tête.

— Bien joué, mon pote, a-t-il lancé en remplissant le seau de glace.

— De quoi tu parles ? Et où t'étais passé ? J'en ai ma claque d'être là !

— Allez, te fous pas de moi… T'as un ticket avec cette fille.

— Je m'en fiche. Tu prends la relève ?

— Je vais chercher encore de la glace et je reviens, a-t-il promis.

Quand j'ai enfin été remplacé, j'ai traversé la foule compacte pour rejoindre la terrasse. Après avoir repéré Emma et Meg qui parlaient et riaient, de l'autre côté de la piscine, je me suis frayé un chemin vers elles. Au moment où j'arrivais dans le patio, Nika a surgi devant moi.

— Je commençais à me demander si tu sortirais un jour de derrière ce satané bar ! a-t-elle lancé.

— Ah… salut, ai-je dit en cherchant Emma des yeux.

— Tu habites aussi dans cette maison ? a-t-elle poursuivi.

— Non, dans une autre, à cinq minutes d'ici.

— Elle est aussi belle que celle-ci ?

— Euh… pas mal non plus, elle donne sur la plage, ai-je expliqué.

Je lui jetais un coup d'œil de temps à autre pour ne pas paraître grossier tout en avançant vers la piscine.

— J'adorerais la voir, a-t-elle enchaîné, visiblement décidée à continuer à parler avec moi.

Si j'avais été Brent, j'aurais été super fier de plaire à une aussi jolie fille. Mais ce n'était pas le cas, et elle n'était pas la fille qui m'intéressait.

— On organisera peut-être une fête, bientôt. Tu connais Emma Thomas ?

— Ouais, c'est moi qui l'ai ramenée ici, il y a quelques jours, après l'avoir trouvée sur la plage.

— Ah, c'est toi ? Heureusement que tu étais là !

— Elle sort avec Cole, c'est ça ?

— Non, pas du tout, ai-je répliqué, en me raidissant à cette idée. Elle habite la même maison que moi. Elle a ton numéro ?

— Je pense que oui, a-t-elle répondu d'un air déçu. Est-ce que tu…

— Evan ! s'est exclamée Serena en arrivant derrière Nika.

Puis, après nous avoir dévisagés tour à tour, elle a lancé :

— On te cherche partout !

— Désolé, j'étais coincé en haut.

— Salut, moi c'est Serena, a-t-elle dit à Nika en glissant son bras sous le mien.

Puis, sans attendre sa réponse, elle a ajouté :

— Je te vole Evan.

Au même instant, j'ai entendu un cri, suivi d'un bruit de plongeon dans la piscine.

— Oh, non…, a gémi Serena en m'entraînant.

— Comment j'ai pu me faire avoir ?! me suis-exclamée tandis que Meg sortait sa tête de l'eau, à côté de moi.

— Tu étais un peu distraite, a raillé Meg. Maintenant tu m'en dois une.

— Je ne vois pas de quoi tu parles, ai-je protesté, gênée d'avoir été surprise en train de regarder Evan discuter avec Nika.

Une gerbe d'eau a jailli : quelqu'un d'autre venait de plonger. TJ a émergé avec un large sourire.

— Vous vouliez de la compagnie ? a-t-il demandé en nageant vers nous.

Les uns après les autres, à grand renfort de cris et d'éclaboussures, les gens ont sauté. Les garçons se poussaient entre eux et atterrissaient sur les filles qui hurlaient. J'ai plongé sous l'eau pour rejoindre l'échelle et m'extraire quelques instants de ce chaos. Au moment où je posais le pied sur le premier barreau, quelqu'un m'a attrapée par la cheville et tirée en arrière. D'un coup de pied, je suis rapidement remontée à la surface pour surprendre le coupable. J'ai juste eu le temps de voir Brent qui s'éloignait à la nage. Je me suis retournée vers l'échelle… et me suis trouvée nez-à-nez avec Evan. Il semblait aussi surpris que moi.

— Coucou, a-t-il dit en souriant.

— Coucou, ai-je répondu en rougissant tandis que mon cœur cognait fort dans ma poitrine.

— Il paraît que c'est toi qui es responsable de ce bazar, a-t-il commenté en montrant la bagarre générale dans la piscine.

— Pas du tout, c'est la faute de Meg ! ai-je riposté.

Deux types qui jouaient à se mettre la tête sous l'eau, à côté de moi, me poussaient vers Evan. Il s'est éloigné pour se mettre à l'abri. Je l'ai suivi.

— C'est pas le genre de Meg, pourtant, a-t-il rétorqué en me laissant une place près de lui le long du mur.

— Et c'est mon genre, tu veux dire ? ai-je protesté d'un ton vexé.

— Je te rappelle qu'un jour j'ai fini tout habillé dans une piscine, à cause de toi, a-t-il souligné.

— C'est vrai, ai-je lâché en sentant le rouge envahir de nouveau mes joues.

Je ne pouvais pas détacher mon regard de ses yeux gris qui me fixaient comme des lasers. Il s'est avancé vers moi et est resté un instant immobile, à quelques centimètres. Comme s'il attendait une réponse. Ou une permission. Il a posé sa main sur ma hanche. La vitesse de mon pouls est montée en flèche. Je me suis retenue au bord de la piscine pour rester en équilibre. La respiration bloquée, je le voyais s'approcher, et soudain... il a disparu. Je me suis retournée pour le chercher des yeux.

— Ça va, Emma ? a demandé Brent, qui se trouvait à la place qu'occupait Evan la seconde d'avant.

L'instant d'après, il était parti à son tour. Il était temps pour moi de sortir de la piscine pour me remettre de mon échange avec Evan.

— Vous partez ? s'est écrié Evan en courant pour nous rattraper alors que nous approchions du portail.

J'ai montré mon jean trempé d'un air dépité.

— Je ne peux pas rester comme ça. On se retrouve à la maison, OK ?

— Je viens avec vous. Je vous rejoins. Je vais juste donner mes clés à Sara.

— OK, a lâché Emma.

En arrivant près de la voiture, j'ai aperçu Meg et Emma en train d'enlever leur jeans pour les mettre dans un sac en plastique. Je me suis arrêté net.

— Pas de vêtements mouillés sur les sièges, a lancé Meg en me voyant. C'est la règle.

— Ah ouais ?

J'ai eu du mal à détacher mes yeux des jambes nues d'Emma pour regarder Meg.

— Si tu veux monter, tu dois enlever ton pantalon, a-t-elle insisté.

— Mais tu n'es pas obligé de venir avec nous, non plus, a précisé Emma.

Elle, en revanche, était « obligée » de savoir l'effet que ça me faisait de la voir en débardeur et petite culotte... Ce trajet risquait de m'achever.

— C'est bon, ai-je cédé.

J'ai respiré un bon coup avant d'enlever mon jean et de le jeter dans le sac que Meg ouvrait pour moi. En mettant mes chaussures dans le coffre, j'ai fixé Emma et j'ai dit :

— Tu sais quoi ? Pour le même prix, je vais aussi te donner ma chemise mouillée.

Elle m'a lancé un coup d'œil sidéré. Meg nous a dévisagés l'un après l'autre.

— Comme tu veux, a-t-elle soupiré.

— Tu es infernal, a grommelé Emma.

— Tu l'as bien cherché, ai-je rétorqué en enlevant ma chemise.

J'ai souri en la voyant me tourner le dos pour cacher ses joues rouges.

— Tiens, tu peux conduire si tu veux, a proposé Meg en me donnant les clés.

Emma attendait, assise à l'avant. Du regard, j'ai parcouru ses jambes longues et fines, jusqu'à sa culotte noire. Pendant que je réglais le siège, Meg est montée à l'arrière.

— Pourquoi c'est toi qui conduis ? a lancé Emma, paniquée, en me voyant m'installer au volant.

— Meg me l'a demandé.

— Meg ! s'est exclamée Emma d'un ton énervé.

— Qu'est-ce qu'il y a ? C'est quoi votre problème, à tous les deux ? Vous n'êtes pas à poil, que je sache. Arrête de te comporter comme un enfant, Evan, et démarre !

Quand j'ai mis le contact, la radio s'est allumée et, aussitôt, Emma et Meg ont crié ensemble : « David Bowie ! » Emma a ajouté, dans la foulée : « Young Americans ! »

— Tu me soûles ! a répliqué Meg. J'ai pas réussi à retrouver le titre assez vite !

J'étais complètement dépassé. La seule chose dont je me rendais compte, c'était que la cuisse d'Emma était à quelques centimètres de ma main, posée sur le levier de vitesses. Et que j'avais du mal à trouver mon souffle. Je me suis concentré sur la route pour ne pas être tenté de regarder ailleurs. Cela pouvait être fatal.

— C'est quoi votre délire ? ai-je questionné.

— On joue à ça quand on démarre, ou quand on change de station de radio, a expliqué Meg. C'est à celle qui reconnaîtra en premier le morceau. C'est un truc entre Emma et moi.

— Comme pour la piscine ?

— Exactement ! a confirmé Emma en riant.

En entendant son rire, je n'ai pas pu m'empêcher de me tourner vers elle. Mauvaise idée. Sa peau nue m'a ébloui. Je me suis agrippé au volant pour reprendre mes esprits. Ça risquait d'être difficile de la voir en maillot de bain…

Une fois devant la maison, j'ai enfin réussi à reprendre ma respiration. Quel supplice ! J'ai proposé aux filles de récupérer les affaires dans le coffre pendant qu'elles entraient dans la maison. J'avais besoin d'un peu de temps pour atterrir. Je suis allé directement dans ma chambre pour enfiler des vêtements secs avant de les retrouver dans le salon.

— Tu voudras regarder un film avec nous, quand les autres seront rentrés, Evan ? a proposé Meg.

— Avec plaisir. Vous avez faim ?

— Qu'est-ce que tu vas nous préparer ? a demandé Emma d'un air gourmand.

— Rien ! Je pensais commander des pizzas. Sauf si tu veux faire la cuisine ?

— Des pizzas, ça sera mieux ! est intervenue Meg. Emma risque de faire brûler la maison.

— Oh, ça va ! a protesté Emma. Je suis une pro du fromage grillé.

— Waouh, bel exploit ! me suis-je moqué.

Emma m'a lancé un coussin à la figure. Je l'ai intercepté, mort de rire. Puis je me suis rappelé notre bataille de coussins mémorable, quelques années plus tôt – une éternité. J'ai été tenté de riposter pour déclencher une nouvelle bataille.

— J'ai entendu dire que tu étais à Stanford, maintenant ? m'a dit Meg au même instant.

Evan s'est tourné vers Meg et son sourire diabolique s'est envolé. Ouf ! En le voyant serrer le coussin entre ses mains, j'avais cru deviner ce qu'il avait en tête.

— Eh ouais, en effet.

Les autres sont arrivés au moment où les pizzas étaient livrées.

Après le dîner, je me suis assise par terre, sur l'épais tapis, au pied du canapé. Debout devant la télé, Evan faisait défiler les titres de films sur l'écran pour en choisir un.

— Viens, Meg, a appelé Serena en se laissant tomber sur les genoux de James.

Elle a passé ses jambes par-dessus l'accoudoir pour s'installer confortablement. À l'autre bout du canapé, Jared a murmuré quelque chose à l'oreille de Sara, qui a pouffé de rire. Résolument, j'étais bien mieux par terre. Meg s'est affalée entre eux, un grand bol de pop-corn sur les genoux.

— Tu peux te mettre dans le fauteuil, si tu veux, m'a suggéré Evan quand il s'est retourné et m'a vue sur le tapis.

— Je suis très bien là, merci, ai-je répondu.

Il a hésité un instant avant de s'y asseoir lui-même et d'éteindre la lampe. Dans la pénombre de la pièce, la télévision a projeté sa lumière particulière. Un autre gloussement a retenti dans mon dos. Je me suis rapprochée du fauteuil d'Evan pour m'appuyer contre le montant, près de sa jambe.

Au bout d'un moment, j'ai senti la fatigue me gagner et, j'avais beau lutter, ma tête basculait sur le côté, contre la jambe d'Evan.

Je me suis réveillée sur mon lit, dans l'obscurité de la chambre. Son souffle me caressait la nuque. Le sourire aux lèvres, j'ai replongé avec délice dans les brumes du sommeil. Blottie dans les bras d'Evan.

34

N'y pense pas

— Il vaudrait mieux que je réintègre ma chambre, a déclaré Evan dès que je suis sortie de la salle de bains.

Je l'ai dévisagé d'un air perplexe.

— Tu ne veux plus dormir avec moi ?

Il a eu un petit rire.

— C'est bien ça le problème.

— Qu'est-ce que tu veux dire ?

Adossé à la tête de lit, il a contemplé le plafond d'un air songeur. Visiblement, il cherchait ses mots.

— Vas-y, je t'écoute, ai-je insisté en m'asseyant au bout du lit.

— C'est difficile, a-t-il murmuré. On continue à essayer de comprendre ce qui se passe entre nous. Mais le seul moment où je peux te toucher, c'est dans le lit. J'écoute ta respiration, je respire l'odeur de tes cheveux… Et ça n'est pas facile.

Ses paroles m'ont secouée comme une gifle. La simple évocation de son corps chaud contre mon dos a fait grimper ma température, tandis que mon cœur s'est mis à battre avec force.

— Je sais, ai-je dit.

— C'est mieux si je dors en haut, maintenant.

— OK, ai-je lâché après un instant d'hésitation. Si tu crois que c'est mieux.

— Pas toi ? a-t-il interrogé d'un air surpris.

Je suis devenue écarlate.

— C'est déjà difficile de ne pas pouvoir t'embrasser…

— C'est bon, j'ai compris ! me suis-je exclamée.

C'était la dernière image que je voulais avoir en tête.

— Donc je vais monter mes affaires, a-t-il dit.

Dans sa voix perçait une pointe d'interrogation. J'ai levé les yeux sur lui.

— OK, ai-je répondu, mal à l'aise.

Il a pris son sac sur la chaise et son appareil photo sur la coiffeuse. Au moment de quitter la pièce, il a hésité un instant. Puis, avec un sourire forcé, il est sorti et a fermé la porte derrière lui.

Je me suis écroulée sur le lit et j'ai pris une profonde inspiration pour digérer ce qui venait de se passer. En gros, nous avions tous les deux admis à demi-mot que nous avions envie l'un de l'autre, sans vraiment le dire. Trop bizarre.

Sara est entrée sans frapper et a fermé la porte. Elle s'est assise à côté de moi.

— Je viens de voir Evan sortir avec son sac, a-t-elle lâché. Vous vous êtes disputés ?

— Non.

— Qu'est-ce qui se passe, alors ?

J'ai réfléchi un instant avant de répondre.

— Tu te rappelles, au lycée, quand j'ai commencé à sortir avec Evan et que tu m'as demandé si je comptais coucher avec lui ? Après, je n'arrivais plus à penser à autre chose.

— Ouais, c'était du délire ! s'est-elle exclamée en riant. Pendant une semaine, tu ne pouvais même plus l'approcher, et j'ai cru que tu allais rester écarlate toute ta vie !

— Eh ben…

— Attends ! Tu es en train de me dire que tu as couché avec Evan ?

— Pas du tout !

— Mais tu en as envie ?

J'ai enfoui mon visage dans la couette avec un cri énervé.

— Ah ouais…, a-t-elle conclu en secouant la tête. Waouh ! Je ne pensais pas que vous en étiez déjà là.

— On n'en est nulle part… pour l'instant. C'est juste que… Du coup, il ne veut plus dormir ici.

— Bien sûr, a-t-elle commenté avec un grand sourire.

— Arrête de me regarder comme ça !

— Vous êtes pathétiques, tous les deux. Crevez l'abcès et réglez votre problème, comme ça vous pourrez profiter de la vie ensemble !

Elle m'a lancé un sourire compatissant avant de se lever.

— Les filles arrivent bientôt, a-t-elle annoncé. On a décidé de passer la journée à la plage.

J'ai hoché la tête d'un air absent. La rapidité avec laquelle elle captait les situations continuait de me sidérer. Moi, je n'arrivais même pas à comprendre le quart du dixième de ce qui se passait.

Bien sûr, ça n'a pas raté : j'ai vécu la même chose qu'au lycée. Impossible de regarder Evan ou d'être à moins d'un mètre de lui sans que mon corps ne réagisse immédiatement. Je pensais à lui tout le temps, il m'obsédait, et mon esprit tourmenté ne savait absolument pas gérer la situation.

Quand je suis entré dans la maison, j'ai entendu le bruit des portes des placards dans la cuisine.

— Ça va aller, non, tous les deux ? a demandé Serena.

À cause de la musique dans le salon, elles ne m'avaient visiblement pas entendu arriver. Ne sachant pas quoi faire, je me suis dirigé vers l'escalier.

— Ils finiront par comprendre qu'ils ne peuvent pas vivre l'un sans l'autre, c'est tout, a conclu Sara.

Clairement, elles ne se rendaient pas compte que leurs voix portaient et qu'on les entendait à travers la maison.

— Tu crois vraiment qu'ils vont pouvoir pardonner et oublier ce qui s'est passé ? a questionné Meg d'un ton sceptique. Moi je pense que s'ils ne réussissent pas à être sincères l'un avec l'autre, ils vont continuer à se faire du mal. Emma va finir par se vautrer si elle n'accepte pas de se confier et d'être aidée.

J'ai raté une marche et me suis raccroché *in extremis* à la rampe.

— C'est pas vrai ! a protesté Serena. Elle va mieux, je peux te le dire. Quand ils étaient séparés, on aurait dit un fantôme. Elle a changé. C'est tellement évident qu'ils s'aiment. Regarde-les, ça crève les yeux !

— Et s'il ne veut pas lui pardonner et qu'il décide de partir, qu'est-ce qui va se passer ? a répliqué Meg.

— Qu'est-ce que tu fous là ? a lâché Jared, en haut de l'escalier.

Je lui ai lancé un regard assassin en priant pour qu'il se taise. Au même instant, Sara a dit :

— Si seulement on pouvait les obliger à être complètement sincères l'un avec l'autre.

Jared a éclaté de rire.

— Tu écoutes aux portes ? Bravo !

J'ai grimpé les marches quatre à quatre, convaincu qu'elles l'avaient entendu.

— Je l'ai pas fait exprès.

— Je t'ai bien vu, tu ouvrais grand les oreilles ! Mais je te comprends. Si elles étaient en train de parler de moi, j'écouterais aussi, je te le promets. Attends… il ne s'agissait pas de moi, là ?

— Bien sûr que non ! Tu n'es pas aussi barré qu'Emma et moi. Et puis, écouter Sara dire à quel point tu es un type incroyable, très peu pour moi, merci !

J'ai descendu l'escalier en prenant soin de faire du bruit pour qu'elles comprennent que j'étais là.

Quand j'ai passé la tête dans la cuisine, elles étaient étonnamment calmes.

— Besoin d'aide ?

Meg et Sara n'ont pas cillé, mais Serena, elle, m'a dévisagé, les yeux brillants. Je lui ai lancé un regard interrogateur. Elle a fait un grand sourire, vite chassé par un coup de coude de Meg.

— Aïe ! a-t-elle protesté. Mais qu'est-ce qui te prend ?

— Merci, mais on a presque fini, a répondu Sara. Vous pourrez bientôt tout emporter dehors, les garçons.

— Préviens-nous, on sera sur la plage, ai-je indiqué en les laissant continuer à deviser sur notre sort.

J'ai contemplé la robe que Sara avait accrochée à la porte de la salle de bains. Auparavant, cela me plaisait quand elle se mettait en tête de s'occuper de ma tenue, même si, parfois, c'était terrible. Mais maintenant, c'était différent. J'avais changé. Surtout, je n'avais pas porté de robe depuis cette fameuse *nuit*...

Je savais qu'elle faisait ça pour mon bien, pour m'aider.

— OK, Sara, je vais la mettre..., ai-je soupiré.

Après m'être séché les cheveux, je suis descendue rejoindre les filles en tirant sur la robe, très courte à mon goût. Quand Sara m'a vue, son visage s'est illuminé. Sa réaction m'a mise encore plus mal à l'aise.

— Qu'est-ce que je peux faire ?

— Emporte ça dehors, a indiqué Meg en me tendant une carafe et des verres.

— J'ai eu ton message, Sara, a lancé Jared depuis la terrasse. Je peux vous aider ?

— Le dîner est prêt, on va bientôt manger. Est-ce que vous pouvez, toi et les garçons, mettre les choses sur la table ? Et fixer le parasol, aussi, s'il te plaît ?

— Pas de problème.

J'ai monté les marches et, en arrivant sur la terrasse, j'ai failli m'étaler lorsque j'ai vu Emma, sur la pointe des pieds, en train d'aider Jared à ouvrir le parasol. Elle portait une robe bustier blanche à fleurs jaunes. J'ai suivi les lignes de son corps, depuis ses bras tendus jusqu'à ses longues jambes. Le tissu épousait ses courbes et en révélait la grâce infinie.

— Je peux vous donner un coup de main ? ai-je proposé, après m'être ressaisi.

Mais ils avaient déjà terminé. Emma s'est tournée vers moi. Elle a esquissé un sourire en rougissant. J'ai plongé mes yeux dans les siens en souriant à mon tour. D'un ton impatient, Jared a lancé :

— Evan ? Ohé ? Va chercher les plats dans la cuisine !

— OK.

Puis, en passant près d'elle, j'ai murmuré :

— J'adore cette robe.

Elle a tendu la main pour tirer sur le tissu qui remontait sur ses cuisses.

— Prends le plat avec les sandwichs, Evan, a ordonné Sara.

Les filles sortaient les unes derrière les autres avec des plats dans les mains. Le temps que j'arrive sur la terrasse, il ne restait plus qu'une place à table. Comme par hasard, à côté d'Emma. Décidément, elles manquaient de subtilité.

Quand je me suis installé, Emma s'est écartée légèrement. Tandis que je la surveillais du coin de l'œil, j'ai vu qu'elle n'arrêtait pas de bouger, comme si ma proximité la rendait nerveuse. Ça m'a rappelé le lycée…

J'ai éclaté de rire.

— Qu'est-ce qu'il y a de drôle ? a demandé Serena.

Après le déjeuner, tandis que nous étions en train de débarrasser la table, j'ai soudain senti son torse toucher mon dos au moment où il se penchait pour prendre le bol de chips.

— Désolé, m'a-t-il glissé à l'oreille.

Un frisson est descendu le long de mon dos. Je lui ai lancé un coup d'œil par-dessus mon épaule. Il m'a adressé ce petit sourire si particulier qui faisait battre mon cœur à cent à l'heure. Je me suis écartée avant que mes genoux ne se dérobent. Il a souri de plus belle.

— On peut savoir ce qui te fait rire ? ai-je demandé.

— Toi, a-t-il répondu avant de tourner les talons pour entrer dans la maison.

J'ai froncé les sourcils en le suivant du regard. Je n'aimais pas sa réponse.

— Il y a un problème ? a lancé Meg en me dévisageant.

J'ai fait non de la tête et lui ai donné une pile d'assiettes. Les filles sont revenues sur la terrasse. Sara portait une boîte métallique. Evan est arrivé quelques instants plus tard, avec James et Jared, un ballon entre les mains.

— Vous voulez jouez au foot, les filles ? a-t-il proposé.

J'ai ouvert la bouche pour accepter, mais Sara m'a coupé l'herbe sous le pied.

— Allez-y, on vous rejoint. On a notre quart d'heure « filles ».

— Notre quart d'heure « filles » ? ai-je répété d'un air inquiet.

— Oui, programme pédicure, a répondu Meg. Emma tu veux quelle couleur de vernis à ongles ?

J'ai lancé un coup d'œil envieux aux garçons qui descendaient à la plage. Jared a envoyé le ballon à Evan.

— Pourquoi pas du rose ? a suggéré Sara.

— Je ne mets plus de rose, ai-je rétorqué.

Sara le savait très bien.

— C'est peut-être le moment d'essayer de nouveau ? a-t-elle insisté en me regardant droit dans les yeux.

— Je suis sûre que ça t'irait à merveille, a ajouté Serena.

— Je pense qu'un peu de couleur ne te ferait pas de mal non plus, a lancé Sara à l'intention de Serena. Tu veux bien me laisser te maquiller ?

— Non, merci. Je suis attachée à mon identité monochrome.

— Je peux au moins te mettre du vernis rouge sur les ongles des pieds ?

— Ça, je veux bien, a souri Serena.

— Et pourquoi pas du violet ? ai-je dit à Meg qui inspectait les flacons de Sara rangés dans la boîte métallique.

— Qu'est-ce qu'on fait ce soir ? a-t-elle demandé sans me répondre.

— On va demander aux garçons ce dont ils ont envie, a indiqué Sara. On peut jouer aux cartes, par exemple.

— Ou à « Action ou vérité » ! a proposé Serena.

— Pourquoi pas une partie de poker ? ai-je enchaîné en m'installant dans la chaise longue pour que Meg puisse s'occuper de mes ongles de pieds.

— Meg, je te ferai les tiens, a déclaré Sara. Emma est nulle, pour ça.

Elle avait raison. Même en me concentrant au maximum, j'étais incapable de ne pas déborder. Je savais peindre des minuscules détails sur une toile, mais pas des ongles. Pathétique.

— Et un strip poker ? a glissé Serena.

— C'est quoi ton truc avec ce jeu ? a lancé Meg. Tu as un mec, pourquoi tu veux te mettre à poil devant d'autres types ? ou les voir à poil ?

Sara s'est interrompue dans sa tâche.

— Viens avec moi, Serena, a-t-elle ordonné. Em, tu restes là en attendant que Meg ait fini. On revient tout de suite.

— Je vais juste chercher James, a précisé Serena.

— J'ai rien compris, ai-je dit à Meg. Qu'est-ce qui vient de se passer, là ?

— On a oublié qu'on devait préparer un dessert, et comme tu es nulle en cuisine, il vaut mieux que tu restes là, a menti Meg.

Quelque chose se tramait, c'était évident. De quoi m'inquiéter.

J'ai grimpé les marches quatre à quatre pour aller chercher de l'eau et suis tombé sur Emma, penchée sur ses pieds, en train de se mettre du vernis à ongles. Elle a fait une grimace énervée et a essuyé son orteil avec un kleenex.

— Saloperie de vernis ! a-t-elle lâché, excédée. Pourquoi est-ce qu'il faut absolument avoir des ongles de couleur !

— Où sont les filles ? ai-je demandé avec un petit sourire.

— Je sais pas, a-t-elle grommelé. En train de mijoter un sale coup, j'imagine.

— Tu as besoin d'aide ?

— Tu veux me mettre du vernis ? a-t-elle rétorqué.

— Je parie que je ferais ça mieux que toi, ai-je ironisé.

— Vas-y, te gêne pas ! a-t-elle lancé d'un air mauvais en poussant le flacon vers moi.

Je me suis assis sur la chaise longue.

— Du violet ? ai-je observé. Pas du rose ?

Elle est devenue écarlate.

— Je n'ai pas...

Elle a baissé la tête avant de murmurer :

— Le rose, c'est comme le chocolat pour toi.

J'ai levé les yeux pour chercher son regard. La tristesse que j'y ai lue était insoutenable. J'ai hoché la tête avant de me concentrer sur ses orteils. Je ne savais pas quoi dire.

J'ai posé doucement son pied sur ma jambe et sorti le pinceau du flacon.

— Tiens-le, ai-je demandé en lui tendant le vernis pour pouvoir soutenir son pied.

Je me suis penché et forcé à me concentrer sur son orteil pour ne pas me perdre dans le spectacle de sa jambe. Quand j'ai relevé la tête, je l'ai vue qui m'observait en silence. Parfaitement immobile. J'ai souri, et ses joues se sont colorées.

— Tu peux respirer, tu sais, ai-je conseillé d'un ton amusé. Arrête d'imaginer mon corps nu, et respire.

— Evan ! s'est-elle exclamée en retirant son pied d'entre mes mains.

J'ai éclaté de rire. Si elle avait pu, elle m'aurait envoyé quelque chose à la figure. Je le voyais dans ses yeux brillants. Soudain, j'ai aperçu le flacon de vernis qu'elle brandissait. Je me suis levé d'un bond.

— Non, s'il te plaît ! ai-je supplié. Je te taquinais, c'est tout. Depuis qu'on a parlé ce matin, tu es tellement tendue… J'ai voulu te déstresser un peu.

— C'est pas le meilleur moyen !

— Arrête d'être obsédée par ça. Ça ne fait qu'empirer les choses. Pense plutôt à toutes les bonnes raisons que j'ai de ne pas t'embrasser.

— C'est vrai, a-t-elle soufflé, soudain abattue.

Oups, ça n'était pas non plus la chose à dire.

— Pardon, les mots ont dépassé ma pensée. Je voulais juste…

— Mais qu'est-ce que tu fous, Evan ?

À deux mètres de moi, Sara m'a lancé un regard meurtrier, comme si j'étais en train de violer un pacte.

— Je termine ce que tu as commencé, ai-je répondu en posant la dernière couche sur le gros orteil.

J'ai ensuite refermé le flacon de vernis et soulevé la jambe d'Emma pour la mettre sur la chaise.

— Et voilà. Toute violette.

— Merci, a-t-elle dit avec un doux sourire et en me regardant dans les yeux.

Je me suis levé et suis parti dans la maison. Meg et Serena étaient installées sur le canapé.

— Vous êtes partants pour jouer aux cartes, ce soir, toi et les autres ? m'a lancé Meg.

— Je vais leur demander.

Elles ont échangé un regard mystérieux. Emma avait raison. Elles mijotaient quelque chose.

35

Terrible honnêteté

— On va pas écouter cette merde toute la soirée, TJ, a menacé Jared en installant une enceinte de la salle de jeux dans le patio.

— Laissons les filles décider, a proposé TJ. Où sont-elles, d'ailleurs ? Je pensais que vous arriveriez ensemble.

— Elles sont en route. Je te préviens que tu vas être minoritaire. Meg sera la seule à être de ton côté.

— Sara…

— … a une dizaine de guitares électriques, a achevé Jared.

— OK, on mettra ta musique quand ils seront là, a cédé TJ à contrecœur.

— Bienvenue, mesdemoiselles, a lancé Brent dans la cuisine, avec sa voix de séducteur. J'espère que vous êtes prêtes pour les margaritas et le poker.

— Ça démarre maintenant ! a enchaîné Jared en dévisageant TJ avec un petit sourire, avant de changer la musique.

Brent a conduit les filles dans le patio, deux carafes à la main. J'étais en train de disposer les chaises autour des tables lorsque j'ai aperçu Emma. Je savais que j'aurais dû garder une certaine distance, mais c'était plus fort que moi. J'avais besoin d'être proche d'elle. Quitte à le payer.

— Coucou, ai-je dit quand elle a descendu la dernière marche.

— Coucou, a-t-elle répondu avec un sourire lumineux.

— Je continue de penser qu'on devrait jouer au strip poker, a déclaré Brent en posant une carafe de margarita sur chaque table.

— Oui, trop bien ! s'est exclamée Serena.

Emma les a dévisagés tous les deux comme s'ils étaient fous.

— Qu'est-ce qu'il y a, Em ? a riposté Serena. Le poker normal, c'est soûlant si tu n'es pas bon. Ça, au moins, c'est plus marrant.

— Je t'ai déjà dit que je t'adorais, Serena ? a lancé Brent en passant son bras autour de ses épaules.

Puis, remarquant le regard noir de James, il s'est écarté en ajoutant :

— Oups, désolé, mec…

— Vous voulez vraiment faire un strip poker ? ai-je demandé.

J'espérais une réaction de la part de James, mais il n'a pas bronché.

— Serena n'a aucun problème à se balader à poil devant tout le monde, a précisé Meg.

— Un strip poker ? a répété Jared, visiblement pas très convaincu.

— Avec une règle particulière, a lancé Serena.

— On distribue cinq cartes, a expliqué James. On peut toutes les remplacer, sauf une. Puis on étale tous nos cartes. Celui qui a gagné choisit deux personnes. Elles ont le choix entre enlever un vêtement ou répondre à une question difficile.

— Tu es aussi dans le coup ? ai-je réagi.

— Serena m'en a parlé et j'ai proposé quelques changements pour pouvoir garder ses vêtements si on préfère. Même si elle est bien dans sa peau, je n'aime pas l'idée de voir ma copine nue devant d'autres types. Il y a encore une autre règle : pas touche.

Il a lancé un coup d'œil à Brent, qui s'est décomposé. Vu la carrure de James et son job de videur, la perspective de recevoir un coup de poing de sa part calmait instantanément.

— Pourquoi pas ? a dit Sara.

Emma et Jared ne semblaient pas ravis de sa réponse.

— Ne t'en fais pas, je suis bonne au poker, a-t-elle ajouté en regardant Jared. Tu te rappelles ?

— Je te conseille de te préparer à être super sincère, ce soir, a répondu Jared.

Avec un sourire, Sara l'a embrassé sur la joue.

— Je t'avais bien dit qu'ils mijotaient un sale coup, m'a glissé Emma.

— On n'est pas obligés de jouer, ai-je remarqué.

— C'est bon. Tout le monde a l'air de vouloir le faire, donc pourquoi pas ? Je crois que je suis capable de répondre aux questions.

Répondre sincèrement risquait d'être plus dur pour elle que d'ôter ses vêtements.

— Tu es sûre ?

— Ouais, ça va aller, a-t-elle lâché sans grande conviction.

On s'est assis et TJ a fait les présentations :

— Voilà Darcy et Kim. Darcy et Kim, voilà... tout le monde.

— Coucou, ont-elles lancé avec un geste de la main.

— On peut éteindre la lumière ? a suggéré Emma.

Nate a coupé l'éclairage du patio et de la piscine et nous nous sommes retrouvés dans le noir. Il a ensuite allumé des bougies qui permettaient de distinguer le visage de chacun mais ne laissaient deviner que ce qui se trouvait en dessous des épaules. Pas plus bas.

— C'est mieux ? a questionné Sara. Tu vas jouer ?

J'ai hoché la tête en me demandant ce qui serait le pire – voir Evan sans sa chemise ou révéler les pires moments de ma vie.

— Tu voudras bien répondre aux questions avec moi ? ai-je demandé à Evan en me penchant vers lui.

— Pas de problème, a-t-il souri.

J'essayais de contrer la tentative peu subtile des filles de se mêler de ma relation avec lui. Même si ça partait d'un bon sentiment et qu'elles souhaitaient avant tout m'aider, elles ne mesuraient pas la complexité de la situation.

— On n'enlève pas plus de cinq vêtements, et on s'assied en alternant un garçon, une fille, a expliqué Serena.

— Mais je n'en ai qu'un, a lâché la blonde en robe jaune.

Sara a ouvert la bouche pour intervenir. Visiblement pas pour lui proposer des vêtements supplémentaires, vu son regard noir. TJ l'a devancée :

— Tu peux compter tes chaussures et tes boucles d'oreilles comme des vêtements, Kim.

— Bonne idée, merci TJ !

Emma a mis sa main devant sa bouche pour réprimer un fou rire.

Nate a mélangé deux jeux de cartes. Emma se mordait la lèvre et remuait son pied d'un air nerveux.

— Tiens, ça va t'aider, a commenté Brent en lui donnant une margarita tandis qu'il rapprochait sa chaise de la sienne.

Après un instant d'hésitation, Emma a bu une bonne gorgée. J'ai fusillé Brent du regard et il a écarté sa chaise.

Les « copines » de TJ semblaient plus enclines à enlever leurs vêtements qu'à répondre aux questions. En deux temps trois mouvements, elles étaient déshabillées et dans la piscine, avec TJ et Brent qui les poursuivaient. En vrai, les questions n'étaient pas très indiscrètes. Mais, pour l'instant, je n'avais pas eu à y répondre.

Quand Serena a gagné pour la première fois, elle s'est tournée vers moi et a lancé :

— Emma et Evan, vêtement ou vérité ?

— Vérité, ai-je répondu.

— Vérité, a lâché aussi Evan.

— Quel est votre meilleur souvenir du lycée ? a-t-elle questionné en nous dévisageant tous les deux.

Clairement, ça m'était destiné.

— C'est pas une question vraiment intime, a lancé Darcy.

— Les perdants à poil dans la piscine n'ont pas le droit à la parole ! a protesté Sara.

J'avais compris qu'elle essayait de me mettre sur la piste d'un souvenir avec Evan, mais je n'avais pas l'intention de la suivre sur ce terrain.

— Le soir de mon premier match de foot. J'étais chez Sara et elle m'a fait un de ces maquillages dont elle a le secret. Je l'ai même laissée me couper les cheveux.

— C'est vrai ? a dit Evan à Sara.

— Eh ouais ! a-t-elle répliqué fièrement.

— Bien joué, a-t-il commenté, le regard perdu au loin tandis qu'il se rappelait le passé. C'est cette nuit-là que le rose est devenu ma couleur préférée…

J'ai serré les dents pour ne pas réagir. Sara a souri.

— Ma faute, a-t-elle lâché en battant des cils.

Il a eu un rire bref et j'ai senti mes joues s'empourprer. Il tombait dans leur piège.

— Mais qu'est-ce que tu fous ? ai-je supplié.

Il m'a regardée en fronçant les sourcils d'un air perplexe.

— Evan ? est aussitôt intervenue Serena pour le détourner de moi. Et toi, c'est quoi ton meilleur souvenir ?

Mon meilleur souvenir n'avait pas eu lieu précisément au lycée. C'était la nuit après les tests d'entrée pour l'université.

Avant que je n'aie eu le temps de répondre, Emma s'est mise à tousser bruyamment. Quand elle a quitté la table en s'excusant, je l'ai suivie. Dès que nous avons été un peu à l'écart, elle a arrêté de tousser.

— Sérieux, Evan, qu'est-ce que tu fabriques ?

— Mais c'est toi qui m'as demandé de t'aider à répondre aux questions !

— C'est pas une raison pour être à ce point sincère !

— Mais ils ne savent pas de quoi je parle. En plus, je pense qu'un peu d'honnêteté nous fera du bien, en ce moment. Qu'est-ce qu'on a à perdre ?

Elle m'a regardé, sidérée que j'aie pu dire une chose pareille. Moi-même, j'étais ébahi.

— Tu veux de l'honnêteté ? a-t-elle lancé sur un ton de défi.

Elle est retournée à la table, a tiré sa chaise et annoncé :

— Je souhaite retirer ma réponse.

— Je me doutais que ça n'était pas moi ton meilleur souvenir, a lancé Sara avec un sourire entendu.

— J'étais dans l'atelier d'arts plastiques, Evan venait de rentrer de San Francisco et…

— Ils n'ont pas besoin d'en savoir plus, ai-je coupé en comprenant pourquoi elle avait refusé d'être trop honnête.

Nous nous sommes assis, et j'ai glissé à Emma :

— C'est bon, j'ai pigé.

— Sans blague, a-t-elle lâché d'un ton ironique.

— Bon, on reprend ? a proposé Jared.

Meg a gagné la partie suivante et a désigné Jared et Evan. Jared a enlevé sa chemise et Evan a souhaité répondre à une question. Étant donné les questions, j'aurai préféré qu'il retire aussi sa chemise.

— Si tu devais choisir entre Jared et Emma, qui tu prendrais ?

Evan l'a dévisagée d'un air stupéfait.

— C'est quoi cette question ?

— Une question difficile, c'est le but.

Il s'est tu un moment en nous contemplant à tour de rôle, Jared et moi.

— C'est un choix impossible, Meg, a pointé Sara.

D'un air amusé, Jared et moi avons regardé Evan se débattre avec son cas de conscience.

— C'est ton frère, Evan, ai-je insisté à voix basse. C'est normal.

Mais ça n'a rien changé : il était en pleine tourmente.

— Heureusement qu'on n'est pas piégés par un incendie ! a lancé Jared en riant. Le temps qu'il se décide, on serait déjà tous les deux carbonisés.

— Laisse tomber, Evan, on n'est pas là pour te donner un ulcère, a conclu Meg. Réponds plutôt à ça : quelle a été ta première impression d'Emma ?

— Meg ! ai-je protesté.

Elle a esquissé un sourire. Serena s'est penchée, guettant la réponse. J'ai joué avec les cartes qui étaient devant moi, les yeux baissés, incapable de croiser le regard des autres.

— Un peu plus de margarita ? m'a proposé Nate en levant la carafe.

— Oui, merci, ai-je accepté.

Même si les effets des deux premiers verres se faisaient déjà sentir, ils ne parvenaient pas encore à neutraliser l'angoisse qui me serrait le ventre.

— La première fois où elle m'a adressé la parole, c'était pour m'engueuler, a confié Evan.

— Je ne t'ai pas engueulé ! ai-je réagi.

— Si, tu l'as engueulé, a précisé Sara, ce qui a déclenché l'hilarité de tous. C'était la première fois que les élèves t'entendaient contredire quelqu'un. Un truc de dingue.

Elle a lancé un coup d'œil à Evan :

— Désolée. Continue.

— D'emblée, elle m'a intrigué. Sa ténacité m'a bluffé et m'a donné envie de savoir qui elle était, de la connaître mieux.

Il a ajouté tout bas, de manière à ce que moi seule puisse l'entendre :

— C'est toujours le cas.

J'ai pris mon verre et bu une gorgée.

Meg a encore gagné la fois suivante. Elle avait tous ses vêtements.

— Dis-nous quelque chose que tu sais sur Sara et que personne ne connaît, a-t-elle demandé à Jared, qui était en short et n'avait plus de chemise.

— Elle a une tache de naissance à l'intérieur de la cuisse, a répondu Jared du tac au tac.

Sara a haussé les épaules. Meg s'est tournée vers elle.

— Et toi qu'est-ce que tu peux nous révéler sur Emma ?

Pendant quelques instants, Sara s'est tue et a observé Emma d'un air songeur tandis qu'elle passait en revue ses secrets. Emma a rougi.

— En cinquième, juste après son arrivée à Weslyn, alors qu'on faisait des expériences après les cours pour avoir des points bonus, elle a mis le feu au pull de la prof de chimie, en son absence.

Emma a baissé la tête, visiblement gênée.

— Elle a réussi à l'éteindre avant son retour. Le plus drôle, c'est qu'elle l'avait étendu sur le dossier de la chaise, comme si de rien n'était, et le lendemain, la prof l'a mis en classe, avec un énorme trou dans le dos.

Jared a éclaté de rire.

— Mais comment tu t'es débrouillée pour le faire cramer ?

— Elle voulait me montrer comment brûler les bouloches, a gloussé Sara. Au début, ça marchait, puis ça a pris feu.

— Ouais, c'et vrai, a avoué Emma en me regardant du coin de l'œil.

— J'étais morte de rire, a poursuivi Sara. Ce jour-là, je me suis dit que je voulais être son amie.

Nous avons continué à jouer et j'ai emporté la partie suivante. J'ai choisi Meg et Sara, qui ont enlevé leur short comme si c'était la chose la plus naturelle du monde. Le tour suivant, Jared a gagné, et a désigné Emma et Serena. Quand Serena a enlevé son pantalon, ses longues jambes d'un blanc laiteux sont apparues.

— Vérité, ai-je décidé, soulagée à l'idée que ça soit Jared qui pose la question.

— Si tu pouvais te faire pardonner une chose illégale, ça serait quoi ? a-t-il demandé sur un ton malicieux.

Comme un flash, j'ai vu le visage défiguré qui gisait sur le sol, et le sang autour. J'ai blêmi. Meg m'a lancé un regard étonné. J'ai frotté mes paumes moites contre ma robe.

Une sueur froide a coulé dans mon dos. J'ai repoussé ma chaise et suis partie sans un mot.

— Emma ! a crié Sara.

Je ne me suis pas retournée. J'avais besoin d'évacuer les images qui défilaient devant mes yeux. Jonathan qui cognait le type, encore et encore. Le sang, par terre, quand il l'a relevé. Mes mains agrippées au volant pendant que Jonathan essuyait les empreintes sur la voiture. C'était le secret que j'avais enfoui au plus profond de moi, enfermé à triple tour. Il avait suffi d'une question pour le faire jaillir.

— Emma ! a hurlé Sara derrière moi en courant pour me rattraper. Qu'est-ce qui t'arrive ?

Impossible. J'ai continué à avancer en secouant la tête. Fermée. Verrouillée.

— Mais arrête-toi ! a-t-elle supplié. S'il te plaît, dis-moi ce qui se passe !

Nous étions dans la rue. Elle m'a attrapé le bras. Je me suis retournée. Quand elle a vu mon air dur, elle s'est arrêtée, tétanisée.

— Qu'est-ce qu'il y a, dis-le moi, je t'en prie.

J'ai aperçu Evan qui nous observait devant le portail.

— Je vais à la maison, ai-je lancé en reprenant la route. Je ne joue plus.

— OK. Je peux venir avec toi ?

— Si tu veux, mais je n'ai pas l'intention de parler de ça, ai-je répondu d'un ton sec.

— D'accord.

Puis elle a tourné la tête pour lancer à Evan :

— On rentre à la maison.

Il a hoché la tête, sans bouger de là où il était. J'ai continué à marcher à côté de Sara, en silence.

Au moment où je pensais pouvoir tourner la page, la pire décision de ma vie, celle que je ne pourrais jamais oublier, ni effacer, me revenait en pleine face.

36

Toujours toi

Quand Sara était sortie de la chambre d'Emma, quelques heures plus tôt, elle m'avait simplement dit que ça allait. Puis elle était montée rejoindre Jared.

Mais le souvenir de l'expression de terreur d'Emma quand Jared lui avait posé la question continuait de me hanter. Même s'il s'était excusé dix fois, je refusais de lui parler. Alors qu'il n'avait que l'embarras du choix, il avait décidé de poser cette question-là à une fille qui avait failli mourir étranglée ; qui avait été maltraitée pendant des années par une femme sadique.

Je ne lui en voulais pas. Il n'avait pas pensé au passé d'Emma mais aux réponses drôles qu'aurait pu susciter sa question. Il ne s'était pas douté un instant qu'elle réagirait de la sorte. Quand elle s'est levée, elle tremblait comme une feuille. Comme Sara l'a rejointe avant moi, c'est elle qui a pu la soutenir. Moi, je suis resté en dehors, sans pouvoir l'aider.

Je n'ai pas réussi à dormir. J'ai pensé à elle, sans cesse. J'aurais voulu m'assurer qu'elle allait bien. M'allonger à côté d'elle et la prendre dans mes bras. Je pouvais la protéger, si elle me laissait faire. Au lieu de monter frapper à sa porte, je suis resté dans le hamac à regarder les étoiles. Il y avait encore trop de non-dits entre nous.

Perdu dans la contemplation du ciel, dans l'obscurité de la nuit, je me balançais doucement. Je n'étais pas pressé de lui raconter ce qui s'était passé, cette nuit-là, après son départ. Il fallait qu'elle sache, j'en avais conscience, mais je craignais que ça ne rende les choses plus compliquées. D'un autre côté, si je lui en parlais, peut-être se confierait-elle à son tour ?

Le message de Jonathan m'obsédait. Depuis que je l'avais lu, les mots tournaient en boucle dans ma tête. Je te pardonne. Tu me manques. J'aimerais entendre ta voix, là tout de suite. Je n'ai jamais apprécié ce type. Je ne le sentais pas. Visiblement, j'avais raison. Elle, en revanche, s'est livrée à lui. Elle lui faisait plus confiance qu'à moi. Mais il y avait autre chose… Dis-moi que tu me pardonnes, s'il te plaît.

Il me manquait un élément, et si nous voulions avancer, tous les deux, nous pardonner mutuellement, elle devait m'en parler. Il n'était plus là pour elle, à présent. Et, d'après ce que je pouvais en déduire, il n'avait pas prévu de revenir dans sa vie. Quoi qu'il ait fait, ça l'avait changée.

Impossible de dormir. Je scrutais l'obscurité en songeant à Jonathan. J'entendais les battements sourds de mon cœur tandis que la violence à laquelle j'avais assisté déferlait sur moi. Pendant deux ans, j'avais réussi à la tenir à distance, à ne pas être confrontée à ce que nous avions faits. J'ai voulu croire que le protéger était la meilleure solution. J'ai gardé enfouis au fond de moi les secrets de Jonathan et les miens, comme je l'avais promis. Je me suis convaincue que ce silence était légitime. Juste.

J'ai frémi en me rappelant le spectacle désolé des cendres de la maison où sa famille avait péri, brûlée vive. Je me suis souvenue de son regard sombre quand il m'a avoué qu'il était à l'origine de l'incendie. Aucun châtiment n'aurait pu le détruire davantage que sa culpabilité et sa souffrance. Je connaissais le pouvoir de la haine. Ce poison coulait encore dans mes veines.

J'avais besoin de prendre l'air. Après avoir attrapé un plaid au bout de mon lit, je suis sortie sur la terrasse. Malgré cela, je continuais de frissonner. J'ai contemplé le ciel en me demandant où était Jonathan, maintenant, et si les hurlements peuplaient toujours ses cauchemars. Quelque chose en moi s'inquiétait pour lui. Je ne parvenais pas à le chasser de mes pensées. Même si je ne savais pas où chercher, je voulais le retrouver.

Soudain, j'ai cru entendre un grincement. J'ai tendu l'oreille. Nouveau grincement. J'ai poussé la porte et suis entrée sur la grande terrasse. Evan était allongé dans le hamac et se balançait doucement.

— Coucou, ai-je dit en m'approchant de lui.

Il a été tellement surpris qu'il a failli tomber.

— Désolée, ai-je lâché.

— C'est bon. Maintenant je sais l'effet que ça te fait quand ça t'arrive.

— Tu n'arrives pas à dormir.

— Non, trop de choses dans la tête. Et toi ?

— Pareil, a-t-elle répondu en avançant vers moi, un plaid vert sur les épaules.

— Tu veux qu'on parle de ce qui s'est passé ce soir ? ai-je proposé.

Elle m'a regardé d'un air songeur, les yeux sombres.

— Je ne suis pas sûre d'en être capable.

— Installe-toi dans le hamac, si tu veux, ai-je dit en me poussant.

Elle s'est assise à l'autre bout, le plus loin possible de moi. Puis elle a étendu ses jambes.

— Il y a une question que je me suis toujours posée, ai-je dit. Est-ce que tu acceptes d'y répondre ?

— C'est quoi ? a-t-elle demandé d'une voix prudente mais calme.

Je la sentais tendue. Elle a resserré la couverture autour d'elle, comme pour se protéger.

— C'était quoi, tes cauchemars ?

Je me rappelais ces nuits où elle se réveillait en hurlant, en nage. Face à ces terreurs qui l'assaillaient la nuit, dans son sommeil, je ne pouvais rien faire.

Elle a poussé un soupir, le regard perdu au loin.

Je n'avais pas fait de cauchemar depuis près d'un an. Depuis que le vide m'avait envahie, ils avaient disparu. Difficile d'être hantée par ma mort alors que je n'avais plus peur de mourir.

— C'était des cauchemars où je mourais, ai-je expliqué. Chaque fois, j'étais tuée. Et je me réveillais juste avant mon dernier souffle. C'était incroyablement réaliste, cette peur, ce sentiment d'être abandonnée. Et de ne pas pouvoir la fuir, lui échapper.

— La fuir ? a-t-il répété. Tu parles de Carol ? C'était elle, dans tes cauchemars ?

J'ai frissonné en entendant son nom, comme si une lame de rasoir me découpait le cœur.

— Le plus souvent, oui.

— Je hais cette femme, a-t-il dit d'une voix dure. Ce soir-là, j'ai été à deux doigts de la frapper.

Je me suis dressée sur les coudes, faisant tanguer le hamac.

— George l'avait compris. Il l'avait vu dans mes yeux et s'est interposé, craignant que je ne parvienne pas à me retenir. Pour rester calme, je me suis concentré sur toi. Mais si tu n'avais pas respiré… Si tu…

Il s'est interrompu, la mâchoire crispée. La tension de son corps était palpable.

— Mais je suis là, ai-je soufflé pour le ramener à la réalité.

J'ai posé ma main sur sa jambe.

— Pourquoi te haïssait-elle à ce point ? Pourquoi te voulait-elle du mal ?

J'ai inspiré longuement avant de répondre.

— Je ne sais pas.

— Et tu ne veux pas savoir ? Tu ne veux pas chercher à comprendre pourquoi elle s'est conduite comme une salope psychopathe ?

La colère grondait dans ses mots.

— Non, ai-je lâché à voix basse. Aucune explication ni excuse ne m'aiderait à comprendre pourquoi elle me maltraitait. Je ne cherche pas à lui pardonner. Ce dont j'ai besoin c'est de réussir à vivre. Sinon, cela voudrait dire qu'elle m'a tuée pour de bon.

J'ai relevé la tête.

— Pourquoi tu dis ça ? me suis-je exclamé, le cœur battant. Tu ne penses tout de même pas que tu méritais de mourir ?

— Je ne dirais pas ça comme ça, a-t-elle répondu d'une voix absente, comme si elle parlait de quelqu'un d'autre. Je ne sais pas ce que je mérite. Ce dont je suis sûre, c'est de ne pas être très douée pour la vie.

Son ton défaitiste m'a troublé. Mais avant que je n'aie eu le temps de réagir, elle a ajouté :

— J'ai un tatouage, pour me le rappeler. Je l'ai dessiné quand je faisais encore des cauchemars. Pour m'aider à tenir bon quand je sens que je perds pied.

— Je peux le voir ?

Elle s'est redressée. J'ai posé mes pieds sur le sol pour stabiliser le hamac. Elle s'est approchée de moi et a relevé son tee-shirt pour me montrer le tatouage, sous ses côtes, sur son côté gauche. J'ai sorti mon portable pour éclairer les détails complexes de la lune entrelacée avec un profil d'homme endormi. La même phrase répétée plusieurs fois dessinait les contours : *Ça n'est qu'un rêve*. Les lettres s'enroulaient les unes à la suite des autres, jusqu'au point le plus bas du motif, où cinq mots venaient rompre le cycle parfait : *Ouvre les yeux et vis*.

J'ai posé mes doigts et suivi la phrase infinie, la succession de mots fins et délicats. Sa peau a frémi à mon contact.

— Peut-être que je devrais m'en faire un avec la phrase : *Elle respire toujours*, ai-je murmuré tandis qu'elle baissait son tee-shirt.

Elle s'est tournée vers moi vivement.

— Tu m'as raconté que tu faisais des cauchemars où je n'étais plus là. Tu voulais dire… que j'étais morte ?

J'ai préféré oublier les nombreuses fois où j'arrivais trop tard et où je la découvrais, livide et immobile.

— Pas toujours, ai-je soufflé. Parfois, j'avais beau te chercher partout, je n'arrivais pas à te trouver. En général, je me réveillais en panique. Les autres fois… quand je n'arrivais pas à temps… c'était comme si quelqu'un m'arrachait le cœur.

J'avais la respiration coupée en le voyant sombrer dans ses ténèbres à lui. J'essayais de m'imaginer l'horreur : être réveillé par un cauchemar et se rendre compte que c'est la réalité. J'ai effleuré sa joue avec ma main. Surpris par ce geste, il a plongé ses yeux dans les miens.

— Je ne veux pas que tu me haïsses, mais que tu me pardonnes, ai-je murmuré. Je voudrais que tu m'aimes de nouveau.

Son regard a brillé dans la nuit.

— Mais pour ça, il faudrait que je me pardonne à moi-même, ai-je ajouté d'une voix tremblante.

Il a pris ma main et l'a pressée contre sa poitrine.

— Je n'ai jamais cessé de t'aimer, Emma. Mais je voudrais t'aimer assez pour que tu aies confiance en moi. Une confiance absolue.

Une larme a coulé sur ma joue. J'ai penché la tête et retiré ma main.

— J'ai peur… Tellement peur que tu me détestes en découvrant qui je suis réellement. Je ne veux pas que ça arrive. C'est grâce à toi que je vis, Evan. Tu m'as sauvée, bien plus souvent que tu ne le penses. Et j'ai peur de ne pas mériter ça. J'aimerais être meilleure. Je veux te mériter avant de te laisser m'aimer. Mais je ne sais pas comment.

— Je t'aime déjà, Emma. Tu n'as pas à me laisser t'aimer. Tu dois juste m'aimer aussi. Je n'ai pas besoin d'autre chose. Juste de toi. De toi, complètement.

L'intensité était telle que je me sentais à la fois électrisé et terrifié. Enfin, elle s'ouvrait à moi et acceptait de se livrer avec une sincérité rare. Mais ce qu'elle avait avoué me perturbait et j'appréhendais la suite.

Une infinie tristesse assombrissait son regard. Elle s'est écartée et est sortie du hamac. Je l'ai suivie des yeux tandis qu'elle se dirigeait vers l'escalier. Arrivée en haut des marches, elle s'est tournée vers moi et m'a attendu. Je suis descendu derrière elle jusqu'à la plage. Accompagnés par le bruit des vagues qui roulaient sur le sable, nous avons marché un moment en regardant nos pieds.

— Je dois être franc avec toi, ai-je finalement lâché. Si nous avons une chance d'avancer, tous les deux, alors je dois te raconter ce qui s'est passé après ton départ. Ça ne va pas être facile pour toi, mais j'ai besoin que tu entendes ce que je vais te dire. Tout ce que je vais te dire.

— OK, a-t-elle répondu, d'une voix si faible que le vent l'a presque aussitôt emportée.

Je me suis assis dans le sable et elle s'est installée à côté de moi. Pour ne pas être perturbé par la présence de son corps que je sentais pressé contre mon bras, je me suis concentré sur le mouvement hypnotisant des vagues.

— Quand tu es partie en me laissant dans cette maison, cette horrible maison, j'étais fou de rage. Je ne comprenais pas comment tu avais pu sortir de ma vie sans un mot. Cette colère était la plus forte. Elle écrasait tous les autres sentiments que j'éprouvais pour toi. Je voulais te laisser partir. J'étais convaincu que tu l'avais choisi, lui.

— Jonathan.

— Ouais, Jonathan, ai-je répondu en m'efforçant de me détendre. Jusqu'à ce soir-là, je ne savais pas quoi penser. Mais lorsqu'il m'a raconté que tu te confiais à lui, que tu lui avais révélé des secrets que tu ne m'avais jamais dits… j'ai compris.

— Ça n'était pas ce que tu crois.

— Alors c'était quoi, Emma ? ai-je soufflé d'une voix tremblante. Qu'est-ce qui s'est passé entre vous ? Tu l'aimais ?

— Non, je ne l'aimais pas.

Je me suis tourné vers elle. Ses yeux brillaient dans l'obscurité.

— Mais lui, il t'aimait, ai-je murmuré.

— C'est ce qu'il croyait, a-t-elle glissé en détournant le regard. Et il compte pour moi.

— Encore aujourd'hui ?

Elle n'a pas répondu. J'ai serré les poings tandis que, dans ma tête, défilait le texto.

— Pourquoi lui as-tu demandé de te pardonner, alors que tu ne voulais pas de mon pardon ? ai-je questionné d'une voix sourde.

Elle m'a lancé un regard apeuré, sous le choc. Je voulais qu'elle me le dise. J'avais besoin de ça.

— Tu peux me raconter ce qui s'est passé ?

Les larmes ont brillé dans ses yeux. Elle a secoué la tête avant de fixer de nouveau les vagues. J'ai fermé les yeux pour me ressaisir et lancé une autre question qui me hantait :

— Qu'est-ce qu'il y avait dans cette lettre ?

Sa voix était encore teintée de colère.

— Tu es au courant ? ai-je demandé, la gorge nouée.

Il savait bien plus de choses qu'il n'aurait dû.

— J'ai trouvé l'enveloppe et fouillé tout le bureau de ma mère pour trouver la lettre. Nous n'en avions jamais parlé, elle et moi, et elle ne m'avait rien dit. Jusqu'à la semaine dernière, où elle a reconnu son existence. Elle a changé ma vie, je pense avoir le droit de savoir ce qu'elle disait.

J'ai posé mon front sur mes genoux.

— Ça n'a plus d'importance.

— Je ne veux pas être en colère, Em. Je veux te pardonner. Mais pour ça, nous devons d'abord être sincères. Complètement sincères. Je ne peux pas comprendre comment tu as pu t'imaginer ne pas me détruire en me quittant. Évidemment, ça m'a détruit. Tu ne pouvais pas me faire souffrir davantage.

J'ai étouffé un sanglot.

— Je sais que c'est dur, mais j'aimerais que tu m'écoutes jusqu'au bout. OK ?

— J'écoute, ai-je chuchoté.

— Après ton départ, le lycée a inventé une excuse bidon, comme quoi tu avais décidé de partir plus tôt que prévu pour Stanford et que tu n'assisterais pas à la remise des diplômes. Mais tout le monde était au courant. Ils étaient tous à la fête où nous n'étions pas allés, ils avaient vu ma tête quand je suis revenu de Cornell, quelques jours plus tard. Le jour de la remise des diplômes, mes blessures n'avaient pas encore cicatrisé. Personne n'avait de détails, mais tout le monde faisait le lien. Et puis… j'ai dû faire ce putain de discours de major de promo – celui que tu aurais dû faire, toi.

— Et pourquoi pas Ben ? C'était lui, le deuxième.

Plus il parlait, et plus je me sentais mal.

— Il a refusé. Je ne connais pas les raisons précises, mais le fait est que je me suis retrouvé à devoir faire un discours pour encourager les gens à réaliser leurs rêves. Comment pouvais-je leur parler de leur avenir alors que je n'étais pas même capable de regarder devant moi ? Ça a été un désastre.

Il s'est interrompu un instant avant de poursuivre.

— Puis je suis parti pour Yale. Je ne voulais plus entendre parler de toi. Je t'avais chassée de mes pensées. J'allais en cours la semaine, et le week-end je restais à la maison… avec Analisa.

— Analisa ?

Ma voix s'est brisée.

J'ai levé la tête et contemplé le ciel pour reprendre du courage. Je ne supportais pas de la faire souffrir ainsi. C'est pour cette raison que je m'étais d'abord refusé à lui en parler. Mais si nous voulions avancer, j'étais obligé de le faire.

— Elle avait toujours été une amie. Elle s'occupait de moi. On passait du temps ensemble, elle essayait de te sortir de ma tête. Je l'ai laissé faire. À Noël, l'essentiel de ma colère était passé. Sauf que j'avais besoin de réponses. Je voulais te voir, pour les obtenir. J'ai essayé de venir ici pendant les vacances, mais mes parents ne m'ont pas autorisé à toucher à mes économies. Mon père m'a même confisqué ma voiture, quand ils ont compris à quel point j'étais déterminé. Je n'avais aucun moyen de te joindre. Les McKinley se montraient très évasifs, et Sara filtrait mes appels. C'est vrai qu'après ton départ, j'avais été horrible. Je m'étais défoulé sur elle. À tel point qu'elle faisait tout pour m'éviter, même quand elle sortait encore avec Jared. Je n'étais plus moi-même. Et j'entraînais tout le monde avec moi dans mon désespoir.

Je me suis tu un instant pour regarder Emma. Les genoux ramenés contre la poitrine, elle tremblait.

— Ça va ? ai-je demandé doucement.

Je voulais être rassurant. Mais j'étais incapable de la toucher. Pour l'instant.

— Continue, a-t-elle murmuré.

Cette séance était une torture, pour elle. La culpabilité était son poison, et j'étais en train de l'en gaver. J'ai néanmoins poursuivi mon travail de sincérité, avec l'espoir que cela finisse par l'aider à évacuer.

— Analisa donnait des explications rationnelles. Elle disait que c'était ton choix et que je devais le respecter et te laisser tranquille. Mais elle ne te connaissait pas. Pas aussi bien que moi. C'était dur pour elle de me voir traverser tout ça. Je crois que c'est au début de l'année suivante qu'on a commencé à sortir ensemble. Elle était en terminale, et moi… moi je ne faisais pas grand-chose. Si elle n'avait pas été là, certains jours je ne serais même pas sorti de mon lit. Je n'ose imaginer à quel point ça a dû être difficile pour elle. Je ne comprends pas pourquoi elle voulait être avec moi.

L'idée d'Analisa en train de le réconforter et de le convaincre de me laisser tranquille me donnait le vertige. J'ai entouré mes jambes avec mes bras pour ne pas m'écrouler.

— Elle a vraiment essayé…, a-t-il poursuivi. Mais ça n'était pas toi. Et je ne pouvais pas t'enlever de ma tête tant que je te savais ici et que je n'avais pas obtenu les réponses dont j'avais besoin. En tout cas, c'est ce que je croyais. Quand elle a vu ma demande de transfert pour Stanford, ça l'a brisée. Elle pensait que j'y allais pour toi. Dans un sens, c'était vrai. Elle avait toutes les raisons de me détester. Au lieu de ça, elle m'a pardonné. Ensuite, il s'est passé un truc bizarre : ma demande de transfert a été rejetée. J'aurais dû me douter de quelque chose, mais je n'ai pas tiqué. Plus tard, quand elle a avoué qu'elle avait saboté le dossier parce qu'elle ne voulait pas que je souffre de nouveau, ça m'a mis hors de moi. Je me retrouvais de nouveau dans la situation où quelqu'un décidait à ma place. J'ai cessé de lui parler, et nous ne nous sommes plus revus depuis. Enfin… jusqu'à ce qu'elle se pointe à la maison, le jour de l'enterrement de ta mère.

— Elle a fait ça ? ai-je lancé, sidérée. Pourquoi ?

Elle savait que tu étais à Weslyn pour les obsèques. Peut-être qu'elle voulait être là pour moi, au cas où je… Mais moi, je voulais être là pour toi.

— Est-ce que tu l'as… aimée ? Non, laisse tomber. Je n'ai…

Je me suis tue un instant, la gorge serrée, avant d'ajouter :

— Je ne veux pas penser à toi avec elle.

— Je suis désolé, a-t-il soufflé. Je pense que c'est ce que j'ai voulu faire, inconsciemment. Te faire du mal. C'est nul. Mais c'était une vraie amie, Em, même si tu ne l'aimes pas.

— Je sais.

— Je suis loin d'avoir été parfait. Je ne me suis pas bien conduit avec des gens qui comptent pour moi. J'ai foutu en l'air mon amitié avec Analisa. J'ai couché avec Catherine, alors que je me fichais complètement d'elle. Elle n'était qu'une erreur de plus sur ma liste. Tout ça parce que je n'arrivais pas à me remettre de toi. Il n'empêche : c'était mes décisions. La tienne avait été de partir. Le reste, c'est moi.

Le visage enfoui dans le creux de mon bras, j'ai pleuré.

Je ne voulais plus la faire souffrir. Elle avait atteint ses limites et n'était plus capable d'encaisser d'autres aveux.

Mais je n'avais pas terminé. Et je savais que si je n'en finissais pas maintenant, elle ne pourrait pas comprendre. Je risquais alors de la perdre pour de bon.

— Mes cauchemars ont commencé l'été dernier, quand je me suis rendu compte que je n'irais pas à

Stanford à la rentrée. J'avais rompu avec Analisa et j'étais convaincu que tu ne reviendrais jamais. Je voulais avancer, tenter de vivre sans toi. Mais je ne vivais pas. Emma...

Elle a relevé la tête. Les larmes coulaient sur ses joues.

— Je ne peux pas vivre sans toi. Et tu ne peux pas vivre sans moi. Si nous ne sommes pas ensemble, alors nous ne sommes pas vivants.

— Pourquoi fallait-il que je sache tout ça ? ai-je demandé d'une voix éreintée. C'est si douloureux de penser à toi avec elle, de savoir le mal que je t'ai fait. C'est comme si tu écrasais mon cœur entre tes mains. Je sais que je le mérite. Mais pourquoi m'avoir dit tout ça ?

— Parce que nous devons toujours être honnêtes l'un avec l'autre, même si c'est dur. Et aussi parce que tu as besoin de savoir que je ne suis pas parfait. J'ai fait des erreurs, et j'en suis désolé. Mais c'est derrière moi, maintenant. Et je veux que tu puisses tout me dire, même si ça fait mal, car j'y ferai face.

— Et si je te faisais quelque chose d'absolument monstrueux ?, ai-je protesté. Je ne pense pas que tu continuerais à m'aimer.

— Mais je te connais, Emma. Je te connais très bien. Tu es incapable d'aller aussi loin. J'ai vu ton mauvais côté, quand tu étais avec Rachel. Tu étais dure, impitoyable. C'est un aspect de toi que je n'aime pas, mais toi non plus. Je n'ai donc aucune crainte. Tu avais simplement envie que quelqu'un d'autre éprouve la souffrance et la douleur que tu as endurées pendant toutes ces années. C'est pas terrible, c'est sûr. Mais ça n'est pas ce qui te constitue.

Mon cœur battait à tout rompre. Evan proposait de nous avouer nos fautes respectives, en sachant que ça nous ferait souffrir, pour nous permettre de tourner la page et d'aller de l'avant. Remettre les compteurs à zéro, en quelque sorte. Effacer l'ardoise de nos erreurs les plus terribles.

Sauf que je gardais au fond de moi un secret bien plus sombre que ce qu'il pouvait imaginer. Quelque chose qui, s'il le découvrait, changerait sa façon de me voir. Je ne pouvais pas accepter ça. Sinon, je le perdais pour toujours. Et plus rien ne me sauverait du néant.

— Je ne suis pas prête, ai-je murmuré. Désolée.

Je la voyais se débattre, torturée par son dilemme – me révéler ou non ce qui la gardait éloignée de moi. Je savais que c'était lié à Jonathan. Quelque chose s'était passé entre eux, clairement. Mais c'était à elle de me le dire. Tant que ce secret planerait entre nous, je ne pourrais pas lui pardonner complètement. Mais je savais aussi que sans elle, je ne pouvais pas respirer. Elle était mon oxygène, ma raison de vivre.

— Prends ton temps. Mais si tu ne peux pas tout me dire, alors nous n'avancerons pas.

Elle m'a dévisagé, ses yeux tristes dans les miens.

— Viens là, ai-je dit doucement en écartant les mains.

Elle s'est glissée entre mes jambes et s'est adossée contre moi. Je l'ai enveloppée avec mes bras. Elle a posé sa tête contre mon épaule et j'ai embrassé ses cheveux.

— On va y arriver, ai-je ajouté. J'ai confiance en nous.

Elle a pressé ma main.
— Je veux y croire, a-t-elle chuchoté.
— Regarde-moi.
Elle s'est tournée vers moi. Ses yeux étaient rouges, elle hoquetait. J'ai caressé sa joue humide.
— Je t'aime.

J'ai plongé dans le gris profond de ses yeux. Ils reflétaient sa pureté et sa vulnérabilité – cette partie de lui qui voulait me protéger, m'encourager à être meilleure, me rendre heureuse. C'était si évident, si puissant, que j'en ai frissonné. J'étais sûre d'une chose, c'était qu'il m'aimait.
— Et tu m'aimes aussi, a-t-il dit, comme une vérité absolue.
— Oui, je t'aime. C'est ma seule certitude. Et je t'aimerai toujours. Mais c'est à cause de cet immense amour que j'ai fini par te faire du mal. Je voulais te donner du bonheur, et te débarrasser de mon existence détruite. Tu es si beau, si parfait, malgré tes défauts. Je n'avais pas le droit de t'abîmer.
— Arrête de vouloir me tenir à l'écart, a-t-il répondu en posant sa main sur ma joue. Je savais ce que je faisais en entrant dans ta vie. Je n'ai jamais douté de ton amour pour moi. Pas une seule seconde. Tout ce que je veux, Emma, c'est que tu aies confiance en moi. S'il te plaît.
— La confiance ne me sauvera pas, ai-je lâché.
Il m'a serrée fort.
— Rentrons à la maison, a-t-il chuchoté dans mes cheveux.

Je l'ai aidée à se lever et l'ai gardée contre moi tandis que nous marchions dans le sable en direction de la maison. J'avais mal partout. Cette séance d'aveux m'avait épuisé.

— Tu voudras bien rester avec moi cette nuit ? a-t-elle demandé d'une voix précipitée.

Je la sentais exténuée, elle aussi.

— Bien sûr. Sinon, je ne réussirai pas à dormir.

Pour la première fois, elle a esquissé un sourire.

Lorsque nous sommes arrivés dans la chambre, elle s'est effondrée sur le lit. Elle a à peine eu la force d'enlever ses chaussures. J'ai rabattu la couette sur elle et, après avoir enlevé mes chaussures et mon short, je me suis glissé près d'elle. Je me suis blotti contre elle pour pouvoir entendre les battements de son cœur.

— Emma ?

— Mmmh…, a-t-elle murmuré, à moitié endormie.

— Quand est-ce que je pourrai t'embrasser ?

J'étais au bout du rouleau, à peine capable de parler. Mais cette question m'a réveillée d'un coup. Je me suis tournée pour lui faire face. Il m'a souri.

— Maintenant, ai-je chuchoté en passant ma main dans ses cheveux.

Elle a posé ses lèvres sur les miennes et une onde de chaleur m'a électrisé. J'attendais cet instant depuis si longtemps. Tandis que sa langue rencontrait la mienne, j'ai resserré mon étreinte, le cœur galopant, et caressé son dos. Son corps doux et chaud contre le mien me projetait dans un autre monde. L'excitation montait à une allure vertigineuse, nous emportant dans son tourbillon. J'ai fait courir mes lèvres le long de sa joue pour déposer un baiser en-dessous de son oreille. Le gémissement qu'elle a laissé échapper m'a rendu fou. Je suis revenu à sa bouche et l'ai embrassée avec une impatience grandissante.

Je savais que nous devions arrêter, mais plus sa respiration s'accélérait, plus mon corps réagissait. Mon désir devenait difficile à contenir. Le moelleux de ses lèvres, l'ardeur de sa langue, son odeur subtile agissaient comme une drogue. Elle a passé sa jambe derrière la mienne et a basculé la tête en arrière, offrant la blancheur de son cou à mes baisers. Le goût salé de sa peau n'a fait qu'augmenter mon appétit.

Elle a baissé la main pour faire glisser mon caleçon. Son geste m'a ramené à la réalité. J'ai compris, à cet instant, que le moment n'était pas venu. Nous étions encore meurtris, fragilisés, sous le choc de ma confession, et cela risquait de nous faire plus de mal que de bien. J'ai écarté sa main avec douceur et murmuré à son oreille :

— J'ai envie de toi. Comme un fou. Mais on doit s'arrêter.

J'ai roulé sur le dos.

— Je sais, ai-je lâché dans un soupir en m'efforçant de me ressaisir.

Mon désir pour lui était si puissant que je n'avais pas été capable d'écouter la petite voix qui m'avait soufflé : « Pas maintenant. »

J'ai tourné la tête pour le regarder. J'ai effleuré sa joue du bout de mes doigts, caressé ses lèvres avec mon pouce. Je me suis perdue dans le gris de ses yeux, le corps apaisé, avant de me blottir contre lui. Ma vraie place.

37

À propos de demain…

— Je l'ai ! a crié Evan, tout excité, en entrant dans la maison.

Il est arrivé sur la terrasse, un sourire jusqu'aux oreilles.

— Tu as officiellement ta première planche de surf, a-t-il lancé.

— Super ! me suis-je exclamée avec un petit rire. On ira demain.

— Pourquoi pas maintenant ?

Je l'ai dévisagé, attendrie par son idée fixe – me voir sur une planche.

— Il est déjà tard. On ira demain matin dès qu'on sera levés, promis.

— Demain…, a-t-il répété en se glissant derrière moi.

Il a posé ses mains sur mes hanches. Un frisson m'a aussitôt parcourue. Puis il s'est penché et a déposé un baiser sur mon épaule nue avant d'y appuyer son menton pour contempler ma peinture.

— Je n'ai pas encore fini, me suis-je empressée d'expliquer, les joues aussi rouges que la peinture sur ma palette.

Je percevais son regard qui analysait chaque détail, chaque coup de pinceau.

— C'est intense, a-t-il commenté.

C'était un tableau à la fois puissant et troublant. J'étais convaincu qu'elle le savait. Le désespoir qu'elle avait exprimé était évident : un mélange de couleurs prononcées, de matières, d'images abstraites et de mains tendues sur fond de mer tumultueuse. Il disait cette envie, profondément ancrée chez elle, de renoncer à la vie. J'avais déjà perçu à plusieurs reprises ce sentiment perturbant.

— Je voulais te parler de quelque chose, lui ai-je murmuré au creux de l'oreille.

— De quoi ? a-t-elle soufflé.

Sa voix, tout près de mon visage, m'a aussitôt donné envie de la plaquer contre la rambarde de la terrasse et de réveiller son corps, de sentir monter son désir. Au même instant, j'ai aperçu Sara qui lisait dans le hamac. J'ai reculé d'un pas pour faire redescendre le feu qui avait jailli en moi.

— Quand tu auras terminé, on fera un tour sur la plage, ai-je répondu.

— Et si on courait, plutôt ? L'entraînement de foot reprend dans quelques semaines et il faut que je me prépare.

— Parfait. Mais il faudra que tu coures à mon rythme, pour qu'on puisse discuter.
— J'irai lentement, a-t-elle lancé en riant.

Au moment où je me suis penchée pour nouer mes lacets, Evan est sorti, en short et baskets.
— Mets un tee-shirt, Evan ! ai-je exigé en sentant mon cœur s'emballer à la vue de son torse nu.
— On en est encore là ? a-t-il protesté.
— Je risque de m'étaler si je cours à côté de toi !
— Mais tous les types qui sont sur la plage sont torse nu !
— Sauf que c'est *toi* ! Je m'en fous des autres, mais toi, quand je te vois comme ça, je perds tous mes moyens.
Il a éclaté de rire.
— Pourquoi tu rigoles ? ai-je riposté en rougissant. J'essaie d'être honnête !
Je me suis relevée. Il m'a attrapée par la taille et m'a attirée contre lui.
— Alors si on décide d'être honnêtes, je ferais mieux de…
— J'ai pas besoin de voir ça, a déclaré Jared en sortant de la cuisine.
— On y va, a lancé Evan en attrapant un tee-shirt qui traînait sur le canapé.

Nous avons commencé à courir le long du rivage. J'ai attendu d'être installé dans un rythme régulier avant de parler. Je voulais pouvoir discuter sereinement tout en restant à son allure.

— J'ai décidé de consulter, pour mes cauchemars, ai-je lancé.

Du coin de l'œil, j'ai guetté sa réaction, avant d'ajouter :

— Je me suis dit qu'on pourrait faire ça ensemble.

Depuis que j'avais passé le coup de téléphone, la veille, je réfléchissais à la manière dont je pouvais lui présenter ça. Je savais à quel point elle détestait évoquer ses sentiments, *a fortiori* avec des inconnus. Même avec Sara et moi, elle rechignait à se livrer.

— Une thérapie de couple ? a-t-elle ironisé.

— Euh… je ne pensais pas à ça mais ça pourrait être une bonne idée ! ai-je lâché en riant.

Elle m'a donné une tape sur l'épaule en guise de représailles.

— C'est un thérapeute qui travaille avec des personnes qui ont vécu un traumatisme. J'ai pensé que ça pourrait être bien d'y aller ensemble pour quelques séances.

Les yeux baissés, elle n'a pas bronché.

Le simple fait d'entendre le mot « thérapeute » me nouait le ventre. J'en avais déjà vu à plusieurs reprises et j'avais trouvé ça inutile. La première fois, j'étais encore une gamine, c'était juste après la mort de mon père. J'avais vite compris que parler avec la dame aux dents de lapin et qui sentait la cerise ne le ferait pas revenir. Je lui avais donc raconté ce qu'elle voulait entendre, jusqu'à ce qu'elle dise à ma mère que je m'étais bien adaptée à la situation. En y repensant, je trouvais ça étonnant que ma mère m'ait envoyée voir quelqu'un. J'avais du mal à l'imaginer se préoccuper d'autre chose que d'elle-même. Peut-être avait-elle été, en de rares et brefs moments, une vraie mère ? Ou peut-être que la psychologue de l'école l'avait conseillée ? C'était plus plausible…

La seconde thérapeute, je l'ai vue à ma sortie de l'hôpital, quand j'étais en terminale et que ma vie n'était qu'un vaste chaos. J'avais été incapable de lui parler. Comme si mon esprit était fermé à double tour et ne laissait filtrer aucune émotion, aucun souvenir traumatisant – en dehors de mes cauchemars. J'ai suivi quelques séances, sur recommandation du tribunal, et quitté son bureau aussi démolie que quand j'y étais arrivée. Autant dire que j'étais sceptique sur la question.

— Réfléchis-y, s'il te plaît, a insisté Evan devant mon silence. C'est aussi pour m'aider.

Je lui ai lancé un rapide coup d'œil, en sentant l'angoisse monter. Mais comment lui refuser une telle demande ?

— OK.

— Merci.

— C'était donc de ça que tu voulais me parler ? ai-je questionné avec un petit sourire.

— Eh oui !

— Alors maintenant, j'accélère ! Essaie de me suivre.

J'ai appuyé avec force sur mes pieds pour me propulser en avant et prendre de la vitesse. J'avais besoin d'évacuer l'adrénaline pour clarifier mes idées.

— Merci d'avoir couru avec moi, ai-je crié tandis que la distance entre nous augmentait.

Sa réponse était encourageante. Plus que je ne m'y attendais. Je l'ai regardée allonger sa foulée : je savais que notre conversation l'avait alimentée en adrénaline.

Quelques minutes plus tard, les mains sur les hanches, elle m'attendait devant la maison avec impatience. J'ai secoué la tête, hilare.

— Je suis trop lent pour toi, Emma.

— Tu n'arrives pas à suivre, c'est tout, a-t-elle rétorqué.

— Je n'arrive peut-être pas à suivre, mais je peux encore t'attraper, ai-je lancé sans ralentir.

Une fois à sa hauteur, je me suis penché pour l'attraper par la taille et la soulever de terre.

— Evan, non ! a-t-elle hurlé en riant.

D'une main ferme, je la tenais par les cuisses. Mais sa peau était glissante, à cause de la transpiration. En entrant dans la mer, j'ai trébuché et nous avons tous les deux basculé dans l'eau. Elle est ressortie et s'est frotté le visage d'un air ahuri.

— Non mais j'y crois pas ! s'est-elle écriée, un sourire jusqu'aux oreilles, en m'arrosant d'une grande gerbe d'eau.

Je me suis précipité sur elle pour l'attraper alors qu'elle essayait de rejoindre le rivage en poussant des cris. L'eau ralentissait sa course.

— On va moins vite, maintenant, hein ? ai-je taquiné en me jetant sur elle pour la ceinturer.

Son élan nous a fait tomber sur le sable, au bord de l'eau. J'ai roulé pour être au-dessus d'elle et elle m'a regardé, les yeux brillants.

— Tu as un peu de sable, là..., ai-je murmuré en passant mes doigts sur sa joue.

La bouche entrouverte, elle ne me quittait pas du regard. J'ai glissé ma main sous sa taille pour la tenir plus près de moi. Je me suis penché pour goûter le sel de ses lèvres et elle a fermé les yeux. L'embrasser me rendait fou de bonheur. Comme si ses lèvres délivraient un philtre magique qui se diffusait dans mon corps et dans mon cœur. Je ne me lasserais jamais de ses baisers.

Evan m'a serrée contre lui et j'ai enroulé mes jambes autour des siennes. L'eau montait puis se retirait, autour de nous, sous moi, coulant le long de ma peau. Il a passé sa main sous ma cuisse. J'ai poussé un gémissement et basculé la tête en arrière. Deux grands yeux marron me regardaient.

J'ai repoussé vivement Evan. À son tour, il a relevé la tête – et aussitôt sauté sur ses pieds. Le petit garçon, son seau jaune à la main, continuait de nous observer fixement. Je me suis assise dans le sable et, les joues en feu, j'ai écarté mes cheveux qui me tombaient sur le visage.

— On est… euh… pleins de sable, hein ? a lancé Evan en examinant sa peau et ses vêtements. On devrait peut-être retourner dans l'eau ?

Encore perturbée par son baiser, je sentais mon pouls battre contre mes tempes. Je me suis tournée vers lui avec un sourire.

— Ou bien on se rince dans la douche extérieure ?

Il a affiché un sourire rayonnant. J'ai bondi pour me précipiter vers la maison mais il m'a attrapé la cheville et je me suis étalée dans le sable. Il est passé devant moi en courant, mort de rire.

— Non ! ai-je crié en me ruant à sa suite.

Je l'ai entendue se rapprocher et j'ai accéléré. Sur la distance, elle courait plus vite, mais sur un sprint, je pouvais la battre. J'ai monté quatre à quatre les marches qui menaient à la terrasse. J'avais eu le temps de retirer mes tennis et mes chaussettes avant de l'entendre arriver. Debout, au milieu de la terrasse, elle était à bout de souffle. Mais un sourire malicieux flottait sur ses lèvres. J'ai tourné le robinet et attendu que l'eau devienne chaude, pendant qu'elle ôtait ses baskets et ses chaussettes, sans me quitter des yeux. Je l'ai regardée s'avancer vers moi, avec son sourire, et passer son tee-shirt par-dessus la tête.

Elle a ensuite posé la main sur l'élastique de son short en me lançant un regard interrogateur. J'ai hoché la tête. Je savais que si elle l'enlevait, mes bonnes résolutions s'envoleraient en fumée. Lorsqu'elle a glissé sa main sous mon tee-shirt, mes muscles se sont contractés en sentant ses doigts sur ma peau. Je l'ai retiré et laissé tomber sur les planches de teck.

Elle s'est dressée sur la pointe des pieds et je me suis penché pour l'embrasser en l'attirant à moi. J'ai senti sa peau nue et chaude contre mon ventre. J'ai reculé doucement pour l'emmener avec moi sous la douche. L'eau nous a accucillis, a coulć sur notre peau, tandis que quelques millimètres seulement séparaient nos lèvres entrouvertes. J'ai effleuré son cou avec ma bouche, goûtant le sel de sa peau. Elle a rejeté la tête en arrière en gémissant. J'ai continué à parsemer sa gorge de baisers. Puis, à son tour, elle a laissé errer sa bouche sur mon torse. J'ai pris son visage entre mes mains et l'ai relevé pour m'emparer de ses lèvres salées. Mon désir montait si vite que j'avais du mal à me contrôler. J'ai senti le bord du banc de pierre derrière moi et soulevé la jambe droite d'Emma pour qu'elle y pose son pied.

Tandis que sa main remontait le long de ma cuisse pour glisser sous mon short, j'ai senti mon corps frémir. Une sensation de chaleur intense parcourait ma peau. J'ai fermé les yeux, enivrée. Ma respiration est devenue haletante. J'ai enfoui mon visage dans le creux de son épaule en caressant sa peau du bout de ma langue, suivant la ligne de son cou, puis de sa mâchoire, jusqu'à trouver sa bouche. Au contact de ses lèvres, un nouveau frisson m'a saisie, comme une exquise décharge électrique. J'ai agrippé son dos et me suis collée contre lui avec un soupir.

— Je peux quand même te battre à la course, ai-je murmuré, le visage contre sa poitrine.

Il a ri doucement et a chuchoté à mon oreille :

— Mais tu ne me sèmeras jamais.

Un coussin a atterri sur ma tête. J'ai poussé un grognement.

— Lève-toi, Evan, a insisté Emma.

J'ai entrouvert les paupières. Il faisait encore noir.

— Quelle heure est-il ?

— On est le matin, a-t-elle répondu d'une voix bien trop éveillée pour que ça soit vrai. En théorie, du moins…

— Pourquoi tu ne dors pas ? ai-je marmonné en rabattant la couette par-dessus ma tête.

— Parce que je n'y arrive pas. Donc j'ai décidé qu'on allait faire du surf.

J'ai ouvert les yeux.

— Comment ça ?

— Comme ça on sera les premiers dans l'eau, juste toi et moi.

Elle avait déjà enfilé un short et un sweat-shirt. Il m'a fallu quelques instants avant d'intégrer ce qu'elle m'avait dit. Quand j'ai compris, j'ai rejeté la couette d'un geste énergique.

— Ça y est, je suis debout ! Donne-moi cinq minutes.

— C'est bien ce que je pensais, a-t-elle exulté.

J'ai fermé la porte de la salle de bains, encore dans le brouillard, mais heureux de son enthousiasme. C'était un pas important qu'elle venait d'accomplir. Surtout un jour comme aujourd'hui.

Je ne tenais pas en place tellement j'avais hâte de quitter la maison. Quand Evan est enfin sorti de la chambre, je lui ai envoyé une barre de céréales et j'ai filé dehors. Il m'a suivie, un peu au ralenti.

— Tu as vraiment un rapport schizo avec le matin, toi, a-t-il lancé en fermant la porte derrière lui. Tu as déjà tout mis dans le coffre ?

— Je t'ai expliqué que je n'arrivais pas à dormir.

— Pourquoi ?

— Je suis stressée à l'idée de cette journée. J'ai besoin qu'elle soit réussie.

Il a hoché la tête, sans poser plus de questions. Il s'est contenté de dire :

— Elle le sera.

Il a ouvert les bras et je me suis blottie contre lui en le serrant fort. Puis il a relevé mon menton et posé un doux baiser sur mes lèvres.

Je lui ai tendu les clés de la voiture et nous sommes allés au spot de surf que ses copains avaient trouvé. Nous avons porté nos planches et nos combinaisons sur nos têtes en suivant un chemin qui serpentait au milieu des arbres. Au bout de quelques minutes, nous sommes arrivés sur une plage de rochers, avec de longs pontons qui entraient dans la mer.

Le jour se levait mais le ciel était couvert. Comme le brouillard était trop épais pour faire du surf, j'ai posé ma combinaison et ma planche contre un rocher. J'ai observé le dessin sur ma planche et suivi les contours de la silhouette féminine qui surfait sur une vague. Dès que je l'avais vu, j'avais flashé. Je voulais cette planche, et aucune autre, malgré les efforts d'Evan pour me convaincre de choisir un modèle disponible en magasin.

J'ai enlevé mon sweat-shirt pour me mettre en maillot de bain.

— Qu'est-ce que tu fais ? a lancé Evan.

— Je vais nager, a-t-elle répondu, comme si c'était une évidence.

— Mais l'eau est gelée ! ai-je rappelé, tandis qu'elle baissait son short.

Et là, je n'ai plus été capable de parler.

— Arrête de me regarder comme ça et accompagne-moi dans l'eau, a-t-elle lâché en me donnant une petite tape sur le ventre. Ça te réveillera.

Sans la moindre hésitation, elle a couru jusqu'à la mer et plongé dans les vagues.

— Merde, ai-je grommelé.

Je savais que ça risquait d'être dur, et en effet, ça l'était. Je suis entré jusqu'aux mollets et me suis arrêté, incapable d'aller plus loin. Mes orteils étaient déjà paralysés par le froid. J'ai cherché Emma des yeux, scrutant à travers le brouillard. Je l'ai aperçue, un peu plus loin, en train de flotter sur le dos, portée par les vagues.

J'ai respiré un bon coup et me suis décidé à plonger. Après avoir fait quelques brasses sous l'eau, je suis revenu à la surface et j'ai nagé dans sa direction. Elle était incroyablement tranquille, étendue sur le dos, les bras en croix. Les yeux fermés, la bouche entrouverte, elle respirait doucement, comme si elle était en train de rêver. Elle a dû sentir ma présence, car elle a relevé la tête d'un coup et s'est redressée.

— Je me demandais si tu te déciderais à me rejoindre !

— C'est glacial, Em ! J'ai besoin que tu me réchauffes.

Je l'ai attirée à moi et j'ai senti la peau nue de son ventre contre le mien.

— Tes lèvres sont violettes, ai-je ajouté.

— Ah bon ? a-t-elle réagi en me regardant droit dans les yeux. On ferait mieux de sortir, alors, non ?

En disant cela, elle a passé ses bras autour de mon cou et glissé ses doigts dans mes cheveux.

— Je crois que je commence à me réchauffer, ai-je soufflé en sentant mon cœur cogner dans ma poitrine tandis qu'cllc approchait sa bouche.

J'ai posé mes lèvres tremblantes sur les siennes.

— Elles sont gelées, a-t-il lancé, inquiet.

— Réchauffe-les, ai-je murmuré en m'écartant de sa bouche pour suivre la ligne de sa mâchoire.

Il a tourné la tête pour m'intercepter. Avant de m'embrasser, il a glissé :

— Prends vite ta respiration.

J'ai senti un mur d'eau nous submerger. J'ai inspiré rapidement et plongé. Le courant nous a séparés et j'ai été emportée par la vague. Quand j'ai sorti la tête de l'eau, j'ai aperçu Evan près du rivage. Mes muscles étaient douloureux, tétanisés par le froid. J'ai préféré attendre la vague suivante pour me laisser porter jusqu'à la plage.

Dès que je suis sortie de l'eau, la question a fusé :

— Elle est froide ?

D'autres surfers avaient eu l'idée de venir tôt. Ce qui compromettait mon plan – me réchauffer sur la plage avec Evan.

— Glaciale, ai-je répondu.

Evan s'est approché d'eux pour les saluer. En voyant son air déçu, j'ai compris qu'il s'était fait la même réflexion que moi.

Le ciel est resté gris pendant encore quelques heures, mais les vagues étaient parfaites. Au début, je n'arrivais pas à monter sur ma planche. J'étais trop perturbé par la vue d'Emma, assise sur la sienne, en train d'attendre la vague. Quand elle en a finalement attrapé une, je l'ai suivie des yeux, médusé. Elle était incroyablement à l'aise, un équilibre parfait, comme si elle avait fait ça toute sa vie.

— Tu comptes rester comme ça toute la journée ? m'a-t-elle taquiné en passant devant moi.

— J'admirais tes prouesses. J'avoue que je suis un peu vexé de ne pas avoir été ton professeur.

— C'est mieux, au contraire, a-t-elle répliqué avec un sourire gêné. Comme ça, on profite à fond. Ça m'a pris un temps fou avant de réussir à me mettre debout. Je ne te parle même pas de prendre une vague…

J'ai hoché la tête, convaincu par sa réponse : c'était parfait comme ça, juste elle et moi. Plus quelques inconnus. D'une certaine manière, je pouvais être reconnaissant envers Cole de lui avoir appris à faire du surf. Mais pas pour être sorti avec elle.

Elle a dû comprendre que je pensais à lui car elle est venue me rejoindre et m'a attrapé la jambe.

— Désolée, que tu nous ai vus ensemble, Cole et moi. Moi, j'ai mal rien que d'entendre parler de… Bref, je n'imagine même pas si j'avais dû y assister.

— J'avoue que ça n'était pas facile, même si j'appréciais plutôt ce type. Mais je savais que votre histoire ne durerait pas.

J'ai grimacé un petit sourire pour évacuer le souvenir désagréable de Cole embrassant Emma.

— Mais je ne sortais pas avec lui !

— Appelle ça comme tu veux, mais vous étiez ensemble. Mais maintenant tu es censée être avec moi, donc un autre type n'a aucune chance.

Je me suis penché et l'ai embrassée. Quand je me suis écarté, elle a murmuré :

— Je t'aime.

Ces deux mots, dans sa bouche, me donnaient l'impression d'être invincible. Capable de conquérir le monde.

Avec un grand sourire, j'ai dit :

— Toi et moi, Em. Quoi qu'il arrive.

J'ai plongé dans son regard lumineux, ce même regard qui, il y a peu, était si vide. Le visage rayonnant, elle s'est relevée sur sa planche et s'est mise en position pour prendre la vague suivante.

Nous avons continué jusqu'à ce que je ne sente plus mes bras ni mes jambes. Les garçons, Jared et Sara, étaient venus nous rejoindre en milieu de matinée, au moment où le soleil perçait à travers les nuages. Ils avaient préparé un pique-nique, ce qui nous a permis de passer la journée à la plage. J'ai profité de chaque seconde, savourant l'instant présent. C'était une journée parfaite. J'étais comblée.

Lorsque nous avons quitté le restaurant, perdu au milieu des arbres, Sara m'a pris la main et a posé sa tête sur mon épaule. Nous avions dîné tous les quatre, comme elle l'avait souhaité. Nous avons laissé Evan et Jared marcher devant pour parler un peu.

— Je suis contente que ça se soit arrangé entre vous, a-t-elle dit en relevant la tête avec un sourire.

Elle a lancé un regard affectueux vers les garçons, qui attendaient devant la voiture.

— On est vraiment trop idiotes… Ça aurait dû toujours être comme ça.

Elle m'a pressé la main et a ajouté :

— Tu es rayonnante ! C'est le seul garçon capable de te mettre dans cet état-là. Ça me manquait, de ne plus te voir avec cet air béat, limite stupide.

— Super compliment, ai-je lancé en éclatant de rire. Merci de m'avoir soutenue… et supportée. Je sais que ces deux dernières années n'ont pas été faciles pour toi non plus.

— C'est le rôle d'une sœur, non ? a-t-elle rétorqué avec un clin d'œil.

En entendant son rire, je me suis retourné et j'ai marché vers elle. Elle a lâché la main de Sara et pris la mienne. Je l'ai embrassée sur le sommet de la tête.

— Alors c'était comment, ton anniversaire, Emma ? ai-je questionné, décidé à y faire allusion.

Elle s'est arrêtée et, l'espace d'un instant, j'ai eu peur de sa réaction. Elle s'est dressée sur la pointe des pieds et a posé un baiser sur ma joue. Puis, après avoir passé son bras autour de mon cou, elle m'a murmuré à l'oreille :

— C'est le plus beau depuis treize ans. Merci.

38

La promesse

J'ai frissonné en sentant ses mains autour de mon cou.

— Les filles ne vont pas tarder à débarquer dans la chambre, a chuchoté Evan. Tu vas peut-être devoir te lever.

Il a posé ses lèvres chaudes sur mon épaule et j'ai esquissé un sourire. Je me suis collée contre lui, repoussant le moment d'ouvrir les yeux.

— Emma ! a crié Sara derrière la porte. Debout ! On a besoin de ton aide pour tout préparer.

Evan a pouffé en m'entendant jurer, la tête dans l'oreiller.

— Je t'avais prévenue.

— Comment j'ai pu croire un seul instant que cette fête était une bonne idée.

Il a glissé sa main sous mon tee-shirt et l'a posée sur mon ventre. Aussitôt, mon cœur s'est emballé.

— Personne ne t'a forcée, a-t-il murmuré en me chatouillant le cou avec sa langue. La semaine dernière, lors de ton anniversaire, tu étais toute excitée à cette idée. Tu te rappelles ?

— C'était une journée bizarre. Une chouette journée, je veux dire…

J'ai poussé un soupir. Impossible de me concentrer sur la conversation.

— Foutu 4 juillet, ai-je marmonné. Ça devrait être interdit. Ou ne commencer qu'à la nuit tombée.

La bouche d'Evan sur ma peau m'a fait frissonner. J'ai pris sa main et l'ai serrée.

— Emma ! a répété Sara.

Evan a roulé sur le côté en riant.

— Je suis réveillée ! ai-je répondu.

Puis j'ai ajouté, en grognant :

— Malheureusement.

Evan s'est relevé, il avait déjà enfilé un short et un tee-shirt.

— J'ai proposé d'aller chercher la glace, a-t-il dit.

Après m'être étirée, je me suis assise au bord du lit et j'ai laissé tomber ma tête sur son épaule.

— Je reviens vite, OK ? a-t-il ajouté en me caressant les cheveux.

J'ai hoché la tête. Il m'a aidée à me mettre debout et je me suis traînée jusqu'à la salle de bains tandis qu'il quittait la pièce.

— Dis-moi qu'elle est levée, a lancé Sara dès que je suis sorti de la chambre.

— Oui, ne t'en fais pas, ai-je acquiescé en riant.

— Salut, Evan, a lâché Serena avec un sourire radieux. Est-ce que tu as un iPod ? Sara m'a chargée de m'occuper de la musique.

J'ai regardé Sara, qui a haussé les épaules.

— Oui, il est dans ma voiture. Je te le rapporterai quand j'irai chercher Nate.

— Est-ce que tu peux acheter des citrons, aussi ? a crié Meg depuis la cuisine.

— Pas de problème, ai-je répondu en me dirigeant vers la porte.

— Comment ça avance, les préparatifs ? a interrogé Nate tandis que nous allions au supermarché.

— Ça roule. Sara supervise tout. Serena est en charge de la musique, Meg s'occupe de la nourriture et James et Jared installent les tables dehors et un filet de volley-ball sur la plage.

Les garçons et moi étions responsables des boissons.

— Et Emma ?

— Bah…, ai-je pouffé. Disons qu'elle a hâte d'être à demain.

— Je me demande pourquoi elle a voulu faire une fête. J'ai vu sa tête quand j'en ai parlé, l'autre jour…

— Elle était dans un bon jour, quand on en a reparlé la semaine dernière.

Nate m'a jeté un coup d'œil surpris.

— C'était son anniversaire, ai-je expliqué.

— Ah… Je ne savais pas. Et pourquoi nous n'avons pas…

Il s'est interrompu en se rappelant soudain la raison pour laquelle personne n'était au courant. Et pourquoi elle ne voulait pas le fêter. Parce que c'était le jour où son père était mort dans un accident de voiture, treize ans plus tôt.

— Comment ça se passe, entre vous ? a-t-il enchaîné. Ça a l'air de devenir sérieux. Est-ce que tu lui as tout dit, déjà ?

— Ouais, ai-je lâché d'un ton évasif.

Je n'étais pas encore prêt à avoir cette conversation.

— Et elle, est-ce qu'elle a été honnête avec toi ?

C'était *la* question que je n'avais pas envie d'entendre.

— Pas complètement.

— Sérieux ? Mais alors qu'est-ce que tu fous ?

— Je lui laisse un peu de temps.

— Elle a eu deux ans ! s'est-il exclamé.

Nous sommes arrivés dans le parking du supermarché et je me suis empressé d'éteindre le moteur et de sortir de la voiture pour couper court à cette discussion. Pour l'instant. Nate avait du mal à croire qu'Emma ne puisse plus me faire souffrir. Et, même si je ne lui aurais jamais avoué, je n'étais pas loin de penser la même chose.

— Qu'est-ce que je peux faire ? ai-je lancé.

— Couper la pastèque, peut-être ? a proposé Meg, tandis que Sara était dehors en train de donner ses instructions aux garçons pour l'installation des tables.

— Emma, où est ton iPod ? a interrogé Serena.

— Dans ma chambre. Quelque part dans le sac qui est dans le placard.

Serena a disparu dans ma chambre et j'ai commencé à couper la pastèque. Je n'avais jamais fait ça avant, mais ça ne devait pas être très compliqué. J'ai planté le couteau dedans et… je n'ai pas réussi à le bouger. J'ai appuyé dessus et la lame s'est enfoncée un peu plus profondément dans l'écorce. Je suis restée un instant à contempler le tableau, étrange mais beau, du couteau jaillissant de la pastèque à la verticale.

Puis je me suis retournée, et j'ai vu Meg qui m'observait d'un air ébahi.

— T'es sérieuse, là ? Je pensais quand même que tu pourrais gérer ça !

— Oui, je vais le faire, ai-je riposté en essayant de bouger le couteau dans la pastèque.

— Ne l'enfonce pas aussi profondément et fais plutôt un mouvement de va-et-vient, a conseillé Meg.

— Emma ! a crié Serena depuis ma chambre. Tu peux venir un instant ?

— Vas-y, je m'en occupe, a lancé Meg en me voyant examiner d'un air embêté le couteau planté dans la pastèque.

Elle a pris ma place et j'ai à peine eu le temps de m'écarter que la pastèque était coupée en deux.

— J'avais fait le plus dur, ai-je observé en quittant la cuisine.

— Ouais, c'est ça, a-t-elle acquiescé en levant les yeux au ciel.

Quand je suis entrée dans la chambre, Serena m'attendait au milieu de la pièce, bras croisés.

— Qu'est-ce qu'il y a ? ai-je questionné d'un air méfiant.

— C'est quoi, ça ? a-t-elle répliqué en brandissant *la* lettre.

J'ai ouvert la bouche pour répondre, mais aucun son n'est sorti.

— Est-ce que tu prévois de rompre avec Evan ? Qu'est-ce que tu fous, Em ? Je croyais que vous étiez de nouveau ensemble ?

À l'écouter, c'était *elle* que j'avais trahie.

— J'ai écrit ça il y a deux ans, avant de quitter Weslyn, ai-je expliqué en soupirant. Sa mère me l'a renvoyée il y a un an en me disant qu'un jour, il voudrait savoir ce que contenait cette lettre et que ça serait à moi de décider si je voulais lui montrer ou non.

— Tu l'as quitté avec juste une lettre ? a-t-elle demandé, choquée. Tu n'as rien dit ?

— Pas exactement, ai-je lâché en détournant le regard. Mais oui, je n'ai rien dit. J'ai eu tort de partir comme ça. Mais je pensais faire ce qui était le mieux pour lui.

— Tu n'aurais jamais dû le quitter, surtout, a constaté Serena d'un ton triste.

J'ai baissé la tête d'un air coupable.

— Et tu as l'intention de lui montrer cette lettre ? a-t-elle ajouté.

— À quoi ça servirait, maintenant ? Alors qu'on essaie de tourner la page et d'avancer.

— Parce qu'il doit savoir. Tu as promis d'être honnête, n'est-ce pas ? Et puis, tu ne mens pas, dans ce que tu as écrit.

— Je sais, ai-je murmuré.

Après avoir rempli le congélateur de sacs de glace, je suis allé dans la cuisine.

— Où est Emma ?

— Sara l'a envoyée prendre une douche et se préparer, a indiqué Meg. Tu devrais en faire autant, les invités vont commencer à arriver d'ici une heure.

— iPod, s'il te plaît, a demandé Serena en tendant la main.

Je l'ai sorti de ma poche et lui ai donné, puis je me suis dirigé vers la chambre. Assise sur le lit, Emma portait une robe bleu et blanc. Elle était en train de mettre des escarpins rouges. En m'entendant entrer, elle a levé la tête. J'ai vu son regard sombre, désespéré.

— Tout va bien ? ai-je demandé.

Elle s'est contentée de hocher la tête sans rien dire, puis elle s'est mise debout et a tiré sur le bas de sa robe en détournant le regard. Je lui ai relevé le menton pour l'obliger à me regarder droit dans les yeux.

— Tu peux me le dire, si quelque chose ne va pas, ai-je insisté.

— Je sais. Je le ferai, mais plus tard, quand tout le monde sera parti. OK ?

J'ai froncé les sourcils. Son ton m'inquiétait.

— OK, ai-je accepté à contrecœur.

Je me suis penché pour l'embrasser. Elle m'a répondu avec ardeur, en se serrant contre moi et en me caressant la joue. Puis elle s'est écartée et m'a dévisagé un court instant, les yeux embués.

Je suis resté pétrifié, jusqu'à ce qu'elle m'attire à côté d'elle, sur le lit, et m'embrasse avec une intensité presque inquiétante, comme si ça vie en dépendait. Quand elle a glissé sa main sous ma chemise, mon corps a réagi aussitôt. Je me suis pressé contre elle et j'ai posé mes lèvres sur sa peau, le long de son cou puis de son épaule, en écartant la bretelle de sa robe.

— Emma, tu es prête, à la fin ?! a crié Sara derrière la porte.

Nous n'avons pas bougé, retenant notre respiration.

— Emma ?

Elle m'a lancé un regard désolé.

— J'arrive !

Je l'ai aidée à se relever.

— Plus tard ? ai-je soufflé en m'efforçant de reprendre mes esprits.

— Plus tard, oui, a-t-elle murmuré avec une moue délicieusement séduisante.

Même si une ombre triste flottait encore dans son regard, son sourire était sincère.

Quand les invités ont commencé à arriver, j'ai vite compris qu'on ne m'y reprendrait pas de sitôt – être l'hôte de la fête était épuisant. J'ai passé mon temps à veiller à ce qu'il y ait assez à manger sur les tables, à montrer aux gens où se trouvait la salle de bains et à apporter des sacs de glace aux garçons qui tenaient le bar. Zéro minute pour m'amuser. Le fait qu'Evan soit en charge des grillades n'a pas arrangé les choses : nous n'avons pas passé plus de quelques secondes ensemble.

Tandis que j'apportais un saladier sur la table, je l'ai aperçu à côté du barbecue, avec Nate et Jared. Dans la lumière du soleil couchant, ses cheveux avaient une belle teinte dorée. Sa chemise claire, dont il avait retroussé les manches, faisait ressortir ses yeux gris acier. Lorsqu'il a ri à une phrase de Jared, son sourire lumineux a éclairé son visage.

— Em ? a crié Serena en me voyant immobile, le saladier à la main.

Elle a suivi mon regard, et a ajouté :

— Ne t'en fais pas, il ne va pas rester coincé au barbecue tout l'après-midi.

— Emma, tu peux aller chercher le sac de petits pains à la cuisine ? a demandé Meg.

Avec un soupir, j'ai fait demi-tour. Serena a éclaté de rire. Quand je suis ressortie de la maison, les mains pleines de petits pains, j'ai croisé Evan qui entrait.

— Et je te vois quand ? ai-je soufflé.

— Je vais te rejoindre, ne t'inquiète pas, a-t-il promis en me prenant par la taille.

Il s'est penché pour m'embrasser mais, au même instant, la porte d'entrée s'est ouverte. Je lui ai donné un rapide baiser avant d'aller accueillir les invités.

— Viens jouer au volley avec nous, Evan ! a crié Jared depuis la plage.

Je venais d'éteindre le barbecue et m'apprêtais à chercher Emma, dont j'avais complètement perdu la trace avec l'afflux de nouveaux venus. Je pensais que nous avions invité une quarantaine de personnes, pourtant, nous étions déjà largement au-delà.

— Allez viens, s'il te plaît, il nous manque un joueur !

— J'arrive ! ai-je répondu en lançant un dernier regard à la ronde.

Pas d'Emma en vue…

Je suis descendu retrouver les autres. En dehors de Jared, il y avait quelques types et une fille. J'ai enlevé ma chemise et l'ai posée dans le sable pour jouer.

— Salut, Evan, a dit la fille.

Je l'ai dévisagée, un peu étonné. Son air me disait quelque chose. Elle m'a rafraîchi la mémoire.

— Nika. On s'est vus chez Nate. Et donc c'est chez toi, ici ?

— Ah oui, salut ! Ouais, c'est la maison dont je t'ai parlé.

— Super chouette, a-t-elle lâché.

Jared nous a demandé de nous positionner et s'est préparé à servir. Nika était placée à côté de moi. Brent, de l'autre côté du filet, ne la quittait pas des yeux. J'ai hésité à changer d'équipe, mais Jared a servi et j'ai été happé par le match.

— Tu es seul avec Emma, ici ? a-t-elle questionné.

— Non, ai-je répondu en regardant TJ courir pour récupérer le ballon qu'il avait envoyé à dix mètres de la ligne du fond. Il y a un autre couple.

— Ah... Vous sortez ensemble, Emma et toi ?

J'ai hoché la tête avec regard rapide dans sa direction. Elle avait l'air surpris. Je me suis mis en place pour le service suivant. Du coin de l'œil, j'ai aperçu la robe bleue sur la terrasse. Appuyée sur la balustrade, Emma nous regardait jouer. Un type se tenait à côté d'elle. Un peu trop près...

— Evan ! a crié Jared tandis que le ballon passait devant moi. Concentre-toi !

— Tu étudies quoi, à Stanford ? a demandé Paul en s'approchant un peu trop à mon goût, malgré l'indifférence que je lui manifestais.

— Prépa médecine, ai-je répondu sans quitter le match des yeux, ni les muscles d'Evan tandis qu'il sautait pour contrer un smash.

Brent a voulu renvoyer le coup avec une manchette mais il a tapé trop fort et le ballon a atterri dans le sable, largement hors du terrain. Nika a levé la main pour faire un check avec Evan, qui lui a répondu. Elle lui parlait… beaucoup.

— C'est intense, a conclu Paul, après avoir longuement parlé des stars qu'il fréquentait grâce à son job d'assistant dans une agence de Los Angeles.

— Coucou, Emma.

Je me suis retournée.

— Nate, comment ça va ? me suis-je exclamée avec un enthousiasme à la TJ.

Il m'a dévisagée d'un air étonné, avant de voir Paul se coller à moi. Il a froncé les sourcils : message reçu.

— J'aimerais te parler, a-t-il répondu, en remplissant à merveille son rôle de sauveteur.

— Pas de problème.

Puis j'ai ajouté, à l'attention de Paul :

— C'était cool de discuter avec toi.

J'ai suivi Nate sans même un regard pour Paul.

— Merci, ai-je glissé. Ça faisait un moment que j'essayais de me débarrasser de lui, mais il n'avait pas l'air de vouloir comprendre.

— Tant mieux si j'ai pu t'aider. Mais je voulais vraiment parler avec toi.

— Ah… OK, ai-je dit d'un air surpris.

Nous nous sommes éloignés de la foule et avons descendu les marches jusqu'à la plage. J'avais le ventre serré et les nerfs en pelote. Il souhaitait me parler d'Evan, je le savais.

— Tu as vu Emma, Ren ? ai-je demandé, en ayant l'impression de poser cette question pour la millième fois de la journée.

— Il me semble l'avoir vue marcher sur la plage avec Nate, a-t-il répondu, allongé dans le hamac, une bière à la main.

— Avec Nate ? ai-je répété, perplexe.

Soudain, j'ai compris : il avait décidé de lui parler sérieusement. Et Emma ne saurait pas gérer un interrogatoire de la part de mon meilleur ami. Cette dernière semaine avait été extraordinaire, mais nous avions encore du chemin à parcourir avant d'être fixés sur notre sort. Je n'avais pas besoin que Nate l'oblige à parler avant qu'elle n'y soit prête. Il n'était pas aussi patient que moi.

— Ils sont partis par où ?

Je marchais à côté de Nate en attendant avec angoisse qu'il dise quelque chose. Mon portable a vibré dans ma poche. Je l'ai sorti pour regarder. Message d'Evan :

Où es-tu ?

— Excuse-moi, mais Evan me cherche, ai-je dit à Nate.

Après lui avoir répondu, j'ai appuyé sur « Envoyer ». Puis j'ai jeté un rapide coup d'œil à mes textos. J'ai trébuché quand j'ai lu :

Emma ?

— Ça va ? a demandé Nate, avant que je n'ai eu le temps de lire le message en entier.

— Oui, ai-je lâché, avec l'impression que mon sang s'était figé dans mes veines. Qu'est-ce que tu voulais me dire, Nate ?

— Je ne devrais pas m'en mêler, mais je ne peux pas assister à ça en restant les bras croisés.

Son regard s'est perdu au loin tandis qu'il cherchait ses mots. Mon cœur battait comme un fou et la tête me tournait. J'ai eu peur que mes jambes ne se dérobent.

— Evan a l'habitude de tout prévoir et anticiper, comme dans une partie d'échecs. Chaque décision qu'il prend est mûrement réfléchie et il y a une raison à chacun de ses actes. Normalement, il a toujours trois coups d'avance. Sauf quand il s'agit de toi.

Il s'est interrompu un instant et m'a lancé un coup d'œil. Je n'ai pas bronché. Je retenais ma respiration… et j'attendais la suite.

— Il n'a pas la moindre idée de ce que tu vas faire et il aura beau avoir réfléchi au coup d'après, il doit toujours réviser sa stratégie en catastrophe. Tu es imprévisible. C'est d'ailleurs une des choses qui l'attire chez toi : tu es un défi permanent.

Il a inspiré profondément et, mal à l'aise, a fini par croiser mon regard tendu.

— L'année qui a suivi ton départ, il n'était vraiment pas bien. Je ne l'avais jamais vu dans un état pareil. Et j'espère que ça ne se reproduira jamais. Il a postulé à Yale et déclaré à tout le monde qu'il organisait sa vie sans toi. Mais quand il a commencé à s'occuper de son transfert à Stanford, j'ai tout de suite compris que c'était à cause de toi. Il avait beau prétendre le contraire, il n'arrivait pas à tourner cette page et à t'oublier.

Il s'est tu un moment avant de poursuivre.

— Si je te raconte tout ça, c'est parce que plus vous passez du temps ensemble, plus il reprend espoir. Et je tiens à te mettre en garde : Emma, si tu n'as pas l'intention d'être entièrement honnête avec lui, ne fais pas ça. Il mérite mieux. Je ne sais pas quel est ce secret que tu ne lui as pas révélé, mais tu dois tout lui dire. Même si, à cause de ça, il décide de ne plus jamais te voir. C'est le risque à prendre. Je ne te laisserai pas le bousiller comme tu l'as fait il y a deux ans.

J'ai dévisagé Nate, son air déterminé, et j'ai hoché la tête.

— Je serai honnête avec lui. Promis.

Je savais ce que signifiait cette promesse. À cette seule idée, j'ai senti mes jambes faiblir.

— Merci, a-t-il dit d'un ton sincère. Et maintenant, on devrait rentrer à la maison. Le feu d'artifice ne va pas tarder.

— OK, j'arrive dans un instant, ai-je lâché.

Un pas de plus, et je m'écroulais. Dès que Nate s'est éloigné, j'ai sorti mon portable et lu le message de Jonathan. Mon cœur a cessé de battre.

— Ah, te voilà ! ai-je lancé. J'étais…

Nate est passé devant moi sans même tourner la tête. Derrière lui, Emma regardait son téléphone.

— Emma ?

Elle est tombée à genoux. J'étais arrivé trop tard.

39

Plus jamais de secrets

La main tremblante d'Emma dans la mienne, je l'ai emmenée derrière la maison. Nate, qui avait accéléré le pas, avait déjà disparu dans la foule. Il savait que j'étais énervé, mais je ne voulais pas m'embrouiller avec lui devant Emma. Elle avait déjà du mal à me regarder en face, pas la peine d'en rajouter.

Tandis que je me frayais un chemin à travers les invités, je la sentais trébucher. Une fois dans la chambre, j'ai fermé la porte à clé. Emma est sortie sur la terrasse. Quand je l'ai rejointe, elle était assise sur la chaise longue, recroquevillée sur elle-même, les yeux baissés.

— Qu'est-ce qu'il t'a raconté ? ai-je questionné doucement. Même s'il a dit…

Elle a levé sur moi ses yeux sombres, pleins de larmes.

— Il veut juste que je sois loyale avec toi, c'est tout. Il n'a rien dit de mal, ne sois pas en colère contre lui. Il s'est conduit en ami, et il ne m'a rien demandé que tu ne mérites pas.

J'ai serré mes bras autour de mes genoux en réprimant un sanglot.

— J'ai peur, ai-je lâché, la gorge nouée. Je vais te perdre, Evan.

— Non, a-t-il répondu d'une voix ferme en s'agenouillant près de moi. Je ne vais pas partir. Je te le promets.

— Tu ne peux pas me promettre ça. Tu ne sais pas...

Ma voix s'est brisée.

— Alors parle-moi moi, Em, a-t-il supplié avec ferveur. Par pitié, explique-moi ce qui s'est passé et arrête de te faire du mal. Je comprendrai, quoi que tu aies fait.

Je l'ai dévisagé un moment. Je n'avais plus la force de me battre.

Ses yeux ont plongé en moi avec une intensité et une gravité inouïes. Son regard était déterminé.

— Je vais tout te raconter, comme tu me l'as toujours demandé. Mais ça ne va pas être agréable à entendre. Je ne suis pas sûre de réussir à me débarrasser de mon côté obscur, plein de rage.

Elle s'est tue un instant, comme pour me laisser le temps de me préparer.

— Je ressemble plus à ma mère que je veux bien l'admettre. Comme elle, je suis mauvaise. Autodestructrice.

Amochée. Elle avait raison de répéter que je n'aurais jamais dû naître.

— Ne dis pas ça, Emma !

— À ton tour de m'écouter, Evan, a-t-elle poursuivi d'une voix distante, presque glaciale. Je détestais ma mère. Je la haïssais, et je suis contente qu'elle soit morte.

J'ai tressailli en entendant ses mots. Mais je n'ai pas bronché.

— Elle peut pourrir en enfer, je n'en ai rien à foutre.

Je me suis levé et j'ai reculé d'un pas, choqué par l'éclat dur de son regard.

Je n'ai pas réagi quand il s'est écarté de moi. Il voulait la vérité, j'allais tout lâcher. Il a hoché la tête, comme pour rejeter mes paroles. Comme s'il ne voulait pas le croire.

— Jonathan l'avait compris. Il savait ce que c'était d'être habité par la haine, au point qu'elle devienne une seconde nature. Cela nous a rapprochés et nous a permis d'être sincères l'un avec l'autre. Quand je lui ai avoué que je la haïssais, il ne m'a pas jugée. Il ne m'a pas regardée comme tu le fais maintenant. Comme quelqu'un de mauvais. Pourtant, c'est ce que je suis. Je le sais. C'est pour ça que tu devrais me détester, Evan.

L'émotion m'a submergée et j'ai craqué.

— Tu devrais me haïr, tout comme je me hais.

Sa douleur a surgi et aussitôt la froideur de sa voix et la dureté de son regard se sont envolées. J'ai fait un pas vers elle, prêt à la consoler, à la convaincre que je ne la détestais pas et que ce ne serait jamais le cas. Comment pouvait-elle être ainsi convaincue d'être mauvaise, pleine de haine ? Cette idée m'était odieuse.

— J'ai failli laisser tomber.

Je me suis figé sur place.

— Comment ça ?

— Ce jour-là, quand j'ai couru sur la plage... J'ai failli renoncer.

Mon cœur s'est mis à battre plus fort dans ma poitrine.

— Je me suis avancée dans la mer, et j'ai continué. Je voulais qu'elle m'emporte. Qu'elle engloutisse ma culpabilité. J'en avais assez de faire souffrir les autres. Je voulais cesser de respirer.

Ces mots m'ont transpercé comme un coup de couteau.

— Emma !

Elle est tombée à genoux. Je l'ai prise dans mes bras.

— Je ne te laisserai pas renoncer à moi, à nous.

J'ai senti les larmes brûler mes yeux tandis qu'elle s'abandonnait contre moi.

— Je ne peux pas..., a-t-elle murmuré d'une voix à peine audible. Je ne peux pas continuer comme ça.

— Alors laisse-moi le faire pour toi, ai-je lâché, la gorge serrée. Laisse-moi t'aimer. Je vais t'aimer pour deux, jusqu'à ce que tu te rendes compte que tu le mérites. Tu mérites d'être aimée, Emma. Je ne sais pas comment t'en convaincre, mais je suis prêt à passer ma vie à essayer. Tu n'as pas le droit de renoncer à moi. Je ne te laisserai pas faire.

Incapable de reprendre ma respiration, j'ai enfoui mon visage dans sa chemise. Il était ma raison de vivre. C'était lui qui, grâce à ses paroles, m'avait sauvée du néant. Son souffle était le mien. Tout comme ces bras qui m'entouraient à présent, pour me maintenir en vie. Il était ma force, et aussi l'amour qui me manquait. De la même manière qu'il était incapable de me laisser partir, je ne pouvais pas vivre sans lui.

J'ai relevé la tête et pris son visage entre mes mains. Puis je me suis penchée doucement et j'ai posé ma bouche sur la sienne. Au contact de ses lèvres chaudes, j'ai senti une vague puissante déferler en moi, un bouillonnement de sentiments. Il m'a embrassée avec passion, comme si son étreinte pouvait me réparer, m'unifier. À cet instant précis, j'en étais convaincue.

J'ai capturé ses lèvres. J'avais besoin de lui communiquer ma force, de lui faire comprendre que je pensais chaque mot que j'avais prononcé. Je ne pouvais pas la laisser partir. Ni maintenant ni jamais. Tandis que ma bouche dévorait la sienne, elle a glissé ses mains dans mes cheveux.

J'aurais voulu me fondre dans sa peau, l'absorber dans ma chair. Au plus profond de moi, je savais que nos cœurs battaient à l'unisson, que nous partagions le même oxygène. Les doigts tremblants, elle a déboutonné ma chemise. J'ai écarté les bretelles de sa robe pour la faire glisser le long de son corps. Elle a enlevé ma chemise et posé ses mains sur mon torse. J'étais hypnotisé par son regard empli d'amour et de peur.

— Je t'aime, Emma, ai-je chuchoté. Chaque seconde de ta vie, je te le prouverai.

Une larme a roulé le long de sa joue. Je l'ai essuyé du revers de ma main, tandis qu'elle s'adossait contre le coussin bleu. Soudain, une explosion a retenti au-dessus de nos têtes. Nous avons regardé le ciel, illuminé par le feu d'artifice. Puis j'ai fixé ses yeux, dans lesquels se reflétaient les lumières colorées. Elle a frémi quand j'ai effleuré son ventre avec mes doigts.

J'ai ôté ses escarpins, qui sont tombés sur le sol avec un bruit mat. En remontant le long de ses jambes, je me suis penché pour parsemer de baisers sa peau veloutée. J'ai senti son souffle s'accélérer. Sans détacher mes lèvres, j'ai continué mon chemin pour retrouver sa bouche. J'ai défait le bouton de mon short puis dégrafé son soutien-gorge.

Elle a agrippé mes épaules tandis que j'embrassais sa gorge, savourant son odeur qui m'avait tant manqué pendant deux ans. Après avoir enlevé nos vêtements, je me suis écarté pour contempler les lignes de son corps somptueux. Elle a laissé échapper un gémissement lorsque j'ai effleuré l'intérieur de ses cuisses. Malgré le peu de lumière, j'ai pu voir ses joues se colorer légèrement. Elle a fermé les yeux, la bouche entrouverte, absorbée par les sensations que provoquaient en elle mes caresses. Devant ce spectacle, j'ai senti mon cœur battre à tout rompre. Je me suis penché pour embrasser ses joues enflammées. Elle a tourné la tête et son souffle chaud est venu balayer mes lèvres. Je l'ai sentie frémir.

Sans la quitter des yeux, je me suis placé au-dessus d'elle. Elle a passé ses jambes derrière mes cuisses et m'a guidé doucement. Le corps tendu à l'extrême, j'ai été saisi, comme happé par elle. Plus rien d'autre n'existait. J'ai plongé mon visage dans son cou, elle a basculé la tête en arrière, transie de plaisir. Puis elle s'est redressée et, une main derrière ma nuque, l'autre dans le bas de mon dos, elle a posé ses lèvres sur mon épaule.

J'ai glissé mes mains sur ses hanches et me suis imprégné de chacun de ses gestes, de chacune de ses réactions. Son souffle sur moi, rapide, nourri de désir et de plaisir, était comme un baume sur mes plaies. Jamais je n'avais eu plus besoin et envie d'elle qu'à cet instant précis. Jamais elle ne s'était abandonnée comme elle le faisait.

L'excitation a grimpé, lentement, fermement. Nos corps brûlants et impatients fêtaient leurs retrouvailles. Sa respiration est devenue haletante au fur et à mesure que son plaisir grandissait. Je la sentais vibrer, chaque mouvement la rapprochait de moi tandis qu'elle balançait son corps en rythme. Ses jambes ont tremblé et elle a laissé échapper un gémissement délicieux. Submergé par l'intensité, j'ai fermé les yeux pour me perdre en elle. Une sensation puissante et douce m'a envahi. Une ivresse infinie.

Je me suis étendu à ses côtés et l'ai serrée contre moi. Quand, au bout de quelques instants, je me suis écarté pour la regarder, j'ai vu ses yeux briller.

Je me suis blottie contre lui, incapable de prononcer un mot. Cet instant demeurerait gravé en moi à tout jamais. Je le savais.

Nous sommes restés un moment silencieux, enlacés, contemplant les lumières qui jaillissaient dans le ciel. J'ai frissonné et Evan s'est redressé pour attraper une couverture qu'il a étendue sur moi.

— Ça va ? a-t-il murmuré à mon oreille.

J'ai tourné la tête vers lui et suivi le contour de ses lèvres avec mon pouce.

— Chaque fois que je respire, c'est grâce à toi.

Il m'a dévisagée, les yeux étincelants.

— Même quand tu n'étais pas là pour me sauver, tu étais ma raison de vivre. Pour cette raison, je t'aimerai toute ma vie.

— Emma ? a appelé Evan depuis la chambre, plongée dans l'obscurité.

J'ai fermé la porte, les jambes tremblantes et le cœur battant.

Il a allumé la lampe de chevet. Lorsqu'il m'a vue, debout devant le lit, habillée, il a eu l'air perdu.

— Quelle heure est-il ? a-t-il demandé.

— Tôt, ai-je répondu dans un souffle.

— Qu'est-ce qui se passe, Emma ? a-t-il questionné d'une voix inquiète.

— C'est le moment où je te brise le cœur, ai-je murmuré. Et tu vas enfin comprendre pourquoi tu dois me détester.

J'ai grimpé les marches et frappé à la porte, tendu.

— Sara !

Quelques instants plus tard, Jared a ouvert en se frottant les yeux. Derrière lui, Sara était assise dans le lit, à moitié endormie.

— Evan ? Qu'est-ce qu'il y a ?

Je suis entré dans la pièce.

— Tu dois appeler ton père. Emma est partie.

— Quoi ? s'est-elle exclamée en repoussant la couette d'un geste brusque. Comment ça « partie » ?

— Elle m'a juste dit…

J'ai dû m'interrompre, le ventre noué.

— Elle m'a avoué quelque chose, et je ne sais pas quoi penser. J'ai besoin de savoir si c'est vrai. Et je crois que ton père est le seul à pouvoir me le confirmer.

— Qu'est-ce que tu racontes ? a-t-elle lancé. Où est-elle allée ?

— À New York. Chercher Jonathan.

J'ai respiré un bon coup et me suis rappelé mot pour mot ce qu'Emma m'avait confié. Un aveu si violent que j'en tremblais encore.

— Mais c'est du délire, Emma ! me suis-je écrié en rejetant la couverture. De quoi tu me parles ?

Puis j'ai vu son portable, dans sa main.

— Le texto…, ai-je lâché.

— Tu étais au courant ? a-t-elle questionné en fronçant les sourcils. Comment ? Et pourquoi tu ne m'as rien dit ?

— Je pensais que tu le verrais après avoir récupéré ton téléphone, ai-je expliqué. Je n'arrivais pas à t'en parler. Je ne sais pas ce qui s'est passé entre toi et Jonathan ni ce que vous avez besoin de vous pardonner l'un à l'autre, mais…

Je me suis passé les mains sur le visage pour trouver la force de poursuivre.

— Je le méprise, Em. Franchement, je regrette que tu aies rencontré ce type.

Elle a baissé les yeux.

— C'est à propos de lui, c'est ça ?

D'un hochement de tête, elle a acquiescé.

— Pourquoi doit-il te pardonner ?

— Parce que je lui ai fait du mal. Comme à toi. Il m'a fait confiance, et je m'en suis servie contre lui, en sachant que ça allait le détruire.

— Il est en ligne, a indiqué Sara tandis que je marchais de long en large à travers la pièce. Je suis sûre qu'il y a autre chose derrière ça.

— Elle ne t'en a jamais parlé ? ai-je répété, incrédule.

Elle a secoué la tête.

— Elle a gardé ça pour elle pendant deux ans, ai-je lâché en serrant le poing.

— Evan, il faut d'abord savoir ce qui s'est vraiment passé. OK ?

— Le soir où le type est entré chez moi et m'a attaquée, Jonathan l'a repoussé, a-t-elle commencé, en baissant la tête. Mais il a cogné tellement fort que le type ne bougeait plus. Quand j'ai enfin réussi à retenir Jonathan, le type ne ressemblait plus à rien. Il y avait du sang partout.

Sa voix s'est brisée. Ses mains tremblaient. Assis sur le lit à côté d'elle, je m'efforçais de respirer calmement.

— Après, je l'ai aidé à se débarrasser du corps. Et nous avons menti à la police.

— Il était mort ? ai-je questionné.

Elle a hoché la tête.

— Jonathan ne l'a pas tué, a annoncé Sara en raccrochant, une heure plus tard, épuisée. Il l'avait sacrément amoché. Mais on a retrouvé le dealer sur ce parking, une balle dans la tête. Ils ont fini par retrouver l'arme après un autre règlement de compte, six mois plus tard. Il y avait un autre abruti dans ce bar, et ce dealer n'avait pas une très bonne réputation. Donc l'abruti l'a descendu et s'est enfui après lui avoir piqué son argent et sa dope. Emma croit que Jonathan l'a tué et qu'elle est complice du meurtre.

— C'est pour ça qu'il t'a demandé de lui pardonner, parce qu'il a tué ce type ? ai-je demandé en sentant la colère gronder en moi.

— Non, a-t-elle soufflé d'une voix à peine audible.

— Il a tué sa famille, a dit Sara.

Un sentiment de dégoût s'est emparé de moi.

— Il a plaidé coupable pour avoir initié l'incendie dans lequel sa mère, son père et son frère ont péri pendant leur sommeil, a-t-elle poursuivi. Mon père m'a raconté qu'il a été maltraité par son père durant toute son enfance et qu'il a eu des séquelles psychologiques. Son psychiatre a témoigné en sa faveur et il a écopé d'une peine de vingt ans pour homicide involontaire, avec une durée incompressible de dix ans. Il est détenu à New York.

— Tu savais et tu n'as rien fait ? ai-je lâché d'une voix forte. Tu avais l'intention de le laisser s'en tirer comme ça ?

— J'avais promis. Et je savais qu'il aurait fait la même chose pour moi.

Après un silence interminable, elle s'est levée.

— Où vas-tu ?

— Je dois le retrouver. Je sais qu'il s'est passé quelque chose d'horrible et je ne me le pardonnerai jamais si je

ne vais pas le chercher. Je suis désolée, vraiment, mais je dois y aller.

Comme elle l'avait promis, Emma avait gardé pour elle le secret de Jonathan. Jusqu'à ce soir. Je pensais le détester, mais la rage qui me consumait à présent était au-delà de ce que j'avais pu éprouver.

Je me suis laissé tomber par terre. Adossé au mur, j'ai pris ma tête entre les mains.

— Elle savait, ai-je murmuré. Et elle a choisi de le protéger, de ne pas révéler son secret. Il a tué sa famille et elle n'en a pas dit un mot.

— Evan…, a supplié Sara.

Je n'ai pas levé les yeux.

— Quelle genre de personne fait ça ?

— Je ne suis pas la fille dont tu es tombé amoureux. Elle n'existe plus. Tu dois décider si tu peux m'aimer encore. C'est ton choix, maintenant.

Puis elle était partie.

— Tu dois la joindre pour lui raconter tout ça, Sara.

— Tu ne veux pas l'appeler ? a-t-elle demandé.

— Je ne peux pas lui parler.

Je suis sorti de la pièce en claquant la porte derrière moi.

40

Ce qui est à toi

Je me suis assise à la table en attendant qu'il entre. Mon cœur battait à tout rompre et j'avais la tête qui tournait.

Quand la porte s'est ouverte, j'ai observé, tétanisée, les hommes dans leurs combinaisons vertes. Des individus avec lesquels je n'aurais pas aimé me retrouver nez à nez. Lorsque j'ai vu le visage de Jonathan, je me suis levée. Ses yeux ont brillé quand il m'a aperçue.

— Bonjour, Jonathan, ai-je dit, mal à l'aise, ne sachant pas très bien comment me comporter.

— Je n'arrive pas à croire que tu es là, a-t-il lâché. J'étais certain que tu me détestais.

En entendant ce mot, j'ai eu un coup au cœur.

— Non, ai-je soufflé. Je pense qu'il est temps de nous pardonner.

Même si ce moment passé avec Jonathan m'avait soulagée, l'avoir vu dans cette prison avait été douloureux et j'étais encore sous le choc. Le vibreur de mon téléphone m'a tirée de mes pensées. Je l'ai sorti de ma poche : un appel manqué d'Evan. Un frisson nerveux m'a parcourue en lisant son nom. Depuis que j'étais partie de Santa Barbara, cinq jours plus tôt, je n'avais pas eu de nouvelles de lui. Les mains crispées sur le volant, j'ai essayé de respirer profondément. Je savais pourquoi il m'avait appelée. Il avait pris sa décision.

J'ai garé la voiture de location sur l'aire de repos et, après avoir attendu un moment dans l'espoir de calmer l'angoisse qui m'étreignait le ventre, j'ai écouté son message. « Salut, Emma. Rappelle-moi s'il te plaît. »

Sa voix était calme et triste. J'ai fermé les yeux. Mon cœur battait si fort que je sentais le sang pulser dans mes tempes. J'ai essayé de faire redescendre la pression, de me détendre. Impossible. L'amour de ma vie s'apprêtait à me dire qu'il me quittait et je savais que je ne m'en remettrais jamais.

Désormais, il n'y avait plus de secrets entre nous. Il savait tout de moi. Je m'étais mise à nue, je l'avais laissé s'approcher au plus près, j'avais baissé la garde. Ça avait été une des étapes les plus difficiles de ma vie. Je m'étais exposée, vulnérable, attendant son jugement et son rejet. Comme si j'avais arraché mon cœur pour le lui donner. Je n'en aurais plus besoin, désormais, si je n'étais pas avec lui.

J'ai contemplé le téléphone, tétanisée. Je m'étais préparée à cet appel dès l'instant où je l'avais quitté, une nouvelle fois. Le portable contre l'oreille, j'ai écouté la sonnerie, interminable. Pour garder mon calme, je me suis concentrée sur ma respiration.

— Salut.

— Salut, ai-je soufflé.

— Je suis content que tu me rappelles. J'avais peur que tu ne le fasses pas.

— J'imagine que tu as pris ta décision, ai-je murmuré, le cœur si faible qu'il battait à peine.

— Oui, en effet. J'avais besoin de réfléchir. J'étais tellement en colère. Je n'arrivais pas à comprendre comment tu pouvais garder un secret aussi atroce. Je ne l'ai toujours pas digéré, d'ailleurs.

J'ai senti un poids énorme sur ma poitrine. J'ai fermé les yeux et attendu la suite.

— Emma, je serai toujours avec toi. Toute ma vie.

L'espace d'un instant, je n'ai pas pu émettre un son.

— Quoi ? ai-je articulé.

— Je ne suis pas d'accord avec ce que tu as fait, a-t-il poursuivi. Et je t'en veux de n'en avoir parlé à personne. C'est n'importe quoi. Mais tu le savais, c'est pour ça que tu étais si mal et que tu ne cessais de te torturer. Ma colère va passer, je le sais. En revanche, te perdre à nouveau, je ne m'en remettrai jamais. Si nous sommes honnêtes l'un avec l'autre, et que tu me fais entièrement confiance, nous pouvons tout traverser ensemble. Est-ce que tu peux me promettre qu'il n'y aura plus jamais de secrets ? Même si ça doit me faire du mal, tu me diras tout ?

Je n'ai pas bronché. J'étais perdue. Il n'était pas censé réagir comme ça.

— Emma ?

— Je ne comprends pas… Tu m'aimes toujours ?

Il a émis un petit rire.

— Je sais que tu n'es plus la même. Mais j'aime celle que tu es, Emma. J'étais amoureux de toi à Weslyn, je suis retombé amoureux cet été. Les gens changent, et nous changerons encore. Ce qui veut dire que je retomberai amoureux de toi. Parce que je suis sûr d'une chose : quoi qu'il arrive, mes sentiments pour toi seront toujours les mêmes.

J'avais eu tellement peur de le perdre, de perdre son amour. Je n'avais pas osé imaginer qu'il me pardonnerait…

J'ai appuyé ma tête sur le volant et éclaté en sanglots. Le portable m'a échappé des mains.

— Emma ? ai-je entendu Evan appeler. Emma ?

J'ai ramassé le téléphone et, entre deux hoquets, j'ai répondu :

— Je suis là.

— Tu dois avoir plus confiance en moi.

— Désolée… Juste, je…

— Je sais, a-t-il coupé. Mais ne doute plus jamais de moi.

— Promis, ai-je répondu dans un souffle. Et plus de secrets.

— Parfait ! Où es-tu ?

— Sur une aire d'autoroute, quelque part en Oklahoma.

— Oklahoma ? Mais qu'est-ce que tu fais là-bas ?

— J'avais juste envie de prendre une voiture et de conduire.

— Et tu comptais faire ça combien de temps ?

— Jusqu'à ce que je trouve quelque chose qui vaille le coup que je m'arrête, ai-je répondu en essuyant mon visage mouillé de larmes.

— Et tu t'es arrêtée, là, c'est ça ?

— Oui, ai-je souri.

— J'en déduis que ça en valait la peine. Tu as l'intention de conduire jusqu'ici ?

— J'y pensais. J'arriverai ce week-end, je suppose.

— Moi, je vais à Weslyn, ce week-end. Je dois récupérer mes affaires. Ma mère a vendu la maison et elle doit être vidée d'ici dimanche. Mais ça n'a plus d'importance, maintenant. Je t'ai, toi.

Il s'est tu un instant, avant d'ajouter :

— N'est-ce pas ?

— Oui, évidemment, ai-je lâché en riant, les yeux encore humides.

— Cool. Appelle-moi quand tu t'arrêtes, ce soir, OK ?

— Promis. À tout à l'heure, Evan.

— À tout à l'heure, Emma.

J'ai poussé un long soupir, soulagé qu'elle m'ait rappelé. J'ai pris la lettre qu'elle avait laissée sur la table de chevet et passé mon doigt sur les mots, avec un sourire attendri. Cette lettre qui, une fois de plus, avait changé ma vie.

Je l'aime plus qu'il ne le saura jamais. C'est pour cette raison que j'ai choisi son bonheur.

Elle avait simplement écrit ces deux phrases. Il m'a suffi d'un coup de fil à ma mère pour comprendre. Elle m'a rapporté les paroles d'Emma : « Je l'aime, mais je préfère le quitter avant de gâcher son bonheur. » Ma mère m'a avoué que cette lettre l'avait obligée à prendre une des décisions les plus difficiles de sa vie.

Je suis retourné dans le salon. Assise sur le canapé, Sara était en train d'écrire un message. Elle m'a lancé un regard interrogateur, avant de s'exclamer :

— Tu viens de parler à Emma.

J'ai hoché la tête avec un immense sourire.

— Bravo !

— Merci de m'avoir obligé à t'écouter. Si tu ne m'avais pas aidé, je ne sais pas si j'aurais réussi à prendre un peu de recul et à me rendre compte de ce qu'elle traversait.

— Tu étais en colère, ce que je peux comprendre. Mais ça n'aide pas à y voir clair, en général. Crois-moi, ça fait longtemps que je suis amie avec Emma, je commence à être experte en la matière !

J'ai remonté l'allée en voiture et, le cœur serré, j'ai contemplé la façade blanche. J'ai ouvert la porte avec ma clé. Avant de partir, je devrai la laisser sur la table de la cuisine. Mes pas ont résonné à travers les pièces vides. Sans les meubles, tout paraissait plus grand.

Une fois dans la cuisine, j'ai caressé le marbre du comptoir. Les souvenirs de repas et de discussions que nous avions partagés à cette table m'ont assailli. Pas seulement avec Emma, mais aussi en famille. Je suis ensuite allé dans le salon, vide, lui aussi. Il ne restait que le lustre en cristal, accroché au plafond. La lumière du crépuscule traversait la baie vitrée et dessinait des ombres sur le parquet.

J'ai longé le couloir sans même allumer la lumière. La pénombre convenait à mon humeur mélancolique. Le piano n'avait pas bougé et semblait se moquer de moi. En dehors de mes affaires, c'était la seule chose encore là. Les déménageurs devaient l'emporter le lendemain.

J'ai monté les marches de l'escalier en colimaçon, celui que j'avais gravi en portant Emma quand elle s'était blessée au genou. Une fois devant la porte de ma chambre, j'ai hésité un instant avant d'entrer. C'était la seule maison où j'avais déballé tous mes cartons. J'avais décidé d'y rester. Tout ça à cause d'une fille pleine d'ardeur qui rougissait, et qui m'avait dit droit dans les yeux ce qu'elle pensait de moi. Son attitude m'avait conquis en quelques instants. À présent, je devais quitter l'unique endroit où je m'étais senti chez moi.

J'ai poussé la porte et tourné l'interrupteur, puis je suis resté sur le seuil un moment, à observer la pièce. Elle était telle que je l'avais laissée : en désordre. Je me suis avancé vers le lit, sur lequel était posé un smoking, avec un mot dessus.

Mets-le et va dehors.

J'ai souri.

Quand il est enfin sorti, je l'attendais, assise sur la balançoire. Autour de moi, des photophores brillaient dans la nuit, comme si des dizaines de lucioles volaient dans le feuillage. C'était aussi féerique que je l'avais rêvé.

J'ai accueilli avec un sourire radieux le jeune homme sublime qui venait vers moi dans son smoking impeccable. Il souriait aussi, avec une intensité qui, aussitôt, m'a enflammée.

— Coucou, a-t-il dit, les yeux brillants. Je suis content que tu sois là. Tu m'as manqué.

— Coucou, ai-je répondu en me balançant doucement. Toi aussi, tu m'as manqué.

Quand je l'ai vue sur la balançoire, vêtue de sa robe bustier rose, j'en ai eu le souffle coupé. Les lumières scintillaient sur son visage encadré par ses cheveux courts. Cette fille était d'une beauté à tomber.

— Un jour, un type m'a expliqué qu'une fille avait besoin de temps pour se préparer pour un événement de ce genre, a-t-elle dit. Je pense qu'on a suffisamment attendu. Evan, veux-tu m'accompagner au bal de promo ?

J'ai éclaté de rire. En prêtant l'oreille, j'ai entendu la musique au loin, vers la piscine.

— Et comment !

Elle a sauté de la balançoire et pris la main que je lui ai tendue. Je l'ai serrée dans mes bras, mon visage enfoui dans ses cheveux. Après cet été dense et riche en émotions, j'avais besoin de la tenir contre moi, et elle, de savoir que j'étais là pour elle. Nous sommes restés un moment enlacés.

Lorsque je me suis écarté, j'ai contemplé son visage rayonnant.

— C'est toi qui as fait ça ? ai-je demandé en montrant l'arbre.

— Non, j'ai payé des gens, s'est-elle exclamée en riant. Je me serais cassé le cou. Mais j'ai tout organisé. Tu t'y attendais ?

— Pas du tout ! ai-je souri en me penchant pour l'embrasser.

Au même instant, elle a poussé la porte, et la lumière qui se reflétait dans l'eau a attiré mon attention. J'ai tourné la tête.

— Tu vois, il y a vraiment une piscine ! a exulté Emma.

Des bougies flottaient et le patio était éclairé par des lampions colorés. Comme ceux que son père accrochait dans son jardin le jour de son anniversaire, ainsi qu'elle me l'avait raconté.

— Waouh ! C'est incroyable, Emma !

— Je sais. Moi-même, je suis impressionnée.

Il m'a prise par la taille et m'a attirée à lui. Puis il m'a embrassée avec douceur, comme un souffle sur mes lèvres. Quand il s'est écarté, j'ai gardé les yeux fermés.

— Respire, Emma, a-t-il glissé.

J'ai ouvert les yeux et nous avons commencé à danser au son de la musique.

— Merci pour cette surprise, a-t-il murmuré en posant un baiser sur ma tempe. C'est précieux que tu sois là, avec moi, pour ma dernière nuit dans cette maison.

— Ta dernière nuit ? a-t-elle observé en levant la tête pour me regarder dans les yeux. Tu es sûr ?

J'ai scruté son visage et vu ses yeux briller dans la pénombre.

— Qu'est-ce que tu me caches, Emma ?

Elle a décroché un immense sourire.

— Eh bien… On va dire que j'ai fait un investissement.

Je me suis arrêté de danser.

— Non ? Tu as acheté cette maison !

— En réalité, tu en possèdes une part, a-t-elle précisé. Ta mère a accepté que tu lui paies des mensualités, comme tu l'avais proposé. Et Charles a organisé le règlement du solde. Concrètement, tu es propriétaire de ta chambre.

J'ai posé ma main autour de sa taille et je l'ai fait tournoyer tandis que son rire carillonnait dans la nuit.

— Nous avons une maison, ai-je souri en l'embrassant dans le cou.

— J'ai une maison, toi tu as une chambre, a-t-elle taquiné. Et, au fait, le piano reste.

— Pas question que j'en joue, a-t-il répliqué aussitôt.

— J'imagine que je vais devoir apprendre, alors, ai-je souri en posant ma tête sur sa poitrine.

Un tel bonheur irradiait de lui que je sentais la chaleur émaner de son corps. Quant à moi, j'avais des crampes dans les joues à force de sourire. Heureusement que Vivian n'avait pas encore accepté d'offres avant que je la rencontre, le week-end précédent. Sinon, je ne serais peut-être pas en train de partager ce moment magique avec Evan.

Au cours de ma vie si peu équilibrée, j'avais connu l'amour et la perte. Cette dernière expérience m'avait obligée à être plus forte, mais c'est l'amour qui m'avait aidée quand j'étais faible. J'étais une rescapée. Désormais, je voulais vivre ma vie.

Le chemin à parcourir était encore long avant d'être guérie. Avant d'être pardonnée. J'allais devoir me battre à chaque instant. Sans oublier qu'on a toujours le choix.

J'ai choisi de vivre. D'aimer. De respirer.

Épilogue

Les mains sur les genoux, j'avais l'impression que mon cœur allait jaillir hors de ma poitrine tant il battait fort.

— Stop ! ai-je hurlé, haletante. Je ne peux pas le faire. Je n'y arriverai pas.

Silence. Aucun encouragement. Pas de supplication. Personne pour me convaincre.

J'ai fermé les yeux et respiré profondément. Si mon pouls continuait à cette cadence, je risquais de transpirer dans ma robe. Et je ne voulais pas offrir cette image de moi. J'ai inspiré une nouvelle fois, lentement.

« Je peux le faire. Je vais y arriver. Je dois simplement marcher. Et sourire. Parler, éventuellement. J'en suis capable. »

J'ai ouvert les yeux.

— OK, je suis prête.

Evan m'a lancé un regard.

— Tu es sûre, cette fois.

— Tais-toi et avance, ai-je supplié.

Il a éclaté de rire. Nous avons ralenti au stop. Je me suis détendue.

Une grande maison couleur brique se dressait devant nous. Ma respiration est devenue plus régulière, la panique s'est éloignée. Avant même que je ne descende de la voiture, la porte d'entrée s'est ouverte et une petite fille dans une robe rose à volants s'est précipitée vers nous en courant.

— Emma !

Elle s'est jetée sur moi et m'a entourée de ses bras.

— Coucou, Leyla, ai-je dit, les yeux humides, en la serrant fort contre moi. Comme tu es belle !

— Je savais que tu t'habillerais en rose ! s'est-elle exclamée d'un ton joyeux. C'est notre couleur préférée.

— Et la mienne, aussi ! a lancé Evan.

Elle a pouffé.

— Jack, va aider Evan à porter leurs affaires à l'intérieur, a suggéré gentiment la femme aux cheveux gris.

Le garçon aux lunettes rondes s'est approché d'Evan d'un pas hésitant.

— Salut, Jack, a-t-il commencé en tendant la main. Je suis Evan.

Jack a pris sa main et l'a serrée. Un sourire timide est apparu sur ses lèvres.

— Tu peux emporter ce paquet, de toute façon il est pour toi.

Les yeux de Jack ont brillé en attrapant le carton emballé dans un joli papier cadeau de Noël.

— C'est moi qui ai fait le paquet parce que Emma est incapable de plier correctement le papier.

Jack a éclaté de rire.

— C'est vrai, ai-je soupiré.

— Bonjour, Emily…

Ma grand-mère s'est interrompue un instant.

— Emma, s'est-elle reprise. Je suis contente de faire enfin ta connaissance.

J'ai levé la tête et dévisagé la femme qui se tenait devant moi, et à qui je ressemblais un peu. Celle qui m'avait rendu ma famille.

Ma grand-mère a esquissé le geste de me tendre la main puis s'est ravisée, ne sachant comment m'accueillir. Je me suis écartée de Leyla.

— Merci, ai-je soufflé en la prenant dans mes bras.

Sans un mot, elle m'a serrée fort contre elle.

Remerciements

Il y a quatre ans, j'ai éprouvé le besoin de raconter une histoire. Au fil des mois, j'ai puisé au plus profond de mon âme pour écrire des pages et des pages. J'en suis sortie écorchée, vulnérable, après avoir tout donné pour permettre à cette histoire d'exister comme je le voulais. Je suis fière de ce que ces pages reflètent de moi. Ce temps d'écriture m'a appris beaucoup. Surtout, cela m'a permis de me rendre compte que j'étais bien plus forte que je ne le pensais.

Je n'aurais pas réussi à atteindre mon but sans l'aide de certaines personnes, si précieuses dans ma vie. Je leur suis infiniment reconnaissante de m'aimer, d'avoir cru en moi, et de m'avoir accompagnée sur ce chemin. Ils sauront se reconnaître.

Je remercie également ceux qui, grâce au temps qu'ils m'ont donné, mais aussi à leur patience et à leur affection, m'ont permis de boucler les ultimes chapitres de cette formidable aventure.

En premier lieu Emily, qui a cru si fort en moi qu'elle a changé de vie pour entrer dans la mienne. Je ne connais pas d'amie plus fidèle et d'être plus aimant.

Elizabeth, mon associée, la voix du bon sens, qui m'est indispensable : merci ! J'ai une chance incroyable d'avoir près de moi une si belle personne et une incomparable complice en écriture, mais aussi quelqu'un de doué dans tout ce qu'elle entreprend.

Faith, qui a veillé à la sincérité et à la réalité de cette histoire. Grâce à elle, je suis devenue une meilleure auteur.

La pureté des émotions et la force des mots, je la dois à Courtney.

Nicole m'a donné bien plus que ce qu'elle croit, et en particulier son amour et son amitié.

Amy, mon fascinant mentor : elle a partagé son don pour l'écriture et m'en a révélé des aspects inédits.

Jenn, mon amie dévouée, qui, comme moi, adore raconter des histoires, et qui m'a aidée à trouver la voix d'Emma.

Sarah, sans qui je n'aurais jamais pu transformer un simple récit en histoire extraordinaire.

Tracey, Colleen et Tammara, mes muses virtuoses, qui ont lu ma prose et m'ont montré la leur. Chacune à leur manière, elles ont embelli ma vie.

L'équipe du Trident Media Group, et en particulier mon agent, Erica, qui a été à mes côtés tout au long de l'aventure. Dans les moments difficiles, quand la montagne me semblait impossible à gravir, elle a su être là et me remettre en selle. Alex, pour sa patience, sa persévérance et sa présence indéfectible. Et Meredith, qui a déployé tant d'efforts pour que mes mots traversent les frontières.

Lindsey, Wendy et ceux de Penguin UK qui ont emporté cette histoire au-delà des mers pour que d'autres lecteurs s'en emparent. C'est capital, et je leur en suis reconnaissante.

Cette année, j'ai eu la chance de rencontrer bon nombre d'auteurs fabuleux ainsi que des blogueurs inventifs et efficaces. Depuis qu'ils sont entrés dans ma vie, je me sens plus riche. Nous vivons dans un univers de création et invitons les lecteurs à nous y rejoindre pour partager la puissance de notre imagination. Nous avons cette chance inouïe de pouvoir toucher des personnes que nous ne connaissons pas, de leur offrir de l'émotion à chaque page. Je suis fière de figurer parmi eux.

Ce sont ces personnes-là qui guident ma plume, c'est pour elles que j'écris : mes lecteurs. S'ils n'étaient pas là pour accueillir mon univers, ces pages n'existeraient pas. Ils sont une part essentielle de ma vie, je ne les remercierai jamais assez : ils ont changé mon existence.

Et enfin, je tiens à exprimer mon admiration pour la force et le courage de ceux qui ont subi la maltraitance. Il y a l'espoir, l'amour, l'entraide. Vous n'êtes pas seuls.

Ouvrage composé par
Facompo

Cet ouvrage a été imprimé
en Allemagne par

GGP Media GmbH
à Pößneck

Dépôt légal : mai 2016

MIXTE
Papier issu de
sources responsables
FSC® C003309

Pocket Jeunesse, une marque d'Univers Poche,
est un éditeur qui s'engage pour
la préservation de son environnement
et qui utilise du papier fabriqué à partir
de bois provenant de forêts gérées
de manière responsable.

www.pocketjeunesse.fr
POCKET JEUNESSE

12, avenue d'Italie – 75627 PARIS Cedex 13